T0349437

HECHICERA DE HUESOS

HECHICERA DE HUESOS

KATHRYN PURDIE

Traducción de Marta Carrascosa Cano

Argentina – Chile – Colombia – España
Estados Unidos – México – Perú – Uruguay

Título original: *Bone Crier's Moon*
Editor original: Katherine Tegen Books, un sello de HarperCollins*Publishers*
Traducción: Marta Carrascosa Cano

1.ª edición: agosto 2024

Copyright © 2020 *by* Kathryn Purdie
Translation rights arranged by ADAMS LITERARY
and Sandra Bruna Agencia Literaria, SL
All Rights Reserved
© de la traducción 2024 *by* Marta Carrascosa Cano
© 2024 *by* Urano World Spain, S.A.U.
Plaza de los Reyes Magos, 8, piso 1.º C y D – 28007 Madrid
www.mundopuck.com

ISBN: 978-84-19252-98-2
E-ISBN: 978-84-10159-88-4
Depósito legal: M-14.896-2024

Fotocomposición: Urano World Spain, S.A.U.

Impreso por: Rodesa, S.A. – Polígono Industrial San Miguel
Parcelas E7-E8 – 31132 Villatuerta (Navarra)

Impreso en España – *Printed in Spain*

Para Sylvie, Karine y Agnés
por los cuatro veranos que cambiaron nuestras vidas.

Hace ocho años

Unos dedos de niebla rodearon al padre de Bastien cuando se alejaba de su único hijo. El niño se levantó de rodillas en su carrito parado.

—¿Adónde vas, Papa?

Su padre no respondió. La luz de la luna llena brillaba sobre el cabello castaño de Lucien, y la niebla se lo tragó hasta perderlo de vista.

Bastien volvió a tumbarse e intentó quedarse en silencio, solo. En su mente de niño de diez años aparecieron las historias de ladrones despiadados en los caminos del bosque. «No tengas miedo —se decía a sí mismo—. Papa me habría avisado si hubiese algún peligro». Pero su padre ya no estaba y Bastien empezó a dudar.

Fuera de las murallas de la ciudad, el carro abandonado ofrecía poco cobijo. A Bastien se le pusieron los pelos de punta al oír susurros fantasmales. Se le entrecortó la respiración cuando las ramas que había a su alrededor formaron garras.

«Debería de seguir a Papá ahora mismo», pensó, pero el frío de la noche le caló hasta los huesos y se los llenó de plomo. Temblaba, apretado contra las tallas de piedra caliza del carro. Tyrus, Dios del Inframundo, le devolvía la mirada, con la boca cincelada en una línea irónica. El padre de Bastien había tallado la estatuilla hacía meses, pero nunca se vendió.

La gente prefería al dios sol y a la diosa tierra, adoraban la vida y despreciaban la muerte.

Bastien giró la cabeza y escuchó una canción sin letra. Emocionante. Primitiva. Triste. Como el suave llanto de un niño o la lastimera llamada de un pájaro o una desgarradora balada de un amor perdido. La canción creció en su interior, con una belleza dolorosa. Casi tan hermosa como la mujer de pie sobre el puente, porque Bastien, al igual que su padre, no tardó en seguir la música hasta allí.

La neblina se asentó y una espesa niebla llegó desde el Mar Nivous. La brisa jugaba con las puntas del cabello color ámbar oscuro de la mujer. El vestido blanco se movía y dejaba al descubierto unos tobillos delgados y unos pies descalzos. No cantaba. La música brotaba de una flauta blanca como los huesos que tenía en la boca. Bastien debería haberla reconocido por lo que era.

Dejó la flauta en el parapeto cuando Lucien se reunió con ella en medio del puente. La luz difusa de la luna proyectaba en ellos un resplandor que no era de este mundo.

Bastien vaciló, incapaz de dar un paso más. ¿Y si esto era un sueño? Quizá se había quedado dormido en el carro de su padre.

Entonces su padre y la mujer empezaron a bailar.

Sus movimientos eran lentos, impresionantes, elegantes. Ella se deslizaba a través de la niebla como un cisne en el agua. Lucien nunca apartó la mirada de sus ojos oscuros como la noche.

Bastien tampoco, pero cuando el baile terminó, parpadeó dos veces. ¿Y si no estaba soñando?

La flauta blanca como el hueso volvió a llamar su atención. El miedo le subió por la garganta. ¿La flauta era de hueso de verdad?

Las leyendas de las Hechiceras de Huesos acudieron a su mente e hicieron sonar las alarmas. Se decía que las mujeres de blanco acechaban estas zonas de Galle. El padre de Bastien no era un hombre supersticioso, nunca evitaba los puentes durante la luna llena, pero debería haberlo sido, porque aquí estaba, encantado como todos los hombres condenados de los cuentos. Todos los cuentos eran iguales. Todos tenían un puente y un baile... y lo que ocurría después. Ahora era cuando...

Bastien se lanzó hacia delante.

—¡Papa! ¡Papa!

Su padre, que lo adoraba, que lo llevaba sobre los hombros y le cantaba canciones de cuna, nunca se giró para prestar atención a su hijo.

La Hechicera de Huesos sacó un cuchillo hecho de hueso. Se elevó en el aire, más arriba que un ciervo, y, con la fuerza de la caída, clavó la hoja en el corazón de su padre.

El grito de Bastien fue tan gutural como el de un hombre adulto. Le talló el pecho con un dolor que albergaría durante años.

Corrió hacia el puente, se desplomó junto a su padre y se encontró con los ojos de falsa pena de la mujer. Miró detrás de ella a otra mujer en el extremo del puente, que le hizo una seña apresurada con la mano.

La primera mujer levantó el cuchillo de hueso ensangrentado y se lo llevó a la palma de la mano, como si quisiera cortarse para completar el ritual. Pero con una última mirada a Bastien, arrojó el cuchillo al bosque y huyó. Dejó al niño con un padre muerto y una lección grabada a fuego en su memoria para siempre:

Créete todas las historias que oigas.

1
Sabine

Es un buen día para cazar tiburones. Al menos, eso es lo que sigue diciéndome Ailesse. Jadeo y trepo tras ella mientras salta de una roca a otra. Su cabello color caoba brilla rojo amapola a la luz del sol de la mañana. Sus mechones se agitan con la brisa marina mientras escala por el acantilado sin esfuerzo.

—¿Sabes lo que haría una amiga de verdad? —Agarro un saliente en la piedra caliza y recupero el aliento.

Ailesse se vuelve y me mira. Le da igual el saliente precario en el que está.

—Una amiga de verdad me daría ese colgante con forma de media luna. —Señalo con la cabeza el hueso de la gracia que cuelga entre las pequeñas conchas y abalorios de su colgante. El hueso es de un íbice alpino que cazamos en el lejano norte el año pasado. Fue la primera muerte de Ailesse, pero fui yo quien convirtió un trozo de esternón en el colgante que lleva. Soy la mejor talladora de huesos, un hecho del que Ailesse me invita a regodearme. Debería, porque es lo único en lo que soy la mejor.

Se ríe, mi sonido favorito en el mundo entero. Desde la garganta, con abandono y nunca con condescendencia. A mí también me hace reír, aunque la mía sea autocrítica.

—Ay, Sabie. —Baja hasta donde estoy yo—. ¡Tendrías que verte! Estás hecha un desastre.

Le doy un manotazo en el brazo, pero sé que tiene razón. Me arde la cara y estoy bañada en sudor.

—Es muy egoísta que hagas que esto parezca fácil.

El labio inferior de Ailesse asoma en un mohín divertido.

—Lo siento. —Me apoya una mano en la espalda y me relajo sobre los talones. La distancia de diez metros que me separa del suelo ya no me parece tan grande—. Solo puedo pensar en lo que sentiré al tener el sexto sentido de un tiburón. Con su hueso de la gracia, podré...

—...saber cuándo hay alguien cerca, lo que te convertirá en la mejor Ferrier que las Leurress hayan visto en un siglo —espeto. No ha hablado de otra cosa en toda la mañana.

Sonríe burlona, y sus hombros se mueven de alegría.

—Venga, te ayudaré a subir. Ya casi hemos llegado. —No me da su colgante con forma de media luna. No serviría de nada. La gracia solo pertenece a la cazadora que la impregnó con el poder del animal. De lo contrario, Ailesse me habría dado todos sus huesos. Sabe que odio matar.

El viaje a la cima es más fácil con ella a mi lado. Me guía por el camino y me da la mano cuando necesito un empujoncito. Parlotea sobre todos los datos que ha recopilado sobre los tiburones: su sentido del olfato mejorado, su superioridad para ver cuando hay poca luz, sus esqueletos blandos hechos de cartílago. Ailesse planea elegir un diente duro para su hueso de la gracia, ya que no se pudrirá en toda su vida. En los dientes también abunda el mineral que define a un hueso de verdad, por lo que las gracias del tiburón lo impregnarán igualmente.

Por fin llegamos a la cima, y las piernas me tiemblan mientras se me relajan los músculos. Ailesse no se para a descansar.

Corre hacia el lado opuesto, planta los pies en el borde del precipicio que da al mar y chilla de alegría. La brisa hace que el vestido corto y ceñido que lleva ondee. Su único tirante hace juego con el colgante que lleva en el hombro, que se extiende desde el cuello hasta debajo del brazo derecho. El vestido tiene el largo perfecto para nadar. Antes de salir esta mañana, Ailesse se quitó la falda blanca más larga que suele llevar encima.

Abre los brazos y estira los dedos.

—¿Qué te dije? —me dice—. ¡Un día perfecto! Apenas hay olas ahí abajo.

Me uno a ella, aunque no tan cerca del precipicio, y miro hacia abajo. Catorce metros más abajo, la laguna está rodeada de acantilados de piedra caliza como este. El viento apenas roza el lecho del agua.

—¿Y hay un tiburón?

—Dame un segundo. Ya he visto razas de tiburones de arrecife aquí antes. —Sus ojos de color ámbar oscuro se agudizan para ver lo que yo no puedo ver, bajo el agua. El segundo hueso de la gracia de Ailesse, el de un halcón peregrino, le da una visión muy aguda.

El rocío salado me cosquillea la nariz cuando me inclino con cuidado hacia delante. Una brisa embriagadora me hace perder el equilibrio y retrocedo. Ailesse se mantiene firme, con el cuerpo quieto como si fuese una estatua. Conozco ese gesto depredador y paciente que tiene en la mandíbula. Espera así, a veces durante horas, para conseguir lo que quiere. Nació para cazar. Su madre, Odiva, *matrone* de nuestra *famille*, es nuestra mejor cazadora. Tal vez el padre de Ailesse fue un soldado muy hábil o un capitán. Es probable que el mío fuese jardinero o boticario, alguien que curaba a los demás o ayudaba a que las cosas crecieran. Habilidades insignificantes para una Leurress.

No debería pensar en nuestros padres. Nunca los conoceremos. Odiva disuade a nuestra *famille* de hablar de los *amourés* muertos, los hombres elegidos que complementan a la perfección nuestras almas. Las novicias tendremos que hacer nuestros propios sacrificios algún día, y será más fácil si no nos encariñamos con aquellos que están destinados a morir.

—¡Ahí! —Ailesse señala una mancha más oscura en el agua, cerca de la pared del acantilado que tenemos debajo. Yo no veo nada.

—¿Estás segura?

Asiente con la cabeza y flexiona las manos en anticipación.

—Un tiburón tigre, ¡un depredador rey! Qué suerte. Me preocupaba que tuvieras que zambullirte después de mí y ahuyentar a los otros tiburones de arrecife que se vieran atraídos por la sangre. —Trago saliva, imaginándome haciendo de cebo. Por suerte, ninguna criatura se acercará a un tiburón tigre. Excepto Ailesse. Lanza un suspiro de admiración—. Ay, Sabine, es preciosa… y grande, incluso más grande que un hombre.

—¿Preciosa? —Ailesse puede ver a larga distancia, pero no puede ver a través del tiburón hasta su parte inferior.

—Solo una hembra podría ser tan magnífica.

Me burlo.

—Lo dice alguien que aún no ha conocido a su *amouré*.

Sonríe burlona, incluso divertida por mi cinismo.

—Si consigo este hueso, tendré los tres y podré conocerlo en la próxima luna llena.

Mi sonrisa vacila. Cada Leurress debe elegir y obtener tres huesos de la gracia para convertirse en una Ferrier. Pero ese no es el único requisito. Lo que me deja sin palabras es pensar en la última prueba. Ailesse habla tan despreocupada de su rito de iniciación y de la persona a la que tendrá que matar: *un humano*, no una criatura que no puede gritar cuando su vida ha terminado. Pero su tolerancia es lo normal; yo soy una rareza. Al igual que las demás Leurress lo hacen sin inmutarse, tengo que aceptar que lo que hacemos es necesario, un precio que exigen los dioses por la seguridad de este mundo.

Ailesse se frota las palmas de las manos en el vestido.

—Tengo que darme prisa. La hembra de tiburón está volviendo a la boca de la laguna. Nunca la alcanzaré si tengo que luchar contra la corriente. —Señala una playa de arena pequeña que hay debajo—. Nos vemos ahí abajo, ¿vale? La arrastraré hasta la orilla cuando haya terminado.

—¡Espera! —La agarro del brazo—. ¿Qué pasa si fallas? —Parezco su madre, pero tengo que decírselo. Es la vida de mi amiga. Este riesgo no es como los otros que ha corrido Ailesse. Tal vez las gracias de un tiburón no merecen el peligro. Aun podría elegir un hueso de otro animal.

Su sonrisa decae. Suelo apoyarla en todo.

—Puedo con un tiburón. La mayoría son dóciles a menos que se sientan amenazados.

—¿Y un ataque en picado desde un acantilado no es una amenaza?

—Mejor que nadar despacio desde la orilla. Nunca sacaría ventaja.

—No se trata de eso.

Ailesse se cruza de brazos.

—Nuestra caza debe ser peligrosa. Consiste en eso. Los animales con las mejores gracias deben ser difíciles de matar. Si no fuese así, todas llevaríamos huesos de ardilla.

Un muro de dolor me golpea. Cierro la mano en un puño alrededor del pequeño cráneo que descansa sobre mi corazón. Cuelga de un cordón encerado, mi único hueso de la gracia.

Ailesse abre mucho los ojos.

—Tu hueso no tiene nada de malo —balbucea, dándose cuenta de que ha metido la pata—. No me estaba burlando. Una salamandra de fuego es de lejos mucho mejor que un roedor.

Bajo la mirada hacia mis pies.

—Una salamandra es aún más pequeña que un roedor. Todo el mundo sabe que es una muerte fácil.

Ailesse me toma la mano y la sostiene durante un buen rato, incluso mientras su tiburón se aleja nadando.

—Para ti no fue fácil. —Nuestros dedos de los pies casi se tocan, su piel color crema contra la mía, aceitunada—. Además, una salamandra de fuego tiene el don de curar con rapidez. Ninguna otra Leurress tuvo la sabiduría de obtener esa gracia antes.

Hace que parezca inteligente. La verdad es que Odiva estaba presionándome para que matase a mi primer animal, y, por desesperación, elegí algo que no me hiciera llorar. Elegí mal. Tuve los ojos rojos durante días, y no podía soportar tocar a la criatura muerta. Ailesse le sacó la carne de los huesos y me hizo el colgante. Me sugirió que utilizara las vértebras, pero, para su sorpresa, elegí el cráneo. Era lo que más me recordaba a la vida y la personalidad de la salamandra. Era el mejor homenaje que podía darle. No me atreví a tallar ningún dibujo bonito en la calavera, y Ailesse nunca me preguntó por qué. Nunca me hace hablar de nada que no quiera.

Me paso la mano por debajo de la nariz.

—Será mejor que vayas a por tu tiburón. —Si alguien puede hacerlo, es ella. Dejaré de preocuparme por el peligro.

Esboza mi sonrisa favorita, esa con la que enseña todos los dientes y me hace sentir que la vida es una gran aventura, lo suficientemente grande como para mantener satisfecha incluso a Ailesse.

Desata una lanza que lleva a la espalda. La fabricamos con un arbolito y su cuchillo de hueso. Como todas las armas rituales, está hecha con los huesos de un ciervo para simbolizar la vida eterna. Ailesse retrocede varios pasos y agarra el palo de la lanza. Corre y se lanza por el acantilado.

Su salto es increíble. El hueso de su ala de halcón no puede hacerla volar, pero hace que el salto sea impresionante.

Grita por la emoción y junta los brazos, una mano sobre la otra, para abrirse paso en el agua. Su cuerpo se alinea, pone los dedos de los pies en punta y se zambulle de cabeza.

Su inmersión apenas crea un chapoteo. Me acerco al borde del acantilado y entrecierro los ojos, desearía tener la visión de Ailesse. ¿No subirá a respirar? Quizá quiera atacar primero a la hembra de tiburón. Sería la forma más inteligente de pillarla desprevenida.

Espero a que aparezca y el corazón me late con más fuerza. Cuento cada latido. «Ocho, nueve… trece, catorce… veintiuno, veintidós… cuarenta y siete…».

Ailesse tiene dos huesos de la gracia, la cabra montesa y el halcón. Ninguno de los dos puede ayudarla a contener la respiración durante mucho tiempo.

«Sesenta y tres».

Me agacho y me inclino sobre el borde. Grito:

—¿Ailesse?

El agua se agita. Nada sale a la superficie.

«Setenta y cinco».

Mi pulso acelerado no puede estar contando bien el tiempo. No lleva tanto tiempo ahí abajo. Tal vez treinta segundos. Puede que cuarenta.

«Ochenta y seis».

—¡Ailesse!

«Noventa y dos».

Espero a que el agua azul se tiña de sangre. ¿Pero de quién será la sangre?

«Cien».

Maldigo en nombre de todos los dioses y me lanzo por el acantilado.

Presa del pánico, salto con los pies por delante. Casi consigo enderezarme y poner los brazos pegados a los lados. Aun así, caen de golpe en el agua. Jadeo de dolor y lanzo un montón de burbujas de aire que necesito. Cierro la boca y miro a mi alrededor. El agua es clara, pero la sal me escuece en los ojos; mi salamandra era una criatura de agua dulce. Giro en un círculo, en busca de mi amiga. Oigo un ruidito débil que parece un forcejeo.

Varios metros por debajo de mí, Ailesse y el tiburón están en medio de un combate.

Su lanza está en la boca del tiburón. La bestia no parece herida y muerde el arma que sostiene Ailesse. Lanza a Ailesse de un lado a otro como una especie de caña que el viento agita, pero se niega a soltarla.

Grito su nombre y pierdo más aire. Me veo obligada a nadar hasta la superficie y tomar aire antes de volver a sumergirme.

Avanzo sin ningún plan en mente, solo con saña en las venas y un miedo desesperado en el corazón. «Ailesse no puede morir. Mi mejor amiga no puede morir».

La cara de la hembra de tiburón tigre es feroz. Dientes afilados. Ojos sin párpados. Un hocico enorme que la hace parecer aún más hambrienta. ¿Cómo pensó Ailesse que podría derrotarla? ¿Por qué la dejé saltar?

Su lanza se parte en dos entre las fauces del tiburón. El cuchillo de hueso cae hacia el fondo. Ailesse se queda con un palo de un metro. Golpea la mandíbula del tiburón y esquiva un mordisco feroz por los pelos.

El tiburón no me ve. Agarro mi daga, pero la hoja se queda atrapada en la funda, que está hinchada. Sin armas, uso toda la fuerza que puedo reunir y le doy una patada al tiburón en el costado. Mueve la cola, pero nada más. La agarro las branquias e intento desgarrárselas. No lo consigo. Al menos la he molestado. Lanza un mordisco en mi dirección, que apenas me da en el brazo, y se aleja tras un arrecife de coral.

Ailesse flota cerca, agotada. La lanza rota se desliza entre sus dedos. «¡Vamos!», gesticulo y señalo la superficie. Necesita aire.

Se esfuerza por dar patadas. La agarro del brazo y pataleo por ella. Se le cierran los ojos justo antes de salir a la superficie. Tose y expulsa un poco de agua por la boca. Yo le doy en la espalda, sacándole el resto.

—Sabine… —Jadea y al parpadear le caen gotas saladas de las pestañas—. Casi la tenía. Pero es muy fuerte. No estaba preparada para lo fuerte que es. —Ailesse mira hacia abajo. No necesito su visión aguda para ver lo que ve: la hembra de tiburón dando vueltas y acercándose. Está jugando con nosotras. Sabe que puede matarnos cuando quiera.

Pataleo como una loca hacia la orilla.

—Vamos, Ailesse. Tenemos que irnos. —La llevo detrás de mí—. Encontraremos una presa mejor otro día.

Vuelve a toser.

—¿Qué hay mejor que un tiburón?

—¿Qué tal un oso? Iremos al norte, como el año pasado. —Estoy divagando, intentando animarla a nadar. Sigue siendo un peso muerto entre mis brazos, y el círculo del tiburón se estrecha.

—Mi madre mató a un oso —dice, como si fuese el animal más ordinario de Galle, aunque el oso de Odiva era un oso albino raro.

—Pues ya pensaremos en otra cosa. Pero ahora tienes que ayudarme. —Me cuesta respirar—. No puedo nadar por ti todo el camino.

Siento que los músculos de Ailesse cobran fuerza. Empieza a nadar, pero entonces entrecierra los ojos y tensa la mandíbula. Se da la vuelta. «No, no, no».

—Me acuerdo de donde se hundió la punta de la lanza —murmura.

—¡Espera!

Vuelve a sumergirse.

El miedo se apodera de mí. Me zambullo tras ella.

A veces odio a mi amiga.

Los ojos me arden antes de enfocarse. Ailesse avanza en línea recta. El tiburón deja de dar vueltas y la mira de frente. Es probable que Ailesse sonría, pero nunca podrá alcanzar la lanza lo bastante rápido. Los tiburones tigre son bestias. Atacará primero. Necesita una distracción.

Nado más rápido de lo que creía posible. Mi único hueso de la gracia resulta útil; las salamandras se mueven por el agua con más facilidad que los halcones, los íbices o incluso los humanos. Es la única ventaja que tengo.

Paso junto a Ailesse y la miro un segundo. Rezo para que dieciséis años de amistad le ayuden a comprender mis intenciones.

Asiente. Nos separamos. Me lanzo hacia el arrecife de coral y ella hacia la lanza.

El tiburón la acecha a ella, no a mí. Ailesse es la que empezó esta pelea.

Llego al coral y me rasco las palmas de las manos contra él, y luego los dos brazos. La piel me escuece como si fuese fuego. Mi sangre se arremolina como si fuese humo. Lucho por sacar la daga, pero la hoja sigue atascada en la funda. Veo una gran roca en el coral. Es afilada y dentada, acaba de caer de los acantilados. Tiro de ella para sacarla.

A un metro de Ailesse, el tiburón se gira, sus ojos muertos se fijan en mí a través del agua teñida de sangre. Por un segundo, lo único que vislumbro es la aterradora bestia y los seis metros que nos separan. Apenas me fijo en Ailesse, que nada hacia el fondo del mar.

El tiburón viene a por mí. Atraviesa el agua como un rayo.

Me preparo para el impacto. Soy feroz. Fuerte. Sin miedo.

Soy como Ailesse.

Un segundo después, tengo ante mí la horrible cara del tiburón. Estrello la roca contra su hocico con un gemido apagado. No me parezco en nada a Ailesse.

Mi golpe apenas le corta la cara. Se echa hacia un lado y me da en la mano con la cabeza. La piedra se me escapa de las manos. Esta vez no se aleja. Me rodea dos veces. Tan cerca que su aleta me roza el hombro. Tan rápido que su cabeza y su cola se confunden. Intenta morderme. Desciendo por debajo de ella con la velocidad de una salamandra y busco a tientas la roca. Está fuera de mi alcance.

Levanto la vista y me asusto. Justo encima de mí, contemplo las fauces abiertas de la hembra de tiburón y sus innumerables dientes. Le doy un puñetazo en la nariz sin filo. No retrocede. No la asusto.

Abre la boca. No me alejo lo bastante rápido. Sus dientes se enganchan en mi vestido. Me arrastra más cerca, mordisqueando más tela. Me retuerzo y pataleo mientras vuelve a abrir la boca. Veo el túnel cavernoso de su vientre. Me he quedado sin oxígeno, sin opciones. Desesperada, forcejeo con la empuñadura de la daga. Por fin, la hoja queda libre.

La levanto y apuñalo el hocico del tiburón, luego uno de sus ojos. Se agita como una loca, medio ciega. Se me desgarra la manga, y con ella uno de sus dientes con forma de sierra. Por todos los dioses, desearía que fuese el hueso que Ailesse necesita, pero un animal tiene que morir para impartir sus gracias.

Mientras el tiburón se agita y se retuerce, yo salgo a la superficie y jadeo en busca de aire. Tres bocanadas de aire después, vuelvo a estar bajo el agua.

«Salva a Ailesse, salva a Ailesse, salva…».

Dejo de patalear cuando una nube roja florece bajo mis pies. Se me hace un nudo en la garganta. Justo cuando me temo lo peor, Ailesse nada a través de la sangre con el asta de su lanza entre los dientes. Me apresuro a seguirla hasta la superficie.

Me aparto los rizos negros y húmedos de la cara y busco la mirada de mi amiga.

—¿La has matado?

Se saca el asta de la boca. La mano le sangra. Se hirió durante la pelea.

—No pude llegar lo bastante lejos como para apuñalarla en el cerebro, así que le corté la aleta dorsal.

Las náuseas se agolpan en mi interior. El rojo del agua se extiende. El tiburón está ahí abajo, horriblemente herido, pero sigue vivo. Podría subir en cualquier momento y acabar con los dos.

—Ailesse, se acabó. Dame la lanza.

Vacila y mira hacia abajo con anhelo. Espero ese gesto obstinado en su mandíbula. Pero nunca llega.

—Si la quieres, es tuya —dice por fin.

Me echo atrás.

No, no es eso lo que quería decir.

—Le he infligido una herida mortal, Sabine. Está débil y medio ciega. Quédatela. —Cuando no digo nada y solo sigo mirándola, Ailesse se acerca a mí nadando—. Te la doy, otro hueso de la gracia. Seguro que matar a ese monstruo no te romperá el corazón.

Me imagino la cara grotesca de la hembra de tiburón. La veo intentando arrancarle la vida a Ailesse. No es majestuosa como el íbice alpino ni hermosa como el halcón peregrino. Ni siquiera es encantadora como la salamandra de fuego. No lloraré su muerte.

Pero, ¿eso significa que merezca morir?

—No… no puedo. —Estoy congelada por el agua, pero la vergüenza me ruboriza las mejillas—. Lo siento.

Ailesse me mira durante un buen rato. Me odio por rechazar el regalo más generoso que jamás me ha ofrecido.

—No lo sientas. —Se las arregla para esbozar una sonrisita mientras le castañetean los dientes—. Te encontraremos otro hueso de la gracia cuando estés preparada.

Con el cuchillo bien sujeto, Ailesse desciende.

2
Ailesse

El frío que hace en Château Creux me acaricia la piel mientras Sabine y yo bajamos por la escalera de piedra derruida y atravesamos la entrada a las ruinas del antiguo castillo. Hace mucho tiempo, el primer rey de Galle del Sur construyó esta fortaleza, y sus descendientes gobernaron aquí hasta que el último de su linaje, el rey Godart, murió de manera antinatural. La gente de por aquí cree que sigue rondando por estos lares. Sabine y yo les oímos hablar de antaño mientras recorren los caminos llenos de baches a las afueras de las murallas de la ciudad. No nos ven encaramarnos a los árboles ni escondernos entre la hierba alta. Pero cerca de Château Creux no hace falta que nos escondamos. Los lugareños nunca se atreven a venir aquí. Creen que este lugar está maldito. El primer rey adoraba a los antiguos dioses, nuestros dioses, y la gente hace todo lo posible por fingir que Tyrus y Elara nunca existieron.

La mano que llevo vendada me arde y me palpita. Me corté sin querer la palma con el cuchillo ritual al serrarle la aleta al tiburón. Aún estoy enfadada conmigo misma por alargar esa muerte. Temía que los dioses no consideraran honorable la muerte, pero deben de haberlo hecho; recibí las gracias de la hembra de tiburón cuando elegí un hueso y lo prensé en la sangre de mi mano herida.

A mi lado, Sabine se echa al hombro un saco de carne de tiburón. Sujeta la cuerda como si nada. Las heridas del arrecife de coral están casi curadas. Considera el cráneo de salamandra un hueso de la gracia lamentable, pero fue una elección inteligente. Lo que de verdad lamenta es haber matado a la criatura. Algún día verá que está hecha para esta vida. Conozco a Sabine mejor que ella misma.

Nos agachamos bajo unas vigas caídas y un arco derrumbado. Las Leurress podrían fortificar el castillo si mi madre lo deseara, pero ella prefiere que tenga un aspecto desolado e inquietante. Si nuestra casa fuera hermosa, atraería a la gente. Y una Leurress solo debe atraer a alguien una vez en la vida.

Me ajusto el brazalete del hombro y trazo el diente de tiburón más grande, mi nuevo hueso de la gracia. Los demás dientes son solo ornamentales, pero me darán un aspecto formidable cuando guíe a los muertos. Tras mi rito de iniciación, por fin podré unirme a las Ferriers en su peligroso trabajo.

—¿Estás nerviosa? —me pregunta Sabine.

—¿Por qué debería estarlo? —Le dedico una sonrisa, aunque el corazón me palpita. «Mi madre aprobará mi muerte. Soy tan lista como Sabine».

La presencia de mi amiga a mi espalda hace que me cosquillee la columna vertebral. Ahora está a unos dos metros y medio. Dos metros. A medida que las vibraciones aumentan, el sexto sentido que tanto deseaba empieza a molestarme. Doy saltitos más lejos para que Sabine no pueda ver la frustración en mi cara. Si cree que estoy nerviosa, ella también se pondrá nerviosa.

Bajamos a un nivel inferior del castillo y luego nos sumergimos más. Los pasillos de piedra artificial, tallados con el escudo del rey Godart del cuervo y la rosa, dan paso a túneles modelados por las mareas del mar. Aquí no queda agua, pero las conchas nacaradas brillan incrustadas en las paredes como fantasmas que se aferran al pasado.

El túnel no tarda en abrirse a una caverna enorme. Pestañeo por la luz del sol que rebota en el suelo de piedra caliza. Una torre magnífica se alzaba sobre este lugar, pero no pudo resistir los vendavales del mar. Cuando Godart murió, la torre cayó. Aplastó y demolió el techo de la caverna. Las Leurress eligieron este castillo como nuestro hogar por esa misma razón. Hace falta tener una vista clara de los cielos. La mitad de nuestro poder proviene de los huesos de los muertos, pero la otra mitad fluye de los Cielos de la Noche de Elara. Nuestra fuerza disminuye si pasamos demasiado tiempo alejadas de la luna y la luz de las estrellas de la diosa.

Unas veinte mujeres y niñas pululan por la caverna, el amplio espacio que llamamos patio. Vivienne lleva una piel de ciervo recién curtida. Élodie coloca hileras de velas colgadas en un estante para que se endurezcan. Isla teje telas ceremoniales de color blanco en su telar. Las pequeñas Felise y Lisette llevan cestas con ropa para lavar. En un rincón, dos de las mayores, Roxane y Pernelle, entrenan con sus bastones. El resto de las Leurress deben de estar cazando carne, recogiendo bayas y hierbas, u ocupándose de las tareas domésticas del castillo.

Isla se aleja del telar y se interpone en mi camino. Baja las cejas pelirrojas mientras escruta el colgante que llevo en el hombro. Aprieto los labios para no sonreír. No puede identificar a la bestia que maté por sus dientes.

—Veo que habéis tenido éxito en la caza —dice—. La verdad es que os ha llevado bastante tiempo, niñas. Habéis estado fuera casi quince días.

«Niñas», nos llama así y nos mira por encima del hombro. Tiene solo cuatro más que Sabine y tres años más que yo. Isla completó su rito de iniciación a los dieciocho años, pero yo lo haré a los diecisiete, y con gracias mejores.

Echo los hombros hacia atrás. Hasta ahora, ninguna Leurress había matado a un tiburón. Quizá porque nunca contaron con la ayuda de una amiga como Sabine.

—La caza fue excepcional —respondo—. Y sobre todo porque nos tomamos nuestro tiempo.

Sabine me lanza una mirada irónica. En realidad, estuvimos fuera tanto tiempo porque cambiaba de opinión una y otra vez. Necesitaba un hueso de la gracia impresionante para completar mi juego de tres y rivalizar con los cinco de mi madre, algo que solo una *matrone* tiene permitido.

Isla arruga la nariz ante el saco de carne cruda de Sabine. El hedor es horrible. Después de saludar a mi madre, le quitaré el olor al vestido de Sabine. Es lo menos que puedo hacer. Insistió en llevar la carne por mi mano herida, pero sé que no se la comerá con el resto de nosotros.

—¿Otro viaje largo con Ailesse y sin nuevos huesos de la gracia? —Los ojos de Isla se posan en el cráneo de la salamandra de Sabine.

Aprieto los dientes.

—¿Te gustaría haber venido en su lugar, Isla? —Me vuelvo hacia Sabine—. Dile lo mucho que te gustó luchar contra *un tiburón tigre.* —Mi voz alzada resuena por el patio y hace que las cabezas se giren.

Sabine levanta la barbilla.

—Nunca he disfrutado tanto de un baño en el mar.

Reprimo un bufido y la abrazo. Dejamos atrás a una Isla muda mientras las mujeres de nuestra *famille* se agolpan a nuestro paso en una ráfaga de jadeos, felicitaciones y abrazos.

Hyacinthe, la Leurress más mayor, me toma la cara entre sus viejas manos. Sus ojos lechosos centellean.

—Tienes la fiereza de tu madre.

—Yo seré quien juzgue eso. —La voz sedosa de Odiva ondea con autoridad, y modero mi sonrisa. Las mujeres abren paso a la *matrone*, pero cuando Sabine se mueve para hacerlo, le toco el brazo y se queda conmigo. Sabe que soy más fuerte con ella a mi lado.

—Madre —digo, e inclino la cabeza.

Odiva avanza sin hacer ruido con sus pies de cazadora sobre el suelo de piedra. Las motas de polvo centellean sobre su vestido color zafiro como estrellas en el cielo. Lo que más impresiona son sus huesos de la gracia. El colgante de hueso de un oso albino, tallado en forma de garra, cuelga entre las garras reales del oso en su collar de tres vueltas, junto con los dientes de una raya de cola látigo. Las garras y las plumas de un búho real forman unas hombreras que lleva sobre los hombros. Una de las garras también está tallada en hueso, como el colgante de garra de oso. Y luego está la corona de mi madre, hecha con las vértebras de una víbora áspid y el cráneo de un murciélago nóctulo gigante. Los huesos contrastan con su pelo negro azabache y su piel blanca como la cal.

Me mantengo en una postura perfecta mientras sus ojos negros se posan en mi collar. Desliza un dedo bajo el diente más grande.

—¿Qué gracias obtuviste de un tiburón tigre para que mereciese la pena ponerte en peligro de esa manera?

—Habla con indiferencia, pero sus labios rojos se tensan con desaprobación. Su *famille*, la única *famille* en esta región de Galle, se ha reducido con los años a cuarenta y siete mujeres y niñas. Aunque busquemos las mejores gracias, la caza para obtenerlas no debe suponer un peligro para nuestras vidas.

Teníamos números de sobra hasta hace quince años, cuando la gran plaga asoló la tierra. La lucha por guiar a sus innumerables víctimas mató a la mitad de las que murieron de las nuestras; el resto pereció a causa de la enfermedad. Desde entonces, hemos luchado por gestionar la población de Galle del Sur. Pero a pesar de nuestro tamaño, seguimos siendo la *famille* fundadora, las elegidas de los dioses. Las otras Leurress de todo el mundo no pueden guiar a sus muertos sin nosotras. Nuestro poder está ligado.

—Un olfato más desarrollado, una buena visión en la oscuridad y un sexto sentido para detectar cuando alguien está cerca, incluso sin mirar —digo, recitando la respuesta que he preparado.

Estoy a punto de añadir la habilidad para nadar, cazar y la ferocidad, cuando mi madre responde:

—Poseo lo mismo de una raya.

—Pero no la visión en la oscuridad. —No puedo evitar corregirla.

—Innecesaria. Tienes el hueso del ala de un halcón peregrino. No te hace falta mayor visión que esa.

Algunas Leurress susurran, de acuerdo. Cada Ferrier que hay entre ellas lleva un hueso de un animal (sobre todo de ave) que le da la capacidad de ver un color adicional. El color de los muertos.

Cruzo los brazos y los descruzo, y lucho contra mi vena defensiva.

—Pero el tiburón era fuerte, madre. No te imaginas lo fuerte que era. Hasta nos atrapó desprevenidas.

Seguro que Odiva no puede discutir el hecho de que necesitaba añadir más músculo a mis gracias. Ahora lo tengo, con una medida extra de fiereza y confianza también. Pero solo ha captado una palabra.

—¿Nos?

Bajo la mirada un segundo.

—Sabine... ayudó. —Mi amiga se tensa a mi lado. Sabine odia llamar la atención, y ahora todas las Leurress la observan, la mirada de mi madre es la más intensa.

Cuando Odiva vuelve a mirarme, su expresión es tan suave como las aguas de la laguna. Pero debajo se agita algo más feroz que un tiburón. Está enfadada conmigo, no con Sabine. Nunca se enfada con Sabine.

Las Leurress guardan silencio. Los lejanos sonidos del mar se cuelan por la caverna como si estuviéramos atrapadas en una concha gigante. El corazón me late al ritmo de las olas. Recibir la ayuda de otra Leurress durante un ritual de caza no está estrictamente prohibido, pero está mal visto. A nadie le importaba hace un momento, la increíble muerte eclipsaba ese hecho, pero el silencio de mi madre hace que todas recapaciten. Contengo un suspiro. ¿Qué hará falta para impresionarla?

—Ailesse no me pidió ayuda. —La voz de Sabine es pequeñita, pero firme. Deja el saco de carne de tiburón y entrelaza las manos—. Me preocupaba que se quedara sin aire. Temí por su vida y me zambullí tras ella.

Odiva ladea la cabeza.

—¿Y descubriste que la vida de mi hija corría verdadero peligro?

Sabine elige sus siguientes palabras con mucho cuidado.

—No más de lo que tu propia vida estuvo amenazada, *Matrone*, cuando te enfrentaste a un oso con solo un cuchillo y una gracia. —No hay cinismo en su tono, solo una verdad delicada pero poderosa. Odiva tenía mi edad cuando se enfrentó al oso, sin duda para demostrar su valía a su propia madre, la abuela a la que apenas recuerdo.

Mi madre levanta las cejas y reprime una sonrisa.

—Hablas muy bien. Podrías aprender una lección de Sabine, Ailesse. —Me mira con atención—. Un mejor manejo de las palabras podría frenar tu afición a provocarme.

Aprieto la mandíbula para disimular el dolor. Sabine me lanza una mirada de disculpa, pero no me enfado con ella. Solo intentaba defenderme.

—Sí, Madre.

Por mucho que me esfuerce en demostrar mi valía como futura *matrone* de nuestra *famille*, me quedo corta en las sencillas virtudes que le son naturales a mi amiga. Un hecho que mi madre nunca deja de señalarme.

—Dejadnos —ordena a las otras Leurress. Con una marea de reverencias, se dispersan de vuelta a su trabajo. Sabine empieza a seguirlas, pero mi madre levanta una mano para que se quede. No sé por qué, porque sus palabras son para mí—: La luna llena es dentro de nueve días.

Mis costillas se relajan contra mis pulmones e inhalo hondo. Está hablando de mi rito de iniciación. Lo que significa que ha aceptado mis huesos de gracia, todos ellos.

—Estoy preparada. Más que preparada.

—Hyacinthe te enseñará el canto de sirena. Practícalo solo con una flauta de madera.

Asiento con fervor. Me lo sé todo. Incluso me he aprendido de memoria el canto de sirena. Hyacinthe la toca por la noche. A veces la oigo llorar después, y sus suaves sollozos fluyen con el eco de las mareas del mar. El canto de sirena es así de bonito.

—¿Cuándo podré recibir la flauta de hueso? —Mis nervios se estremecen ante la idea de poder tocarla. Estoy en la cúspide de un sueño que tengo desde que era pequeña. Pronto estaré entre mis hermanas Leurress, cada una de nosotras usará sus gracias para guiar a las almas difuntas a través de las Puertas del Más Allá, los mismísimos reinos de Tyrus y Elara—. ¿De verdad tengo que esperar hasta la luna llena?

—Esto no es un juego, Ailesse —espeta mi madre—. La flauta de hueso es más que un instrumento para llamar a tu *amouré*.

Vuelvo a cambiar el peso de mi cuerpo de los talones a los dedos de los pies.

—Ya, lo sé. —La música de la flauta de hueso también abre las Puertas la noche de la travesía de los muertos, lo que a su vez abre el resto de Puertas del mundo. Dondequiera que viva la gente, la gente muere y debe ser guiada. Y sin la flauta de hueso, ningún muerto, esté cerca o lejos, puede pasar a la otra vida.

Odiva hace un pequeño gesto con la cabeza, como si yo siguiera siendo la niña imposible que correteaba por Château Creux acosando a cada Ferrier para que me dejara probarme sus huesos de gracia. Eso fue hace años. Ahora soy una persona adulta, competente, con tres huesos propios. Estoy preparada para dar mi última muerte.

Se acerca y mi sexto sentido me asalta.

—¿Has decidido si vas a intentar tener una hija?

El calor me abrasa las puntas de las orejas. Una mirada rápida a Sabine revela que está igual de roja. Esta conversación ha dado un giro mortificante. Mi madre nunca habla de intimidad conmigo. He aprendido lo que sé de Giselle, que pasó un año apasionado con su *amouré* antes de matarlo. Por desgracia, ese año no hubo otra hija Leurress, ni tampoco un hijo, aunque concebir un varón es algo inaudito. Ahora las Leurress miran a Giselle de otra manera, como si fuera un fracaso o alguien de quien compadecerse. Ella se lo toma con filosofía, pero no la envidio.

—Claro que lo haré —declaro—. Sé cuál es mi deber como tu heredera.

Sabine se mueve a mi lado, inquieta. Le he dicho la verdad. No tengo intención de dar otra sucesora a nuestro linaje. Mi madre se verá obligada a aceptar mi decisión después de haber matado a mi *amouré* en el puente. Y cuando llegue el día en que sea *matrone*, elegiré una heredera entre nuestra *famille*. Seré la primera en romper la cadena del linaje de la sangre de mi madre, pero las Leurress seguirán adelante. Tendrán que hacerlo, porque la idea de conocer a un hombre joven —porque no cabe duda de que Tyrus y Elara no me convocarían a un anciano—, y quizás enamorarme de él, y luego matarlo, es una crueldad a la que no puedo enfrentarme. Haré lo que sea necesario. Sacrificaré a mi amante prometido, nada más. Como todas las Ferriers antes que yo, mi rito de iniciación será mi juramento a los dioses, mi promesa de cortar mis últimos lazos de lealtad a este mundo y dedicarme a conducir almas a la otra vida. Si puedo resistirme a mi *amouré*, tendré fuerzas para resistirme al canto de sirena definitivo: el canto del Más Allá.

Mi madre entrelaza las manos.

—Entonces sigue mi consejo, Ailesse. Concibe una hija sin formar un lazo de apego permanente a tu *amouré*, no importa lo guapo, inteligente o amable que resulte ser. —Mira a través de mí, perdida en algún lugar que no puedo seguir—.

No se puede escapar a las consecuencias del tiempo vivido en la pasión.

«¿Está pensando en mi padre?». Nunca me ha dicho su nombre. Cuando habla de él, es así, de una manera indirecta.

—No me va a romper —contesto, firme en mi respuesta. Algún día, gobernaré esta *famille* con la fiereza y dedicación de Odiva, pero también le mostraré a cada Leurress un afecto profundo e incondicional. Tal vez mi madre tuvo una vez la intención de hacer lo mismo, pero matar a mi padre levantó un muro alrededor de su corazón. No es la única Leurress que sufre por la pérdida de su *amouré*. Puede que sea la verdadera razón por la que Hyacinthe llora por las noches. Después de tocar el canto de sirena con su flauta de madera, susurra el nombre de su amado.

Odiva vacila y me pone una mano en el hombro. Me sobresalto por el contacto. Su tacto hace que se me forme un nudo en la garganta por la sorprendente emoción.

—Sin las Leurress —dice—, los muertos vagarían por la tierra de los vivos. Sus almas desatadas causarían estragos entre los mortales a los que hemos jurado proteger. Nuestro trabajo es mantener el equilibrio entre ambos mundos, el natural y el antinatural, y por ello es un privilegio nacer Leurress y un gran honor convertirnos en Ferriers. Serás una de las mejores, Ailesse.

El rostro sereno de mi madre aparece en mi vista nublada por las lágrimas.

—Gracias. —Mi voz es un graznido, apenas puedo hablar. Solo consigo decir eso. Lo único que quiero es que me estreche entre sus brazos. Si alguna vez me ha abrazado, ya no me acuerdo.

Estoy a punto de acercarme cuando se aparta de golpe. Parpadeo y me repongo con un gesto rápido bajo la nariz.

Mi madre se vuelve hacia Sabine, que retrocede un paso, incómoda por estar presente durante nuestra conversación.

—Serás la testigo de Ailesse en su rito de iniciación.

Un pequeño jadeo escapa de la boca de Sabine.

—¿Cómo?

Estoy igual de sorprendida. La testigo siempre es la Leurress más mayor.

Odiva levanta la barbilla de Sabine y sonríe.

—Has demostrado una lealtad inquebrantable hacia mi hija, incluso ante la muerte. Te has ganado este derecho.

—Pero no estoy preparada. —Sabine retrocede—. Solo tengo una gracia.

—Eso da igual —digo, noto un cosquilleo en el estómago por la emoción—. Solo tienes que vigilarme. Las testigos no pueden intervenir. —Tengo que ponerme a prueba yo sola.

—Ailesse es mi heredera —añade Odiva—. Los dioses la protegerán. —El calor me recorre el cuerpo, aunque mi madre no me mira—. Tu papel es llevar el registro sagrado, Sabine. Puede que el ritual te inspire para terminar de ganarte tus propios huesos de la gracia. —La expresión tensa de mi amiga dice que lo duda mucho. Odiva suelta un suspiro tranquilo—. He sido paciente contigo, pero ha llegado el momento de que aceptes quién eres: una Leurress, y muy pronto una Ferrier.

Sabine se coloca un rizo suelto detrás de la oreja con dedos temblorosos.

—Lo haré lo mejor que pueda —murmura. Ganar gracias, completar un rito de iniciación y convertirse en una Ferrier se supone que es una elección, pero la verdad es que es lo que se espera de nosotras. Nadie en nuestra *famille* se ha atrevido nunca a renunciar a la vida que llevamos. No a menos que muera junto con su *amouré*, como hicieron Ashena y Liliane.

Odiva se yergue, mirándonos a la una y a la otra.

—Quiero que os preparéis para la luna llena en serio.

—Sí, *Matrone* —respondemos Sabine y yo al unísono.

—Ahora llevad esa carne de tiburón a la cocina y decidle a Maïa que la prepare para la cena.

—Sí, *Matrone*.

Con el ceño fruncido, Odiva nos deja. Espero, con los labios apretados, hasta que está enfrascada en una conversación con Isla al otro lado del patio. Entonces me vuelvo hacia Sabine y suelto un chillido de felicidad.

—¡Eres mi testigo! —Le agarro de los brazos y se los agito—. ¡Vas a estar allí conmigo! No podría desear a nadie mejor.

Hace una mueca cuando la zarandeo.

—No seré yo quien le niegue a nadie la oportunidad de ver cómo masacras al hombre de tus sueños.

Me río.

—No te preocupes, lo haré de forma limpia y rápida. Apenas verás lo que ocurre. —Aparto de mi mente la imagen del tiburón tigre sin aletas.

—¿Y si tu *amouré* es más de lo que esperabas? —Sabine se estremece—. No estoy convencida de que seas capaz de resistirte a él. Te derrites hasta por los chicos más feos que espiamos por los caminos.

—¡Yo no hago eso! —Le doy en el brazo.

Al final, acaba riéndose conmigo.

—Seguro que tu *amouré* mide treinta centímetros menos que tú y huele a azufre y caca de murciélago.

—Mejor eso que a lo que hueles tú ahora.

Se queda con la boca abierta, pero luego sonríe.

—Eso ha sido un golpe bajo, Ailesse. Fue idea tuya recoger la carne de tiburón.

Sonrío y levanto el saco del suelo, sin prestar atención al pinchazo de dolor que noto en la mano.

—Ya lo sé. Venga, vamos.

Se une a mí a regañadientes mientras caminamos hacia el túnel del este que lleva a la cocina.

—Espero que esa cuerda te abra bien las heridas. —Señala con la cabeza el asa del saco y me choca el hombro con el suyo. Volvemos a soltar una risita.

A medida que nos alejamos por el túnel y lejos del alcance del oído de las otras Leurress, Sabine camina más despacio.

—¿Estás segura de que no quieres tener una hija? ¿Y si envejeces y te arrepientes de la única oportunidad que tendrás?

Intento imaginarme intimando con un hombre. ¿Cuánto podrían ayudarme mis gracias? Y luego sentir su vástago creciendo dentro de mí hasta que sea tan grande que tenga que expulsarlo.

—No puedo… —Niego con la cabeza—. No tengo instinto maternal.

—Eso no es verdad. He visto cómo eres con Felise y Lisette. Te adoran.

Sonrío al pensar en las más jóvenes de nuestra *famille*. Se pelean por ver quién se sienta en mi regazo mientras les arrancamos plumas a las codornices. Cuando florecen los tréboles, se los entrelazo en el pelo.

—Seré la mejor tía. Somos prácticamente hermanas, ¿verdad? ¿Por qué no tienes una hija algún día y yo me ocupo de ella?

—No sé. —Sabine se coloca una mano encima del estómago—. El rito de iniciación debería ocurrir cuando tengamos… treinta y siete —dice una edad al azar, muy alejada de los dieciséis años que tiene—. Ahora mismo es difícil imaginar nada de eso.

La palabra «eso» se queda entre nosotras. «Eso» es el camino más difícil que puede elegir una Leurress. Si decide vivir con su *amouré*, tiene exactamente un año desde el rito de iniciación para hacerlo. Independientemente de lo que ocurra después, el hombre pierde la vida. Si no lo mata antes de que acabe el año, ambos quedan malditos. La magia del ritual incompleto acorta la vida de él y la de ella. Así murió Ashena. Así murió Liliane cinco años antes que ella. Es la mayor desgracia.

Echo los hombros hacia atrás.

—Si voy a morir, prefiero hacerlo guiando a los muertos.

—¿Como mi madre? —Los ojos marrones de Sabine brillan en la oscuridad.

Me detengo y le doy un apretón en la mano.

—Tu madre murió siendo una heroína.

Se queda seria.

—No veo gloria alguna en la muerte.

La tristeza de Sabine me atraviesa como un cuchillo sin filo. Estoy desesperada por animarla. Su madre murió hace dos años, pero el dolor sigue ahí y la golpea sin avisar. El alma difunta de un hombre malvado, una de las almas de los Encadenados, mató a la madre de Sabine en el puente de tierra que conduce a las Puertas. Al estar tan cerca del Más Allá, su espíritu se volvió tangible, una forma que todas las almas conservan durante la eternidad, donde se reúnen con sus cuerpos, y una forma que pueden utilizar para luchar contra las Ferriers. Solo los Encadenados lo intentan, resistiéndose al castigo en las profundidades del Inframundo de Tyrus, a diferencia de los Desencadenados, que vivirán en el Paraíso de Elara.

—Pues ya está —digo, alegre—. Nunca moriremos.

Sabine resopla y esboza una sonrisa.

—Trato hecho.

Caminamos hacia la oscuridad, con los hombros pegados.

—Recemos para que Tyrus y Elara me envíen un hombre horrible —digo—. Entonces ni siquiera tú lamentarás su muerte.

La risa silenciosa de Sabine me sacude.

—Perfecto.

3

Bastien

Faltan nueve días para que la mate.

Me subo a las vigas de la herrería, el mejor lugar para practicar cuando Gaspar se ha pasado la noche en la taberna. El viejo estará durmiendo la mona por lo menos una hora más.

«Nueve días».

Clavo los pies en una viga robusta del centro y me cubro los ojos con la capucha de la capa. Cuando me encuentre con ella, habrá luna llena, pero podría estar nublado o llover. Dovré y los alrededores del sur de Galle pueden ser así de caprichosos.

Me saco dos cuchillos del cinturón. El primero se lo robé a Gaspar delante de sus propias narices mientras se refrescaba en la fragua. El segundo no es nada especial. Es barato. La empuñadura no está equilibrada con la hoja. Pero era el cuchillo de mi padre. Lo llevo por él. Mataré con él, por él.

Medio a ciegas, avanzo. Cuando mi pie impacta contra la viga, el polvo me entra por la nariz. Lanzo estocadas hacia delante y hacia atrás, con mis cuchillos rasgando el aire, mientras empiezo los ejercicios. He hecho estos ejercicios mil veces, y los haré mil veces más. Estar demasiado preparado es imposible. No puedo dejar nada al azar. Una Hechicera de Huesos es impredecible. No sabré a qué animales les ha robado magia hasta que la conozca. Incluso entonces, solo podré hacer suposiciones. Podría ser el doble de fuerte que yo, o incluso más. Podría saltar sobre mí y apuñalarme por detrás.

Giro encima de la viga y agarro mejor los cuchillos. Tiro uno tras otro y oigo un ruido sordo satisfactorio. Corro hacia mi objetivo, una viga vertical, y agarro las empuñaduras. Todavía no las saco; las uso como punto de apoyo y trepo hasta una viga más alta.

Me imagino un puente y a la chica que mataré allí. Cualquier Hechicera de Huesos me vale. Todas son asesinas. Me llevaré lo que me robaron, la vida de mi padre por la de una de las suyas.

«Nueve días más, Bastien». Entonces mi padre descansará en paz. Yo estaré en paz. No puedo imaginarme esa sensación.

Me dejo caer sobre las manos y enrosco las piernas alrededor de la viga. Me columpio boca abajo y hago una voltereta. La capucha vuela hacia atrás y aterrizo justo en la viga inferior.

Yo también puedo sorprender a una Hechicera de Huesos.

Un aplauso constante me desconcentra. Gaspar llega pronto. Se me tensan los músculos, pero la voz que oigo es gutural y femenina.

—Bravo. —Jules. Se apoya en la forja apagada de la herrería. Su pelo rubio pajizo brilla en un haz de luz empolvada que entra por la ventana abierta. Lanza una moneda al aire con el pulgar.

—¿Eso es oro de verdad? —Me limpio la frente húmeda con la manga.

—¿Por qué no bajas aquí y lo descubres?

—¿Por qué no subes tú aquí arriba? —Vuelvo a mis cuchillos clavados—. A menos que tengas miedo a las alturas. —Saco las hojas del travesaño y las enfundo.

Jules resopla.

—La semana pasada salté desde el tejado de la carnicería para robar aquel ganso, ¿no?

—¿Fue el ganso muerto el que chilló?

Los ojos de Jules se entrecierran hasta convertirse en rendijas, pero se muerde la lengua para no sonreír.

—De acuerdo, Bastien. Subiré, si quieres jugar conmigo.

No me refería exactamente a eso.

Se acerca a uno de los postes, agarra los ganchos para las herramientas de Gaspar y trepa. Las mallas ajustadas que lleva muestran los músculos esbeltos de su cuerpo. Aparto la mirada y trago saliva.

«Tonto», me reprendo a mí mismo. Si no puedo centrarme con Jules, ¿cómo voy a conseguir estar cerca de una Hechicera de Huesos? Son impresionantes e irresistibles. O eso dicen las leyendas. Mi único encuentro con una mujer de blanco es prueba suficiente. Aunque me aterrorizó, aunque llegué a odiarla, no puedo olvidar su belleza extraña e inquietante.

Me siento en la viga, con una rodilla pegada al pecho y la otra colgando. Al otro lado de la viga, Jules se pone en pie. Su pecho se agita por encima del corpiño. Lleva dos meses ajustándoselo más, desde que dejé de besarla.

—¿Y ahora qué? —Se pone una mano en la cadera, pero le tiemblan las piernas—. ¿Vas a hacerme ir hasta ti?

Cuando no contesto, se pone a negociar:

—¿Qué tal si te reúnes conmigo a medio camino?

—Mmm. —Me doy golpecitos con los dedos en la barbilla—. No.

Se burla y me enseña la moneda.

—Iba a compartir esto, pero ahora creo que me lo quedaré para mí. Quizá me compre un vestido de seda.

—Claro, porque eso es muy útil para una ladrona. —No soy capaz de imaginarme a Jules con un vestido arreglado. Es la única chica de Dovré que viste como viste ella, si algún chico la molesta con eso, le deja el ojo morado. Si va un paso más adelante y la llama «Julienne», se marchará encorvado y con las manos entre las piernas—. Ven aquí. —Le hago un gesto desganado con la mano—. El suelo está unos cuatro metros y medio más abajo. Si te cayeras, ¿qué es lo peor que podría pasar? ¿Una fractura en el cráneo? ¿Que te rompas el cuello? Una conversación agradable aquí vale la pena, ¿no crees?

—Te odio.

Sonrío burlón y me recuesto en el poste.

—No, no me odias. —Entre nosotros, todo vuelve a encajar. La atosigo, la molesto, como en los viejos tiempos... antes de cometer el error de besarla. Jules y su hermano, Marcel, son como mi familia. Me equivoqué cuando jugué con eso.

Le cae la trenza por encima del hombro cuando mira al suelo.

—Entonces, ¿esto es oficialmente un reto?

—Claro.

—¿Qué gano si consigo cruzar?

—¿Quieres decir si vives? —Me encojo de hombros—. Dejaré que te quedes con tu moneda.

—En cualquier caso, es mía.

—Demuéstralo.

Vuelve a mirar al suelo y aprieta los labios temblorosos. En una pelea con cuchillos, Jules me ganaría un día cualquiera, pero todo el mundo tiene un punto débil. Toma una gran bocanada de aire y mueve las manos. Sus ojos color avellana adquieren el brillo de la Jules que mejor conozco. La Jules que me sigue a todas partes. Marcel y ella estarán conmigo en nueve días. Juntos, nos vengaremos. Mis amigos también perdieron a su padre.

Nunca conocí a Théo Garnier. Tenía doce años y estaba dispuesto a robar a un boticario cuando oí su nombre por primera vez y me enteré de su destino. Oí al boticario hablar de una extraña enfermedad que no había podido curar tres años antes. Nunca se había topado con algo tan antinatural como aquella misteriosa enfermedad en los huesos. Era la última tragedia que Théo estaba destinado a sufrir después de que su mujer y luego su amante le abandonaran.

Al sospechar que una Hechicera de Huesos podría estar involucrada, me pasé el siguiente mes averiguando qué había sido de los dos hijos de Théo. Según dijo el boticario, no había familia que los acogiera. Al final, encontré a Jules y a Marcel en otro barrio de Dovré, rebuscando en las calles para sobrevivir, como yo. Reconstruimos el rompecabezas de las muertes de nuestros padres y nos dimos cuenta de que teníamos el mismo enemigo. Juntos, nos comprometimos a hacer pagar a las Hechiceras de Huesos lo que nos habían quitado.

Jules se coloca la moneda entre los dientes y abre los brazos. Da el primer paso.

Dejo de sonreír y estudio su técnica.

—Mira hacia delante, no mires hacia abajo. Céntrate en la distancia que tienes delante de ti. Busca un objetivo ahí y no lo pierdas de vista. —Exhala y hace lo que le digo—. Bien, ahora camina con paso firme.

No desafié a Jules por diversión y ya está. La estoy ayudando. Si logra superar su miedo a las alturas, será imparable. Escalará los tejados de Dovré. Saltará de uno a otro como una gata callejera. La ladrona perfecta.

Está a medio camino sobre la viga, con la cara sonrojada en señal de victoria. Entonces frunce el ceño y la confianza en sí misma se desmorona. Solo está a mitad de camino.

—Tranquila, Jules. No pienses. Relájate.

Contiene la respiración. Las venas aparecen en sus sienes. Baja la mirada.

Merde.

Se mueve hacia un lado. Me lanzo hacia ella, pero cae demasiado rápido.

Me abalanzo a por su brazo y me golpeo el pecho con la viga. Nuestras manos luchan por unirse. Su peso tira de mí, pero me anclo a la viga. Ella se revuelve y suelta un grito ahogado.

—¡Te tengo, Jules!

Me agarra la muñeca con la otra mano. Por algún milagro, la moneda sigue en su boca.

—Tienes el yunque justo debajo —le advierto—. Voy a tirar de ti hacia arriba, ¿de acuerdo?

Asiente con un sollozo.

Aprieto la viga con los muslos y la subo despacio, palmo a palmo. Por fin consigue incorporarse y nos sentamos a horcajadas, cara a cara y jadeando. Me rodea el cuello con los brazos. Le tiembla todo el cuerpo. La abrazo con más fuerza, maldiciéndome por haberla desafiado. «Si pierdo a alguien más...». Cierro los ojos.

—Bien hecho. —Lucho por respirar—. Has estado muy bien.

Estalla en una carcajada maníaca.

—Si se lo cuentas a Marcel, te mato. —Sus palabras se deslizan alrededor de la moneda que tiene en la boca.

—Me parece bien.

Se echa hacia atrás para verme la cara. Tenemos las narices casi juntas. Levanta un poco la barbilla. Me está invitando a coger la moneda. Le quito una mano de la cintura y se la quito de los dientes.

Se relame los labios.

—¿Y bien?

Le doy un mordisquito.

—Es buena —digo con una sonrisa descarada.

Baja las pestañas. Parece que está a punto de matarme.

Pero entonces me besa.

Me toma tan por sorpresa que pierdo el equilibrio. Esta vez es Jules quien me ancla a la viga. No separa su boca de la mía.

No puedo evitar entregarme a ella. Esto se le da demasiado bien. Me aferro a su cintura. Respira entre jadeos, me acaricia la cara. Empiezo a profundizar el beso, pero entonces se me forma un nudo en el estómago. Engañaría y robaría a cualquier persona de Dovré, pero no a las dos personas que más me importan. Y eso es exactamente lo que parece esto: un engaño, un robo. Me llevó cada día de las seis semanas que Jules y yo estuvimos juntos entender por qué: Estoy dándole a alguien lo que no tengo que darle.

—Jules... —La empujo con suavidad, pero no se mueve, luchadora hasta la médula. Por eso la quiero... solo que no de la forma en que ella quiere que lo haga. Al menos, aún no. Tal vez nunca—. Jules, no. —Me echo hacia atrás. Deja caer las manos sobre la viga.

Me busca con la mirada. La suya está llena de dolor. No puedo volver a ir por este camino. Lo único que conseguiré es que me odie. Desearía poder provocarla y escabullirme, con las manos en los bolsillos. En cambio, estamos atrapados en estas vigas juntos.

Suspiro y me paso las manos por el pelo. Le hace falta un lavado y un buen corte de pelo. Jules suele ser la que se encarga de cortarme el pelo.

—Quédate la moneda —digo, y la pongo entre las dos—. Cómprate ese vestido de seda. Puedes ponértelo para la fiesta de primavera.

—No voy a comprarme un vestido, idiota. —Agarra la moneda y se la mete en el bolsillo—. Lo que nos hace falta es comida.

—Bueno, en nueve días...

—En nueve días, ¿qué? ¿Vas a cambiar de vida? ¿Vas a ponerte a trabajar de aprendiz? ¿Te ganarás una buena reputación de la noche a la mañana?

Me encojo de hombros.

—En nueve días podremos irnos de Dovré. Empezar de nuevo en otra ciudad.

—Eso es lo que dices en cada luna llena —espeta Jules y luego sacude con la cabeza, en un intento por frenar su temperamento, que aparece enseguida—. Llevamos un año con esto, Bastien. Hemos vigilado todos los puentes. Ya es hora de que admitamos que es posible que las Hechiceras de Huesos se hayan extinguido o se hayan mudado a otro sitio, como deberíamos hacer nosotros.

Me tiembla el párpado y aprieto la mandíbula.

—Galle del Sur tiene más tradición de las Hechiceras de Huesos que ningún otro lugar. Los primeros mitos vienen de aquí, y no de otro sitio. No han muerto, Jules. Las mujeres como ellas no mueren así como así.

Entrecierra los ojos en esa mirada que ya domina.

—¿Por qué? ¿Porque no tendrías una razón para levantarte cada mañana?

«Esta conversación se ha acabado».

Muevo las piernas y me pongo de pie en la viga. Jules se queda quieta, es una testaruda.

—Vamos. —Le tiendo la mano, pero me ignora—. Bien. Buena suerte aquí arriba. —Me doy la vuelta para irme.

—Espera —refunfuña, y miro hacia atrás—. Yo también quiero vengar la muerte de mi padre. Lo sabes, pero... ¿y si no lo conseguimos? ¿Y si no podemos?

Las costillas me presionan y siento un dolor agudo en el pecho. No puedo pensar en el fracaso. ¿Cómo podría? Jules y Marcel no vieron cómo asesinaban a su padre en un puente como yo. Théo murió igual, pero murió despacio.

Años después de la muerte de su madre, trajo a casa a una mujer hermosa. Les remendaba la ropa, les cantaba canciones y dormía en la cama de su padre. Decían que era una enviada del cielo. Ayudaba a Théo en su trabajo como escriba, alisaba el pergamino con piedra pómez y marcaba las líneas con una regla y un punzón. Cuando sus ingresos se duplicaron, comieron dulces y bebieron vino de las tierras altas. Entonces, una mañana, Jules encontró a la mujer de pie junto a su padre dormido con un cuchillo tallado con hueso en la mano. La mujer se sobresaltó al ver a Jules y huyó de la casa para no volver jamás. Théo no tardó en caer enfermo y sus huesos se volvieron frágiles como el cristal. Cada vez que se caía, se rompía otro hueso. Al final, una de las lesiones fue tan terrible que acabó con su vida.

Miro fijamente a mi amiga.

—Me vengaré. Ríndete si quieres, pero yo no lo haré nunca.

Jules se muerde el labio inferior. El huequecillo que separa los dos dientes incisivos del centro es el único rasgo que me recuerda a la chica que conocí cuando teníamos doce años. Ahora tenemos dieciocho, edad suficiente para preocuparnos por qué pasará después en nuestras vidas. Qué haremos después de que nuestros padres estén en paz. Por ahora no puedo pensar en nada más.

—¿Quién ha dicho que tú seas el cabezota? —Su sonrisa oculta la preocupación que se refleja en su rostro—. Solo estaba poniéndote a prueba. Ponme en tierra firme la próxima luna llena, y no huiré. Tú tendrás tu oportunidad de matar, y Marcel y yo tendremos la nuestra. —Les he hablado a mis amigos de la segunda mujer que vi cuando murió mi padre. Marcel buscó entre todos los libros que tenía escondidos en Dovré, los que rescató de la biblioteca de su padre, y descubrió que las Hechiceras de Huesos siempre viajan en parejas. Conveniente para la noche de nuestro asesinato.

—Ahora ayúdame a bajar de aquí antes de que te empuje a ese yunque —dice Jules.

Me río entre dientes.

—De acuerdo. —La guío hasta el travesaño, donde puede bajar. Ya está casi en el suelo cuando se escucha el cerrojo de la puerta. Jules maldice y se salta el resto del camino. La sigo y ruedo para amortiguar la caída. La puerta se abre de golpe. Quedamos atrapados en un trozo donde brilla la luz del sol.

Gaspar nos mira, borracho. Uno de sus tirantes se ha caído, y la barriga le sobresale por la cintura de los pantalones remendados. Pasamos corriendo por delante de él, grita y agarra uno de sus atizadores para el fuego. Nunca nos atrapará. Jules y yo nos damos la mano en la calle, y nuestras zancadas se coordinan a la perfección. Me río por nuestra última huida, hemos tenido tantas, y ella me dedica una sonrisa deslumbrante.

Podría besarla en ese preciso instante, pero desvío la mirada antes de permitírmelo.

«Nueve días». Entonces podré pensar en Jules.

4
Sabine

Lo juro por los huesos de mi padre —gruñe Ailesse y vuelve a tropezarse con el dobladillo del vestido. La agarro del brazo para sujetarla y levanta la falda del sendero del bosque lleno de polvo—. Isla me ha hecho el vestido demasiado largo a propósito. Está decidida a hacer que esta noche sea lo más difícil posible.

Odiva le pidió a Isla que hiciese el vestido ceremonial blanco de Ailesse, y yo nunca había visto uno tan elegante. El escote es amplio, se pega a los hombros con elegancia, y las mangas son ajustadas hasta la altura de los codos. Isla se esmeró en entallar el corpiño, pero Ailesse tiene razón con lo de la falda. La cola excesiva y el dobladillo de delante son demasiado largos, de una forma peligrosa. Isla es una costurera con demasiado talento como para que se trate de un error.

—Tal vez te ha hecho un favor. —Me encojo de hombros—. Puede que a tu *amouré* le parezcas más seductora con un vestido poco práctico. —Cuando Ailesse me mira con escepticismo, añado—: ¿Te acuerdas del cuadro que vimos que traían a la ciudad el otoño pasado? La dama del retrato casi se ahogaba con aquel vestido ridículo, y los hombres lo custodiaban como si fuera el tesoro más valioso de Galle.

—A los hombres tenían que atraerles las mujeres indefensas —refunfuña Ailesse, pero entonces sus ojos oscuros brillan a la luz de la luna—. ¿Quieres que le dé una sorpresa a mi *amouré*? Será más afortunado que el resto de hombres tontos de Dovré.

«Afortunado». Sonrío, pero se me revuelve el estómago. Como el resto de nuestra *famille*, Ailesse cree que el hombre que los dioses elijan para ella esta noche es un afortunado. Un día, cuando Ailesse muera, su *amouré* la recibirá agradecido por quitarle la vida, y vivirán una vida mejor en el Paraíso de Elara, juntos. Ojalá pudiera creer en eso. Esta noche sería mucho más fácil.

Tiemblo mientras una bruma se adentra en el bosque y perturba el aire cálido.

—¿Cómo te imaginas que será?

Ailesse se encoge de hombros.

—No me permito imaginar nada sobre él. ¿Para qué va a servirme en esta vida?

—¿Nunca has soñado despierta con tu *amouré*?

—Nunca.

Le lanzo una mirada severa, pero mantiene una expresión impasible, obstinada.

—Bueno, creo que deberías tomarte un segundo para soñar antes de llevar a cabo el rito de iniciación. Quizá los dioses te presten atención y les ayudes a tomar la decisión.

Se mofa.

—No creo que funcione así.

—Sígueme la corriente, Ailesse. Sueña.

Se revuelve como si de repente el vestido que lleva para el rito de iniciación le picase.

—¿Te gustaría que fuese guapo? —La pico, enlazando un brazo con el de ella—. Empecemos por ahí.

Hace un mohín.

—Permitiré que sea guapo si no está enamorado de su aspecto. No hay nada menos atractivo.

—Estoy de acuerdo. No toleraremos la vanidad.

—Hablando de aspecto físico... No me importaría que tuviera hoyuelos y rizos.

—Hoyuelos y rizos... ¿habéis oído eso, Tyrus y Elara?

Ailesse me manda callar.

—No seas impertinente, o me invocarán a un troll.

—No te preocupes. Los trolls son un mito. Somos las únicas criaturas a las que temer en los puentes.

Suelta una risita y apoya la cabeza en mi hombro.

—Mi *amouré* también debe de ser apasionado y poderoso.

—Por supuesto, si no, no sería rival para ti.

—Pero debe equilibrar esa fuerza con ternura y generosidad.

—De lo contrario no podría lidiar con tus cambios de humor.

Se ríe, dándome un codazo.

—En resumen, debe de ser perfecto.

Apoyo la cabeza en la suya.

—No estarías soñando si fuese menos que eso.

Tomamos un desvío en el camino y nos cruzamos con una carretera poco transitada situada a las afueras de las murallas de la ciudad. A seis metros está Castelpont, el puente que Ailesse ha elegido para su rito de iniciación. Se nos borra la sonrisa. El corazón me late con fuerza. Ya estamos aquí. Ailesse está haciendo esto de verdad.

La luna llena se cierne sobre el puente como un ojo blanco rodeado de niebla. Los insectos de la noche zumban y pían, pero los sonidos disminuyen a medida que salimos del bosque, recorremos la carretera en calma y avanzamos hasta lo alto del puente.

Castelpont es antiguo y está hecho de piedra, se construyó en la época en la que los ancestros del rey Godart reinaban en estas tierras. Por aquel entonces, el río Mirvois servía para transportar mercancías hasta Château Creux, y el arco del puente permitía que pasaran los barcos. Pero ahora el lecho del río está reseco y desolado. Cuando Godart murió sin haber concedido un heredero, otra familia real declaró su derecho a gobernar. Construyeron otra casa, Beau Palais, en la colina más alta de Dovré, y desviaron el río. Castelpont recibió ese nombre porque, al mirar hacia el oeste, se veían las torres de Château Creux. Y ahora, si miras hacia el este, se ve el castillo nuevo, Beau Palais. Ailesse y yo nunca hemos estado dentro del castillo, y nunca lo estaremos. Odiva tiene prohibido a las Leurress entrar en las murallas de Dovré. La discreción es esencial para que podamos sobrevivir.

—¿Estás segura con el puente? —pregunto. Las ventanas de Beau Palais son como otro par de ojos mirándonos—. Estamos muy expuestas. —Esto no se parece en nada a nuestro pasatiempo de espiar a los viajeros desde la seguridad de escondites de lo más precavidos en el bosque.

Apoya los brazos cruzados en el semimuro del parapeto y contempla el castillo de piedra caliza. Lleva el pelo castaño suelto y se le mueve con la brisa. Debajo, oculta el cuchillo de huesos ritual, que lleva enfundado en un arnés a la espalda.

—A esta distancia, nadie puede vernos. Estamos a salvo.

No estoy muy convencida. Ailesse eligió Castelpont por la misma razón por la que mató a un tiburón tigre. De todos los puentes de Galle del Sur, Castelpont es el que supone un mayor desafío: es el que más cerca está de Dovré. Un rito de iniciación aquí impresionará a las otras Leurress. Una vez que Odiva perdone a Ailesse, puede que también la impresione.

Ailesse se da la vuelta y me estrecha las dos manos.

—Estoy tan feliz de que estés conmigo, Sabine.

Aunque esboza una sonrisa radiante, las manos la traicionan con un pequeño temblor.

—Yo también estoy contenta de estar contigo —miento. Odie o no este rito de iniciación, nunca se echará atrás, así que me gustaría que matase con seguridad y rapidez. Si es torpe y su *amouré* sufre una muerte lenta, Ailesse lo lamentará el resto de su vida.

Se desabrocha el collar, se lo desliza del hombro y me lo pasa.

—¿Empezamos?

El rito de iniciación es la única vez que una Leurress puede acceder a su poder sin usar sus huesos. Pero debe estar en el puente ritual.

Inspiro y le ofrezco un pequeño cofre de madera de tejo. Abre la tapa. Dentro, la antigua flauta de hueso descansa sobre un lecho de lana de cordero. Ailesse saca el instrumento con reverencia, sus dedos recorren los agujeros y trazan los símbolos grabados. Las Leurress afirman que la flauta se hizo con el hueso de un chacal dorado, pero la bestia sagrada es un mito, al menos en mi mente. Nadie de mi *famille* ha visto jamás uno en Galle.

Una repentina ráfaga de viento trae consigo el sonido de unas débiles voces. Algo cruje entre los árboles y miro a nuestra espalda.

—Ailesse —la agarro del brazo—, aquí hay alguien.

Cuando se gira para ver, una lechuza plateada se abalanza desde las ramas y se eleva por encima de ella. Se me escapa una risa nerviosa, pero Ailesse se vuelve, solemne. El avistamiento de lechuzas presagia buena o mala suerte. No sabes cuál hasta que pasa lo inevitable.

—Ve, Sabine —dice Ailesse, mientras la lechuza ulula y sale volando—. No podemos retrasarnos.

Le doy un beso en la mejilla y me alejo para hacer mi parte.

—Buena suerte. —Una testigo hace más que dejar constancia del ritual de sacrificio. También tengo que enterrar los huesos de la gracia de Ailesse bajo los cimientos del puente y luego recogerlos. Cuando interprete el canto de la sirena en el puente, los dioses elegirán a un hombre para ella. Tanto si su amor prometido está cerca como si está lejos, tanto si oye la canción como si escucha la música en su interior, los dos se verán unidos y él querrá conocerla. Se sabe que nuestra *famille* atrae *amourés* de todos los rincones de Dovré, e incluso de kilómetros fuera de las murallas de la ciudad.

Ailesse se arrodilla en el puente, cierra los ojos y alza las manos ahuecadas hacia el Cielo de la Noche. Murmura una plegaria a la esposa de Tyrus, Elara, separada de él en el comienzo de los tiempos por el mundo mortal que se formó entre sus reinos.

Echo un vistazo al manto lechoso de las estrellas de Elara y elevo mi propia plegaria. «Ayúdame a superar esta noche». Me alejo corriendo, busco a tientas el collar de Ailesse. Sus tres huesos de la gracia están atados a él con cordones encerados. No siento nada de su poder.

Quito los nudos, extraigo los huesos y bajo por la empinada orilla del río. La tierra del fondo está cuarteada y seca, así que agarro una piedra irregular para cavar el primer agujero. Entierro el primer hueso de Ailesse, el hueso del ala de un halcón peregrino, y luego me doy prisa en llegar a la segunda esquina del puente. Doy gracias por no tener que mojarme. Si Ailesse hubiera elegido un puente que estuviese sobre el agua, ahora mismo estaría nadando. Tendría que atar sus huesos a los cimientos bajo la línea de flotación.

Cada ráfaga de viento hace que me estremezca y escudriñe a mi alrededor. Si alguien que no sea el *amouré* de Ailesse viene hacia aquí y sospecha algo, Ailesse podría no ser capaz de defenderse, no hasta que yo termine aquí abajo y ella toque el canto de sirena. No puede usar sus gracias hasta entonces.

Entierro el segundo hueso y me apresuro a ir al otro lado del cauce del río para enterrar el tercero. Cada agujero es menos profundo que el anterior, pero no me molesto en cavar más hondo. Dejo la cuarta esquina intacta, reservando ese lugar para el hombre al que matará Ailesse. Será su tumba, el último honor que recibirá en esta vida. Otra razón más para dar gracias de que no sea un puente que está sobre el agua. Arrojar a un hombre muerto a un río, para que sea arrastrado quién sabe dónde, parece una forma muy pobre de mostrar gratitud después de haberle quitado la vida.

—¡Ya está! —grito, y tiro un puñado de tierra más encima del último hueso de la gracia—. Puedes empezar.

—Esperaré hasta que vuelvas aquí arriba. —La voz clara y relajada de Ailesse me llega como un eco. La plegaria la habrá tranquilizado—. Si no, no podrás verme.

Ahogo un quejido y empiezo a trepar por la orilla del río.

—No es como si tu *amouré* fuera a materializarse cuando toques la primera nota. Por lo que sabemos, podría vivir al otro lado de Dovré.

Suelta un suspiro alto y claro.

—No había pensado en eso. Espero que esto no nos lleve toda la noche.

Por mucho que quiera que termine con su rito de iniciación, una parte de mí desea que su *amouré* no llegue nunca. Los dioses exigen bastante de una Leurress a lo largo de su vida. Tampoco deberían pedirnos un sacrificio como este.

Pero se dice que Tyrus es exigente. Su capa está hecha del humo y la ceniza de los que rompen los juramentos y los cobardes, los peores pecadores del Inframundo, los que quedan atrapados en el fuego eterno de su propia ira. Incluso los asesinos sufren un destino mejor en las Arenas Sin Fin, el desierto abrasador de Tyrus, donde la sed nunca desaparece.

Por fin llego arriba, jadeante, y apoyo las manos en las caderas.

—Estoy aquí. Adelante.

Ailesse echa los hombros hacia atrás.

—Veamos si puedo matar a un hombre sin mancharme el vestido con su sangre. —Me guiña un ojo—. Así Isla aprenderá.

Se me cierra el estómago. No le devuelvo la sonrisa. Esto está pasando de verdad. Ailesse va a conocer a su pareja solo para acabar con él.

—Ten cuidado —le digo, aunque su amor prometido es el que está en peligro—. Aun así, no puedo deshacerme del presentimiento que tengo.

—Siempre tengo cuidado. —Su sonrisa atrevida delata todo lo contrario y hace que me preocupe el doble. Tener un poco de miedo es de sabios.

Con resignación, retrocedo hasta el árbol que hay más cerca y me coloco detrás de él. Ailesse se pasa el pelo por encima del hombro, con el cuello erguido como el de un cisne, y se lleva la flauta de hueso a la boca.

5

Bastien

Esta noche tendré mi venganza. Lo siento en lo más hondo, más allá de la energía nerviosa que no me ha dejado dormir en las últimas veinticuatro horas. A partir de esta noche, dormiré en paz.

Me ajusto la correa del arnés con la funda a la espalda. Ahí tengo escondidos los dos cuchillos. La Hechicera de Huesos me invitará a bailar, es parte de su retorcido juego del gato y el ratón, pero no desvelaré que el gato soy yo hasta que llegue el momento.

—Sigo votando que ataquemos desde los árboles —dice Marcel, el último en salir del túnel del sótano de La Chaste Dame. El burdel está cerca de la muralla sur de la ciudad. Podríamos haber ido por las catacumbas, pero este túnel, con el que Madame Colette hace la vista gorda si le lanzo una moneda, sale de Dovré en dirección a los puentes que exploraremos esta noche. En la última luna llena, Jules, Marcel y yo empezamos por el oeste y nos dirigimos hacia el este. Esta vez viajaremos desde la ciudad hasta el astillero real situado en la costa. Galle del Sur está lleno de agua y puentes.

—No, vamos a hacerlo como es debido, cara a cara. —Por primera vez en semanas, estoy limpio. Nos colamos en la Sala

Escarlata de La Chaste Dame, por donde le gusta merodear al Barón Gerard. Jules me lavó el pelo con su jabón y me afeitó la cara con su navaja. Incluso me echó un chorrito del agua perfumada del barón. Ahora huelo a regaliz, a berro y a clavo. Es suficiente para hacerme estornudar, pero Jules me promete que el aroma es tentador. Cuando la Hechicera de los Huesos toque la canción, me haré pasar por el chico predestinado al que atrae. Sea quien sea.

—¿Qué tal estoy? —pregunto por primera y espero que por última vez en mi vida. Estocada, golpe, bloqueo. Practico las formaciones en mi mente mientras Jules juega con la capa que «tomé prestada» del burdel. La llevo sujeta a la espalda y a un hombro, de la misma forma que la llevan los luchadores del distrito noble. La devolveremos a la Sala Escarlata una vez que hayamos terminado esta noche. Madame Colette nos envenenará mientras dormimos si se entera de que robamos a sus clientes habituales.

—Casi perfecto —responde Jules—. Solo te falla el aliento. La salchicha fue un error.

—Tú eres la que las robó, y la que se comió el resto.

—No soy yo la que va a intentar impresionar a una semidiosa. —Jules se da la vuelta y rebusca entre la maleza.

—Las Hechiceras de Huesos no son inmortales. —Marcel se limpia las manos llenas de polvo en los pantalones—. Viven tanto como nosotros. Las canciones antiguas siguen con ese mito, pero si nos fijamos bien en su origen, en concreto en el poema épico *Les Dames Blanches* de Arnaud Poirier, se ve dónde empezó la confusión —cuenta Marcel en un tono de voz pausado. No intenta impresionarnos, y tampoco le preocupa mucho hacernos cambiar de opinión. Habla como siempre, comparte lo que se le pasa por la cabeza y hace girar los engranajes de su mente—. Poirier dice que, con dones divinos, engatusan y matan, pero está claro que lo que quiere decir es que las Hechiceras de Huesos reciben el poder de los dioses, no que sean diosas. Solo dicen descender de ellos.

Jules arranca un puñado de hojas, medio atenta a lo que dice su hermano pequeño.

—Menta —anuncia, un momento antes de metérmela en la boca.

Me atraganto y escupo un par de hojas.

—¡No me hace falta la planta entera!

—Puede que sí. —Se abanica y pasa a mi lado. No me pierdo el sensual contoneo de sus caderas. Va toda de negro, desde el corpiño de cuero hasta las botas. Incluso lleva una capucha negra que oculta su pelo rubio. Jules siempre es la sombra en nuestras cacerías, y yo soy la distracción. Aunque ahora lo hace mucho mejor. En cuanto a Marcel, intentamos mantenerlo oculto. Es bueno para las estrategias, pero cuando se trata de ser sigiloso, tiene dos pies izquierdos.

Se queda un paso atrás mientras nos deslizamos por el bosque. El suelo agrietado y seco cruje bajo sus pies. A las chicas de Dovré no les importa su torpeza. Las había escuchado cuchichear sobre la «cara de bueno» y «los ojos dulces» de Marcel. Si hablaban de mí, no las oí. La verdad es que, de los tres, Marcel es el único que es accesible. «Acuchillar, agacharse, rodar». Tenso los músculos al pensar en cada movimiento. La Hechicera de Huesos será rápida, pero estoy preparado.

—El título del poema de Poirier también tiene la culpa de que la gente piense que todas las Hechiceras de Huesos tienen la piel clara —continúa Marcel—, cuando en realidad *blanches* se refiere al color de su vestido.

—¿Sigues hablando? —Jules va más rápido por el sendero de los ciervos—. Esto se alargará hasta el amanecer si no sigues el ritmo.

Tiene razón. Me vuelvo para ayudar a Marcel. Llevamos más de un año explorando puentes, y tengo muchas ganas de acabar con esto. «Esta noche, Bastien, esta noche».

—¿Qué tal si te deshaces de la bolsa y el arco? —Le sugiero. Marcel parece una mula con todo lo que lleva—. Ese equipo te retrasa todo el tiempo.

—Prefiero ir lento que estar indefenso. —Desvía la mirada hacia una hoja que ha quedado enganchada a su capa y toca los bordes irregulares—. Verbena —identifica, y se la mete en el bolsillo—. Además, el libro se queda conmigo. Ya lo sabes.

Lo sé. El libro va a dondequiera que vaya Marcel. Es la principal razón de la bolsa. La tradición de la Vieja Galle está en esos cuentos populares. No se ajustan a la lógica de Marcel, pero el libro estaba en la mesita de noche de su padre cuando murió. Entiendo que lo necesite. El incómodo cuchillo de mi padre no es tan aparatoso, pero yo tampoco voy nunca a ningún sitio sin él.

La brisa cambia y toso por el repentino aroma a rosas.

—¿Te acorraló una de las chicas de Madame Colette al salir?

—¿Qué? No. ¿Por qué…?

—La fragancia. —Le guiño un ojo—. Estoy seguro de que alguien te ha restregado medio frasco.

Marcel se huele el cuello y maldice en voz baja.

—No es una chica de burdel —murmura, y acelera para pasar por mi lado.

Me río entre dientes, pisándole los talones.

—Déjame que lo adivine, ¿Birdine? —La pelirroja con el pelo crespo que trabaja en una tienda cerca de La Chaste

Dame. Su voz etérea y la risa dulce tranquilizan a los clientes mientras su tío estafa un precio alto por un perfume barato—. Nadie más usa tanta agua de rosas.

Marcel refunfuña.

—No puedes decir nada. Jules me asará sobre un pozo si me huele.

—¿Y a ella qué más le da?

—Le tiene manía a cualquiera que me mire.

—Sobre todo cuando tú miras de vuelta. —Le sonrío con complicidad, pero no se ríe como yo esperaba. Está demasiado ocupado frotándose agujas de pino aplastadas por el cuello y la camiseta y escudriñando el camino en busca de su hermana. Nunca le había visto tan sonrojado. De normal, Marcel suele ser muy tranquilo—. Vas en serio con esta chica, ¿no? —Ladeo la cabeza—. ¿Quieres que hable con Jules? ¿Le pido que suelte la correa? —Marcel solo tiene dieciséis años, la misma edad que Birdine, pero es edad suficiente para divertirse sin tener que preocuparse por la mirada de tu hermana sobre tu espalda.

Se le ilumina la cara.

—¿Lo harías?

Jules me despellejará vivo por sacar el tema. Ella es madre, padre y más para su hermano. Ese tipo de responsabilidad no debe ser fácil de eludir. Antes de que una Hechicera de Huesos destrozara las vidas de Jules y Marcel, su madre ya había hecho bastante daño. Abandonó a Théo por un marinero cuando los niños eran pequeños y abandonó el puerto en un barco que nunca regresó.

—Claro. —Paso por encima de una raíz enredada y vuelvo a acelerar el paso. «Girar, saltar, golpear».

—Birdie está harta de la perfumería. El almizcle hace que le duela la cabeza.

—¿Ah, sí? —No estoy seguro de a dónde quiere llegar, pero sonrío al oír cómo la llama—. ¿Tiene otra forma de ganarse la vida?

—Quiere ayudarme en mi trabajo.

—¿En el carterismo? —«Saltar, apuñalar». Apuesto a que la Hechicera de Huesos elegirá uno de los puentes del bosque más profundo al sur de Dovré. Algunos puentes han quedado olvidados y son difíciles de encontrar, aunque para mí no—. ¿O te referías a lo de la venganza?

—En el trabajo de escriba —dice Marcel despacio, sin darse cuenta de que estoy tomándole el pelo—. Todavía tengo la mayoría de las herramientas de mi padre. Hay pergamino para preparar, líneas que trazar… Birdie puede hacer muchas cosas. Un escriba hace algo más que leer y escribir —añade, como si todos los niños pobres de Dovré supieran hacer lo mismo.

Me rasco la nuca. ¿De verdad Marcel está tan ansioso por irse y comprometerse ya con una profesión? Nunca me permito pensar más allá de la próxima luna llena.

—Escucha, podría haber agarrado un cincel y un martillo a lo largo de los años. —Si mi padre estuviera vivo, eso le habría hecho feliz. Pero no está vivo. Ahora lo único que puedo hacer es hacer justicia—. Pero resulta que lo único que necesitaba era un cuchillo.

Marcel aparta una rama de caña de nuestro camino.

—No te sigo.

—Mira, pásatelo bien con Birdie cuando puedas o lo que sea. Pero no te descentres. Jules y yo te necesitamos. —Le doy una palmada fraternal en el hombro. Sin Marcel, no conoceríamos los detalles más sutiles sobre las Hechiceras de Huesos, aunque ese conocimiento sea a fragmentos—. Convertirte en escriba seguro que hará que tu padre se sienta orgulloso, pero primero hay que hacer que su memoria descanse en paz, ¿vale?

Marcel hunde los hombros, pero asiente con valentía.

Jules nos llama con un silbido, impaciente por que la alcancemos. Apuramos el paso, pero las pisadas de Marcel caen con fuerza. Aparto una punzada de culpabilidad. Recordarle que mantenga la cabeza en el presente no es nada que Jules no haga. Al menos, yo no me pongo a gritarle. Marcel tenía siete años cuando murió Théo. Jules tenía nueve. Los dos años de diferencia que tiene con él le permiten comprender mejor lo que perdieron. Marcel tiene la misma necesidad de vengarse que nosotros. Un día nos dará las gracias por haberle hecho aguantar hasta el final.

Cuando vemos a Jules, ya se acerca al primer puente de nuestra ruta. Está a punto de salir del bosque y entrar en la carretera cuando se detiene en seco.

Me quedo quieto, siempre en sintonía con ella, y levanto una mano para detener a Marcel. Debe de haber alguien cerca. Jules esperará a que pase. Somos unos ladrones conocidos. Si nos cruzáramos con la persona equivocada...

Jules se tensa. Hombros encorvados. Dedos separados. No es nada bueno. ¿Cuánta gente hay ahí fuera? Retrocede despacio, encogiéndose con cada paso.

—¿Qué pa...?

Le pongo una mano sobre la boca a Marcel.

Jules se choca con una rama baja. Nunca es así de torpe.

—*Merde* —suelta, y se deja caer al suelo. La hierba salvaje cruje. Se arrastra por ella. Cuando la vuelvo a ver, señala con el dedo hacia atrás. Marcel y yo nos agachamos. Los tres nos reunimos haciendo un círculo con las cabezas.

—¿Soldados? —pregunto. La guardia del rey no patrulla tan lejos de la muralla, pero no se me ocurre quién más podría aterrorizar así a Jules.

Niega con la cabeza.

—Hechiceras de Huesos.

Se me queda la garganta seca. Parpadeo como un idiota. Ni siquiera Marcel sabe qué decir.

—¿Qué? ¿Aquí?

Asiente con la cabeza.

—¿En Castelpont? —Sigo sin creérmelo. Nunca pensé que este puente podría ser un objetivo, solo un atajo. Queda a la vista del Beau Palais.

—Hay una mujer vestida de blanco en el puente y otra se dirige al otro lado. Esa mujer va de verde, así que tu teoría de que todas van de blanco no se sostiene, Marcel.

—Puede que el blanco sea para los rituales —reflexiona—. En las leyendas, se ha visto a las Hechiceras de Huesos durante el baile en el puente. Solo hay una historia que menciona a las testigos, y no menciona el color de sus vestidos, pero...

Apenas oigo una palabra mientras Marcel continúa hablando. Al final, Jules le da una colleja que le hace callar. Me mira y me sonríe.

—Bastien, lo hemos conseguido. ¡Las hemos encontrado! —Reprime una carcajada descontrolada.

No le correspondo a la sonrisa. No puedo pensar, no puedo respirar. Me palpita el pulso tras los párpados. En el fondo, sabía que esta noche tendría mi venganza. La escena que he capturado en mi cabeza, la escena que he imaginado durante años, se despliega ante mí.

«Piso el puente. La Hechicera de Huesos y yo nos miramos. Finjo estar hechizado. Bailamos. Juego a su juego. Entonces anuncio quién soy. Nombro a dos de los hombres que su gente ha matado. Mi padre. El padre de Jules y Marcel. Le corto la garganta con el cuchillo de mi padre, y Jules mata a la testigo. No enterramos sus cuerpos. Las dejamos en el lugar en el que mueren».

—Bastien. —Jules me zarandea.

Trago saliva, volviendo a mí. Trago saliva y vuelvo en mí. Me froto las manos para que la sangre circule.

—Marcel, vigila el camino hasta que el puente no se vea. La verdadera alma gemela de la Hechicera de Huesos aparecerá en algún momento. Con un poco de suerte, para entonces habremos terminado.

—Me subiré a un árbol y miraré si viene. —Marcel mira hacia arriba, y el pelo le cae por un lado de la cara. El único ojo que puedo ver ya está distraído por la variedad de árboles que hay sobre nosotros.

Jules le mira con el ceño fruncido.

—No la cagues. Nada de comparar savia o corteza o cualquier otra cosa que te fascine.

—Soy perfectamente capaz de ceñirme al plan.

—¿Sí? —Arquea una ceja—. Demuéstralo. Quédate en tu puesto hasta que te llamemos, ni un segundo antes. Déjanos la lucha a nosotros. No quiero tener que recoger tus tripas cuando esto termine.

—Estará bien —digo, y me inclino hacia el oído de Marcel—. Piensa en el agua de rosas. —Le doy un empujoncito. Después de esta noche, nuestra venganza habrá terminado.

Reprime una sonrisa y asiente con la cabeza.

—Entonces, ¿estamos listos? —les pregunto a mis amigos—. Esto es todo por lo que hemos trabajado. Tenemos que ser impecables. Esa Hechicera de Huesos de ahí fuera

—señalo, como si pudiera verla— será letal de formas que ni siquiera podemos imaginar. No sabemos qué poderes tendrá.

—No los usará —dice Jules—. Yo me encargaré de ello. Me llevaré sus huesos enterrados antes de que terminéis de bailar.

Intercambiamos una mirada feroz. Le confiaría mi vida a Jules, y sé que a ella le pasa lo mismo conmigo.

—Cuento con ello.

Marcel agarra su arco.

—Si veo al alma gemela, el único objetivo es mutilar, ¿verdad?

Me encojo, imaginando todas las formas en que podría salir mal.

—¿Qué tal si lo entretienes con tus palabras? La Hechicera de Huesos no puede ver al otro hombre. Recuerda que eso es lo más importante.

Marcel me dedica una sonrisa torcida, como si esperara ver algo de acción. Más le vale que no.

—Ni se te ocurra…

Un grito triste tiembla en el aire.

No, no es un grito.

Una melodía.

Un escalofrío me recorre la columna vertebral y hace que me tiemblen los hombros. Vuelvo a tener diez años, estoy solo en el carro de mi padre. Dejo el carro y sigo la canción, camino con los zapatitos que me hizo mi padre. La música vibra. Los tonos bajos suenan tan antiguos que despiertan recuerdos que no tengo, ecos sin forma de un tiempo anterior a que yo naciera, o a que naciera mi padre, o a que cualquier alma viviera y muriera en esta tierra.

—Bastien. —Jules me agarra la pierna y yo tomo una bocanada de aire brusca. Me doy cuenta de que estoy de pie y de cara al puente.

—Cíñete al plan —digo con brusquedad, y escupo el resto de las hojas de menta. No pasa nada. Si la Hechicera de Huesos quiere un alma gemela, se la daré. Le daré a mí mismo. Luego acabaré con ella.

Jules me suelta. Avanzo a través de la hierba salvaje y noto un calambre en el cuello. Cuando doy el primer paso hacia el camino, se me corta la respiración. El fantasmal vestido blanco de la Hechicera de Huesos destaca sobre las oscuras piedras del puente. Es real. Por fin esto está pasando. Aprieto los puños. Me acerco a ella como el ladrón que soy.

Está de espaldas a mí, con el pelo liso, largo y cobrizo. Sigo con la mirada las ondas sueltas hasta la línea curva de sus caderas.

No puedo apartar la mirada. ¿Por qué debería hacerlo? Camino con pisadas más fuertes, que rozan las piedras del puente, atrevidas y temerarias. «Estoy aquí por ti. Esta vez la trampa la he tendido yo, no tú».

Unos cuatro metros y medio más adelante, la Hechicera de Huesos se aparta la flauta de la boca. Cuadra los hombros al respirar. Como una criatura de ensueño, se vuelve hacia mí. Su vestido se resiste al movimiento y se adhiere al suelo formando pliegues en espiral. Parece esculpida en mármol, como algo que mi padre hubiera elaborado con esmero, un golpe de cincel tras otro. Se me enrojece la piel por el calor.

El pelo de la chica ondea alrededor de sus hombros delgados. Tiene una belleza injusta, que oculta al feroz depredador que lleva dentro. Pero, ¿acaso no me lo esperaba? Entonces, ¿por qué me hierve tanto la sangre?

Sus ojos grandes brillan a la luz de la luna. Tiene las pestañas oscuras, no de un color tan claro como el pelo. Ahora estoy lo bastante cerca como para darme cuenta. De algún modo, me he acercado otros diez pasos, atraído por la mirada que me dirige. Feroz, segura, asombrada. Estoy imitando esa mirada. Ambos miramos nuestro destino. Una muerte segura. Pero no seré yo quien muera.

—¿Cómo te llamas? —pregunta la chica con una voz que es ligeramente aguda. Me doy cuenta de que es joven. Casi de mi edad. ¿Era tan joven la Hechicera de Huesos que mató a mi padre? ¿Parecía mayor solo porque yo era un niño?

—Bastien —suelto. Hasta aquí lo de dar un nombre falso. Tenía la intención de revelar el mío a su debido tiempo. No volveré a meter la pata.

—Bastien —repite, su boca prueba la palabra con cuidado, como si nunca la hubiera oído antes. Hace que mi propio nombre me parezca nuevo—. Yo soy Ailesse. —Hace girar la flauta de hueso entre las manos. Un signo de nerviosismo. O un truco para hacerme creer que está nerviosa—. Bastien, has sido elegido por los dioses. Es un gran honor bailar con una Leurress, y un honor aún mayor bailar con la heredera de la *famille* de *Matrone* Odiva.

—¿Me estás pidiendo que baile contigo? —Le sigo el juego y mantengo los pies firmes. Esta chica, Ailesse, es el equivalente a una princesa. La víctima perfecta. Su gente se lo pensará dos veces antes de matar a otro hombre.

Una risa sorprendente brota de ella.

—Perdóname, me estoy adelantando. —Se echa el pelo hacia atrás, camina hasta el parapeto y deja la flauta de hueso en la cornisa. Cuando regresa, tiene la mirada firme como la cazadora, la asesina, que es—. Bastien, ¿quieres bailar conmigo?

Me resisto a mirar por encima del hombro. Jules ya debería estar bajo el puente. Con un poco de suerte, ya habrá desenterrado el primer hueso.

Me inclino como he visto hacer a los barones, con un brazo doblado delante de mí. La correa del arnés con el cuchillo me tira con fuerza del pecho.

—Será un placer bailar contigo, Ailesse.

6
Ailesse

Tomo una gran bocanada de aire, la suelto y le echo un vistazo a Sabine. Nos mira a Bastien y a mí entre las ramas de un fresno del bosque. Mi vista de halcón peregrino se agudiza en su labio superior, lo tiene atrapado entre los dientes. Está tan nerviosa como yo. Quizá piense que no me tomaré el baile en serio, como la vez que lo practiqué con ella. Giselle nos enseñó los movimientos a la vez, y cuando se volvían demasiado íntimos, desviaba la mirada hacia Sabine. Al final le dio un ataque de risa, y Giselle levantó las manos y dio por terminada la clase de aquel día.

Me acerco tres pasos a Bastien y le sostengo la mirada. Casi nos tocamos. Pronto lo haremos. Ahora ya nada de la *danse de l'amant* me parece gracioso.

Una oleada de calor me recorre la piel y reprimo un escalofrío. «Es hora de empezar».

La niebla se cierne sobre el puente y se adhiere a la mitad inferior de mi vestido, mezclándose con el blanco de mi falda. Parece aún más larga. Levanto la pierna y giro sobre un dedo del pie, mientras la niebla se arremolina conmigo.

Los labios de Bastien brillan y se separan mientras observa. Cuando termino de girar, flexiona las manos y se acerca a mi cintura. Le toco las muñecas y susurro:

—Todavía no.

—Lo siento. —Se echa hacia atrás, con la voz ronca.

—Por ahora solo tienes que mirar. Esta es mi parte del baile. Cuando sea tu parte, yo te guiaré.

Traga saliva. Se pasa la mano por el pelo. Se aclara la garganta.

—De acuerdo.

Su expresión pensativa me hace sonreír, pero él no me devuelve la sonrisa. ¿Todos los chicos son así de reservados? Algún día descubriré qué hace falta para despertar la risa de Bastien. Jugaré a descubrir todas las maneras de animarle. Haré…

«No harás nada, Ailesse. No en esta vida. Al final de este baile, morirá».

Se me hunden los hombros, pero los enderezo. Me deslizo en círculos alrededor de Bastien. Mis brazos se elevan en los elegantes arcos y patrones que Giselle me enseñó. Represento la vida a través de los elementos. El soplo del viento. Las corrientes del mar. La energía de la tierra. El calor de la llama parpadeante. El alma eterna. Los ojos de Bastien, azules como el mar, siguen todos mis movimientos.

«¿Crees que es cruel tentar a un hombre con la vida cuando lo vas a matar sin remedio? —preguntó Sabine anoche, acribillándome a preguntas sobre la *danse de l'amant* antes de irnos a dormir—. ¿Jugarías con una liebre todo el día antes de comértela para cenar?».

«De todos modos, no te comerías una liebre —le dije, y le di un pellizco en el estómago—. No es más que un baile, Sabine. Una parte más del rito de iniciación. Cuando termine, me convertiré en una Ferrier. Eso es lo único que importa».

Me recuerdo a mí misma que eso es lo único que importa cuando giro y giro y le muestro a Bastien cada ángulo de mí. Me acaricio la cara y rozo el dorso de la mano por la garganta, el pecho, la cintura, la cadera.

«Estás ofreciendo tu cuerpo —me explicó Giselle—. La forma de tu figura, la belleza de tu rostro, la fuerza de tus extremidades...».

Me colocó el pelo sobre un hombro. Me peino con los dedos para que Bastien pueda ver lo largo y castaño que es, el brillo y su textura ondulada.

En su mirada arde el fuego y me tiembla la respiración.

«Solo es un baile, Ailesse».

Cierro los ojos y obligo a mi mente a alejarse de aquí. Me veo a mí misma con el mismo vestido del rito de iniciación, pero estoy en el puente del alma, no en Castelpont. Sujeto un bastón con firmeza y tomo mi puesto junto a mis hermanas Ferriers. Al final del puente, frente a las Puertas del Inframundo y del Paraíso, mi madre toca la flauta de hueso y atrae a los muertos. Yo guío a las almas dispuestas y lucho contra las que se resisten. Navego con tanta fuerza y destreza como Odiva, y cuando la última alma cruza el puente y las Puertas se cierran, ella se vuelve hacia mí. Sus ojos brillan, con afecto, cariñosos y orgullosos, y sonríe y dice...

—¿Has terminado?

Abro los ojos de golpe. Mi madre ya no está. Bastien tiene la mirada clavada en mí. Se revuelve en su ropa elegante como si le picara.

—Dijiste que tenía un papel que desempeñar —insiste, y lanza una mirada rápida a nuestro alrededor.

¿Está nervioso o es impaciente? La brisa le alborota el pelo oscuro y brillante. Mis dedos se crispan, deseando tocar las hebras salvajes que crecen largas y rebeldes sobre las orejas y la nuca.

—¿Me lo enseñas? —pregunta con una voz entre ronca y suave—. ¿Te…? —Mira hacia abajo y se rasca la manga. Incluso bajo el cielo nocturno, mi visión agraciada capta el rubor que le sube a las mejillas. Vuelve a mirarme—. ¿Te tomarás tu tiempo?

Se me acelera el corazón. Empiezo a comprender por qué los dioses eligieron a Bastien para mí. Bajo el mar manso de sus ojos se esconde una tempestad, una fuerza a la altura de la mía.

Me echo el pelo hacia atrás para que vuelva a ocultar el arnés con el cuchillo. Tomo las manos de Bastien y las coloco en el contorno de mi cintura. Arqueo la frente ante su tentativa, y sus dedos se posan y se tensan, me dan calor a través de la tela del vestido.

Levanto las palmas de las manos hasta su cara y le recorro los huesos de las mejillas, la mandíbula y la nariz. Cada movimiento lleva su ritmo, cada roce forma parte de la danza. Me he mostrado a Bastien, y ahora es mi oportunidad de considerar lo que puede ofrecerme.

Mi vista de halcón me permite ver todas las manchas verdes y doradas enterradas en el fondo de sus iris azules. Incluso tiene una pequeña peca en el borde inferior del ojo derecho. Mi mirada se posa en sus labios. Se supone que debo tocarlos ahora mismo, estudiar su forma y su textura, como si mis dedos pudieran decirme cómo sería besarle.

El sexto sentido de mi tiburón tigre palpita como un segundo latido por toda esta cercanía con Bastien. Late con más fuerza cuando llevo la mano a su boca y la rozo con las yemas de los dedos. Bastien cierra los ojos y suelta una bocanada de aire caliente y tembloroso. Necesito toda mi gracia de íbice para mantener el equilibrio. Quiero besarle, no solo imaginarlo. Besar no forma parte de la *danse de l'amant*, pero Bastien no lo sabría.

Sabine sí.

Pensaría que soy cruel por cruzar esa línea tan íntima cuando pretendo matarle en este puente.

Bajo las manos hasta el cuello y el pecho de Bastien, y abre los ojos. Mis terminaciones nerviosas se agitan ante la mirada hambrienta que me dirige. El cuerpo se me calienta y luego se me enfría.

¿Hay alguna parte de él que intuya cómo va a acabar esto?

Mi cuchillo de hueso. Su corazón. Mi prueba para los dioses de que estoy preparada para convertirme en una Ferrier.

«Sigue bailando, Ailesse. Sigue bailando».

7
Sabine

Pasado el fresno del bosque, observo Castelpont y cómo va la *danse de l'amant*. El corazón me late más rápido. Mi mejor amiga está mucho más cerca de matar a un ser humano, y he jurado presenciar cada momento de su muerte.

«No te obsesiones con el horror que supone esto, Sabine. Piensa en las cosas buenas que saldrán de esto. Ailesse será una Ferrier. Ayudará a las almas de los difuntos a encontrar un nuevo hogar en el Más Allá. Estarán en paz, al menos las que estén destinadas al Paraíso».

Ailesse extiende uno de los brazos de su *amouré* y gira despacio hacia afuera a lo largo del mismo, luego hacia adentro, hacia el pecho de él. Se detiene cuando tiene la espalda pegada a él. Sus brazos se elevan como alas y se pliegan detrás de su cuello. El chico se deja llevar por sus movimientos y se funde con ella. Juntos, son hermosos. Me escuecen los ojos, pero contengo las lágrimas. Me prometí a mí misma que esta noche no lloraría.

Observo al chico que llegó apenas unos minutos después de que Ailesse empezara a tocar la flauta. ¿Lo eligieron los dioses por conveniencia o es de verdad su compañero perfecto?

Frunzo el ceño, pero no encuentro nada malo en él. Cualquier defecto a primera vista no son más que virtudes disfrazadas. La torpeza que muestra resulta encantadora cuando gira a su alrededor. Su carácter solemne refleja una vida de disciplina.

Acepto a regañadientes que los dioses le eligieron bien, pero me duele en el pecho. Ailesse siempre lo ha hecho todo antes que yo, y ahora tiene algo mucho más valioso que otro hueso de gracia. Tiene la promesa del amor. Ha conocido a su *amouré*. Temo que nunca tendré el valor de hacer lo que hay que hacer para conocer al mío.

Un destello negro se desprende de la niebla al otro lado del puente, lo suficiente para que vea algo arrastrarse hacia el lecho del río. Si es un depredador, se sentirá atraído por la sangre cuando Ailesse mate al chico. Me preocupa mi labio. Se supone que no debo intervenir esta noche, pero puede que esa regla signifique que no debo interferir con el *amouré* de Ailesse, no con lo que sea que acabo de ver.

Cuelgo el collar de mi amiga en una rama, me agacho por debajo y voy de puntillas hasta el borde de la orilla. El *amouré* de Ailesse no se fija en mí. La observa caminar a su alrededor y pasarle la mano por el torso. Tengo que darme prisa. Tengo que volver a mi puesto antes de que termine el baile. Para entonces, el hechizo seductor de la flauta de hueso se desvanecerá, Ailesse sacará el cuchillo de hueso y yo tendré que volver a tiempo para presenciar cómo completa el rito de transición.

La niebla vuelve a espesarse. Desciendo lo más rápido posible por la empinada orilla. Por fin llego al fondo y miro a mi alrededor. Apenas veo unos dos metros en cada dirección. El resto del cauce es un manto blanco. Si estuviera cazando, tendría el arco o la daga, pero como testigo de un ritual, estoy indefensa. La Leurress que realiza el rito debe demostrar que es hábil por sí misma.

Avanzo con cuidado. Mi gracia de salamandra me ayuda a mantener los pies firmes en el suelo irregular. También aumenta mi sentido del olfato, una habilidad ante la que a menudo he puesto los ojos en blanco por su falta de utilidad, pero que ahora agradezco. Dejo que el olor del cuero, la lana y el sudor me guíen hasta el otro lado, donde oigo un pequeño gruñido de esfuerzo. Vuelve a oírse, esta vez acompañado de un leve roce. La niebla se disipa en torno a una figura agazapada: una chica. Mueve la cabeza hacia mí y se quita la capucha.

Durante una fracción de segundo me quedo confusa, sin saber por qué está aquí. Entonces se me hiela la sangre. Tiene las manos cubiertas de tierra. La tierra debajo de ella ha sido excavada en un punto. Me maldigo. Debe de haber encontrado el lugar con facilidad por la tierra removida.

La chica se tensa, lista para atacar o huir. Los latidos de mi corazón se desploman. Me cuesta pensar. Aún no tiene el hueso de la gracia de Ailesse. Ailesse se habría dado cuenta y me hubiera gritado. Todavía estoy a tiempo de detenerla.

Me abalanzo sobre la chica. Se anticipa y rueda hacia un lado. Me doy la vuelta y veo que ya está de pie, con un cuchillo en la mano. Me pongo nerviosa, pero me trago mi grito de auxilio. Ailesse tiene que centrarse en el chico.

La chica encapuchada salta hacia mí con el cuchillo extendido. Solo tengo el brazo para protegerme. El dolor me atraviesa cuando me corta la manga y llega hasta la piel. Jadeo y me tambaleo hacia atrás.

«Contrólate, Sabine. Te curarás. Es lo único en lo que eres buena».

Levanto una roca tan grande como mi puño.

—¿Crees que puedes detenerme? —sisea la chica—. Me he preparado para ti.

Le lanzo la piedra a la cabeza. La esquiva con una sonrisa burlona. Se pasa el cuchillo de una mano a otra.

—Solo llevas un hueso —dice—. Ni siquiera será un reto matarte.

¿Sabe lo de los huesos de gracia? Busco a tientas otra piedra.

—¿Quién eres?

—La hija de un hombre al que mató una Hechicera de Huesos. —Prácticamente escupe las palabras—. Ashena fingió amarlo durante un año, y luego lo maldijo y lo dejó morir. Lentamente. Con dolor.

«¿Ashena?». Separo los labios. Una vez me trenzó el pelo. Cuando asesinaron a mi madre, Ashena me dio una concha perlada.

—¿Ashena amó a tu padre? —Nunca se me había ocurrido que un *amouré* pudiera tener hijos propios.

—Lo fingió —aclara la chica—. No era real.

—Tal vez sí lo era. Ashena no mató a su *amouré*, no directamente. —Cuando volvió a Château Creux se lo confesó a nuestra *famille*. Si lo hubiera matado con su daga ritual, la magia del vínculo del alma le habría perdonado la vida—. Ashena murió por quererle —añadí, con un nudo en la garganta. Ocurrió en un segundo, un año después de su rito de iniciación.

Los ojos de la chica encapuchada se ensombrecen, conflictivos y confusos.

—Eso no importa. La muerte de Ashena no enmendará el crimen contra mi padre.

—¿Qué lo hará? —Gano tiempo mientras cierro los dedos en torno a la roca. Ya conozco su respuesta.

—Tu muerte. —Sonríe con desdén—. Y la muerte de tu amiga.

—Nunca podrías derrotar a Ailesse.

—Sí que podemos.

«¿Podemos?».

Con un movimiento rápido, se lanza a la tierra removida. Lanzo la piedra. Le golpea en el hombro. Gruñe, pero el dolor no la detiene.

Saca la mano de la tierra. En su puño apretado, sostiene el hueso del ala de halcón de Ailesse. Recuerdo el día en que Ailesse disparó la flecha y derribó al pájaro del cielo. Me dio la pluma más larga.

La ira arde como un incendio en mi interior.

Cargo contra la chica encapuchada. El corazón me bombea pura rabia.

Al mismo tiempo, Ailesse lanza un grito de terror.

—¡Sabine!

8
Ailesse

Mis extremidades se vuelven pesadas. Caigo de puntillas hasta los talones. El tinte violeta de mi visión se desvanece, junto con la nitidez. Me zafo de los brazos de Bastien y mi mano vuela hasta la base de mi garganta. El hueso de mi ala de halcón ha desaparecido. No del collar, pero...

Corro hacia el parapeto y miro por encima de la cornisa. No puedo ver el lecho del río a través de la niebla, pero oigo el sonido de un forcejeo.

Algo va muy mal.

—¡Sabine!

Escucho, pero solo oigo golpes y gruñidos apagados. Entonces mi amiga grita:

—¡Ailesse, corre!

Me quedo paralizada. Aprieto el semimuro con los nudillos. No puedo salir corriendo. Sabine está en peligro. Pero tampoco puedo abandonar el puente. Todavía no. La magia ritual está viva. Tengo que elegir. Respecto a Bastien. No, no hay elección. Tengo que matarlo. Ahora.

Los músculos me gritan que ayude a Sabine, pero me obligo a girarme y encarar a Bastien.

—Lo siento. —No debería disculparme. Es un honor ser mi *amouré*. Es un honor morir. Me llevo la mano al cuchillo de hueso que tengo a la espalda.

Él se lleva la mano a la espalda.

—Yo no —dice.

Saco el cuchillo. Él saca dos. Abro mucho los ojos.

—¿Qué es esto?

—Esto —cada expresión tierna y conflictiva de su cara se contorsiona en una mueca cruel— es venganza. —Avanza y lanza sus armas hacia mí.

Salto hacia atrás. No me he entrenado para una pelea con cuchillos. Matar a un animal con uno es muy diferente a esto.

—¿Por qué? —pregunto. El dolor mella mi orgullo después del baile que él y yo acabamos de compartir—. ¿Qué te he hecho?

Sus fosas nasales se hinchan. La rabia le golpea en oleadas. El sexto sentido vibra en mi columna vertebral, atento a su próximo movimiento.

—Las tuyas mataron a mi padre —gruñe, habla de las Leurress como si fuéramos menos que humanos—. Yo era un niño. Le vi morir. Una Hechicera de Huesos le cortó la garganta y le quitó la vida.

Tengo náuseas en el estómago.

—No… no deberías haber estado allí. Se suponía que no debías estar allí.

—¿Es esa tu disculpa? —se burla Bastien y arruga la nariz con odio—. Mi padre murió. Un hombre bueno, amable e inolvidable murió porque cruzó el puente equivocado en la noche equivocada.

Yo no estaba allí. No fui yo. Palabras débiles que no diré.

—No fue una coincidencia. Fue elegido por los dioses.

—¿Ah, sí? —Se acerca a grandes zancadas—. Cuéntame qué clase de dioses adoras que separarían a un hombre de su familia y permitirían que fuera sacrificado por una mujer a la que nunca ha conocido.

La burla me hiere en el corazón y en la santidad de los *amourés*. Sin ese mandato de los dioses, las Leurress bien podrían ser asesinas. Blasfemia. Me niego a creer…

—¡Tú no sabes nada!

—Sé más sobre vuestra alma negra y sobre las de tu secta de lo que me gustaría.

Bastien se abalanza sobre mí y apenas puedo esquivar el cuchillo. Perdí la ventaja en velocidad cuando perdí el hueso del ala. Sonríe. Su mirada dice que soy fácil. Soy la salamandra de Sabine, sin dientes afilados ni garras. Se equivoca. Curvo mi labio. Levanto el brazo del cuchillo. He escalado montañas heladas y matado un gran íbice. Me he zambullido en el mar y he vencido a un tiburón tigre. Bastien no es nada. Solo un chico con dos cuchillos. Un chico que, de todos modos, está destinado a morir.

Le golpeo. Bloquea mi golpe con su cuchillo. Su otra hoja se dirige a mi costado. Le agarro de la muñeca —la velocidad de mi tiburón tigre es bastante rápida cuando me concentro— y le doy una fuerte patada en el pecho. Sale volando hacia atrás tres metros y rueda hasta el suelo.

Abre mucho los ojos. Exhalo con satisfacción.

—¡Jules! —grita—. ¡Sigue siendo poderosa!

—¡Lo sé! —Una voz femenina. Sinuosa. Está debajo del puente, luchando contra Sabine.

—¿Tu amiga me ha robado el hueso de ala? —Me acerco a Bastien. Retrocede como un cangrejo—. La mataré después de matarte a ti… y a quien sea que hayas traído contigo, encaramado en esos árboles del camino. —Ahora que estoy en sintonía con mi sexto sentido, sé que hay alguien ahí fuera. Una energía zumba desde la copa del bosque, a un kilómetro de distancia, y es demasiado fuerte para ser un pájaro.

Bastien se queda de piedra y echa un vistazo en esa dirección.

—Nunca tendrás la oportunidad.

Extiende el brazo e intenta ponerme la zancadilla. Salto, pero vuelve a arremeter contra mí. Es demasiado rápido para alguien que no tiene gracias. *Se ha entrenado para esto.*

Se pone en cuclillas y sigue atacando desde abajo, cerca del suelo. Tropiezo hacia atrás y salto de un pie a otro. Mis pies se enredan en el exceso de longitud de mi vestido y dificultan la agilidad de mi íbice. «Maldita Isla».

Me doy en la espalda contra el parapeto del puente. Bastien me tiene acorralada y lo sabe. Le lanzo la daga al pecho, pero él dobla el cuerpo y la daga se desliza por su hombro. Debe de tener una hoja oculta bajo la capa. Mi cuchillo de hueso cruza el puente y cae entre las sombras.

Intento correr a por mi hoja, pero la bota de Bastien atrapa la cola del vestido. Con un fuerte tirón, arranco la tela. Vuelve a empuñar el cuchillo, salto hacia atrás con mi gracia de íbice y aterrizo en lo alto del parapeto. La cornisa es estrecha, menos de medio metro de ancho, pero estoy en equilibrio y en mi elemento. También soy un blanco fácil.

Para mi sorpresa, Bastien no lanza los cuchillos. En su lugar, en un movimiento rápido y ágil, se sube al parapeto y se coloca frente a mí, a dos metros de donde estoy yo. Levanto una ceja y le devuelvo una sonrisa descarada. Espera el momento para atacar. Qué divertido. Como si pudiera intimidarme.

—Los dioses te eligieron bien —admito, y observo con qué valentía hace caso omiso de la caída de doce metros hasta el lecho del río. Pero no puede estar a la altura de mi habilidad. Yo también me he entrenado para luchar contra las almas de los muertos. Para eso no me hace falta un cuchillo—. Disfrutaré de tu muerte.

Se mofa y le da una patada a la flauta de hueso que coloqué en la cornisa del parapeto. Reprimo un grito ahogado cuando cae en la niebla del lecho del río. Si se rompe... Si la pierdo...

—Ups. —Bastien sonríe.

Carga contra mí mientras sigo en estado de shock. Salto hacia atrás con rapidez y me arqueo en un salto mortal. Caigo una y otra vez en círculos rápidos. Me sigue el ritmo. Siento su proximidad gracias a mi gracia de tiburón. Cuando vuelvo a erguirme, tengo sus cuchillos en la garganta y el corazón. Agarro las empuñaduras y los mantengo inmóviles. Las venas se tensan en sus sienes mientras lucha por clavar sus cuchillos.

—Los dioses no me eligieron. —Bastien jadea bajo la presión de mi agarre—. Yo te he cazado hasta aquí.

—No podrías haber puesto un pie en este puente a menos que los dioses lo aprobaran. Tu vida es mía.

Con un giro brusco, le arranco el cuchillo de la mano izquierda. Es la hoja más fina de las dos. Él retrocede y se guarda el otro cuchillo. Es interesante que lo prefiera.

—¡Cuando quieras, Jules! —grita.

No responde. Nadie lo hace.

—¡Sabine! —grito. Solo responde el aullido del viento.

La niebla se disipa lo suficiente para que pueda ver una figura debajo, postrada en el lecho del río.

El corazón me da un vuelco. ¿Estará viva? Mi sexto sentido vibra con debilidad, pero podría ser la energía de la otra chica de ahí abajo.

—Si Sabine está muerta —miro a Bastien—, morirás muy lentamente. No te enterraré con tus huesos; los llevaré puestos. Me los llevaré de tu cuerpo antes de que exhales por última vez. —Ninguna Leurress ha tocado los huesos de su *amouré,* jamás, pero no me importa. El ritual comenzará conmigo.

El músculo de la mandíbula de Bastien se tensa.

—Y si Jules está muerta, yo te decapitaré.

—No te daré la oportunidad de hacerlo. —Sujeto su cuchillo como lo hace él, como un escudo, la empuñadura nunca lejos de la cara y en constante movimiento. Me aprendo sus defensas, sus ataques. Me abalanzo sobre él y comenzamos una nueva danza, esta vez más mortal, más apasionada, más ardiente.

Me defiendo de sus ataques. Él esquiva los míos, antebrazo contra antebrazo. Nunca extiendo los codos. Contraataco con rapidez. Bastien es un excelente maestro. Su error. Los depredadores que hay en mí son alumnos astutos.

Él pisa el estrecho parapeto con facilidad. Su poderoso deseo de venganza es una gracia en sí misma.

Cuando me aprendo el ritmo de sus movimientos, me arriesgo más. Uso más fuerza cuando le doy una estocada. Le empujo hacia atrás cuando nuestros brazos conectan. Puede que sea valiente, pero es débil. Podría romperle los huesos. Tal vez lo haga.

El sudor le humedece la frente. Gruñe con cada golpe, cada bloqueo, cada contraataque. Tengo la tentación de llevarlo al límite y descubrir dónde está su límite. Pero no puedo. Si Sabine está herida, aún hay una posibilidad de que pueda ayudarla. «Por favor, Elara, que solo esté herida».

—Gracias por el baile, *mon amouré* —digo.

—¿A esto lo llamas bailar? —Bastien me ataca a la cara, luego a la pierna, y cambia de mano el cuchillo con destreza.

—Perdóname, ¿estabas luchando? —Esquivo ambos ataques, ágil como un íbice—. Me encantaría que lo intentaras, pero me temo que se nos ha acabado el tiempo.

—¿Por qué? No puedes estar ya cansada. A menos que hayas perdido toda la resistencia con un huesito de pájaro.

Se me abren las fosas nasales. No tiene ni idea de a lo que se enfrenta.

—Todavía tengo la resistencia combinada de un tiburón tigre y un gran íbice alpino.

—Fuerza que robaste.

—Fuerza que me gané.

—No es suficiente para vencerme.

Las venas me arden con una furia abrasadora. «Ahora morirás, Bastien».

—Mírame.

Con toda mi gracia de íbice, salto tres metros en el aire y alzo la daga con ambas manos. Toda la ferocidad y la musculatura de mi tiburón tigre se agolpan en mi cuerpo. Miro a Bastien desde el parapeto. Parece pequeño. Fácil de vencer.

Se pone en posición defensiva, con los ojos muy abiertos, preparado.

Me lanzo hacia delante.

Balancea el puño un momento antes de que yo golpee. No puedo moverme lo bastante rápido. La tensión en mi interior se afloja. Me golpea en el brazo y me quita el cuchillo de la mano. Sale despedido hacia la niebla que se disipa y cae estrepitosamente sobre las piedras del lecho del río.

Conmocionada, apenas consigo frenar la caída. Mis músculos se acalambran en señal de protesta. El entorno se oscurece. La energía cambia a mi alrededor. Mi sexto sentido desaparece.

El diente de tiburón. Lo tiene la cómplice de Bastien.

—¡Sabine! —Vuelvo a gritar. Me arden los ojos. Ella es la figura inerte en el suelo. Tiene que ser ella.

Abandono todo pensamiento de mi rito de iniciación. No mataré a Bastien aquí y ahora. Lo cazaré más tarde, aunque me lleve un año. Entonces tendré su sangre.

—¡Ya voy, Sabine! —Sigue viva, vive.

Salto del parapeto al puente, pero Bastien me agarra del brazo. Jadeo ante el dolor que me recorre por el agarre. No puedo soltarme. Después de todo, no es tan débil.

—Suéltame —grito. Aún conservo mi gracia de íbice, que me da fuerza en las piernas. Le doy una fuerte patada en la espinilla. Hace una mueca de dolor, pero no me suelta—. Tengo que ayudar a mi amiga. Es inocente.

—¿Así que admites que tú no? —Bastien me acerca cuando intento darle otra patada. Me pone el cuchillo en la garganta. Trago saliva contra la hoja afilada. Puede acabar con mi vida en cualquier momento.

Todo esto está mal. Se supone que un *amouré* no mata a una Leurress. Nunca ha pasado, no en toda nuestra larga historia.

No puedo creerme que vaya a pasarme a mí.

Noto el aliento cálido de Bastien en la cara.

—Ninguna de vosotras es inocente.

9

Bastien

Ailesse no cierra los ojos al anticipar su muerte. Me mira a los ojos. Le tiembla el cuerpo mientras la sujeto a punta de cuchillo en el parapeto, pero no pestañea. Teme este momento, pero no lo que hay más allá. La muerte. La otra vida. Lo único que no me puedo imaginar cuando pienso en mi padre.

«No dudes, Bastien».

—Esto es por Lucien Colbert. —Doblo los antebrazos. Los latidos de mi corazón resuenan con fuerza en cada rincón de mi cabeza. Los ojos pardos de Ailesse brillan.

—¡Bastien, detenla! —El grito de Jules hace eco en la niebla del lecho del río—. ¡Ya está hecho! —Ailesse inspira con fuerza y se tambalea entre mis brazos.

«¿Qué quiere decir Jules?».

—¡La tengo!

—¡No digo a ella, a la otra!

Detrás de mí, oigo el crujido de las rocas al caer. Miro por encima del hombro. Una chica morena con un vestido verde, la testigo, sube por la orilla del río, cerca del pie del puente. La sangre mana de la herida que tiene en la cabeza.

—¡Sabine! —La voz de Ailesse me retumba en los oídos. Intenta liberarse y casi lo consigue mientras yo estoy distraído.

Sabine ve el cuchillo en el cuello de Ailesse. Pone cara de horror.

—¡Suéltala! —Se abalanza sobre mí.

Me tenso. Por lo que sé, podría tener la fuerza de un oso.

Corre hacia el puente, pero entonces la cabeza se le va hacia un lado.

Se agarra a un poste para apoyarse. Otro chorro de sangre fluye desde de la línea de su cabello.

—¡Sabine, para! —grita Ailesse—. No puedes luchar así.

—Tú tampoco. —La voz obstinada de Sabine flaquea.

—No debes intervenir.

—Me da igual.

—¡Vete, por favor!

—¡No me iré sin ti!

—¡No puedes salvarme! Ve y avisa a mi madre. Dile que la flauta cayó en el lecho del río y...

Dejo de escuchar. Presto atención a la luz de la luna que brilla en mi cuchillo. Los tendones del cuello de Ailesse se tensan bajo el filo. ¿A qué espero, a que grite o a que se asuste más? Se supone que este momento debe ser mi victoria final. Lo será. Puedo degollar a una Hechicera de Huesos y luego encargarme de la otra.

Aprieto los dientes con determinación, pero se me revuelve el estómago.

«¡Hazlo, Bastien!».

—¡Bastien, la testigo! ¡Se escapa! —La voz de Jules se acerca. Está trepando por la orilla del río, persigue a Sabine.

Me doy la vuelta en dirección a Sabine. Ya está fuera del puente. Jules y ella se cruzarán en cualquier momento.

—¡Puedes agarrarla antes que yo!

—¡Date prisa! —le dice Ailesse a su amiga.

«Golpear, arrastrar, golpear». Jules llega a la orilla del río. Cojea.

Sabine intenta esquivarla, pero Jules saca el cuchillo. Sabine grita cuando le hace un corte en el costado, a la altura de la cintura.

—¡No! —Ailesse lucha contra mí—. ¡Corre, Sabine!

Sabine esquiva a duras penas otro golpe de Jules. Ambas son lentas por las heridas.

Jules vuelve a fallar. Sabine aprovecha la oportunidad y le da una patada a Jules en la pierna herida. Jules grita y se agarra la rodilla.

Los músculos de Ailesse se tensan.

—¡Ahora es tu oportunidad! ¡Vete, Sabine!

Sabine le dirige una mirada feroz a Ailesse.

—¡Volveré a por ti! —Se aleja a toda velocidad por el camino que lleva al bosque. Una de sus manos presiona la cabeza que le sangra. Con la otra se sujeta el corte de la cintura.

Jules lucha por volver a ponerse de pie.

—¡Bastien, tenemos que hacer algo! Volverá a buscar al resto de su gente. Me ha dicho que pueden rastrearnos con su magia.

Me muevo, de repente un poco mareado.

—Si eso fuese posible, Marcel lo habría dicho.

—¡Marcel no sabe nada! —Se tambalea tras Sabine.

«Marcel». Está fuera del camino, y entre los árboles, en algún lugar, en busca del alma gemela de Ailesse. Pero ahora lo necesito aquí. Puede demostrar que Jules se equivoca. Grito su nombre, pero no me responde. Ailesse curva el labio superior.

—Ninguno sabéis cuánto os costará esta noche.

Aparto el cuchillo una fracción de su garganta y me controlo. ¿Qué sabe? He pensado en mi venganza innumerables veces, en todos los escenarios posibles. Si una de las Hechiceras de Huesos escapaba, planeábamos matar a la otra y...

—¡Deja los huesos! Los de ella. —Pongo nerviosa a Ailesse y casi se cae del parapeto. Jules debe de haberle robado el último hueso, y el equilibrio de Ailesse con él—. Así es como funciona su magia. Si ya no los tenemos, su gente no puede encontrarnos.

Sabine, que está a tres metros de la linde del bosque, se queda paralizada. Mira a Ailesse con dolor. Jules se vuelve y me mira. Asiento con la cabeza para mostrar que hablo en serio. Mataré a Ailesse y luego cazaré a su amiga. Pero si Sabine consigue escaparse de mí, no tendremos de qué preocuparnos.

La mirada de Ailesse se mantiene firme.

—Aun así, te encontrarán.

Resoplo.

—Tu gente no tendrá ninguna oportunidad. He vivido en las calles de Dovré desde que era un niño. Los mejores escondites de la ciudad y los lugares que hay bajo ella son mi territorio.

—Eso da igual —escupe—. A mi *famille* no le hace falta mis huesos de la gracia para encontrarte. Mi alma y la tuya están unidas. Con eso basta. —Se yergue más. Mi cuchillo hace que le gotee sangre por el cuello—. Tienes razón en lo de que nuestra magia reside en los huesos. Los usé para invocarte. Viniste cuando escuchaste mi canción, y los dioses te dejaron porque te eligieron para mí. Ahora, tu alma es mía en la vida y en la muerte. —La niebla se eleva tras ella, pegándose a su cuerpo—. Si me matas, morirás conmigo.

Me sudan las palmas de las manos. Aprieto con fuerza el cuchillo.

—Buen intento, pero mientes fatal.

Empiezo a hundir el cuchillo, pero Jules grita:

—¡Bastien, espera! ¿Y si tiene razón?

—¿Sobre qué? ¿Sobre qué no puedo vivir sin ella? —Me mofo—. ¿De verdad te lo crees?

—Piénsalo. ¿Y si por eso murió mi padre? ¿Y si murió porque su alma estaba unida a la de Ashena? Ella murió poco después de dejarlo, la testigo me lo dijo esta noche. Su muerte podría haber desencadenado la de él.

Respiro más fuerte, más rápido. ¿De verdad mi alma podría estar unida a la de una Hechicera de Huesos? Me recorren oleadas de frío y calor. Si Ailesse dice la verdad, no habría tenido tanto miedo de morir hace un momento. Pero, ¿de verdad tenía tanto miedo? Capto esa chispa de confianza tras el miedo.

«Marcel no sabe nada».

Tal vez no he pensado en todas las posibilidades esta noche.

Ahora soy yo el que tiembla. «Necesito la muerte de Ailesse». Las palabras me abrasan por dentro y me acerco aún más a ella. El pie se le resbala del borde del parapeto. La agarro por la espalda. Con el cuchillo en su garganta, vacilo.

—¡Bastien, para! —grita Jules.

—¡Cállate!

He planeado este momento durante ocho largos años. No puede terminar dejándola ir.

—¿Ya habéis acabado? —grita Marcel. A través de la niebla, le veo avanzar con paso torpe hacia el puente. Al mismo tiempo, Sabine llega a la frontera del bosque tras él. Marcel no la ve. Se ha abierto su propio camino a través de los árboles—. No he visto a ningún alma gemela —confiesa, sin esforzarse por guardar silencio—. El hombre tiene que vivir en una isla. O eso o es tan lento como una tortuga… o como la miel de abeja. Eso es más denso. —Se detiene en seco y nos observa a los tres. A Ailesse. A Jules. A mí—. Oh. No habéis terminado, entonces.

—¡La testigo, Marcel! —Jules hace señas como una loca, incapaz de llegar a Sabine lo bastante rápido con la pierna herida—. ¡Corre! Traerá a más de ellas. ¡Matarán a Bastien!

Marcel se da la vuelta y se queda mirando a Sabine, a unos metros de él. Está encorvada por otro mareo.

—¿Has oído a tu amigo? —me sisea Ailesse en el oído—. No ha visto otra alma gemela. —Me vuelvo hacia ella, atraído por el negro de sus pupilas—. Eres mío —me dice.

Más rápido de lo que parece, Marcel deja caer su bolsa y saca una flecha de su carcaj.

Ailesse jadea.

—No. ¡Sabine, corre!

Sabine levanta la cabeza con dificultad. Tiene un aspecto atroz, con una mancha de sangre en la cara y en un ojo.

Marcel tensa el arco. Tiene los hombros encogidos, como si estuviera a punto de vomitar.

—¡Corre! —vuelve a gritar Ailesse.

Marcel se sobresalta y deja volar la flecha. Pasa silbando junto a Sabine, cerca de su cabeza. Ella agarra algo de la rama de un árbol y sale corriendo. El bosque se la traga.

—*Merde!* —Jules se dobla contra el suelo.

Ailesse se relaja bajo mis dedos. Me mira, regodeándose, y aprieto los músculos de la mandíbula. Su amiga es libre y ahora Ailesse cree que no me atreveré a degollarla porque nuestras almas están unidas. O eso dice. Pronto lo sabré. Entonces la haré sufrir. Me suplicará que acabe con su vida.

—Morirás, Hechicera de Huesos. —Mi tono de voz, mordaz, disminuye hasta convertirse en un sonido letal—. Porque eres mía.

10
Sabine

Corro entre las ruinas de Château Creux y más allá del escudo tallado del Rey Godart con el cuervo y la rosa. El fuego y el hielo me recorren las venas con cada latido.

«Ailesse ha muerto. Su *amouré* la ha matado. Llego demasiado tarde».

Me limpio las lágrimas con manos temblorosas. Los dedos se me quedan pegajosos por la sangre. Tengo sangre por todas partes: en el cuello, en el pelo, en el vestido y en las mangas. En lugares que no puedo ver. La garganta de Ailesse.

Las piedras de Castelpont. El cuchillo de su *amouré*.

Cierro los ojos con fuerza. «Cálmate, Sabine. No sabes si Ailesse está muerta».

El chico dudaba. Aún podría estar viva. No es demasiado tarde.

Avanzo a toda velocidad por los túneles excavados por la marea bajo el antiguo castillo y luego bajo por el último túnel que conduce hacia el patio. Ya ha pasado media noche, pero Odiva debe de estar despierta, esperándonos.

«¿Cómo le explicaré lo que ha pasado? Todo esto es culpa mía».

Estoy a punto de explotar, pero me mareo. Aprieto los dientes y apoyo la mano contra la pared del túnel. La gracia de mi salamandra me ha ayudado a recuperarme del ataque de la chica encapuchada, pero he perdido demasiada sangre. De camino aquí, casi me desmayo y tuve que descansar con la cabeza entre las rodillas. Me costó un tiempo muy valioso. No puedo permitir que vuelva a ocurrir.

—Te he dado todo lo que he podido estos dos últimos años. —La voz de Odiva es un murmullo, pero resuena en toda la caverna.

Se me forma un nudo en el estómago. Por un momento creo que me habla a mí, mi madre murió hace dos años, pero cuando las manchas negras desaparecen en mi campo de visión, veo a mi *matrone* de pie bajo un claro bañado por la luz de la luna en el centro del patio. Me da la espalda y tiene los brazos extendidos. Está rezando con fervor. Si no, me habría visto. Su sexto sentido de raya y la ecolocalización de murciélago habrían detectado mi llegada.

—Ahora el tiempo se acerca a su fin —continúa—. Dame una señal, Tyrus. Hazme saber que honras mis sacrificios.

«¿Tyrus?». Me centro en las manos ahuecadas de Odiva. Están dirigidas hacia abajo, hacia el Inframundo, no hacia arriba, hacia los Cielos de la Noche. Frunzo el ceño. Las Leurress veneramos a Tyrus, le ofrecemos las almas de los malvados en las noches que los transportan, pero nuestras plegarias van a Elara, que escucha las súplicas de los justos. O eso me enseñaron.

Me alejo de la pared. Da igual. Ailesse está en peligro. Yo rezaría a cualquier dios con tal de salvarla.

—¡*Matrone*!

Odiva se queda paralizada. Salgo al resplandor plateado de la Luz de Elara, y ella se vuelve hacia mí. En ese momento, cierra las manos en torno a algo que cuelga de una cadena de oro sobre su collar de huesos de tres hileras. Se lo mete con rapidez dentro del vestido y capto un destello rojo brillante.

—Sabine. —Entrecierra los ojos color ébano y recorre los cortes que tengo en el brazo, en la cabeza y en la cintura. Se acerca a mí enseguida—. ¿Qué ha pasado? —Un temblor leve le recorre el labio inferior—. ¿Ailesse también está herida?

De repente, no puedo mirarla a los ojos. Se me seca la garganta y las lágrimas me invaden la vista.

—No estábamos preparadas —digo sin saber por dónde empezar.

Odiva se acerca, y el cráneo de murciélago nóctulo sujeto a su corona de vértebras de áspid se cierne sobre mí.

—¿No estabais preparadas? ¿Para qué?

—Para su *amouré*. Estaba preparado. Sus cómplices también. Sabían lo que éramos. Y nos querían muertas.

Líneas de furia y confusión se forman entre las oscuras cejas de la *matrone*.

—No lo entiendo. Ailesse es la Leurress más prometedora que nuestra *famille* ha visto en un siglo. —Estoy de acuerdo, aunque es un cumplido que nunca le ha hecho a mi amiga—. ¿Cómo podrían unos simples plebeyos...? —Se le quiebra la voz, como si no pudiera respirar.

—Una chica robó los huesos de la gracia de Ailesse que estaban bajo el puente. —Saco la mano que tengo en la espalda y muestro el collar que va enganchado al hombro a modo de brazalete de Ailesse. Mi última tarea como su testigo habría sido volver a colocar sus huesos de la gracia en él. La vergüenza me quema por dentro y me abrasa las mejillas. Hasta esta noche, creía que mi mejor amiga era invencible, pero debería haber enterrado sus huesos más a conciencia, haberlos protegido mejor. Entonces Ailesse podría haberse defendido.

—La chica afirmó que Ashena había matado a su padre, así que el *amouré* de Ailesse debía estar ayudándola a buscar venganza.

Odiva se queda quieta como una estatua. La brisa se cuela entre su cabello negro y su vestido color zafiro, pero permanece inmóvil. Al final, entreabre los labios.

—¿Está viva? —susurra—. ¿Han matado a mi hija?

Un sollozo roto me brota del pecho.

—No lo sé.

Me agarra por el mentón.

—¿Dónde está la flauta de hueso? —El hielo me recorre la columna vertebral cuando clava esos ojos negros en mí. Nunca había visto a Odiva tan salvaje y desesperada.

—Se ha… —*perdido en el lecho del río*—. Se la llevaron.

Aprieta los dientes.

—¿Estás segura? —pregunta despacio, con insistencia.

—Sí. —Se me revuelve el estómago. Nunca le he mentido a la *matrone*. No sé por qué lo hago ahora, pero tengo una corazonada que me advierte de que Odiva no debería tenerla todavía. Sobre todo, cuando parece más preocupada por la flauta que por su hija—. Deberíamos empezar a rastrear a Ailesse ya. Si está viva, necesita nuestra ayuda.

Se aparta de mí.

—¿Tienes idea de lo que has hecho, Sabine?

—¿Yo? —Me encojo. Odiva nunca me había regañado. Eso lo dejaba para Ailesse.

—¿Cómo pudiste dejar que pasara esto? ¿También has perdido tu hueso de la gracia?

Hueso de la gracia, no huesos. En singular. Penoso.

—Intenté ayudar, pero me hirieron.

—Eso no es excusa. Deberías haber confiado en tu gracia para curarte.

La miro fijamente, con la boca entreabierta, sin saber qué decir. Estoy cubierta de sangre seca y me cuesta mantenerme en pie. Puede que mi gracia de salamandra haya acelerado la curación, pero las heridas que sufrí en Castelpont eran profundas.

—Lo siento.

Niega con la cabeza y se pasea por el patio, con el vestido ondulándose al cambiar de dirección cada pocos metros. Apenas reconozco a la mujer que tengo delante. No se parece en nada a la fría y tranquila *matrone* que gobierna mi *famille*.

—¿Esta es tu señal? —Su grito de furia resuena en las paredes de la caverna. Doy un respingo, aunque no se dirige a mí. No sé de qué señal habla, pero sus ojos color ónix lanzan una mirada acusadora al suelo.

En cuestión de segundos, tres de las mayores, Dolssa, Pernelle y Roxane, llegan al patio desde varios túneles a toda prisa. Llevan el pelo deshecho y la ropa desaliñada, pero les brillan los ojos en señal de alerta. Escudriñan la caverna como si buscaran una fuente de peligro.

—¿Va todo bien, *Matrone*? —pregunta Dolssa.

Odiva aprieta el bulto de la gema roja, o lo que sea que esconde bajo el escote de su vestido.

—No, nada va bien. —Respira con dificultad y deja de apretar.

Pernelle me mira y se fija en mi rostro manchado de sangre.

—Ailesse… ¿está?

—Está viva. —«Por favor, deja que sea verdad, Elara»—. Pero nos necesita. —Repito lo que le he contado a Odiva lo más resumido posible.

La *matrone* se retuerce las manos y recorre otro tramo del patio.

—Despertad al resto de las mayores —les ordena a las tres Leurress—. Id a rastrear a mi hija. Empezad en... —Me mira.

—Castelpont.

Odiva cierra los ojos.

—Por supuesto, Ailesse eligió Castelpont.

—La encontraremos, *Matrone*. —Roxane hace un gesto a sus compañeras. Se marchan enseguida para reunir a las demás. Voy corriendo a unirme a ellas.

—No he terminado contigo, Sabine.

Me quedo helada y me doy la vuelta. Odiva ha recuperado la compostura, pero hay algo en su piel pálida, casi sin sangre, que brilla incluso más pálida a la luz de la luna y hace que se me erice el pelo de la nuca.

Camina hacia mí.

—¿Te han enseñado la diferencia entre los Encadenados y los Desencadenados? —pregunta, como si yo fuera una niña que aún está aprendiendo el concepto de transportar, como si este fuera el momento oportuno para una lección.

—Sí —respondo con cautela y echo un vistazo por encima del hombro. Las mayores ya se han ido del patio y no quiero que abandonen el castillo sin mí. ¿Por qué lo menciona Odiva ahora?—. Los Desencadenados son aquellos que llevaron una vida honrada y merecen una eternidad en el Paraíso de Elara —digo—. Los Encadenados son las almas siniestras, aquellos que fueron malvados y merecen el castigo en el Inframundo de Tyrus.

Odiva asiente y se acerca.

—¿Esto puede esperar, *Matrone*? Ailesse...

—Las mayores buscarán a Ailesse.

—Pero…

—Tienes *un* hueso de gracia, Sabine. Ahora no puedes hacer nada para salvarla.

Sus palabras me dan de lleno en el pecho y hacen eco sobre las de Ailesse en Castelpont: «¡No puedes salvarme!». Creí a mi amiga. Por eso, al final, corrí en busca de ayuda.

—Sin embargo, te diré lo que sí puedes hacer —continúa Odiva—. Pero primero debes escuchar. Necesito que lo entiendas. —Retrocedo un paso cuando se acerca. Odio el tono dulzón de su voz. No quiero que la *matrone* me muestre ternura, sobre todo cuando no se la muestra a su hija, a quien deberíamos estar buscando ahora mismo—. Cuando las Leurress están listas para convertirse en Ferriers, les enseño la última amenaza de los Encadenados. A Ailesse se la enseñé ayer mismo.

Frunzo el ceño. Ailesse no me lo contó, cosa que significa que saber eso tiene que ser sagrado.

—Ahora te la enseñaré a ti, Sabine.

—Pero no estoy lista para convertirme en una Ferrier.

Los labios rojos de Odiva se curvan y se me eriza el vello de los brazos.

—Puede que pronto descubras que piensas de otra manera. —Se yergue más—. ¿Sabes lo que les ocurre a las almas de los recién fallecidos cuando oyen la canción de la travesía?

Me muevo, con las piernas inquietas.

—Sus espíritus se levantan de la tumba y adquieren una forma tangible.

—Lo que en primer lugar los hace peligrosos. Pero, ¿sabes qué pasa con las almas cuando no pueden atravesar las Puertas del Más Allá?

Intento imaginarme las Puertas de las que me han hablado, pero que nunca he visto con mis propios ojos. Se supone que la Puerta de Elara es casi invisible, mientras que la Puerta de Tyrus es visible y está hecha de agua. Cuando el puente de tierra emerge del mar, ambas Puertas surgen ante la llamada de la flauta de hueso, al igual que los muertos también se ven atraídos por la canción.

—¿Qué no son castigadas? —pregunto, especulando sobre los Encadenados, aunque mi respuesta es obvia. Nunca he oído hablar de ningún alma que haya evadido con éxito la travesía.

Odiva niega con la cabeza.

—Es mucho peor que eso. Los Encadenados se vuelven aún más siniestros, y si las Leurress no son capaces de contenerlos, pueden huir del puente y conservar su forma tangible. ¿Comprendes qué implica eso?

Una conmoción se alza desde los túneles. Las mayores. Deben estar ya reunidas y listas para partir.

—¿Los Encadenados regresan de entre los muertos? —pregunto, impaciente por terminar esta conversación.

—Ojalá fuese tan simple. Las almas no están ni vivas ni muertas en el reino mortal, donde ya no deberían estar. En ese estado intermedio tan frustrante, los Encadenados buscan más poder y se alimentan de las almas de los vivos.

«¿Se alimentan?». Me olvido de las mayores y le presto toda mi atención a la *matrone*.

—¿Cómo?

—Les roban la Luz.

Abro los ojos de par en par. La Luz de Elara es la fuerza vital de todos los mortales... más fuerte en las Leurress. Sin ella, nos debilitaríamos y, al final, moriríamos.

—¿Entonces qué... qué pasa si los Encadenados toman toda su Luz?

Odiva se queda en silencio, con la mirada perdida. Las plumas de sus hombreras se mueven con la brisa, y una se engancha en la garra más grande, el hueso tallado de un búho real.

—Una muerte eterna. Sus almas ya no existen.

Me invade el pavor, profundo y negro, como si mi Luz ya estuviera desvaneciéndose. Habla de la peor forma de matar: matar un alma, algo que nunca creí posible.

Esta es la realidad que Odiva se ha esforzado por meterme en la cabeza: para ella, la pérdida de la flauta de hueso es peor que la pérdida de su hija. Y yo soy la responsable.

—Lo siento. —Mi voz vacila, endeble como la hierba marina. Después del rito de iniciación, mi trabajo consistía en volver a colocar la flauta de hueso en el lecho de lana de cordero del cofre de cedro. Ahora, no solo está en peligro la vida de Ailesse por mi culpa, sino también muchas vidas más. La travesía tiene que suceder en quince días, durante la luna nueva—. ¿Qué puedo hacer?

—Puedes crecer. —Odiva hace una mueca como si le costara reprenderme—. He sido demasiado blanda contigo, Sabine. Ya no eres una niña. Si hubieras obtenido más gracias antes de esta noche, habrías sido capaz de dominar a tu agresor. Ailesse habría tenido una oportunidad de luchar.

Se me llenan los ojos de lágrimas, pero merezco esta reprimenda.

—Prometo cazar más, *Matrone*. —Tengo que olvidar mis reparos a matar animales—. Pero primero... por favor, déjame ayudar a mi amiga. Déjame ir con las mayores.

—¿Con las gracias de una salamandra de fuego? —Los ojos de Odiva se posan en la pequeña calavera de mi collar—. Ni hablar.

Las siete mayores salen al patio para atravesarlo. Sus huesos de la gracia más llamativos brillan bajo la luz de la luna. La corona de pelo de asta de ciervo de Roxane. El collar de nervios de serpiente de Dolssa. Los pendientes de hueso de ala de buitre de Milicent. El colgante de la vértebra de zorro de Pernelle. La peineta de cráneo de anguila de Nadine. La gargantilla de mandíbula de jabalí de Chantae. El brazalete de colmillo de lobo de Damiana.

Lucho contra el impulso de esconder mi lamentable hueso de la gracia mientras ellas salen por otro túnel camino de Château Creux.

—Por favor, *Matrone*. Yo soy la que estaba con Ailesse esta noche. He visto de lo que es capaz su *amouré*. Sus cómplices y él han tenido que estudiar a las Leurress. Sabían lo que hacían. ¿Y si la han secuestrado? —Sería horrible, pero al menos significaría que Ailesse no está muerta—. ¿Y si las mayores no pueden encontrarla?

—Si no lo consiguen, no importa. —Las cejas azabaches de Odiva bajan sobre unos ojos agudos—. La encontraré. Ailesse es sangre de mi sangre, huesos de mis huesos. Hay una magia entre madre e hija que ni siquiera los dioses pueden explicar. —Un dolor profundo crece en mi pecho, un anhelo de experimentar aquello de lo que Odiva habla. Mi madre me llamaba *mon étoile*. Mi estrella—. Recurriré a esa magia para seguir su rastro. Salvaré a mi hija. —Su voz irradia una confianza serena—. Ailesse está viva. Puedo sentirlo.

Una bocanada de aire cauta me llena los pulmones.

—¿De verdad?

—De verdad. —Odiva sonríe, pero la sonrisa no le llega a los ojos—. Ahora vete a dormir, Sabine. Tus heridas terminarán de curarse mientras descansas. Mañana comenzarás a cazar tus nuevas gracias. Los dioses pueden necesitarte antes de lo que piensas. —Se lleva la mano al bulto del collar que tiene oculto—. Quiero que estés preparada.

Intento no revolverme bajo su mirada persistente. Odiva quiere que me convierta en una Ferrier, lo ha dejado muy claro, pero también tengo la incómoda sensación de que quiere algo más de mí. Algo que no me va a gustar.

—Ailesse sobrevivirá —me tranquiliza—. Poseo la fuerza de cinco huesos de la gracia. Me encargaré de ello. Así que no la busques. —Su tono es claro y definitivo—. Deja que yo me encargue de mi hija.

Odiva se da la vuelta, dando por terminada nuestra conversación, y se retira al lugar donde la había visto rezar al principio. Empieza a murmurar un cántico que desconozco. No distingo todas las palabras, pero oigo el nombre de Ailesse cuando Odiva se lleva la mano a su corona de calavera de murciélago. Se corta el dedo con los dientes y derrama sangre sobre la piedra caliza, donde las Leurress han grabado el rostro del chacal dorado de Tyrus en la curva de la luna en forma de hoz de·Elara. Se me revuelve el estómago. Nunca he visto ni oído hablar de un ritual como el que está haciendo.

Los ojos oscuros de la *matrone* se vuelven hacia mí despacio mientras sigue derramando sangre.

—Buenas noches, Sabine.

Me tiemblan las rodillas.

—Buenas noches.

Vuelve a darme la espalda, un reflejo de lo que era antes, con los brazos extendidos en señal de oración y las manos ahuecadas e inclinadas hacia abajo. Un escalofrío me recorre hasta la médula y me alejo deprisa.

En mi habitación, agarro el arco y un carcaj de flechas con punta de hueso. No tengo intención de dormir esta noche. No haría más que dar vueltas en la cama. En lugar de eso, me escabullo por un túnel lateral, evitando el patio, y salgo de Château Creux.

Me sujeto el costado herido y corro lo más rápido que puedo. Cuando me alejo un kilómetro y medio del castillo, me quito el hueso de gracia de salamandra y lo ato al collar de Ailesse. El acto de colgármelo del cuello y el hombro sella mi juramento hacia ella.

«Te salvaré, Ailesse».

No puedo confiar en las mayores ni en Odiva para hacer lo que tengo que hacer, sobre todo porque mi *matrone* está más preocupada por la flauta de hueso.

Al comenzar mi viaje a Castelpont, la Luz de Elara, como el coraje, se filtra en mi alma. Más fuerte aún es mi feroz determinación. Buscaré la flauta en el lecho del río, y luego partiré hacia los cotos de caza del bosque. Mataré para conseguir mis dos últimos huesos de la gracia, si eso es lo que hace falta para salvar a mi amiga. Y esta vez no lloraré.

Seré como Ailesse.

11
Ailesse

«Maldito sea Bastien y todos los huesos de su cuerpo». No puedo ver nada a través de la venda que tengo en los ojos. El pie se me engancha en la raíz de un árbol —o quizá en una roca— y caigo hacia delante. Me levanta antes de que caiga al suelo. Me revuelvo contra el férreo agarre que ejerce sobre mi brazo.

—¡Suéltame! —Pero no lo hace. No lo ha hecho desde que salimos de Castelpont, desde que fallé en matarlo.

La humillación me caldea las mejillas. Mi madre nunca volverá a creer que soy una persona capaz. Y mucho peor que perder mis huesos de la gracia, he perdido la flauta de hueso. Sabine volverá a por ella, ese es mi único consuelo, pero no puedo evitar la imagen de los ojos furiosos de mi madre cuando Sabine le cuente lo sucedido.

Lucho por mantenerme en pie mientras Bastien sigue arrastrándome por el bosque. Sus dos amigos nos escoltan, ayudan a vigilarme mientras viajamos, Marcel va delante y Jules detrás. Caminan con pasos ruidosos y torpes. Marcel camina arrastrando los pies y Jules cojea sobre su pierna herida. «Gracias por eso, Sabine».

—Estáis jugando a un juego que nunca ganaréis —les advierto—. Si tuvierais algo de sensatez me dejaríais marchar mientras aún pudierais. Mi madre vendrá a buscarme, y no querréis enfrentaros a su ira.

Bastien me agarra con fuerza y el brazo se me adormece.

—Si tu madre quiere que vuelvas, tendrá que venir a nuestro territorio.

—¿De verdad crees que puedes esconderme? —Me burlo—. No hay ningún sitio con el que puedas soñar que mi madre no encuentre.

—Cuento con ello.

Nos detenemos de sopetón en el bosque. He intentado seguir mis pasos durante la última hora y media, pero hemos cambiado de dirección demasiadas veces. Incluso hemos caminado por arroyos, con la corriente y contra ella. Bastien está intentando desorientarme, y sin mis gracias de halcón, tiburón e íbice, está funcionando. Quizá teme que mi madre vea a través de mis ojos (imposible) y cree que su táctica le ayudará a dejarla atrás. *Iluso.*

—Tú primero, Jules —dice Bastien—. Así podrás guiar a la Hechicera de Huesos al otro lado.

—Yo digo que la dejemos que se retuerza. —Me sobresalto ante la cercanía de la voz de Jules, justo detrás de mí, profunda y rasposa para ser una chica. Si tuviera mi diente de tiburón, habría sentido su cercanía. Pero ahora tiene en su poder mis huesos de la gracia, un hecho del que sigue regodeándose cuando no está siseando por su pierna herida. Espero que se caiga.

—Nuestra prioridad es llevarla bajo tierra —responde Bastien.

—¿Bajo tierra? —Se me hace un nudo en la garganta al pensarlo. El patio bajo el Château Creux es diferente de donde quiera que Bastien se refiera; al menos está abierto a los Cielos de la Noche de Elara y a la brisa del Mar Nivous—. ¿Adónde me lleváis?

Su aroma especiado me inunda cuando se acerca.

—A las catacumbas. Te dejaré adivinar por qué entrada.

El corazón me martillea. Se rumorea que las catacumbas tienen varias entradas, y algunas secciones no se unen con otras y conducen a callejones sin salida.

—No, no podéis… No puedo… —Me quedaré sin la luz de la luna y de las estrellas, mis últimas fuentes de fuerza. Tengo que escapar. Ya.

Le doy un fuerte empujón a Bastien en el pecho. Su agarre se rompe y salgo corriendo. Me agarra del otro brazo y me lo retuerce detrás de la espalda. Lanzo un fuerte grito de dolor.

Se ríe.

—Tenías razón, Marcel —dice, un poco hacia un lugar delante de nosotros.

—¿La tenía? —responde Marcel—. A ver, de normal la tengo, pero, ¿esta vez a qué te refieres?

—La magia de las Hechiceras de Huesos viene de algo más que de los huesos. —De la voz de Bastien brota una satisfacción engreída—. Son criaturas de la noche.

—Ah, sí… —Marcel se muestra indiferente—. En parte por eso adoran a Elara. —No suena como si tuviera el veneno para cometer un asesinato, como Bastien o Jules, o incluso ayudarles a despojarme de toda mi magia. Pero su apatía podría ser la máscara de la crueldad—. Necesitan el sustento de la luna y las estrellas de la diosa.

—Y sin ella —añade Bastien, sujetándome del brazo para no retorcérmelo más—, la princesa no será más que un señuelo para su reina.

—¿Señuelo? —pregunta Jules, con un tono cauteloso—. ¿De qué estás hablando?

Aprieto los dientes. Para mí está bastante claro.

—¿Ese es tu gran plan? —Miro a Bastien—. ¿Usarme como cebo para matar a mi madre? ¿Cómo? No podréis robarle sus huesos de la gracia… y ella tiene los mejores de mi *famille*. —Pongo toda la crueldad que puedo en mi sonrisa—. Acabará contigo.

—Bastien… —dice Jules a mi espalda, en voz baja—. Tal vez deberíamos darle una vuelta a esto.

Noto cómo se enfurruña.

—He estado dándole vueltas. Nuestros padres merecen algo más que la muerte de una Hechicera de Huesos cualquiera. Tenemos que detener el sacrificio ritual de una vez por todas. La forma más inteligente de hacerlo es atacar al líder: eliminar a la reina. —Su tono se templa con un toque de desesperación—. Esta es nuestra mejor oportunidad, Jules.

—Solo espero que sepas lo que estás haciendo.

—¿Acaso no lo sé siempre?

Resopla.

—Muy gracioso.

—Sigue moviéndote —dice él—. Ya casi estamos.

Pasa a mi lado y me golpea con el hombro. Se me tensa la mandíbula. Doy una patada hacia atrás y le doy en la espinilla con el tacón. Sisea una maldición. Le habré dado en la pierna herida. *Bien*.

Me estalla un intenso dolor en la mejilla izquierda. Tropiezo hacia atrás con una fuerte punzada de vértigo.

—Cuidado, Hechicera de Huesos —me advierte Jules.

Levanto la barbilla, desearía poder arrancarme esta venda de los ojos para mirarla fijamente. Apenas la conozco, pero ya la odio. Jules le hizo daño a Sabine. No lo he olvidado.

Se aleja de mí cojeando. La oigo durante unos pasos, luego ya no oigo nada. ¿Ha entrado ya en las catacumbas?

Una nueva oleada de pánico me asalta. Me muevo arrastrando los pies y forcejeo con Bastien. Me empuja hacia delante.

—Te toca.

No puedo entrar ahí. No entraré. Le piso el pie. Me rodea la garganta con un brazo. No puedo respirar. Me agito con más fuerza.

—¡Deja de forcejear! —Le tiembla la voz por el esfuerzo—. O te haré tanto daño que desearás estar muerta.

No lo pongo en duda. La sangre me palpita en el cráneo, pero no retrocedo. Hago palanca en sus manos. Agarro. Pataleo. Aprieto los labios para no decir: «Por favor». No voy a suplicar. Ya me ha robado mis gracias, no me robará la dignidad.

—¿Eh, Bastien? —Marcel dice con la pereza de quien se muerde las uñas—. Creo que ahora entiende lo que quieres decir.

El agarre de Bastien se vuelve más duro. Me lloran los ojos. Temo que me rompa el cuello. Quizá acabe con mi vida ahora mismo. «Te desafío a hacerlo», pienso, incluso mientras la cabeza me da pinchazos al borde de la inconsciencia. Si me mata, morirá conmigo.

—*Merde* —dice, como si hubiera pensado lo mismo. Me suelta la garganta.

Me derrumbo y tomo ardientes bocanadas de aire. Antes de que pueda recuperarme, me vuelve a levantar y me empuja hacia delante. Avanzamos unos metros y el suelo desciende de repente. Tengo las piernas metidas hasta las rodillas en hierba salvaje; esto no es la entrada de unas catacumbas. Estamos bajando por la ladera de algún tipo de acantilado o barranco. Antes de que el terreno se nivele, meto el pie izquierdo en una madriguera.

—Mete el otro pie. —Bastien me empuja—. Esa es la entrada. Hemos llegado.

Intento escapar, pero me agarra y me mantiene sujeta. Me resisto a su agarre.

—Vale —digo—, voy. —Me suelta muy despacio, pero el calor de su cuerpo sigue rondando a mi alrededor. Aprieto la mandíbula. Bastien cree que no soy nada sin mis gracias. Le demostraré que se equivoca y que no me ha despojado de mi valor.

Coloco los dos pies en el agujero y me arrodillo para meterme de cabeza.

—No, primero los pies o te quedarás atrapada dentro —me dice, y yo reprimo un gruñido. Si esto es un truco, le haré sufrir por ello.

Tomo una última bocanada de aire fresco y bebo lo que puedo de la luz de la luna. Rezo para que la energía fría de la luna se quede atrapada bajo mi piel el tiempo suficiente para ayudarme a sobrevivir a la oscuridad.

Me deslizo por el agujero.

El hueco es estrecho. Me veo obligado a caer de espaldas. La cabeza es lo último que entra y trago saliva. Ya me he deslizado por túneles antes. Las cuevas de Château Creux están plagadas de ellos. Pero nunca lo había hecho con los pies primero y atrapada entre tres personas que me quieren muerta.

—En unos diez metros, notarás otro agujero, la apertura de un túnel lateral —me dice Bastien. Parece irritado, como si le molestara ofrecerme ayuda.

Me quito la venda y me la cuelgo del cuello. El entorno sigue siendo oscuro y asfixiante. Me retuerzo hacia abajo en diagonal hasta que encuentro el túnel que se bifurca. Introduzco las piernas, pero el túnel se inclina hacia arriba, en dirección contraria a la que intento deslizarme. El pánico crece en mi interior como un trueno. Empiezo a gimotear. Nunca gimoteo.

Se oyen risas, pero no sé de dónde.

—Es divertido oírte forcejear —me dice una voz ronca pero femenina. Jules—. Pero ahora estoy aburrida, así que aquí está el secreto: baja más allá del segundo túnel, luego vuelve a subir y atraviésalo de cabeza.

Cierro los ojos ante el duro golpe de mi propia estupidez. ¿Por qué no lo había pensado? He estado atrapada bajo el agua junto a un tiburón tigre y atrapada en cuevas de nieve estrechas en el norte, pero nunca había entrado en pánico ni había perdido la razón de esta forma.

Respiro para calmarme y sigo las instrucciones de Jules. Al menos ahora me deslizo hacia delante sobre los codos, en lugar de arrastrarme hacia atrás. Unos cuatro metros y medio después, salgo del segundo túnel y llego a un lugar más amplio donde puedo ponerme de pie.

A diferencia de los túneles bajo Château Creux, aquí el aire es cálido, sin el frescor del mar. Parpadeo e intento que mis ojos se adapten a la oscuridad sin la aguda visión de mi halcón peregrino. Algunos túneles bajo Château Creux son oscuros, incluso negros, si se va lo bastante adentro. Pero no son tan negros. No hay nada más oscuro e insondable. Siento que la Luz de Elara ya está abandonando mi cuerpo y que mi fuerza natural se desvanece con ella.

Una punzada de soledad horrible me oprime el pecho, aunque no estoy sola. Echo de menos a Sabine. Podría soportar esto si ella estuviera aquí conmigo.

Se oye un golpe por detrás.

—¿Por qué no has encendido las lámparas, Jules? —dice Bastien. «Golpe, palmadita, sacudida». Debe estar quitándose el polvo de la ropa.

—Quería que la Hechicera de Huesos tuviera una bienvenida en condiciones. —Oigo la sonrisa en la voz de Jules, aunque sus palabras se hunden en la piedra caliza tupida—. Que conociese la penumbra de las catacumbas.

—La pureza del negro es arrebatadora —respondo solo para irritarla. La pausa que hay después me asegura que lo he conseguido.

Se enciende una pequeña chispa, junto con el chirrido del sílex y el acero. Arqueo las cejas. Jules está a poco más de un metro de mí, no a varios metros, como esperaba. Este lugar tiene una forma desconcertante de devorar el sonido. Sopla la yesca y enciende la mecha de una sencilla lámpara de aceite. La llama no es brillante: apenas se extiende metro y medio más allá de Jules y, más allá, reina una negrura implacable.

—Te has quitado la venda de los ojos —recalca Bastien. En la oscuridad, sus ojos azul mar se han vuelto del color del cielo a medianoche. La piel se me enrojece por el calor. Por un momento, su mirada pasa del odio al conflicto, como si buscara algo dentro de mí, y estuviera nervioso por lo que pueda encontrar.

—Ahora estamos dentro —respondo—. ¿Por qué debería seguir llevándola?

—Este no es nuestro destino final.

Un fuerte golpe me hace dar un respingo. Una bandolera sobrecargada cae del agujero del túnel. A continuación, asoma la cabeza despeinada de Marcel.

—Odio esta entrada —dice, aunque su tono no es afligido—. La próxima vez deberíamos…

—Marcel. —Bastien le fulmina con la mirada. Miro de uno al otro y lo entiendo: hay otra entrada más fácil que da a esta parte de las catacumbas, lo que significa que este pasaje de la cantera no conduce a un callejón sin salida. Es útil recordarlo mientras planeo mi huida.

Jules saca otras dos lámparas de aceite de un saliente natural de la pared de piedra caliza, de donde también debe de haber sacado la yesquera. Mientras enciende cada mecha, Bastien se me acerca y agarra la venda que tengo en la garganta. Me aparto de un tirón, me la desato y me la vuelvo a poner alrededor de los ojos. Aprieta el nudo, aunque yo ya lo he apretado.

Nos adentramos en el túnel oscuro. Bastien no me agarra del brazo como hacía en la superficie, sino que me empuja hacia delante con pequeños golpes en la espalda. Sé dónde está cada uno de mis captores por el sonido de sus pasos. Jules está delante de mí, cojea, pero mantiene un ritmo constante. Bastien está justo detrás de mí, su paso es una mezcla equilibrada entre confianza y prudencia. Y Marcel está detrás de Bastien, avanza a paso lento y distraído.

Extiendo los brazos. El túnel es lo bastante grande para apoyarme en las paredes y, de vez en cuando, en el techo bajo. Voy fijándome en la altura para asegurarme de que no se hunde y me golpea en la cabeza. Dudo que Bastien me avise.

Más adelante, un chapoteo sordo me sobresalta.

—¿Qué ha sido eso?

—Jules se ha tirado al agua.

Planto los pies.

—¿Agua? —Mi madre nunca me habló de agua aquí abajo.

—Agua subterránea —responde Marcel en voz baja. Ladeo la cabeza hacia él. Debe de estar más cerca de lo que parece—. Al menos la mitad de las catacumbas están inundadas.

Me estremezco. Hasta ahora, no he tocado ningún hueso humano, pero el agua debe llevar fragmentos descompuestos igual que el mar lleva sal. Odiva nos tiene prohibido a la *famille* entrar en las catacumbas porque los huesos son sagrados para nosotras. Solo tomamos lo que necesitamos y honramos a las criaturas que cazamos. Pero no se honró a las personas cuyos huesos ocupan este lugar. En los tiempos de la Vieja Galle, tras un siglo de guerras, las fosas comunes de Dovré empezaron a desmoronarse sobre las canteras de piedra caliza que había bajo la ciudad. Se apuntalaron las canteras para que Dovré no se derrumbara, y los huesos de las tumbas sin nombre se arrojaron en su interior. Una abominación.

—Muévete. —Bastien me empuja con fuerza. Me tambaleo hacia delante.

Dos pasos, cinco pasos, nueve. «Elara, protégeme». Choco con un canto en el que el suelo resbaladizo se hunde. Intento mantener el equilibrio, pero Bastien no me ayuda. Con un pequeño grito, caigo en picado. La caída no es muy larga, quizá un metro. Mi estómago golpea el agua y rozo el suelo con las rodillas. Saco la cabeza y escupo agua tibia por la boca. Está arenosa, con sedimentos calcáreos y es probable que sean restos de huesos humanos. Me encojo y me pongo en pie, sacudiéndome la humedad de los brazos. El agua me llega a los muslos.

«Chapoteo. Ruido». Bastien se zambulle en el agua. Para preservar la luz de su lámpara, que brilla tenuemente a través de mi venda, resisto el impulso de golpearle en la espalda.

—Vamos. —Me clava el dedo en la columna.

—Te mataré despacio —prometo—. Y cuando supliques piedad, te cortaré la lengua.

El agua se mueve cuando él se acerca. Tengo su aliento cálido en la cara.

—Nunca tendrás la oportunidad. Después de matar a tu madre, encontraré la forma de traspasar la magia y pararé tu corazón. Tu cuerpo se pudrirá hasta que no seas más que huesos, como todos los hombres que has masacrado.

—Nunca he matado a un hombre —espeto—. Cada miembro de mi *famille* solo mata a uno. —Para alguien que sabía lo suficiente sobre mis fortalezas y debilidades como para secuestrarme, Bastien tiene un conocimiento increíblemente escaso sobre las Leurress. Es probable que haya estudiado cómo matarme sin molestarse en saber por qué mi pueblo hace lo que hace, y lo difícil que es.

Se mofa.

—Qué generosas.

Ojalá mi resplandor pudiera hacer agujeros a través de esta venda.

El agua suena detrás de nosotros. Marcel nos ha alcanzado.

—¿A qué distancia está Jules? —pregunta.

—Está justo después de nuestro anillo de luz —responde Bastien. Exhala con un resoplido y me empuja hacia adelante—. Vamos.

Procuro no resbalar con las mangas acampanadas por el agua. Cada vez que tropiezo con un obstáculo, me estremezco por temor a que sea un hueso humano.

Avanzamos poco a poco. El camino se bifurca al menos quince veces hasta que se inclina y vuelvo a estar sobre piedra caliza y seca. Alabados sean los dioses. A partir de aquí, solo cambiamos de camino seis veces, y entonces una mano me agarra del hombro para hacerme parar.

—¿Hemos llegado? —pregunto. Lo único que quiero es tumbarme y soñar que he completado mi rito de iniciación y me he convertido en Ferrier de los muertos.

Quiero despertar de esta pesadilla.

—Sí. —La voz de Jules es extrañamente dulce—. Ya puedes quitarte la venda.

Dudo. Está tramando algo.

—Espera a que estemos dentro de la cámara —dice Bastien.

Aprieto la mandíbula. Estoy harta de doblegarme ante él. Me quito la venda y la tiro al suelo. Nada más hacerlo, deseo que me la devuelvan. A tres metros de mí, el túnel se ensancha y desemboca en una pared de cráneos apilados enorme.

Me tapo la boca con las manos y retrocedo. Se me llenan los ojos de lágrimas.

—¿Dónde…? —Se me atragantan las palabras—. ¿Dónde están los otros huesos?

Marcel se quita la bolsa.

—Hay una galería de fémures en las catacumbas del oeste. —Estira los hombros—. Pero la mayoría de los huesos, las costillas y clavículas y demás, están amontonados detrás de monumentos como este. —Se encoge de hombros con indiferencia—. Supongo que nuestros antepasados no tuvieron tiempo de ordenarlos todos.

—¿Todos los esqueletos están separados así?

—Ajá.

Se me saltan las lágrimas. Esto es pecaminoso, abominable, repugnante. Las Leurress entierran a los hombres enteros. Los dioses nos prohíben sacar huesos humanos de sus cuerpos. Si lo hiciéramos, sus almas sufrirían un estado de intranquilidad sin fin en la otra vida. No se reunirían con sus cuerpos. No podrían tocar ni actuar sobre las cosas. No podrían abrazar a sus seres queridos.

—¿Por qué te ofendes? —Bastien frunce el ceño. Agarra un cajón arrimado a la pared y se lo pasa a Jules—. Las de tu clase llevan todo tipo de huesos que habéis separado.

—Eso es diferente. Los dioses nos han concedido a los animales. —Me limpio otro torrente de lágrimas—. A sus almas les concedieron una gloria inferior.

Jules resopla.

—Es increíble.

—Pero los humanos fueron creados a imagen y semejanza de los dioses —continúo, ignorando la mirada de asco que me lanza mientras se agacha y saca varias lámparas de cerámica de la caja—. Estamos destinados a un lugar más elevado en los reinos eternos.

Pone los ojos en blanco.

—Por supuesto.

¿Por qué les explico cosas sagradas a esta gente tan odiosa? Vuelvo a mirar la pared de calaveras y tiemblo, entumecida por la conmoción, mareada por el horror. Caigo de rodillas y alzo las manos hacia el cielo nocturno, en algún lugar por encima de toda esta roca y muerte.

—¿Qué está haciendo? —pregunta Jules. Oigo el silbido de la llama cuando enciende todas las lámparas con la suya.

—Parece que está… rezando —responde Marcel.

«Concede paz a estas almas, Elara. Diles que las lloro».

Tras un rato de silencio, Bastien murmura:

—Vigílala, Jules. Vamos, Marcel. Ayúdame a llevar estas lámparas.

Mientras sus pasos se alejan, Jules se pone a mi lado.

—Así que, déjame ver, vosotras, las Hechiceras de Huesos, sois las que más gloria recibís. —Su risa sarcástica rechina en mis oídos.

—Mi alma eligió este camino, así como la tuya eligió el tuyo. No te burles de lo que no entiendes. Ser una Leurress requiere un gran sacrificio.

—Sí, pero no para tu gente. Consideráis a los hombres que matáis sacrificios, mi padre, el padre de Bastien. Pero somos nosotros los que hemos sufrido, no tú.

Me encuentro con su mirada implacable y la culpa me revuelve el estómago.

—¿Por eso os unisteis los tres? ¿Porque perdisteis a vuestros padres?

Jules se pasa una mano por debajo de la nariz.

—Solo éramos unos críos.

La culpa llega más hondo, pero Jules no lo entiende. Ninguno de ellos lo entiende.

—Vuestros padres están en el Paraíso de Elara, un lugar con mucha alegría y belleza. —Recito lo que me han enseñado—. Son felices, y aceptan sus muertes.

Jules me escupe en la cara. Retrocedo con los ojos muy abiertos.

—¿Sabes lo que me reconforta? —Se levanta y camina hasta el borde de nuestro círculo de luz. Saca algo metido bajo el escote de su corpiño. Entrecierro los ojos y apenas distingo que es largo, delgado y pálido—. Saber que las Hechiceras de Huesos no podréis atraer a otro hombre sin vuestra flauta.

La adrenalina me recorre las venas. La tiene. La encontró. La recogió del lecho del río. La robó.

—¡Eso es de mi madre!

—¿Sí? —Sin miramientos, sostiene la flauta sobre la rodilla. Y la parte en dos.

Se me para el corazón. Miro boquiabierta los trozos que tiene en las manos.

—¿Qué has hecho?

—No te preocupes, Princesa. Seguro que tu madre puede rebajarse a tallar otra.

La cabeza me da vueltas. «No, no puede». No sin el hueso de un excepcional chacal dorado. Una bestia que ni siquiera es nativa de Galle. Ninguna Leurress viva sabe dónde viajar para cazar uno.

Jules ladea la cabeza.

—A menos que sea insustituible. —Sonríe y la furia crece en mi interior—. ¿Todas las Hechiceras de Huesos compartís la misma flauta? —Reprimo mis sentimientos, aunque la sangre me bulle en los oídos. Mi silencio me delata. Arroja los trozos de la flauta rota en la oscuridad—. Genial.

Mi rabia alcanza la cima. Me abalanzo sobre ella.

—¡Monstruo! —Salta fuera de mi camino y se estabiliza sobre la pierna buena. No por mucho tiempo.

Le doy una patada en la rodilla con el tacón. Grita y lanza un puñetazo hacia mi cara. Me agacho y le golpeo el estómago con la cabeza. Cae de espaldas al suelo. Caigo encima de ella.

—¡Te mataré! —El aire denso amortigua mi grito. Me agarra de las muñecas para impedir que la golpee. Me revuelvo para zafarme de su agarre—. ¡Los dioses te encadenarán por esto!

—¿Jules? —La voz apagada, pero alarmada de Bastien se hace más fuerte. Se acerca a nuestro anillo de luz.

Ella le lanza una sonrisa de suficiencia, incluso mientras forcejeamos con más fuerza.

—Acabo de confirmar lo que Marcel sospechaba —dice, jadeante—. La flauta de hueso de Ailesse es la única que existe. No tenemos que preocuparnos por otra.

Bastien me aparta de su amiga.

—Bien.

—¡Os odio! —Me abalanzo sobre él y consigo darle en la mandíbula. «Mi madre va a matarme cuando se entere de lo de la flauta»—. ¡Sois patéticos, excusas desalmadas de seres humanos!

—El sentimiento es mutuo, Hechicera de Huesos. —Me tira de los brazos a la espalda y me arrastra con él a lo largo del muro de calaveras. Jules se levanta cojeando para seguirle.

Tras unos pasos dando patadas y tropezando, llegamos a una abertura cuadrada que da a una cámara. La luz de las lámparas adicionales que Jules encendió se filtra desde el interior.

Bastien me empuja hacia delante y pasa junto a un panel de calaveras que descansa junto a la entrada, una puerta falsa para mantener oculta la habitación secreta. Me empuja hacia el interior y agacho la cabeza bajo ya que hay poca altura. Veo la parte de atrás de la puerta. No es de piedra, sino de paja y arcilla fina. No puede pesar más que yo; me facilitará la huida. Y juro escapar pronto.

Dentro de quince días, las mareas descenderán a su nivel más bajo y revelarán el puente de tierra en el mar. En esa luna nueva, como en todas las lunas nuevas, las Leurress deberán sacar a los muertos de sus tumbas y transportar sus almas hasta las Puertas del Más Allá. Si no lo hacen, las almas se inquietarán y abandonarán sus tumbas por su cuenta. «Hay que transportar a los muertos —me dijo mi madre cuando me preparaba para mi rito de iniciación—, o vagarán por la tierra de los vivos y causarán estragos».

Pero las Leurress no pueden invocar a los muertos sin la flauta de hueso y la canción que Odiva debe tocar en ella. Solo veo una solución: tengo que hacer una nueva flauta con el hueso de un chacal dorado. Encontraré uno, como sea. Tengo que hacer esto bien. Es la única manera de demostrarle mi valía a mi madre.

Bastien y Jules me siguen hasta la cámara. Él me arrastra hasta el fondo y me empuja sobre una losa de piedra caliza. Me ata las manos con una cuerda de la mochila de Marcel y luego los tres ponen una piedra encima de la cuerda que me ata los tobillos.

—Ponte cómoda —dice Bastian, sabiendo muy bien que eso es imposible—. Y reza para que tu madre venga pronto.

12

Bastien

No puedo ser el alma gemela de la Hechicera de Huesos.

Una gota de sudor me recorre la espalda. Deslizo la mano hacia la funda. Rozo la empuñadura del cuchillo de mi padre.

«Podría matar a Ailesse ahora».

Está sentada en la losa de piedra de la esquina de nuestra cámara secreta de las catacumbas. Yo estoy a unos metros, apoyado en la pared de piedra caliza. A diferencia de Marcel, que está tumbado y ronca en medio de la habitación alargada, yo no he podido dormir. Este espacio siempre me ha parecido grande —quince pasos de ancho y veinte de largo—, pero con Ailesse aquí, estoy agobiado. Se lleva las rodillas al pecho con las manos atadas alrededor de ellas y apoya la mejilla encima. Así, acurrucada, parece pequeña. Fácil de matar.

Vuelve la cabeza. Sus ojos pardos se encuentran con los míos. En el cálido resplandor de las lámparas de aceite que nos rodean, me aguanta la mirada con la misma ferocidad con la que lo hizo en Castelpont.

Una oleada de calor me recorre el cuerpo. Aprieto los músculos de la mandíbula para detenerla. Retiro poco a poco la mano del cuchillo, pero ahora noto la hoja clavada entre las costillas.

«¿Y si somos almas gemelas?».

Su muerte sería mi muerte. Mi padre no tendría justicia.

—Toma. —Jules cojea hacia mí y me pone una taza de madera en la mano—. El agua está en calma.

Separo la espalda de la pared y bebo un largo trago. No me importa el chute mineral del agua calcárea, sobre todo cuando no está atascada con el sedimento que dragamos en los túneles.

—¿Qué tal la pierna? —pregunto, dejando la taza a un lado.

—Se curará —responde Jules, con un tono de voz más ronco que de costumbre. Me agarra la mano y me la gira, examinando todos los cortes y moratones, como si yo estuviera más herido que ella. Dejo que su tacto cálido se prolongue. Vamos a encontrar la manera de salir de este lío como siempre lo hacemos: juntos. No solo sobreviviremos, sino que encontraremos la forma de vengarnos.

—Quítate la camisa —murmura.

Vuelvo a mirarla a esos ojos color avellana.

—¿Qué?

—Tengo que lavarla —me explica, mordiéndose el labio inferior para contener una sonrisa.

Se me ruboriza hasta la punta de las orejas. Ailesse sigue mirándome, ha alzado una de las cejas. Mantengo una expresión seria, me quito la camiseta y se la paso a Jules. Siempre aclaramos la ropa empapada de sedimentos después de que el agua se haya asentado en las catacumbas. No hace falta que lo convierta en un juego.

—Ven conmigo. —Desliza la mirada por mi pecho desnudo—. Donde está el agua está oscuro. Es privado.

—Ya basta, Jules.

Le tiembla la mandíbula, pero se ríe como una tabernera, sin venir a cuento.

—Mira qué tenso estás. —Me toca el abdomen, y mis músculos se flexionan involuntariamente—. La reina no vendrá esta noche. Ya casi ha amanecido. Aunque rastreara los huesos de su hija, nunca podría llegar hasta aquí. Esperará hasta que tenga una noche entera, cuando es más fuerte. —Jules se desata los cordones embarrados de la parte superior de la blusa, y la tela rugosa se desprende más abajo—. Además, en cuanto se dé cuenta de que estamos en las catacumbas, tendrá que replantearse su estrategia. Así que puedes permitirte bajar la guardia, Bastien. —Me toca una cicatriz finita que tengo sobre el ombligo.

Le aparto la mano.

—Date prisa con la ropa, ¿vale? Tenemos trabajo que hacer. —No tendría que haberme besado en la tienda de Gaspar. No tendría que haberle devuelto el beso—. No voy a dejar a la Hechicera de Huesos sola con Marcel.

Jules se burla y mira a Ailesse.

—¿Por qué? Ahora es una debilucha.

—Vete, Jules. —Vuelvo a apartarla, esta vez con más fuerza. Me agarra la muñeca y la aprieta con fuerza. No nos hemos peleado desde que éramos niños, pero el brillo de sus ojos indica que está deseando romper esa racha. Por fin me suelta y esboza una sonrisa sensual.

—Como quieras. Diviértete con tu alma gemela —dice con voz cantarina.

Al salir de la cámara, le lanza una mirada mordaz a Ailesse mientras se echa mi camiseta sucia al hombro. La mirada de Ailesse es igual de odiosa.

Me paso una mano por la cara cuando Jules se marcha. La idea de las almas gemelas es de risa. Si la Hechicera de

Huesos y yo de verdad estamos unidos por una magia ritual, no es porque estemos hechos el uno para el otro. Eso significaría que mi padre estaba destinado a la mujer que lo mató, y me niego a creer que estaba destinado a cualquier otra persona además de a mi madre. Aunque no la recuerde.

—Sé por qué te resistes a ella. —La petulancia en la voz de Ailesse me araña la piel.

—No sabes nada de mí.

Inclina la cabeza para mirarme a la cara. Está sucia por el agua blanquecina del túnel y tiene un corte en la base de la garganta y una mancha de sangre seca. Eso lo ha hecho mi cuchillo. Desvío la mirada y me froto un músculo dolorido del brazo.

—Sé que tienes una chispa de la Luz de Elara —dice—. Todo el mundo la tiene. Es lo que susurra en tu cabeza, los pensamientos que hay detrás de tus propios pensamientos. Te dice que tu amiga puede llegarte al corazón, pero que no te traspasa el alma.

Resoplo.

—Tus dioses no son mis dioses, Hechicera de Huesos. No me hablan. Y te aseguro que no dictan mi vida.

Sus fosas nasales se hinchan. Todavía estoy a unos metros, pero ella se inclina hacia mí y dobla las rodillas hacia un lado. El movimiento tira de su vestido, que cae por uno de sus hombros. Intento no quedarme mirando la suavidad y la cremosidad de su piel. Ella no se da cuenta. Está demasiado ocupada lanzándome dardos con los ojos.

—Yo tampoco te habría elegido, Bastien.

Me estremezco cuando dice mi nombre. Que venga de ella es demasiado personal, demasiado familiar. Ailesse se tensa. Me doy cuenta de que agarro con fuerza la empuñadura del cuchillo. Aprieta los puños. Está dispuesta a luchar, a pesar de las ataduras y la falta de poder. Un pulso de admiración me recorre las venas.

Marcel suelta un fuerte ronquido y se da la vuelta, llevándose la bolsa al pecho. Incluso dormido, protege su libro y los huesos de Ailesse. Jules los metió dentro después de que entráramos en esta cámara y amenazó a Marcel bajo pena de muerte (cosa que no significa nada, ya que Jules se lo dice muy a menudo) para que mantuviera la mochila fuera del alcance de Ailesse.

Lo peor de la tensión que hay en mí se disipa. Suelto el cuchillo y me acerco a Marcel. Aparto la mochila con la punta de la bota. Es la única manera de despertarlo. Juro que se quedaría dormido aunque su cama estuviera en llamas.

Se levanta de golpe y se lanza hacia mí con los ojos cerrados. Deslizo la mochila fuera de su alcance.

—Levántate, Marcel. Necesito tu ayuda.

—¿Por qué? —Se relame los labios, distraído—. No es por la mañana. No estaba soñando. Empiezo a soñar dos horas antes del amanecer.

Marcel es capaz de saber la hora, aunque no pueda ver la luna ni el sol.

—Tenemos que dormir durante el día a partir de ahora.

Abre los ojos y mira a Ailesse, que le observa como un depredador.

—Ah, cierto. Hemos secuestrado a una Hechicera de Huesos. —Parpadea—. Y le dije a Birdie que pasearía con ella por el río hoy, y mañana, y pasado mañana. —Suelta un suspiro pesado.

—Saca tu libro. —Le tiro la mochila. No la atrapa lo bastante rápido y le golpea en el pecho—. ¿Quieres ver a Birdie? Empieza a leer.

Frunce el ceño.

—No veo qué tiene que ver una cosa con la otra.

Me agacho a su lado, de espaldas a Ailesse.

—La reina nos seguirá hasta aquí mañana por la noche —susurro—. No saldremos vivos de estas catacumbas a menos que elaboremos un plan adecuado para —me paso el dedo por la base de la garganta— ella. Eso implica que hagas lo que mejor sabes hacer: leer entre líneas en esos cuentos populares de la Vieja Galle.

—Ah, entiendo. —Se sienta con las piernas cruzadas y mira a Ailesse antes de guiñarme un ojo. Dos veces.

—Escucha, hablaremos más después, cuando la Hechicera de Huesos duerma, pero por ahora… —Me acerco y bajo la voz un poco más—. ¿Sabes lo fuerte que será la reina aquí abajo? ¿Será capaz de usar la magia de sus huesos?

—Creo que sí… —Marcel abre la mochila—. Pero le costará más energía. Al final, se le acabará, aunque no tengo ni idea de cuánto tardará. No se menciona en ninguna de las historias de aquí. —Saca el libro de su padre y se lo pone en el regazo—. A menos que me haya olvidado de algo. —Pasa las páginas y el libro se abre por donde el lomo se ha agrietado. Me giro para mirarlo con él. Ailesse se incorpora e intenta echarle un vistazo también. ¿Sabe leer? Siempre me imaginé a las Hechiceras de Huesos haciendo cosas como beber sangre de cuernos o comer carne cruda de animales, no estudiando de los libros. Diablos, yo apenas sé leer.

Levanto el libro para que no pueda mirar dentro. La historia que estoy mirando es un mito sobre las Hechiceras de Huesos, con una ilustración de una mujer con el pelo suelto. La cola de su vestido es tan larga que se extiende desde el centro del puente hasta el pie, donde se acerca un hombre de aspecto humilde. Veo a mi padre. Veo al padre de Jules y Marcel.

Me veo a mí. Una rabia muy ácida me revuelve el estómago. Me levanto de golpe y me alejo de Ailesse. No está cerca, pero sí está demasiado cerca. Me apoyo en la única pared de ladrillo de la sala —un lugar que, como otros de las catacumbas, ha sido apuntalado para evitar el derrumbe de los túneles—, y trato de respirar.

—¿Estás bien? —pregunta Marcel, con una vaga nota de preocupación en la voz.

Espero a que mi pulso disminuya.

—Solo tengo hambre. ¿Y tú?

—Supongo.

Estabilizo las piernas. Me separo de la pared. Rebusco entre algunos botes y latas en los ladrillos salientes que usamos como estanterías. «Mantén la calma, Bastien. Concéntrate en un plan». Como la comida y las provisiones. No tenemos mucho, salvo lo poco que dejamos la última vez que tuvimos que escondernos aquí. Si tenemos que quedarnos mucho más tiempo, uno de nosotros tendrá que ir a Dovré.

Jules vuelve a meterse en la cámara y trae consigo un charco de agua. La ropa que lleva está empapada, pero ya no está sucia. Acaba de bañarse, algo que cada uno de nosotros hace siempre por turnos, parte de nuestra rutina aquí, o de lo contrario el fango de sedimento pica como el demonio.

Se escurre el pelo, mete un cubo de agua y cierra la puerta.

—Marcel, estás despierto de verdad. —Se ríe, ya de mejor humor por estar limpia—. Por la forma en que roncabas, pensé que dormirías otros quince días.

Gruñe distraído, con la cabeza inclinada sobre su libro.

Se acerca cojeando a mí y lleva el cubo con ella. Arqueo la ceja.

—¿Más agua para beber?

Asiente y me pasa la camiseta enjuagada. La cuelgo de un ladrillo para que se seque.

—¿Hay algo bueno ahí? —Mira mi lata.

—Lo de siempre. —Le ofrezco un trozo de carne seca.

Se lo mete en la boca y lo mastica un momento.

—He estado pensando—. Cojea hacia Ailesse—. ¿No sería una lástima que, cuando venga la reina, ni siquiera reconozca a su propia hija?

Ailesse se tensa y se desliza hacia atrás en la losa. Pero no puede escapar.

Jules le arroja todo el contenido del cubo. Ailesse tiene un ataque de tos y se estremece.

Jules le agarra un puñado del pelo chorreante y estudia la cara de Ailesse.

—Ahí está, mucho mejor. Ahora la mugre se ha ido y podemos ver al monstruo.

La boca de Ailesse forma una línea despiadada. Empuja con fuerza sus piernas atadas a los tobillos y patea con fuerza a Jules en el estómago.

Jules vuela hacia atrás y cae al suelo. En cuanto se le quita el susto de la cara, vuelve a ponerse en pie, con una mirada furiosa.

Merde.

—Jules —le advierto. No me escucha.

Desenvaina el cuchillo que lleva en el muslo.

Ailesse se levanta de rodillas, ágil incluso atada.

—¿Quieres mi sangre? —se burla—. Ven y tómala. Mira cómo Bastien muere conmigo.

Jules agarra el cuchillo con los nudillos blancos. Marcel cierra el libro. Doy un tímido paso adelante.

—Jules —repito. «No voy a morir. No puedo ser el alma gemela de la Hechicera de Huesos»—. Si muere, la reina lo sabrá. —El pulso me late con más fuerza mientras miro a Ailesse—. ¿No?

Los ojos febriles de Ailesse pasan de mí a la afilada punta de la daga de Jules. Aprieta los labios y asiente.

Jules grita de frustración y lanza el cuchillo. Ailesse se aparta de un salto, pero la hoja sale volando y se estrella contra la pared de piedra.

Me invade una oleada de alivio.

Se oye un arañazo.

Miro detrás de nosotros. Algo chirría con suavidad. Frunzo el ceño y me acerco a la pequeña puerta de nuestra cámara. Vuelven los arañazos. Otro chirrido. ¿Un animal? Nunca he visto ni siquiera una rata por aquí.

—¿Qué es eso? —pregunta Jules.

—Ni idea. —Los arañazos se intensifican, el chirrido se hace más fuerte. Hay más de una criatura en el túnel. Y quieren entrar. ¿Y si la madre de Ailesse está con ellos?

«Imposible». No podría habernos rastreado tan rápido.

Me agacho y empujo la puerta falsa con cuidado. He pasado suficiente tiempo en las alcantarillas y en los callejones de Dovré como para no acobardarme ante los roedores, pero eso no significa que quiera que me muerdan el dedo.

La puerta se abre de par en par. Los chirridos amortiguados se amplifican hasta convertirse en un coro de chillidos. Una cabeza peluda de color marrón y la cara aplastada asoma por el hueco. La luz de la lámpara se refleja en sus ojos negros y brillantes. Aparece otra cabeza.

—Murciélagos —Hago una mueca.

—No hay murciélagos en las catacumbas —dice Marcel.

Con un nudo en el estómago, me vuelvo hacia Ailesse. Está mirando a las criaturas que luchan por entrar, con la esperanza brillándole en los ojos. Esto es magia de Hechiceras de Huesos, aunque no la entiendo.

Intento cerrar la puerta a tirones, pero el primer murciélago se escabulle dentro. Despliega las aterciopeladas membranas de sus alas. Enormes para un murciélago. El doble de la envergadura normal.

—Un nóctulo gigante. —Marcel suelta una exclamación de asombro—. Pero suelen vivir en los árboles, así que no deberían... —Se queda callado. Palidece cuando el murciélago me enseña los colmillos—. Creo que no le gustas.

Jules suelta un suspiro.

—¡Bastien, cuidado!

La criatura chilla y vuela hacia mi cara. Retrocedo e intento apartarla a golpes. Más alas revolotean a mi alrededor. Otros murciélagos se han metido dentro.

—¿Qué hacemos? —pregunta a gritos Marcel. Está de pie, usa su libro como arma, pero hay demasiados. Al menos diez. No, quince.

—¡Cierra la puerta! —grita Jules. Lucha contra un murciélago que se le ha enredado en el pelo.

Golpeo a las criaturas que me arañan los brazos y empujo la puerta. Pero la fuerza que hay al otro lado es demasiado fuerte. ¿Cuántos hay ahí fuera?

Me viene a la mente una imagen terrible. El cuchillo de Jules. En el suelo, cerca de Ailesse. Jules nunca tuvo la oportunidad de recuperarlo.

Suelto la puerta y me doy la vuelta. A través de la tormenta de alas negras, veo a Ailesse. Ya ha cortado las cuerdas de las muñecas. Ahora está cortando las de sus tobillos.

Avanzo con los brazos en alto para protegerme la cara. Ahora hay muchos más murciélagos.

—¡Jules! —Mi voz suena débil bajo los chillidos ensordecedores.

Las lámparas de nuestra cámara empiezan a apagarse por el batir de las alas. Estoy en medio de la sala. Ailesse me ve venir. Los murciélagos no la molestan. Trabaja con más empeño, intenta liberarse, desesperada.

Más lámparas se apagan. Empujo contra la marea de alas, chillidos y garras.

Ailesse tiene la cuerda casi cortada, pero no puede terminar. Ya estoy cerca. Se abalanza con el cuchillo, pero los murciélagos le impiden apuntar. Me agarro a su antebrazo antes de que pueda volver a atacarme. Le golpeo la mano contra la losa una, dos veces, y pierde el cuchillo. Le doy una fuerte patada y el cuchillo se desliza por el suelo hacia el caos.

Se revuelve y me golpea con los puños. Me arrastro sobre ella y lucho por inmovilizarla. No encuentro otro trozo de cuerda para volver a atarle las muñecas.

—¡Bastien! —Levanto el cuello ante el grito ahogado de Jules. A través del negro asfixiante, veo tenues destellos de ella. Tiene un brazo alrededor de su hermano. Se acercan a la puerta—. ¡Deprisa! —grita—. ¡Tenemos que salir de aquí!

—No podéis escapar de esto. —La risa suave, pero salvaje de Ailesse me llega al oído. Sus palabras solo me llegan a mí—. Mi madre os ha encontrado.

Empiezo a sudar frío. No estoy preparado para la reina. No tengo un plan.

Ahora solo queda una lámpara encendida, la que está más cerca de nosotros. En los últimos retazos de luz, las pupilas de Ailesse son pozos grandes e inexplorados. Dentro de ellas está el infierno, el oscuro Inframundo que ella venera, la noche sin fin donde reina Tyrus.

No. Se me corta la respiración. Aún no estamos en el infierno. Esta noche no es interminable.

—¡No os vayáis! —les grito a Jules y Marcel—. Los murciélagos os seguirán. Es la magia de la reina. Se desvanecerá cuando amanezca. Solo tenemos que aguantar.

Es solo una corazonada, pero es la mejor esperanza que tenemos. Jules tiene razón, la reina no vendrá esta noche. Y si su fuerza es de verdad más débil en las catacumbas, entonces su magia también lo será. Por la mañana, los murciélagos se irán. Por lo menos, serán derrotables.

Jules y Marcel hacen lo que les digo. Los veo agazapados contra la pared del fondo, junto a la puerta. Jules se inclina sobre Marcel, protegiéndolo de la peor parte del ataque.

—¡No dejes escapar a Ailesse, Bastien! —grita.

Antes muerto.

Los murciélagos me arañan la espalda y me chillan en los oídos. La última lámpara se apaga. El cuerpo de Ailesse se estremece debajo de mí cuando nos sumimos en una oscuridad total. Ahora la tengo agarrada por los brazos y tiene las caderas encajadas entre mis rodillas. No puedo mantenerla en esta incómoda posición hasta el amanecer. Con mucho esfuerzo, la tumbo boca abajo. Es fuerte, pero por suerte no tanto como en el puente.

Me tumbo encima de ella para anclarla a la losa. Todavía tiene los tobillos atados, así que apoyo la mayor parte de mi peso en su cuerpo. Le rodeo la cintura con los brazos para sujetarla por los costados. Ella se retuerce y me da codazos desde abajo. Aprieto la cabeza en el hueco de su cuello y lucho por mantenerla tumbada. Odio estar tan cerca de ella, con mi pecho desnudo contra su espalda y la tela húmeda de su vestido como la única barrera entre nosotros.

—Si fueras lista, dejarías de luchar y ahorrarías las pocas fuerzas que te quedan —digo, y hago acopio de toda mi fuerza de voluntad para no estrangularla en la oscuridad—. Sabes que no eres rival para mí.

Le falta el aire.

—Te equivocas. Somos los rivales perfectos el uno para el otro. Por eso los dioses nos unieron. Si fueras sensato, dejarías de resistirte a mí y aceptarías tu destino. —Su nariz roza mi mejilla mientras gira la cabeza hacia la mía—. Morirás. Has respondido a mi canto de sirena. El ritual se ha puesto en marcha y ahora no puede romperse. Si no consigo matarte, los dioses completarán la tarea.

Se me forma un nudo en la garganta. Me humedezco los labios secos.

—Eres una mentirosa e hija de asesinas, una asesina.

—Digo la verdad, Bastien.

Chillidos sobrenaturales surcan el aire. Las alas de un murciélago me golpean. Apenas me doy cuenta. Las palabras de Ailesse resuenan en mi cabeza. Su calor envenenado me abrasa el cuerpo.

—Tu muerte será mía —me dice—. Los dioses se asegurarán de que así sea.

13
Ailesse

Duermo en la alcoba de mi madre en Château Creux, envuelta en la piel del oso albino que cazó para reclamar sus gracias. Estoy calentita. Estoy cómoda. Creo que me quiere.

Abro los ojos y veo el negro más puro. No estoy envuelta en piel de oso, sino aplastada bajo el peso de mi *amouré*. Mi mayor enemigo.

Los murciélagos tienen que haberse ido. No oigo sus chillidos ni los aleteos, solo la respiración profunda y uniforme de Bastien. Su cuerpo ha cambiado durante la noche. Duerme a mi lado, ya no está encima de mí. Tiene una pierna y un brazo sobre mi espalda.

Esta es mi oportunidad de escapar. Mi oportunidad de matarlo primero.

Compruebo lo fuertes que están las cuerdas que tengo alrededor de los tobillos. Se aflojaron durante nuestra pelea, se han deshecho por donde intenté cortarlas.

Con la prudente tranquilidad que he aprendido de la caza, salgo de debajo de Bastien y me deslizo por la losa de piedra. No puedo moverme mucho —la cuerda que me rodea los pies sigue atascada bajo la piedra grande—, así que me siento y empiezo a separar el resto de la cuerda. Las últimas fibras están duras. Necesito algo afilado. Tanteo el suelo y encuentro un fragmento de piedra caliza. Mientras observo las ataduras, trazo el resto de mi plan. Me arrastraré hasta donde Jules y Marcel deberían estar durmiendo. Seguiré el sonido de sus ligeros ronquidos. Luego me colaré en su mochila. Mis huesos de la gracia deben estar dentro, basándome en la manera en que los custodiaba él.

Se rompen dos fibras de la cuerda. Solo queda una hebra. Rasgo con más urgencia.

Se oye un rasguño, seguido de un estallido de luz naranja. Se me desinfla el pecho.

—Un intento de huida muy audaz —me elogia Bastien. Ya no está tumbado en la losa; está de pie sobre mí, y ha conseguido encender una lámpara de aceite. El brillo se refleja en cada músculo esculpido de su pecho. Una prueba más de que es más fuerte que yo sin las gracias que tanto me ha costado conseguir. Bendigo a los murciélagos por cada arañazo que le han hecho.

—No intentaba escapar. —Le devuelvo la sonrisa burlona con una mirada rencorosa—. Intentaba matarte.

Resopla y coloca la lámpara sobre una piedra del tamaño de un taburete. Soportar a los murciélagos ha reforzado su confianza. Se agacha y abre la mano, señalando con la cabeza mi fragmento de piedra caliza.

Cierro el puño a su alrededor. Es un arma que da pena, pero es la única que tengo.

—Jules —la llama Bastien. La miro. Está acurrucada contra la pared del fondo junto a Marcel, ambos acaban de despertarse. Se levanta. Tiene el pelo dorado claro enmarañado y la piel cubierta de arañazos, pero el brillo constante de sus ojos indica que no la han derrotado. Cojea hasta el cuchillo que perdí anoche, que estaba cerca de la puerta abierta, y se lo lanza a Bastien. Él lo agarra y apunta con la hoja a mi trozo de piedra, una orden silenciosa para que se lo dé.

Lo odio.

Le lanzo el fragmento a la cara. Lo esquiva con facilidad.

«Tyrus y Elara, ¿por qué me habéis dado a este chico?».

Marcel saca algo de su bolsa, y Bastien refunfuña.

—Habría sido útil saber que tenías más cuerda ahí todo este tiempo.

—La cuerda de repuesto no era lo que más me importaba. —Marcel se la lanza a Bastien. Se limpia el labio ensangrentado mientras Bastien y Jules me arrastran a la losa de piedra para volver a atarme. No me resisto; la Luz de Elara ya está menguando en mi interior. Maldigo a Bastien por tener razón en que tengo que reservar fuerzas.

—¿No vas a acompañarme? —pregunto con una sonrisa que espero sea más sensual que la de Jules. Si no puedo luchar contra mi *amouré,* le provocaré—. Aquí hay sitio para dos. —Palmeo la losa—. Ya lo viste anoche.

Jules se queda helada.

—¿De qué está hablando?

Bastien se encoge de hombros.

—Tenía que sujetarla, ¿no?

—¿Así llamas a ese abrazo con todo el cuerpo? —Arqueo una ceja.

Incluso a la luz de una lámpara, veo cómo se le ponen rojas las orejas. Hace una mueca, nos mira a Jules y a mí y se aleja de golpe.

—Ayúdame con estas lámparas, Marcel —refunfuña. Agarra su camisa seca, se la vuelve a poner y me lanza una mirada incómoda. Sonrío y le guiño un ojo.

Jules está de los nervios.

—Voy a salir a por comida.

—No con la pierna mal —le dice Bastien.

—Estoy bien —suelta—. Me hace falta aire fresco.

—¿Una escapada en busca de provisiones? Genial. —Marcel asiente despacio, lo que entiendo como una señal de entusiasmo—. Tráete el resto de mis libros, ¿quieres?

Jules pone mala cara.

—No voy a cargar una biblioteca hasta aquí.

—Solo me hace falta la colección de las Hechiceras de Huesos.

«¿Tiene más de un libro sobre las Leurress?». No sabía que existieran. En Château Creux tenemos algunos libros, gracias a Rosalinde, que su *amouré* la enseñó a leer y ella enseñó a todas las novicias. Pero ningún libro va sobre de nosotras.

Marcel recoge una lámpara volcada y le echa más aceite.

—Una vez leí un pasaje sobre almas gemelas en rituales, pero no recuerdo la frase exacta. Si encuentro la forma de romper el vínculo entre Bastien y ella —hace un gesto con la mano hacia mí— podremos matarla. Problema resuelto.

Jules sonríe.

—En ese caso estaré encantada de ser la mula de carga.

Me muerdo la lengua. Todos sus esfuerzos serán en vano. Los dioses forjaron el vínculo que comparto con Bastien; ningún mortal puede romperlo. Pero cuanto más tiempo estén estos tres preocupados intentado ver cómo romperlo, más posibilidades tendré de ser más astuta que ellos.

—Hay un libro en el desván de Troupe de Lions —dice Marcel, y reprime un bostezo como si hubiera pasado la noche más tranquila de su vida—. En la bodega de la fábrica de hilos hay dos y el cuarto está en los establos abandonados detrás de la Maison de Chalon.

¿Por qué los libros de Marcel están repartidos por toda la ciudad y no en un solo lugar? ¿No tiene casa? ¿Alguno de ellos la tiene? ¿O siempre están huyendo?

—Vale. —Jules se dirige a la puerta. Me remuevo en la losa. Espero no tener que hacer mis necesidades mientras ella no está. No voy a pedirle a uno de los chicos que me lleve a lo que sea que funcione como cámara privada aquí abajo.

Bastien enciende otra mecha.

—Birla un poco más de aceite para lámpara si puedes.

—¿*Birlar*? ¿Como *robar*? ¿Por qué no me sorprende?—. Y regresa antes del anochecer. La reina vendrá esta noche, y tenemos que estar preparados.

Jules asiente.

—Tened cuidado mientras no estoy. Que la Hechicera de Huesos es más astuta que nosotros tres juntos.

—No le quitaré los ojos de encima.

Jules frunce el ceño como si eso fuera exactamente lo que teme. Se escabulle por la puerta baja y la cierra de un empujón. Ahora el ambiente está algo más tranquilo. Hasta que Bastien se gira hacia mí con los brazos cruzados. Los bíceps se le tensan bajo las mangas. Me siento más erguida y cuadro los hombros para demostrarle que me queda mucha fuerza.

—¿Piensas quedarte mirándome hasta que venga mi madre? —pregunto, ofreciéndole una sonrisa melosa—. Qué estrategia tan brillante.

Entrecierra los ojos. Se pasa la lengua por el interior de la mejilla.

—Marcel, vuelve a abrir el libro. —Se da la vuelta y se pasa una mano por la cara—. Tenemos trabajo.

—Buena suerte. —Me vuelvo a apoyar contra la pared de losa—. Os va a hacer falta eso y un milagro.

14
Sabine

Tiemblo al llegar a la curva del sendero del bosque que se cruza con el camino de Castelpont.

«Elara, por favor, que Ailesse siga viva».

Respiro con fuerza y salgo a la carretera. Seis metros más adelante, el antiguo puente de piedra y el lecho seco del río que hay bajo él se ven austeros y desolados bajo el sol de la mañana, ya no resultan tan misteriosos bajo la luna llena ni inquietantes con la niebla que los rodea. Ahora solo son un doloroso recordatorio del exceso de confianza de Ailesse y de mi propia ineptitud.

Apoyo los pies en el suelo y me acerco con las piernas temblorosas. Todavía no hay rastro de Ailesse, pero su *amouré* podría haber escondido su cuerpo a la sombra de un parapeto.

Pongo un pie en el puente. No veo a Ailesse tirada sobre las piedras. Observo el lecho del río. Tampoco está destrozada ahí abajo. Trago saliva y avanzo a tientas hasta el alto arco del puente, estiro el cuello para poder ver el otro lado. No hay rastro de ella. El alivio hace que me cedan las piernas y me apoyo en el parapeto.

Ailesse está viva.

Tiene que estarlo. Su *amouré* no se habría tomado la molestia de arrastrarla a cualquier otro sitio para matarla cuando podía hacerlo aquí. La secuestró, tal y como sospechaba. Lo que es horrible, pero al menos su corazón sigue latiendo.

Veo algo blanco a un metro y medio a mi derecha, pegado al parapeto.

El cuchillo de hueso de Ailesse.

Me muevo para recogerlo. No es el arma ritual que utilizó para matar al tiburón tigre, sino el cuchillo que fabricó para su rito de iniciación. Todas las Ferrier antes que ella hicieron lo mismo. Nunca me han enseñado si es por costumbre o por necesidad. ¿A Ailesse le hará falta este cuchillo para que los dioses acepten su sacrificio? Me lo meto bajo el cinturón, por si acaso.

Me doy prisa en bajar del puente y trepo por la orilla del río, rezo por ver otro destello blanco. Las advertencias de Odiva me inundan la mente.

«Hay que guiar a los Encadenados. Si no, se alimentarán de las almas de los vivos. Los inocentes tendrán una muerte eterna».

Camino a lo ancho del lecho del río, y luego doy varios pasos atrás, escudriñando cualquier zona donde pudiera haber caído la flauta de hueso. Volteo rocas y remuevo con el pie la tierra suelta donde enterré los huesos de la gracia de Ailesse. Es inútil. La flauta de hueso no está en ninguna parte. La mentira que le dije a Odiva debe ser cierta: los captores de Ailesse se la llevaron. Tengo que encontrarlos.

Subo corriendo por la orilla del río, pero me detengo en seco cuando veo a una Leurress mayor asomarse desde el bosque por un sendero distinto al que he usado yo.

—Sabine —dice Damiana en voz baja. Su brazalete de colmillos de lobo brilla a la luz del sol y me hace señas con la mano para que me acerque.

Me acerco corriendo a ella.

—¿Dónde están las demás? —Miro a mi alrededor en busca de las seis mayores con las que partió anoche—. ¿Habéis encontrado a Ailesse?

Una esperanza desesperada me llena el pecho.

Echa un vistazo al Beau Palais por encima del muro de Dovré y me saca del camino, al abrigo de los árboles.

—Seguimos buscándola. Hemos seguido el rastro de sus captores durante diez kilómetros, pero cambiaban de camino. —Sus profundos ojos marrones miran al suelo—. Al final perdimos sus huellas donde se fundían en un arroyo.

Le doy un apretón consolador en la mano. Damiana hizo lo que pudo, pero espero que las otras mayores no se rindieran con tanta facilidad.

—¿Nadie los persiguió por el arroyo?

Asiente con la cabeza y se frota su arrugado ceño aceitunado. Damiana tiene casi sesenta años. No creo que dure mucho más, ni que pase muchas más noches buscando a la hija desaparecida de la *matrone*.

—El arroyo no tardó en desembocar en un río más ancho. Pernelle, Chantae y Nadine siguen allí, haciendo lo que pueden, pero cuando me fui, Nadine aún no había captado el olor de Ailesse. —Damiana sacude la cabeza—. Su olfato también es poderoso.

Asiento con la cabeza, pensando en la peineta de cráneo de anguila de Nadine.

—¿Y Milicent, Roxane y Dolssa?

—Partieron en direcciones distintas para buscar a ciegas a Ailesse. Mientras tanto, yo seguí el rastro de los captores hasta aquí para asegurarme de que no se nos escapaba ninguna pista de adónde podían haber ido.

—Ya he registrado Castelpont y el lecho del río —le digo—. Lo único que encontré fue el cuchillo ritual de Ailesse.

Damiana suelta una gran bocanada de aire.

—Ninguna quiere volver a Château Creux hasta que hayamos acabado la búsqueda, pero al final acordamos reunirnos allí al anochecer para informar a la *matrone*. Deberías ir allí ahora, Sabine. Puedes contarle lo que te he dicho.

—No. —Me encojo de hombros y doy un paso atrás—. No puedo. No sin Ailesse. No sin más gracias. —Frunzo el ceño—. Debería haberlas tenido desde el principio.

Damiana inclina la cabeza y me acaricia la mejilla.

—Es mejor no luchar contra lo que la vida ha pensado para ti, Sabine.

—¿Y qué es eso? —Me obligo a esbozar una sonrisa temblorosa—. ¿Ser una asesina? Todas las Leurress que sobreviven tienen el mismo destino.

—No, querida. —Damiana se acerca. La trenza plateada se le desliza por delante del hombro—. Un instrumento de los dioses. Ni Tyrus ni Elara pueden pisar esta tierra, así que confían en nosotras para guiar a las almas que parten a sus reinos. Debemos hacer lo necesario para estar a la altura de las circunstancias.

Me encuentro con sus ojos llenos de fervor y me invade una dosis de valor, tan intensa como el aliento embriagador de la Luz de Elara.

Tengo que hacer lo que dice: estar a la altura de las circunstancias y ser la persona que debo ser. Alguien capaz de rescatar a Ailesse. Mi amiga no va a salvarse sin mí. No es solo la terquedad la que me lo dice, sino un sentimiento profundo, una gracia innata, que me advierte de que su vida está en mis manos. Las mayores no han encontrado a Ailesse y quién sabe si el extraño ritual que Odiva realizó anoche ha servido para algo. No me fío de eso. Ni en ella.

Necesito más gracias. Es tan simple como eso.

Le doy a Damiana un abrazo de despedida y me apresuro a adentrarme en el bosque. Por ahora, debo concentrarme en la caza.

Las horas pasan deprisa mientras busco el animal adecuado —tal vez una víbora de foso por su visión térmica o un jabalí por la fuerza de sus músculos—, pero solo encuentro pequeños pájaros, marmotas y conejos. Disparo dos flechas a lo que espero que sea un zorro, pero no es más que el viento aullando entre la hierba alta.

Llega el crepúsculo y sigo sin encontrar nada satisfactorio. Estoy en algún rincón del bosque, a unos tres kilómetros de Dovré. Me muevo entre los árboles, alerta. No tengo a Ailesse a mi lado para que me avise cuando cambie la brisa y deba moverme a sotavento de mi presa. Nunca he tenido un don para la caza. Viajé con ella e imité sus movimientos sigilosos, pero pospuse el aprendizaje del arte de matar. Ahora tengo que aprender. Y rápido.

Se me acumula el sudor en la nuca. Me lo seco y reajusto el agarre del arco. A pesar de mi determinación, cada músculo tenso de mi cuerpo me susurra que lo que estoy haciendo está mal. ¿Por qué una criatura inocente tiene que pagar por mis errores? Pero la voz de Odiva resuena con más fuerza en mi cabeza: «Ya no eres una niña. Si hubieras tenido más gracias antes de esta noche, habrías sido capaz de dominar a tu agresor. Ailesse habría tenido una oportunidad de luchar».

Las ramas se cierran a mi alrededor y me adentro en el bosque. Un dolor sordo me atraviesa la cabeza; las heridas casi han cicatrizado. Ojalá mi gracia de salamandra de fuego me diera una energía infinita. Llevo treinta y seis horas sin dormir, pero ahora no puedo detenerme.

Dejo salir un suspiro tembloroso. «Puedes hacerlo, Sabine». Si mato criaturas para salvar a Ailesse, puedo perdonármelo. Me lo perdonaré.

Algo se mueve sobre mi cabeza. Me sobresalto y miro hacia arriba. Abro los ojos de par en par.

Una lechuza plateada.

Busco a tientas una flecha en mi carcaj. Elara por fin me sonríe. Una lechuza me proporcionará un oído más agudo, así como fuerza para agarrarme a las cosas.

Coloco el arco. Trago saliva. Disparo la flecha. La lechuza plateada es demasiado rápida. Se abalanza desde las ramas y esquiva mi puntería torpe. Unos metros más adelante, se posa en otra rama. Agarro una segunda flecha, pero cuando me acerco, el ave chilla y se aleja otros dos árboles.

Miro fijamente a la lechuza. Ella me devuelve la mirada con esos llamativos ojos negros. Me recorre una punzada de algo familiar. ¿Es la misma lechuza que sobrevoló Castelpont antes del rito de iniciación de Ailesse?

No. Eso es ridículo. Tiene que haber muchas lechuzas cerca de Dovré. Aun así, no puedo tomarme a la ligera otra aparición de una lechuza. Ailesse y yo no hicimos caso de la advertencia de la lechuza en Castelpont. Deberíamos habernos ido cuando vimos el ave.

¿Y si esta es la misma lechuza?

La lechuza no parpadea y tampoco se mueve. Si me estuviera diciendo que abandonara la caza, ¿no se iría de aquí y no volvería?

Doy un paso. Luego otro. Al tercer paso, la lechuza plateada despliega las alas. Se aleja revoloteando hasta que llega justo al límite de donde puedo ver. Vuelve a posarse, pero esta vez en el suelo. Es algo que una lechuza no suele hacer. Es casi como si los dioses me la estuvieran dando.

Avanzo a tientas, con los dedos hormigueándome por las ganas de volver a tensar el arco, pero me resisto. La caza no funciona así. Un animal no debería convertirse en un blanco fácil.

Consciente de cada uno de los movimientos de mi vestido y de cada roce del dobladillo con la maleza, me acerco a la lechuza y me detengo cuando estoy a dos metros de ella. Me tiembla el pulso. El ave y yo estamos en un pequeño claro. El crepúsculo ha pasado y la luna en fase menguante arroja una luz tenue sobre nosotros. La Luz de Elara entra en mí y hace que me ponga recta.

La lechuza plateada ladea la cabeza, como si me estuviera esperando. Al final, saco otra flecha. Como todas las armas rituales, todas las de mi carcaj tienen una punta tallada hecha con los huesos de un ciervo. La muerte al impactar en ella marcará el alma de la lechuza y le dará más gloria en el Paraíso.

Eso no alivia mi conciencia.

«Ármate de valor, Sabine. Deja atrás tus reparos».

Se me llenan los ojos de lágrimas al tensar la flecha. En el momento en que lo hago, la lechuza vuela hacia mi cara. Sus garras me arañan el hombro. Siseo y la ahuyento. Me rodea y se aleja en picado en la misma dirección que antes. Cuando casi la pierdo de vista, aterriza y vuelve a mirarme. Los latidos de mi corazón se ralentizan.

«No quiere que la mate. Quiere que la siga».

Lo hago, aunque nada de esto tiene sentido. Los animales no pueden comunicarse con la gente. No así.

La lechuza se adentra más en el bosque. De vez en cuando vuela distancias cortas. A veces salta de un punto a otro. La luna se eleva más en el cielo. El aire cálido se enfría un poco. Al final, la lechuza me lleva a lo alto de un barranco cubierto de hierba. Espero a que me guíe, pero ulula tres veces y se desprende de la rama de un árbol. Se aleja, más recta que el asta de mi flecha, y se pierde en la distancia. No vuelve. Qué raro.

Miro a mi alrededor y me abrazo a mí misma. ¿Por qué me ha traído aquí la lechuza plateada? La humedad me envuelve como un manto húmedo. Me pica la piel por la sangre seca. Mañana me bañaré mientras hiervo la carne del animal que mate. De algún modo, podré soportarlo.

Oigo un ruido y me quedo quieta. Me agacho en el suelo y agarro otra flecha. Tal vez la lechuza me haya traído aquí para cazar a la mejor presa.

Me arrastro hasta el borde del barranco. A medio camino del fondo, una figura misteriosa sale de una madriguera. Es lo único que puedo distinguir a seis metros de distancia.

La criatura se da la vuelta y empieza a subir la empinada colina. Retrocedo un poco. No quiero asustarla.

Apunto con el arco y flexiono la mano sobre la empuñadura. Tengo que apuntar bien. Una criatura inteligente huirá o atacará antes de que me dé tiempo a disparar dos veces.

El corazón me late más deprisa. El sudor me resbala por las sienes. Ailesse es la mejor arquera, la mejor cazadora, la mejor Leurress.

«¡Basta, Sabine! Has nacido en esta *famille*, igual que ella. Tu madre era una Ferrier fuerte. Sé la persona que ella querría que fueras».

La criatura se eleva sobre el borde del barranco como una luna negra. Contengo la respiración.

Dejo volar la flecha.

Demasiado tarde. Me ha visto. Enseguida se tira al suelo. Mi flecha zumba en el aire vacío.

—Vas a tener que hacerlo mejor —dice una voz profunda y ronca. Femenina. *Humana*.

Una descarga helada me golpea. Conozco esa voz, a esa chica. Se burló de mí bajo Castelpont.

De repente lo entiendo. La lechuza no me ha traído para matar a una criatura. Me ha llevado a la chica con la que luché bajo el puente.

Me ha llevado a Ailesse.

Sus secuestradores tienen que tenerla en alguna especie de cueva.

Preparo otra flecha y apunto a la hierba.

—Mírame.

Mi flecha vuela lejos. Esperaba darle en el brazo o la pierna, herirla, no matarla, pero está demasiado escondida entre la hierba.

—¿Quieres a tu hija? —grita.

Por instinto, bajo la cabeza. Cree que soy Odiva.

—Buena suerte. Tendrás que pasar entre miles de huesos desparramados. Si no eres lo bastante valiente para hacerlo, entonces mataremos a tu hija despacito. La cortaremos en pedacitos, miembro por miembro, hasta que suplique morir.

El corazón se me sube a la garganta. No puedo respirar. Ailesse no está en una cueva. Sus captores se la llevaron a las catacumbas.

Dejo a un lado mi arco y saco el cuchillo de hueso de mi cinturón. Las manos me tiemblan de adrenalina. Ailesse no puede estar en ese lugar. Es valiente, pero es profano. Ese lugar la dejará sin su Luz. La matará.

«Elara, ayúdame».

Me lanzo hacia la chica. Un grito furioso pero aterrorizado sale de mis pulmones.

La cara de la chica se ilumina a medida que me acerco.

Se le escapa una sonrisa.

Dirijo mi daga hacia ella. La trenza rubia se agita cuando se aparta para esquivarla. La pierna herida no ha reducido sus reflejos.

—¿Te envía tu reina? —pregunta incrédula—. Bueno, dile que Bastien no negociará con una sirvienta. Tiene que venir la reina en persona.

—¿Bastien? —La hago retroceder hasta el borde del barranco—. ¿Es ese el nombre del *amouré* de Ailesse?

Los ojos de la chica se llenan de odio.

—Es el nombre del chico que la matará.

La sangre me retumba en los oídos. Intento clavarle el cuchillo, pero ella da otro paso atrás y desaparece de mi vista.

Se me corta la respiración. Me lanzo hacia el borde del barranco. La chica se tambalea, pero la caída es estratégica. A medio camino, se endereza y se detiene cerca del agujero de la madriguera. Sin volver a mirarme, mete los pies dentro.

¡No! No puedo seguirla ahí dentro. No por las reglas de la Leurress, sino por el sentido común, el único don que tengo y que supera a Ailesse. Si me meto en esa madriguera, me enfrentaré a tres oponentes en lugar de a uno. Entraré en la oscuridad sin la Luz de Elara, y con solo una gracia para ayudarme. Eso significará una muerte segura. No tendré ninguna oportunidad de rescatar a Ailesse.

—¿Sabine?

El sonido de mi nombre a lo lejos me para el corazón. *¿Ailesse?*

Me doy la vuelta y escudriño el bosque bajo la luz de la luna. Veo una silueta. Distingo el contorno nítido de una corona y me quedo paralizada. No es Ailesse. Es mi *matrone*.

15
Ailesse

Jules todavía no ha vuelto a nuestra cámara en las catacumbas, a pesar de que la noche tiene que estar al caer, tal vez sea más tarde. Bastien hace una pausa entre revisar otra vez sus provisiones y pasearse de un lado a otro. Se sienta con una rodilla doblada sobre el pecho y dibuja patrones en forma de serpiente en el suelo cubierto de polvo. Sé lo que está haciendo —planear una estrategia para matar a mi madre gracias a sus conocimientos de las catacumbas con forma de laberinto—, aunque en este momento no parece un gran asesino. Se está mordiendo la punta de la lengua, como hace un niño pequeño, y eso suaviza cualquier rasgo hostil en su expresión.

Se sienta y se pasa las manos por el pelo oscuro. Sus ojos azules se dirigen hacia donde estoy atada sobre la losa de piedra caliza, a tres metros de distancia. Frunce el ceño. Es tarde cuando me doy cuenta de que mi mirada es suave y tengo los labios curvados hacia arriba. De inmediato, me vuelvo más dura y controlo mis facciones.

Bastien se rasca las uñas, se acerca a Marcel y le susurra algo al oído. El más joven me mira.

—Vale —dice, y cierra el libro. Se levanta y se estira, agarra un vaso de agua sedimentada y me lo acerca. Se me hace un nudo en la garganta al verlo. ¿Ha sido idea de Bastien? Le miro, pero me evita la mirada.

—No está envenenada —dice Marcel, cuando no lo toco. Claro que no está envenenada. Mis secuestradores no se arriesgarían a matar a Bastien matándome a mí—. Aunque tienes que acostumbrarte a su sabor —añade.

Acepto el vaso, huelo el agua y bebo un sorbo inseguro. El sabor mineral de la piedra caliza es fuerte, pero al menos no me llena la boca de arenilla. Me bebo el resto de un largo trago y suelto un pequeño suspiro.

—Gracias. —Las palabras se me escapan antes de que lo piense mejor, y Bastien vuelve a levantar las cejas y a fruncir el ceño. Le devuelvo el vaso a Marcel.

—Bueno… ¿cuántas sois? —pregunta Marcel.

—¿Qué haces? —Bastien le mira con el ceño fruncido.

—Hasta que consiga el resto de mis libros, no tengo mejor recurso que ella. Podría intentar aprender algo. Jules volverá en cualquier momento lo que significa que la reina también lo hará.

Bastien resopla.

—Buena suerte haciéndola hablar.

Sin inmutarse por el desafío, Marcel se cruza de brazos y me mira con atención. No parece que intente intimidarme. Quizá por eso le respondo.

—Cuarenta y siete. —O tal vez le respondo porque Bastien ha dicho que no lo haría.

Marcel abre mucho los ojos. Es lo más emocionado que le he visto.

—¿Tantas?

Bastien resopla.

—Está mintiendo. Si tantas Hechiceras de Huesos viviesen por aquí, todo el mundo lo sabría. Nosotros lo sabríamos.

Paseo la mirada de un chico a otro. No mentía.

—¿Querrías saber más? —le pregunto a Marcel, asegurándome de hablar con él y no con Bastien. Puedo poner a prueba los conocimientos de Marcel sobre las Leurress mientras él pone a prueba los míos, y asegurarme de que no sabe nada más que pueda poner en peligro a mi *famille*. Mejor aún, lo distraeré de maquinar una forma de matar a mi madre.

Suelta una carcajada descarada.

—Siempre quiero saber más. De todo.

Sonrío. No debería caerme bien, pero me cae bien. La sinceridad de Marcel me recuerda a Sabine. Es un año o dos más joven, como ella, quizá tenga quince o dieciséis años.

—Entonces, ¿por qué no hacemos un trato? Por cada pregunta que yo responda, lo haré con sinceridad, pero a cambio tú deberás responder a una de las mías.

—Esto es ridículo —dice Bastien, pero Marcel le hace un gesto con la mano como si fuera un mosquito.

—De acuerdo.

Me coloco en una posición más cómoda y me apoyo en la pared de la losa.

—¿Sabes por qué existen las Leurress? —empiezo.

Marcel ladea la cabeza.

—¿*Leurress*?

—Nos llamáis Hechiceras de Huesos.

—Ninguno de mis libros menciona ese nombre.

—Dudo de que alguno fuera escrito por mi *famille*.

Asiente con la cabeza.

—Bueno, existís para…

—Atormentar a los hombres —interviene Bastien—. Asesinarlos. Sacrificarlos a tus dioses.

—No te lo estaba preguntando a ti —dice Marcel. Bastien pone los ojos en blanco—. Las Hechiceras de Huesos, es decir, las Leurress, sois parásitos por naturaleza. No podéis prosperar por vuestra cuenta. Necesitáis la luna, las estrellas, los huesos de los animales... y, bueno, lo que ha dicho Bastien, los sacrificios humanos.

—¿Y si te digo que te equivocas?

Las líneas se dibujan entre las cejas de Marcel.

—¿No me toca a mí hacer una pregunta?

—Sí.

Avanza otro paso y se sienta en la piedra que sujeta la cuerda con la que estoy atada.

—Entonces —se rasca la cabeza—, ¿por qué me equivoco?

—No somos parásitos. Existimos para guiar a los muertos. —Espero a que Marcel muerda el anzuelo y me diga si sabe dónde transportamos a los muertos. Pero su expresión es confusa.

—¿Qué?

—Trabajamos duro para obtener los dones sagrados que nos dan fuerza y habilidad para guiar a las almas a los reinos eternos. —«¿No sabe lo del puente del alma?»—. El rito de iniciación es la prueba de lealtad para convertirnos en una Ferrier. De eso se trata.

La boca de Marcel se abre despacio.

—Oh. —Asiente varias veces—. Bueno, eso es esclarecedor.

Los ojos vivos de Bastien se entrecierran en mi dirección. Parece... en conflicto.

—¿De verdad no sabías que las Leurress son Ferriers? —le pregunto a Marcel. Se encoge de hombros. Una vez más, me asombran las lagunas de los conocimientos de mis captores. Si no saben algo tan fundamental, quizá no debería preocuparme por que conozcan mi mayor secreto: que nadie más que yo puede matar a Bastien o moriré; la maldición va en ambos sentidos. Por eso, mi madre no le matará cuando venga a por mí. Si lo hiciera, sacrificaría a su única heredera. Si Bastien lo supiera, perdería toda la ventaja.

—Uno de los cuentos populares menciona la travesía de los muertos —dice Marcel—. Pero yo creía que esa parte era un mito, algo que ocurría cuando matabais a vuestras víctimas. No sabía que eran las Ferriers, ni que las Ferriers existían.

—Créete todas las historias que oigas —murmura Bastien, con la mirada perdida. Marcel y yo nos callamos y le miramos. Parpadea y se estira una arruga del cuello—. Qué amable por vuestra parte llevar almas al Infierno después de masacrarlas.

Respiro con fuerza. Nunca entenderá que las Leurress no son malvadas. Me vuelvo hacia Marcel y le hago la siguiente pregunta.

—¿Tu padre también fue elegido por los dioses?

Bastien se burla.

—¿Quieres decir que si tuvo la suerte de que tu familia lo asesinara?

Curvo los dedos, pero le ignoro y espero a que Marcel responda. Marcel sigue un poco estupefacto, encorvado y con los codos apoyados en las rodillas.

—¿Mi padre? Eh, sí... Tenía siete años cuando... —Se aclara la garganta—. Jules tenía nueve.

«¿Marcel y Jules son hermanos?». Excepto en el caso de las gemelas, las hermanas son inusuales entre las Leurress. No vivimos con los *amourés* el tiempo suficiente para tener más de una hija.

—Cayó enfermo cuando la Hechicera de Huesos nos dejó. —Marcel baja la mirada y se frota una mancha de lodo calcáreo en los pantalones. No está lleno de rencor, como Jules, ni es vengativo, como Bastien. Marcel debe de haberse quedado con ellos todo este tiempo para sobrevivir... y porque son familia.

A Bastien se le tensa la mandíbula.

—No se merecía su destino.

—Nadie merecía eso, pero... bueno, era un gran padre. —Marcel esboza una media sonrisa—. Solía inventarse canciones mientras trabajaba. Era escriba y algunos de los textos que copiaba eran tragedias. Así que cambiaba la letra y les ponía una melodía absurda. Jules y yo nos revolcábamos por el suelo de risa. —Se ríe, pero no deja de frotar la mancha.

Una sorprendente oleada de tristeza se apodera de mí y me olvido de nuestro juego de preguntas.

—Yo nunca conocí a mi padre —digo en voz baja—. Murió antes de que yo naciese, como todo padre de toda hija de mi *famille*. Lo conoceré en el Paraíso de Elara algún día, pero... —Me falla la voz—. El pesar de no conocerlo en esta vida es muy real. —Aprieto los labios y sacudo la cabeza para mí misma. Parezco Sabine. Ella es la que se lamenta del coste de ser una Leurress. Pasé tanto tiempo esforzándome por aliviar su conciencia que nunca me permití llorar y preguntarme por los «y si».

Levanto la vista y miro a Bastien. La expresión de su rostro se mueve entre la confusión y la ira y, tal vez, aunque sea fugazmente, entre su propia tristeza.

Me tenso y miro hacia otro lado. Mis cardenales me recuerdan que no puedo compadecerme de él. Le ofrezco a Marcel una sonrisa amable.

—Al menos tuviste la suerte de conocer a tu padre durante unos años.

Bastien se levanta.

—Eres una auténtica desgraciada, ¿lo sabías? ¿Crees que Marcel tiene más suerte que tú?

Retrocedo y lo enfrento con la mirada.

—Solo digo que perdí a mi padre igual que vosotros.

—¿Ah, sí? —Se acerca—. Dime, ¿querías a tu padre antes de perderlo? Y cuando murió, ¿te quedaste sin nada? —Trago saliva, molesta por el calor que enrojece mis mejillas—. ¿Tuviste que mendigar a desconocidos y aprender a robar cuando su caridad se agotó? ¿Sabes lo que es pasar noches frías en los callejones de Dovré, acurrucado entre la basura para poder entrar en calor?

Me muevo, incómoda.

—Yo no soy la mujer que mató a tu padre, Bastien.

—No. —Su voz se afila hasta un punto letal—. Solo eres la chica que ha jurado matar a su hijo.

—¡Intento evitarte una muerte más dolorosa! ¿Quieres acabar como el padre de Marcel?

Marcel hace una mueca e inmediatamente me arrepiento de lo que he dicho.

—Lo siento. No pretendía… —¿Por qué estoy disculpándome con uno de mis secuestradores? «Porque Sabine lo haría». Sería considerada con alguien que llora a un ser querido—. Lo único que intento decir es que nunca querría que nadie sufriera como él sufrió.

Bastien se restriega las manos por la cara, tan frustrado que, por un momento, no puede ni hablar.

—¿Tú te oyes? ¡Vosotras provocáis ese sufrimiento!

Me pongo de los nervios. No soy como Sabine.

—No puedo hacer nada con el hecho de que los dioses te eligieran para mí, o que estés destinado a morir de la forma en que lo harás. ¿Por qué no puedes entenderlo? —Suelto un suspiro exasperado. Cuanto antes mate a Bastien, mejor estaré. Podemos resolver nuestras diferencias en la otra vida.

La puerta de la cámara se abre. Jules se agacha. Nos mira sospechosamente. La tensión es tan fuerte que se me atasca en los pulmones. Se acerca cojeando a Marcel y rompe el incómodo silencio al decir:

—Será mejor que nos comamos este pan antes de que se llene de moho. —Aprieta una hogaza redonda entre sus manos y deja caer una pesada bolsa de libros a sus pies—. Llevé todo ese peso encima de la cabeza a través del agua. De nada.

Él inspira y sonríe.

—Eres una diosa.

—Soy mejor que una diosa. Esos libros no son lo único que he traído seco. —Se descuelga otra bolsa del hombro y se la da a Bastien—. Mantenlo alejado de las lámparas de aceite —le advierte.

Bastien la mira con curiosidad y saca un pequeño tonel de la bolsa, no es más largo que mi antebrazo.

—Supongo que esto no es cerveza.

Sonríe y se apoya en la pierna buena.

—Es pólvora negra.

¿Pólvora negra? ¿Qué es eso?

Los ojos de Bastien se abren de par en par.

—Estás de broma. ¿Cómo has entrado en el Beau Palais?

—No la saqué del castillo.

—Pero el Beau Palais tiene los únicos cañones de Dovré.

—No por mucho tiempo. Hoy se han transportado al menos cincuenta barriles de pólvora desde los talleres de alquimia del rey hasta el astillero real, y digamos que Su Majestad debería haber enviado más de cuatro guardias para el viaje.

Bastien mira fijamente a Jules, y luego estalla en una carcajada.

—De verdad que eres una diosa.

Un bonito rubor le cubre las mejillas y se balancea sobre los talones. La pólvora negra debe de ser algún tipo de arma.

—Igualmente, tenemos que darnos prisa. —Jules se cruza de brazos—. Ha caído la noche y una de las Hechiceras de Huesos, la testigo de Castelpont, ya está al acecho ahí fuera.

Se me forma un nudo en el estómago. Sabine. No debería de venir aquí. Solo tiene un hueso de la gracia.

—Lo tengo —dice Marcel con la boca llena de pan. Ya está con tres de sus cuatro libros abiertos—. Es de *Baladas de la Vieja Galle*.

Bastien deja con cuidado el bidón de pólvora negra en el suelo.

—Adelante.

Marcel se aparta el pelo suelto de los ojos y lee:

La bella doncella en el puente, el hombre condenado
al que debe matar
Sus almas cosidas, ni una puntada se debe soltar,
Su muerte le pertenece en tierra, costa o mar,
a ella y a nadie más
Para que su aliento atrape su sombra para siempre jamás.

Marcel se sienta y deja el libro sobre sus piernas cruzadas.

—Ahí está, Bastien. Eso debería servirte de consuelo.

Frunce el ceño.

—¿Debería?

—Su muerte le pertenece en tierra, costa o mar, a ella y a nadie más. —Marcel le da unos golpecitos a las palabras en la hoja resquebrajada—. Porque Ailesse invocó la magia en el puente, ella es la única que puede matarte, o morirá contigo.

Me tenso. Jules da un paso adelante.

—¿Dónde dice eso? —Me roba las palabras de la boca.

—Su «aliento» es la vida de ella, y su «sombra» es la muerte de él —explica Marcel—. Nunca lo había leído así, pero ahora es obvio. Si alguien que no sea ella mata a Bastien, Ailesse «atraparía su muerte», de la misma forma que tú atraparías una moneda sin pensártelo dos veces.

Bastien se masajea la mandíbula.

—Pero… ¿Igualmente muero?

—Sí, pero la cuestión no es esa —dice Marcel. Bastien no parece tan seguro—. La cuestión es que es una cosa menos de la que tienes que preocuparte cuando la reina venga esta noche. No se atreverá a matarte. No va a arriesgar la vida de su hija.

Me invade una repentina sensación de frío. Ya no tengo ninguna ventaja.

Bastien arquea una ceja, por fin lo entiende, y se gira para mirarme con una sonrisa torcida.

—Gracias por hacerme invencible.

Se me revuelve el estómago y cierro los ojos. Ahora Bastien va a ser más osado. Como si necesitara más confianza. Mi madre tendrá que tener cuidado con él, pero él no tendrá que contenerse. Solo rezo para que no traiga a Sabine. No dejaré que Bastien se acerque a ella.

Levanto la barbilla y me enfrento a su mirada envenenada con más veneno.

—Olvidas que no puedes protegerte de tu mayor peligro, *mon amouré*. Yo soy la causa de tu muerte, no mi madre. Y te juro que te mataré antes de que intentes matarla a ella. —«O a Sabine».

La convicción arde en mi interior, como un destello repentino de la Luz de Elara. Detrás de Bastien y los demás, el aire se llena de calor plateado. Nunca había visto nada igual.

Aparece una imagen que parpadea. Jadeo. Bastien saca el cuchillo y mira por encima del hombro, pero la imagen desaparece. En un segundo, lo que veía se desvanece y desaparece.

Una lechuza plateada con las alas desplegadas.

16
Sabine

Odiva se acerca al borde del barranco, donde estoy de pie, todavía temblorosa por haber visto a una de los captores de Ailesse. Cuatro de las Leurress mayores se abren en abanico tras ella: Milicent, Pernelle, Dolssa y Roxane. Junto a Odiva, son las Ferriers más fuertes de nuestra *famille*.

—¿Por qué estás aquí, Sabine? —me pregunta Odiva, y su mirada curiosa recorre mi collar, el collar de Ailesse, para ver si lleva un hueso de la gracia nuevo. Sé por qué está aquí. Y cómo. Anoche, Odiva me dijo que podría rastrear a su hija con magia familiar, sangre de su sangre, huesos de sus huesos. Magia que yo no poseo.

Abro la boca para explicarle lo de la lechuza plateada, pero vacilo. No puedo decirle a Odiva que justamente una lechuza, de entre todas las criaturas, un ave que mi *famille* considera supersticiosa, me trajo hasta aquí por voluntad propia. Pensará que me he vuelto loca.

—Estaba a la caza de más gracias y encontré a una de los cómplices de Bastien en el bosque. La perseguí hasta aquí.

—¿Bastien? —Odiva arquea una ceja elegante.

—El *amouré* de Ailesse. La chica dijo su nombre.

La *matrone* asiente despacio, sus ojos negros van más allá de mí, hacia el barranco.

—Se metió en una especie de túnel abierto ahí abajo. Parecía pequeño.

—Nada que no podamos atravesar con la fuerza de nuestras garras.

Me muerdo el labio, retrasando lo último que tengo que decirle:

—Lleva a las catacumbas.

Un pequeño surco marca la frente lisa de Odiva. Las otras Leurress intercambian miradas de tensión y se acercan al borde del barranco. Odiva esperó hasta el anochecer para enfrentarse a los captores de Ailesse, lo que significa que debía de contar con toda la fuerza de la Luz de Elara. Y en las catacumbas, las mayores y ella no tendrán acceso a ella. Tendrán que depender de la reserva que hay en su interior, además de sus gracias.

—¿Estás segura? —Dolssa se sujeta el collar de costillas de serpiente al pecho mientras se inclina hacia delante para ver más de cerca el barranco.

—A menos que la chica mintiera —respondo—. Dijo que los huesos de varios miles de esqueletos estaban esparcidos por ahí. —Pernelle hace una mueca de disgusto.

Odiva se queda inmóvil durante un segundo, con los labios color rojo sangre apretados por estar pensando.

—Las catacumbas bajo la ciudad podrían llegar hasta aquí. Las canteras son muy extensas, y las víctimas de la gran plaga fueron incontables. —Entrecierra los ojos—. Los captores de Ailesse tienen que saber que los Cielos de la Noche nos dan fuerza. Por eso la han traído aquí, y por eso quieren que les sigamos.

Se me hace un nudo en el estómago.

—¿Así que es una trampa?

Una pequeña sonrisa se dibuja en su boca.

—El *amouré* de Ailesse es un chico listo, ¿no? Disfrutaré de ver cómo lo mata.

Trago el sabor amargo que tengo en la boca. Entiendo que Bastien tenga que morir para que Ailesse pueda vivir, pero eso no significa que lo disfrute.

—Vamos —ordena Odiva a las otras Leurress—. Les demostraremos a estos plebeyos que nuestras gracias siguen siendo peligrosas cuando se ven debilitadas por la oscuridad.

Las más mayores levantan la barbilla. Algunos alzan la mirada al cielo estrellado para empaparse de una última dosis de la Luz de Elara. Bajan al barranco, una detrás de otra: Roxane, Milicent y Dolssa.

Pernelle duda. Un pequeño temblor le recorre las manos de marfil. A sus treinta y nueve años, es la mayor más joven y la única que muestra algo de miedo. Es un consuelo saber que no estoy sola. Observa a los demás mientras abren el agujero de la madriguera con una fuerza poderosa.

—¿No hay otra entrada a las catacumbas que podamos usar? —le pregunta a Odiva, su pelo rubio miel ondea sobre su rostro con la brisa—. ¿Una que no nos lleve a una trampa y nos dé ventaja?

La postura perfecta de Odiva no se tambalea.

—Somos Ferriers, con experiencia en la lucha contra los muertos despiadados. Tenemos diecisiete huesos de la gracia entre todas. ¿Qué otra ventaja necesitamos? Ármate de valor. —La *matrone* apoya el dedo en el colgante de la vértebra de zorro que cuelga del cuello de Pernelle—. Si no te resistes, esto debería darte valor.

Pernelle aprieta los labios y hace un pequeño gesto con la cabeza. Baja por el barranco para reunirse con las demás. La sigo, pero Odiva me agarra del brazo.

—No, Sabine. Si no tienes la tenacidad para matar a otro animal, ¿cómo vas a ayudarnos esta noche? —No habla con frialdad, solo con preocupación, pero las palabras duelen igual—. Lo que tienes que hacer es ganarte otro hueso de la gracia. —Suspira y me da un apretón suave en el brazo antes de soltarme—. No vuelvas a Château Creux hasta que lo hagas.

Me arden los ojos.

—Pero…

Se da la vuelta y se adentra en el barranco.

Se me tensan las piernas. Camino tres pasos tras ella. Luego me detengo. Retrocedo y niego con la cabeza. Me aferro al cráneo de salamandra. El pánico se apodera de mí.

—Por favor, por favor, por favor… —Tengo que estar con las mayores. Debería estar rescatando a Ailesse. Pero mi hueso de la gracia no es suficiente. Yo no soy suficiente.

Doy media vuelta y salgo corriendo. Los ojos se me llenan de lágrimas. Me las quito de un manotazo.

«¡Deja de llorar, Sabine!».

No soy débil. No soy una cobarde.

Estoy harta de que todos crean que lo soy. Estoy cansada de que yo misma lo crea.

Corro más rápido. Atravieso las ramas con las manos y pateo la maleza. Coloco una flecha en mi arco y escudriño el suelo, busco entre los árboles. Irrumpo en un pinar.

Se oye un aleteo por encima de mí. Un fragmento de luz de luna ilumina al pájaro que he asustado. Unas rayas blancas brillan en el pliegue de sus alas oscuras. Un atajacaminos. Un pájaro común. No es más grande que un cuervo.

Me da igual.

Mi flecha vuela. El pájaro cae. Doy gracias a los dioses y los maldigo. Vuelvo a llorar. No puedo evitarlo.

He matado a mi segunda criatura.

Y ahora reclamaré hasta su última gracia.

17

Bastien

Solo huelo a Ailesse. Tierra, campos, flores. Todo es verde y está vivo. Un truco retorcido de su magia. Tengo que recordar lo que es en realidad. Oscuridad. Decadencia. Muerte.

Le rozo el pelo con la nariz. Lucho contra un escalofrío de calor repentino. Tengo que tenerla así de cerca o saldrá corriendo. Ahora solo tiene las manos atadas. Le corté la cuerda de los tobillos para que pudiera caminar conmigo esta noche. Estamos en un túnel peligroso de las catacumbas, un lugar que utilizaré a mi favor, si puedo dejar de pensar en la chica que tengo entre mis brazos.

—¿Es seguro? —le pregunto a Marcel, y miro el tablón de madera que tenemos delante. Él y yo nos pasamos la última hora arrastrándolo hasta aquí desde un andamio en las minas de piedra caliza que tenemos debajo. Ahora se extiende por un abismo de cuatro metros y medio de ancho, donde el suelo ha cedido. Este túnel tendría el mismo aspecto que cualquier otro túnel de las catacumbas sin ese enorme agujero cerca del final del túnel.

Marcel pisa el extremo del tablón y da unos saltitos, probándolo una última vez.

—Yo diría que sí. —Pero lo que me preocupa es el fondo que hay bajo el tablón. Hago retroceder un poco a Ailesse, alejándola de las fisuras a nuestros pies. Jules también se echa hacia atrás, pálida. Mientras solo uno de nosotros a la vez se apoye en la zona frágil, el túnel debería resistir.

Marcel vuelve caminando hacia nosotros. Una vez que ha pasado las grietas del suelo, suelto a Ailesse y la empujo hacia el tablón para que lo cruce. Al otro lado de la grieta hay un saliente de unos dos metros cuadrados, todo lo que queda del suelo del túnel antes de llegar al final.

—Vamos. —Vuelvo a empujarla. Por fin se aparta y yo inspiro una bocanada de aire sin Ailesse.

Camina, con paso ligero, hasta el borde del abismo, mira hacia abajo y se pone tensa. Sé lo que ve: nada. Hace unos meses, cuando Jules y yo encontramos este lugar, la reté a acercarse al borde. Tiramos trozos de piedra caliza a la fosa y tratamos de oírlos tocar el fondo. No oímos nada, ni siquiera cuando hicimos rodar una piedra grande.

Ailesse cuadra los hombros, exhala despacio y se sube a la tabla. Como tiene las manos atadas, no puede estirar los brazos para mantener el equilibrio. Llega a la mitad del tablón y se tambalea. Me tenso y lucho contra el impulso de correr a ayudarla. Ha perdido la agilidad que tenía en Castelpont.

Cuando llega al otro extremo del saliente, echa la cabeza hacia atrás, aliviada. Relajo los hombros. ¿Por qué estoy tan preocupado por ella?

«Porque si ella muere, tú también, Bastien».

Cierto. Muevo las manos y aparto a Marcel. Huele un poco a pólvora negra.

—¿Está todo preparado? —pregunto, consciente de que Ailesse está intentando oírnos. Le hemos ocultado la parte más importante de nuestro plan para que no pueda avisar a su madre.

—Sí. —Marcel la mira de reojo—. El, eh, el *camino negro* está preparado, y el *trueno caerá* cuando estés listo. —Me estremezco con cada palabra que enfatiza. Ha sido tan sutil como un ladrillo volando.

—Ve a tu puesto, entonces. —Le doy una palmada en el hombro. No muestra ni una pizca de inseguridad, pero le conozco muy bien.

Mientras se aleja con una lámpara de aceite, Jules se quita el barro seco de las mangas. No ha tenido tiempo de limpiarse los restos de sedimentos calcáreos de la ropa después del viaje de abastecimiento. Pasea la mirada de Ailesse a mí y juguetea con el extremo de su trenza.

—¿Estarás bien a solas con ella? Quién sabe cuánto tiempo tendremos que esperar a que venga la reina.

Resoplo.

—Pues claro que lo estaré. ¿Está montada la polea? —Marcel y yo sacamos una de los andamios, además del tablón.

Asiente con la cabeza.

—Y encontré un escondite seguro para mí.

—Bien. —Agarro una antorcha encendida de uno de los apliques sencillos de la pared del túnel, más reliquias de los canteros que trabajaron aquí abajo. En los últimos años, Jules y yo nos hemos hecho con un buen número de antorchas para explorar las catacumbas. No arden tanto como las lámparas de aceite, pero iluminan mucho más. Hay seis antorchas más encendidas en este lado del abismo. Me ayudarán a ver cualquier movimiento que haga la reina.

Jules se ajusta el carcaj de flechas que lleva a la espalda.

—¿Bastien? —dice en un carraspeo tímido. Durante un segundo, es la chica que conocí hace seis años. Desesperada, hambrienta, ansiosa por hacer un aliado. Empieza a acercarse a mí—. En caso de que esta noche salga mal, quiero que sepas...

—No va a pasar nada malo, Jules.

Vuelve a asentir con la cabeza y baja la mirada hasta mi mano. Me doy cuenta de que estoy agarrando la suya, aunque no quería decir nada con esto. La suelto con rapidez.

—Nos vemos pronto. —Me apresuro a cruzar el tablón.

Cuando me reúno con Ailesse en el saliente, me mira pensativa. Casi con empatía. Coloco la antorcha en un candelabro y la fulmino con la mirada. Mi mejor máscara es la ira. No hace falta que vuelva a decirme que Jules no me toca el alma.

—Eres astuto, Bastien. —La voz de Ailesse es suave y segura—. Lo reconozco. Pero la trampa que le has tendido a mi madre fracasará. Tampoco vendrá sola. Traerá a las más hábiles de mi *famille*. Recuerda que te lo advertí.

Sonrío, satisfecho. Lleva todo el día diciendo lo mismo. Amenazas vacías. Intentos inútiles de intimidarme. No hace mella en mi confianza. Dentro de una hora, acabaré con la vida de la reina y me vengaré. En cuanto a las otras que traiga, también tengo planes para ellas. Les quitaré todos los huesos para que no puedan volver a lastimar a nadie. Luego me encargaré de Ailesse y de nuestras almas unidas. La idea me revuelve el estómago.

«Ahora no pienses en el vínculo. Céntrate en lo que tienes entre manos».

Separados por el abismo, Jules y yo empujamos el tablón al foso. Cae en silencio en la oscuridad, y trago saliva. Ahora la reina no podrá llegar a nuestro lado, y Ailesse no podrá escapar del saliente. Pero yo tampoco. Estoy atrapado aquí con su olor perfecto y su cuerpo cálido hasta que Jules nos lleve a los dos de vuelta al otro lado del abismo cuando esto termine. Ya ha ideado una forma de hacerlo con una cuerda.

Jules recoge sus cosas y esboza una sonrisa de ánimo. Intento devolvérsela, pero no lo consigo. Se está jugando el pellejo, igual que yo, pero no quiero alentarla. En lugar de eso, asiento con la cabeza y miro hacia otra parte, lejos de las dos chicas, mi alma gemela y mi mejor amiga. *Merde,* tengo la cabeza hecha un lío.

El brillo de la lámpara de Jules se desvanece. Luego desaparece. Se me acelera el corazón. Soy muy consciente de que estoy atrapado con Ailesse. Si me acercara un poco más, podría llenarme los pulmones con su olor. Podría tocarle el pelo y…

Resoplo con fuerza. «Contrólate, Bastien». El encanto de Ailesse todavía me afecta desde aquel hechizo oscuro en Castelpont. Debería haber desaparecido después de que Jules desenterrara su último hueso de debajo del puente.

¿Y si desapareció y la atracción que siento es real?

Camino por el pequeño saliente de dos metros. Me froto la nuca y muevo los hombros. Intento no mirar a Ailesse a los ojos. Ni hacerme preguntas. Pero a medida que se alarga la espera hasta que llega la reina, la curiosidad aumenta. Hay tanto que aún no sé sobre Ailesse. La conversación que tuvo con Marcel no deja de atormentarme.

—¿Por qué os hace falta fuerza física para transportar a los muertos? —suelto, incapaz de resistir hablar con ella—. Si ese es el objetivo de vuestra magia de huesos, no lo entiendo. Los muertos no tienen cuerpo, ¿verdad? No son más que fantasmas.

Las cejas de Ailesse se levantan por mi interés repentino.

—No es exactamente así. Los muertos son algo intermedio. Se vuelven tangibles después de salir de sus tumbas. —Se aparta unos mechones de pelo de los ojos con las manos atadas. Se me crispan los dedos, quiero ayudarla—. Algunas almas están destinadas al Inframundo y se rebelan.

Lo pienso un poco.

—¿Qué pasa si no van al Inframundo?

—Escapan de vuelta al reino de los mortales y hacen daño a personas inocentes.

—¿Así que vuestro objetivo es proteger a la gente?

—Sí.

Me cuesta entenderlo. Me duele el pecho y me tambaleo. No puedo evitar que la realidad se apodere de mí. No tengo ni idea de quién es Ailesse en realidad.

—Si intentáis proteger a los inocentes, ¿por qué los matáis?, ¿por qué matáis a los que encontráis en los puentes?

Arruga las cejas de color castaño.

—Pues porque… —Entreabre la boca mientras busca qué decir. ¿Alguna vez ha pensado en esto?—. Tyrus y Elara no nos dejarán ayudar a nadie si no lo hacemos.

Y así como así, la sangre se me vuelve a hervir.

—Sabes, hay una razón por la que la gente dejó de adorar a tus dioses.

Se tensa.

—Matar a nuestros *amourés* demuestra nuestro compromiso con los dioses y el camino de nuestras vidas, no el nuestro. Se trata de lealtad, obediencia.

—Eso lo absuelve todo, ¿no?

Hincha sus fosas nasales. Da un paso hacia mí. Yo doy un paso hacia ella.

Está de cara al abismo. Yo estoy de espaldas. Una patada fuerte, y podría enviarme a la muerte. Me hago a un lado enseguida. Ailesse se queda sin aliento mientras mira al otro lado del abismo. Me doy la vuelta para ver hacia dónde mira.

En la distancia, justo después de la última de las seis antorchas, aparece una figura oscura.

La reina.

Reacciono por instinto. Saco el cuchillo. Agarro a Ailesse. La sujeto contra mí en el saliente, con la espalda pegada a mi pecho y mi cuchillo en su garganta.

La reina se adentra en el resplandor ámbar de la luz de las antorchas y avanza. La acompañan cuatro mujeres. Solo les dirijo una mirada fugaz. No puedo apartar la mirada de la madre de Ailesse, la mujer más imponente que he visto jamás.

A medida que se acerca, más antorchas la iluminan. Tiene el vestido empapado por la ciénaga de las catacumbas, pero eso solo hace que parezca más amenazadora y hermosa. Me mareo. Resulta casi tan hermosa como su hija, aunque de una forma severa y opuesta. Piel blanca y pelo negro. Ojos negros y labios rojos como la sangre. Mejillas suaves y mandíbula afilada. Hago un repaso rápido de los huesos que le dan poder: una corona afilada, un collar de garras y zarpas en cada hombro. Una garra y una zarpa son más grandes, más blancas. Son los huesos tallados.

Da otro paso, a metro y medio de la caída del foso, y a unos cuatro metros y medio de donde estamos en el saliente opuesto.

—Ahí está bien. —Asiento con la cabeza y señalo el suelo frágil que hay a sus pies—. A menos que quieras que la princesa muera donde está.

Se detiene, sin ponerse nerviosa, y levanta una mano. Las otras Hechiceras de Huesos se detienen. Miro a cada mujer más de cerca. Me recorre una oleada de calor y luego de frío. Todas son impresionantes y únicas, con distintos tonos de piel y huesos imponentes, sobre todo la corona de astas de una mujer y el collar de costillas de otra, aunque ninguno es tan llamativo como el de la reina.

—No matarás a Ailesse —dice con calma, pero su voz potente corta el aire y retumba al otro lado de la división—. Seguro que te ha dicho que tú también morirías.

La fulmino con la mirada, pero se me revuelve el estómago. Acaba de confirmar que mi vida está ligada a la de su hija de verdad.

—Te sorprendería lo lejos que estoy dispuesto a llegar por venganza. —Aprieto la hoja y Ailesse respira entrecortadamente.

Los ojos de la reina se detienen en ella. Si hay algo de amor en su expresión, no logro leerlo. Quizá no quiera hacer este intercambio.

—¿Qué quieres, Bastien? —me pregunta.

Me sobresalto al oír mi nombre, sorprendido de que lo sepa.

—Los huesos —respondo—. Todos.

—Estamos en las catacumbas. Tendrás que ser más específico.

Sabe muy bien a qué huesos me refiero.

—Los huesos que os dan magia.

—Ah, nuestros huesos de la gracia. —Entrelaza las manos—. El poder que llamas «magia» es un regalo de los dioses. No se debe jugar con él, no vaya a ser que los dioses te castiguen. Pero si insistes…

—Insisto. Un precio muy pequeño por la vida de tu hija.

—Mi hija y la flauta de hueso —exige la reina.

Ailesse abre la boca para hablar, pero aprieto el cuchillo con más fuerza contra su garganta, una advertencia silenciosa para que no revele que Jules rompió la flauta.

—De acuerdo —digo, aunque no tengo intención de cumplir mi promesa.

La reina hace un gesto a sus mujeres. Comparten miradas preocupadas.

—De una en una —ordeno—. Quiero ver tres huesos de cada una.

La reina levanta la barbilla, con una mirada desafiante, y hace un gesto con la cabeza a cada una de las Hechiceras de Huesos. Una cesta desciende desde un hueco en el techo del túnel. La rueda de la polea oculta chirría. Jules está arriba, haciendo su parte.

Las Hechiceras de Huesos dejan los huesos en la cesta y los cuento. Algunos están incrustados en pulseras, tobilleras, collares, pendientes e incluso peinetas del pelo. Una mujer parpadea, como si estuviera llorando por un niño. Qué bien. Quiero que esto les duela.

No veo a la reina. Está en algún sitio al fondo del grupo. Murmura algo a sus acompañantes, y ellas se separan para dejarla pasar. Se acerca a la cesta, mira a los ojos a Ailesse, y se quita las hombreras de las zarpas, el collar de garras, y, por último, la corona. Está hecha con una vértebra enroscada. Seguramente de una serpiente mortal.

En cuanto la reina deposita el último hueso en la cesta, agarra la cuerda para que no pueda izarse.

—Haremos el intercambio a la vez —me dice—. Baja otra cuerda para Ailesse.

—Las condiciones las pongo yo, no tú —le contesto—. Suelta la cesta y acércate al borde del foso.

Sus ojos color negro se entrecierran. Suelta la cuerda y mira las grietas del suelo.

—Haré esto yo sola —le dice a las otras Hechiceras de Huesos. Se mueven hacia atrás.

Espero que Marcel esté listo. Hay un segundo túnel debajo de nosotros, casi una copia de este. Al final, el suelo también se ha derrumbado en el abismo.

La reina se acerca despacio al foso, con una postura impecable. Está a un metro del borde. Un metro. Una de las grietas más finas se abre a sus pies. Duda.

Tengo una presión en el pecho. La reina tiene que acercarse un poco más, a donde el suelo es más frágil. Solo tenemos un barril de pólvora negra.

Medio metro.

—El trueno caerá —murmura Ailesse para sí misma. Se paraliza al comprenderlo—. ¡Corre! —le grita a su madre—. El túnel se va a derrumbar.

Los ojos de la reina se abren de par en par.

—¡Retroceded! —ordena a las otras Leurress—. ¡Roxane, los huesos!

—¡Ahora, Marcel! —grito.

Roxane saca un cuchillo de una funda oculta en el muslo. Corta la cesta y sale corriendo con ella.

Empujo a Ailesse hacia la pared más alejada de nuestro pequeño saliente y me preparo para el golpe. El corazón me late tres veces. No pasa nada. ¿Cuánto dura el camino de pólvora de Marcel?

La reina sonríe. No se ha retirado como sus compañeras. Se prepara para saltar. Miro los casi cinco metros que nos separan.

—Nunca lo conseguirá.

—Has olvidado algo —me dice Ailesse—. Una *matrone* lleva cinco huesos, no tres.

¿Cinco?

Nunca lo olvidé, es que nunca lo supe.

La reina salta. Hace un salto tremendo.

Suelto a Ailesse y adopto una postura defensiva. Ailesse se lanza a la caída del saliente, hacia su madre.

La reina está a mitad de camino a lo largo del abismo.

BUM.

Estallan pedazos de piedra por el aire. Salgo despedido de espaldas. Una nube de polvo me ahoga los pulmones. Me pongo en pie y toso. Alejo el humo con la mano.

No veo a la reina.

Y Ailesse ya no está.

18
Ailesse

Me aferro a la pared del abismo, con las manos atadas. Apenas puedo mantenerme en el fino saliente de la roca. Me caen escombros encima. Se me tensan los músculos. Los dedos se me acalambran. Si me caigo, ¿cuánto tardaré en tocar el fondo y romperme todos los huesos del cuerpo? «No pienses así, Ailesse». No estoy preparada para morir.

—¡Madre! —Mi grito desgarrador no hace eco. Se lo tragan los escombros y el aire pesado.

Lo único que veo sobre mí es un manto de polvo, apenas iluminado por la luz de las antorchas. ¿Hasta dónde me he arrastrado por la pared? Miro a través del abismo, hacia la pared opuesta, para orientarme. Cuando estaba con Bastien en la cornisa, vi otro túnel debajo del nuestro. Ahí es donde Marcel debe haber colocado la pólvora negra. Pero ya no hay rastro de ese túnel. O se ha derrumbado por completo o me he sumergido muy por debajo de él. Sollozo al pensarlo.

Clavo los pies en la pared y busco a tientas un punto de apoyo. Cada vez que alcanzo una saliente, se cae a pedazos. Jadeo, presa del pánico. Ojalá tuviera mi hueso de íbice.

«Basta, Ailesse». Llorar por lo que he perdido no va a ayudarme. Cierro los ojos un momento, intento sentir la fuerza y el equilibrio de mi gracia de íbice. Mis músculos tienen que hacer memoria.

Arrastro una pierna hacia arriba hasta que la punta del pie se agarra a un punto de apoyo. Con cuidado, apoyo mi peso en él y noto un calambre en la pantorrilla. Muevo la otra pierna, pero mi pie no encuentra apoyo. El otro pie resbala y hace que me choque la rodilla contra la pared.

—¡Madre! —Odio el sollozo que sale de mis pulmones. Pensará que soy débil. Las piernas me cuelgan, inútiles, las manos me tiemblan. No puedo aguantar mucho más.

—¡Ailesse!

Levanto la cabeza. La voz de mi madre es débil. No puedo saber si está cerca o lejos debido a la forma en que las catacumbas devoran el sonido. «¡Estoy aquí abajo!», grito por instinto. Pero no le hace falta oírme ni verme para orientarse. Aún conserva la dentadura de una raya de cola látigo y el cráneo de un murciélago nóctulo gigante. Se arrancó este último de la corona cuando Bastien no miraba. Entre los dos huesos, mi madre tiene un sexto sentido y la ecolocalización. Aunque no pueda verme, me encontrará. Siempre y cuando yo pueda aguantar.

Me sudan las manos. Me resbalo. Aprieto con todas mis fuerzas. Elara, ayúdame.

Se me nubla la vista con un brillo plateado. Aparece una forma borrosa. Fantasmal, transparente. Sus alas toman forma y se despliegan.

La lechuza plateada. La misma que vislumbré durante un segundo en la cámara secreta. Cámara secreta.

La lechuza grita, y una oleada de fuerza me invade.

—¡Estoy aquí! —dice mi madre. Me sobresalto. La lechuza desaparece. También mi fuerza recién adquirida. Jadeo, la cabeza me da vueltas. ¿Qué acaba de pasar?

—¡Ailesse!

Miro detrás de mí, a la pared opuesta del foso. El polvo se disipa. La esbelta figura de mi madre desciende. La fuerza de la explosión debe de haberla empujado hacia ese lado del túnel.

Desciende por una cuerda, la cuerda cortada de la polea. La ha extendido al máximo.

—Voy a balancearme hacia ti.

Asiento con la cabeza y respiro tranquila. Esta tortura casi ha terminado.

Se separa de la pared con una patada y atraviesa los cuatro metros y medio que nos separan. Roza mi pared, pero la cuerda queda torcida, lo que desvía la trayectoria. El impulso la lleva de vuelta al punto de partida antes de que pueda alcanzarme. Lo intenta otra vez, pero, de repente, su cuerpo se dobla cuando está a medio camino. Una flecha pasa zumbando junto a ella.

—¡Cuidado! —grito. Jules debe estar encima con su arco.

Mi madre no parece preocupada. Se agacha contra la pared del abismo, a la espera de un hueco entre las flechas. Jules dispara a ciegas, así que mi madre tiene ventaja. Notará las flechas cuando vuelen.

—Date prisa —le ruego, con el cuerpo tembloroso por el esfuerzo. Tengo la sensación de que se me van a romper los dedos si tengo que aguantar mucho más.

Más trozos de piedra caliza caen desde arriba. Otra sección del túnel se está derrumbando. Mi madre se pone de lado y escala la pared con una habilidad impresionante, otra gracia de su cráneo de murciélago. No espera a que se despejen los escombros. Se lanza hacia mí otra vez y aprovecha la distracción. Me invade una oleada de emoción. Debe de quererme, o no se pondría en peligro de esta manera.

Esta vez aterriza más cerca de mí y se agarra a una piedra que sobresale para anclarse. Está poco más de medio metro de distancia, tiene la cintura a la altura de mi cabeza mientras cuelga del extremo de la cuerda. Podría alcanzar su pierna si no fuera porque tengo las manos atadas.

Examina la pared casi lisa que me rodea. No encuentra nada más a lo que agarrarse.

—Tenemos que soltarte las manos.

—¿Cómo? —La roca a la que me aferro no es lo bastante afilada como para serrar la cuerda.

—Tengo un cuchillo pequeño. Te lo voy a lanzar.

—Pero no puedo soltarme para atraparlo.

—Busca un punto de apoyo para distribuir el peso, luego, abre una mano.

El corazón me late con fuerza. La sangre me palpita detrás de los ojos mientras intento que no cunda el pánico. Vuelvo a forcejear con los pies, lucho por agarrarme. Pero nada. Con una última descarga de adrenalina, subo un poco más y mi rodilla derecha choca contra una piedra saliente. Levanto la pierna y mantengo el equilibrio sobre ella. No estoy completamente sujeta, pero me quito un poco de peso de las manos.

—Estoy lista —digo, con el sudor cayéndome por la cara.

Mi madre sostiene la cuerda con una mano y saca un cuchillo fino de una abertura oculta en el vestido.

—A la de tres.

Asiento con la cabeza, rezando para poder agarrarlo.

Ella exhala, concentrada.

—Uno. Dos. Tres.

Suelta la hoja. Me apoyo en la pared. Suelto una mano del afloramiento de roca. Agarro la empuñadura.

La puntería de mi madre es perfecta, pero tengo las manos demasiado apretadas. El cuchillo se me escapa y me araña la piel al caer en la oscuridad.

Tres flechas más pasan a toda velocidad. Vuelvo a agarrarme a la roca. Una flecha casi me da en la cabeza antes de chocar contra la pared.

Mis dedos resbalan del agarradero. Me agarro con los nudillos.

—¡Madre! —grito.

Sus ojos se llenan de dolor. Niega con la cabeza. No sabe cómo ayudarme. Su cuerda se mueve un palmo hacia abajo antes de volver a detenerse. Mira hacia arriba.

—Están cortando la cuerda.

Siento que la sangre abandona mi rostro. Mi madre puede saltar un abismo con su gracia de murciélago, pero no puede desplegar las alas para salir volando de uno. ¿Cómo va a salvarse? ¿O cómo va a salvarme a mí?

Nos miramos la una a la otra. El tiempo queda en pausa. El momento fugaz se suspende. No puedo respirar, no puedo pensar. Las dos vamos a caer y vamos a morir. Entonces la expresión de mi madre cambia. Es sutil, apenas un temblor en la mandíbula. Un destello de remordimiento en sus ojos. Si no fuese su hija, no me daría cuenta.

—La flauta de hueso —dice con urgencia—. ¿Te la dio?

—¿Perdona?

Su cuerda baja un poco más.

—Bastien dijo que me daría a ti y la flauta. ¿La tienes?

Se me cae el alma a los pies. No, se me cae a las profundidades del pozo. He sido una estúpida. Ella no me quiere. Ha venido por la flauta.

—No —susurro—. La destruyeron. —Estuve a punto de decírselo cuando regateó por la flauta, a pesar de tener el cuchillo de Bastien en la garganta, pero temí que no hiciera el intercambio solo por mí. Y tenía razón.

Odiva gruñe de pura frustración, nada que ver con ella misma.

—No dejaré que te la lleves, ¿me oyes? —grita hacia el pozo.

La cuerda cae una tercera vez. Nuestros ojos se encuentran. Los suyos brillan.

De rabia o de tristeza, no lo sé.

—Lo he intentado, Ailesse. Esta es la única manera.

—¿A qué te refieres? —Las lágrimas me inundan las mejillas.

Se lanza al otro lado del abismo. La cuerda se rompe, pero ella no cae. Se suelta y se agarra a las piedras irregulares de la pared opuesta. Con una destreza perfecta y una velocidad asombrosa, sale del pozo. Y me deja al borde de la muerte.

Se me escapa un sollozo. Esto no puede estar pasando. Esto es crueldad, pura, fría y despiadada.

Esto es el final.

Mi agarre está a punto de ceder cuando unas manos se cierran sobre las mías. Cálidas. Fuertes.

Levanto la vista. El rostro de Bastien se ilumina. No está enrojecido por la ira, sino pálido por el miedo.

Se inclina, colgándose con cuidado de un saliente que he sido incapaz de alcanzar. Agarra una de mis muñecas y la sujeta con fuerza. Le cae polvo calcáreo del pelo mientras me corta las ataduras con su cuchillo.

No lo entiendo, no puedo comprenderlo. No puede estar rescatándome. Es algo inimaginable.

Enfunda el cuchillo y me tiende la mano. Dudo en aceptarla. Tengo la mente sumida en la oscuridad, ya en las profundidades. ¿Cómo puedo volver a un mundo en el que significo tan poco? Ahora mismo sería tan fácil soltarme y entregar mi alma a Elara.

—¡Intenta alcanzarme! —dice Bastien. Tiene los ojos muy abiertos, está desesperado. Morirá si yo muero. Ahora entiendo por qué ha venido por mí.

—No puedo. —Maldigo cada lágrima que me corre por la cara, cada músculo tembloroso de mi cuerpo—. Mi madre me ha abandonado.

—Pero yo no lo haré. —El pánico abandona su voz. Ahora es firme, segura.

Crea una base sólida a mis pies.

Le miro a los ojos. El azul del mar es profundo, envolvente, hermoso.

¿Es posible que Bastien no esté salvándome solo para salvarse a sí mismo?

Yo también puedo salvarle.

Lo único que tengo que hacer es encontrar la fuerza para llegar hasta él.

—Ailesse —dice—. Sube. Agárrate a mi mano.

Me imagino como una guerrera, la Ferrier que siempre quise ser.

Imagino la Luz de Elara corriendo por mis venas. Imagino a la lechuza plateada, sus alas extendidas y defendiéndome.

Aprieto la mandíbula. Y estiro la mano.

19
Sabine

Me adentro a toda prisa en el patio de Château Creux. El sudor me mancha las palmas de las manos mientras echo un vistazo a la caverna iluminada por la luz de la luna. Odiva y las mayores aún no han vuelto. La entrada del barranco a las catacumbas está a poco más de once kilómetros de aquí, pero incluso en la oscuridad deberían haber recorrido esa distancia en una hora con sus gracias. Han pasado tres horas desde que me separé de ellas. Viajar a través de las catacumbas podría haberlas retrasado. Las heridas también podrían haberlo hecho.

También el no haber salvado a Ailesse.

Se me hunden los hombros. «¿De verdad creíste que alguien más podría salvarla, Sabine?». Agacho la cabeza y me meto el atajacaminos bajo el brazo. Está antinaturalmente rígido y ha perdido su calor. Se me revuelve el estómago.

Yo le hice esto.

—Sabine. —Maurille, una Leurress de mediana edad, sale de otro túnel. Unas líneas de preocupación atraviesan la piel bronceada de su frente.

Me sobresalto y me alejo. El arco y el carcaj golpean contra mi espalda, y escondo las plumas del atajacaminos.

—¿Estás bien? —Las cuentas de las trenzas negras de Maurille chocan entre sí cuando inclina la cabeza. Tras la muerte de mi madre, me regaló dos de sus mejores cuentas, unas de jaspe rojo. Más tarde las ensarté en mi collar junto a mi cráneo de salamandra de fuego. No sé por qué soy tan reservada con ella. Maurille era la mejor amiga de mi madre—. No te he visto desde que Ailesse… —empieza a decir, luego sacude la cabeza y suspira—. Espero que sepas que no fue culpa tuya.

La gente solo dice esas cosas cuando es probable que lo sea.

—La *matrone* la está rescatando —respondo—. Pronto volverá con ella.

Tienes que estar deseando volver a ver a tu amiga.

Hago un pequeño gesto con la cabeza. Lo estoy, pero debería haber participado en el rescate. Ya debería haber conseguido todas mis gracias. El atajacaminos me pesa cada vez más y me arrepiento de inmediato.

Maurille se acerca. Retrocedo un paso.

—¿Qué tienes ahí? —me pregunta.

Se me tensan los músculos para echar a correr, pero bloqueo las piernas. He vuelto a casa porque si Odiva rescata a Ailesse, no le servirá de consuelo. Ailesse me necesita.

—Un pájaro —confieso.

—Sabine, estás temblando. —Maurille frunce el ceño—. ¿Cuándo fue la última vez que comiste? —Intenta alcanzar el atajacaminos—. Déjame ayudarte a cocinar eso.

—¡No! —medio susurro, medio grito, y me alejo—. Por favor, no quiero que nadie se lo coma. —Las mayores dicen que debemos honrar a nuestros muertos y no desperdiciar ninguna parte de ellos, pero no puedo soportar la idea de que el atajacaminos se convierta en comida—. Elegí este pájaro. —«Porque tuvo la mala suerte de cruzarse en mi camino».

Los ojos de Maurille se abren de par en par.

—Oh. —Se asoma a mi alrededor para ver mejor—. ¿Lo mataste por sus gracias? —Frunce el ceño. Los animales que se sacrifican rara vez son tan pequeños, aunque mi salamandra de fuego era mucho más pequeña.

—Es un atajacaminos. Veré mejor en la oscuridad —digo, viéndome obligada a justificarme. El resto de sus habilidades: más velocidad, saltar más lejos y poder ver a los muertos, son obvias. Todas las aves ven con más colores que los humanos, y uno de esos colores es el de las almas difuntas.

—Bueno… eso está genial. —La sonrisa de Maurille es demasiado amplia y tirante—. ¿Quieres que te ayude a preparar el hueso de la gracia?

Una oleada de náuseas se apodera de mí.

—No. Me gustaría hacerlo yo misma. —Es la única manera de conservar mi dignidad.

Maurille toma aire. Al principio pienso que la he ofendido, pero entonces se vuelve hacia el túnel que lleva al exterior. Presiente algo. El brazalete de dientes de delfín le da un oído muy agudo.

—¿Han vuelto? —pregunto.

Asiente con la cabeza.

El corazón me da un vuelco y corro hacia el túnel, atravieso los pasillos excavados por la marea, subo por las ruinas del castillo y, bajo el arco derruido, llego a la escalera de piedra en ruinas. Me detengo a mitad de camino. Odiva está de pie delante de mí. La luz de la luna menguante la ilumina. Las puntas de su pelo negro están cubiertas de barro calcáreo.

Renuncio a la cortesía habitual que le rindo a la *matrone* y grito:

—¿Ailesse? —Levanto el cuello para mirar alrededor de Odiva. Ojalá tuviera ya mi visión nocturna.

—¿Esto es para cenar? —pregunta sin rodeos, echándole un vistazo a mi atajacaminos.

No contesto. No tiene sentido.

—¿Dónde está?

Aparecen las cuatro mayores. Tienen el rostro desencajado. Pernelle tiene los ojos húmedos. No veo a Ailesse. Debería haber sido la primera de su grupo; habría bajado corriendo a verme. A menos que estuviera malherida o...

—¿No escapó? —Retrocedo un paso. Nadie lo niega—. ¿Qué ha pasado?

Odiva levanta la barbilla, pero desvía un poco la mirada.

—Tenemos que centrarnos en lo que va a ocurrir: la noche de la travesía es dentro de trece días. Tenemos que encontrar la manera de cumplir con nuestros deberes. —Nos mira a cada una por separado—. Vamos a fabricar una nueva flauta de hueso.

Milicent intercambia una mirada pensativa con Dolssa.

—Perdóname, *Matrone*, ¿cómo haremos una flauta sin el hueso de un chacal dorado? Están casi extinguidos.

—Ni siquiera son autóctonos de Galle —añade Dolssa—. Tendríamos que abandonar estas costas. ¿Cómo podríamos hacerlo y regresar en trece días?

—¿Dónde está tu fe? —Odiva arremete en un repentino estallido de ira—. Tyrus nos proveerá. Él exige sus almas, y esta es la última vez que puedo... —Baja la cabeza un segundo. La oración que le oí susurrar anoche me viene a la mente. «El tiempo se acerca a su fin. Concédeme una señal, Tyrus. Hazme saber que honras mis sacrificios». El brillo febril que hay en sus ojos se enfría mientras se alisa las mangas—. El chacal dorado es sagrado para Tyrus. Tenemos que pedirle a él.

Pernelle mira fijamente a Odiva. Roxane y Dolssa se mantienen escuetas y tensas. Milicent hace un gesto seco con la cabeza.

—Por supuesto, *Matrone*.

El pecho de Odiva se ensancha al recuperar la compostura.

—Tenemos que darnos prisa. No podemos desatender la próxima noche de travesía. En el norte de Dovré ha estallado una guerra. Corren rumores de muchos muertos. Toda Leurress en edad de hacerlo cazará hasta que encontremos al chacal y hagamos la nueva flauta. —Baja otro escalón y dirige sus ojos negros hacia mí—. Eso te incluye a ti, Sabine.

—Pero... ¿y Ailesse? —¿Qué les pasa a todas? ¿Por qué hablamos de guerras, chacales dorados y flautas de hueso?

Roxane cierra los labios con fuerza, temblorosa. Pernelle se limpia los ojos. Odiva mira al Cielo Nocturno como si buscara las palabras adecuadas.

—Ailesse ha muerto.

—¿Qué? —Se me congelan todos los músculos del cuerpo—. No... te equivocas. No puede ser. —Una ráfaga de viento azota las faldas de los vestidos de las mayores. Tengo el corazón en un puño, lucha por latir.

—Lo siento, Sabine. —Odiva me pone una mano en el hombro—. Habría sido mejor para ti que Ailesse nunca hubiera... —Niega con la cabeza.

—¿Nacido? —Entrecierro los ojos—. ¿Es eso lo que ibas a decir?

Frunce el ceño. Milicent se apresura a dar un paso adelante para evitar otro arrebato.

—Estás muy equivocada, Sabine. No debes hablarle así a la *matrone*. Por supuesto que no lamenta el nacimiento de Ailesse. Ailesse era su heredera, la hija de su *amouré*.

—Eso no significa que lo amara —murmura Odiva, en voz tan baja que me pregunto si alguno de los oídos bendecidos por las gracias de las mayores pueden oírla. Me pasa por delante hacia el castillo, pero no antes de que la sorprenda quitándose el collar que llevaba escondido. Lo veo claramente por primera vez: una calavera de ave con un rubí en el pico.

Si fuera cualquier otro momento, me preguntaría por qué tiene otro hueso —solo debería tener cinco—, pero lo único que logro hacer es quedarme boquiabierta mientras camina bajo el arco de Château Creux. ¿Cómo puede ser tan cruel con su propia hija? ¿Cómo puede estar ocurriendo todo esto?

Ailesse no puede haberse ido.

—Ay, Sabine. —Pernelle se acerca y me abraza. Mis brazos cuelgan rígidos a los lados.

—Hicimos lo que pudimos, pero el *amouré* de Ailesse hizo que el túnel se derrumbara, y Ailesse fue quien cayó. La *matrone* intentó salvarla, pero era demasiado tarde. El pozo era profundo y… —Se le entrecorta la voz cuando se le saltan las lágrimas. Me escuecen los ojos, pero contengo mis propias lágrimas. Nada de esto tiene sentido. Ailesse no está muerta. Yo lo sabría. Lo sentiría.

—¿El chico también murió?

Pernelle asiente, con el rostro ensombrecido.

—Podemos agradecérselo a los dioses. Odiva dijo que su vida terminó en el momento en que lo hizo la de Ailesse.

Frunzo el ceño.

—¿No visteis cómo pasó?

—Ya nos habíamos ido. —Se nos une Roxane. Milicent y Dolssa están cerca. Su dolor es casi palpable y me oprime el pecho—. El túnel era inestable, así que Odiva nos ordenó marcharnos.

Niego un poco con la cabeza. Todo lo que dicen depende solo de la palabra de Odiva. No me basta.

—Entra y descansa. —Pernelle me acaricia el brazo—. Puedes unirte a la cacería mañana.

Se refiere a la caza del chacal dorado. Es ridículo.

—No, iré hoy. Iré ahora. —Me encojo de hombros, pero sigo notando sus ojos preocupados clavados en la nuca.

—¿Y tu pájaro? —pregunta Dolssa.

Confusa, miro hacia abajo y veo a mi atajacaminos colgándome de la mano. Oh.

Con las piernas engarrotadas, camino hasta las ruinas del muro del jardín. Dejo caer el pájaro sobre una piedra. Saco el cuchillo de hueso de Ailesse.

Golpeo.

Agarro la pierna amputada. Me corto la palma con el hueso afilado para que se una con mi sangre. Ya está. La ceremonia ha terminado. Cierro el puño en torno a la pierna, con la garra todavía unida. Las mayores observan en un silencio tenso.

Dejo a un lado al atajacaminos sobre la piedra. Abandono a las mayores, el jardín cubierto de maleza, los terrenos rocosos del Château Creux. Huyo. Me alejo de los acantilados, atravieso la meseta, me adentro en el bosque, paso por arroyos y ríos entrelazados, cruzo un puente tras otro. Sigo corriendo, sobrepasando mis límites, hasta que no siento el ardor en los pulmones ni los calambres en el costado. Hasta que el corte en la palma de la mano deja de escocerme y se me secan los ojos.

Estoy casi en la entrada de las catacumbas. Tengo toda la intención de entrar a toda velocidad, pero cuando me acerco al borde del barranco, me detengo en seco.

Todo el aire me abandona los pulmones. El corazón se me sube a la garganta. Vacilo sobre mis pies.

Los hermosos y sabios ojos de la lechuza plateada me miran fijamente.

Está aquí. Bajo la cruda luz de la luna. En el suelo, no en un árbol. Está posada en la cúspide del barranco.

Es una señal de que tenía razón.

«Ailesse está viva».

Me acerco un paso más, y la lechuza plateada extiende las alas y las apunta hacia abajo en posición defensiva. No quiere que pase.

Los latidos de mi corazón se ralentizan. Percibo el dolor en los músculos y las extremidades temblorosas. La sangre me chorrea por la mano que tengo apretada en un puño. La pata y la garra sin filo siguen enroscadas en mi interior y me hurgan la herida.

Me doy cuenta de que nunca he recibido las gracias del atajacaminos.

¿He ofendido a los dioses? Fue una muerte cometida con rabia y un hueso de gracia tomado sin pensar.

—Lo siento —les digo a Tyrus y Elara, pero miro a la lechuza plateada—. Lo hice para salvar a Ailesse.

La lechuza pliega sus alas.

Siento calor en la piel y me sobresalto. El mundo a mi alrededor cambia como si hubiera salido otro sol, solo que proyecta un tenue resplandor violeta. Sé lo que estoy viendo, Ailesse lo describió después de matar a su halcón peregrino. Es una visión con un color adicional. Aún no he visto el color. Pero lo haré cuando vea por primera vez a los muertos. Toda Ferrier necesita esta gracia.

Los dioses me han perdonado.

—La salvaré —le digo a la lechuza plateada como si hablásemos el mismo idioma—. Sé que soy la única que puede hacerlo.

Emite un sonido bajo, casi como un ronroneo.

—Y seré sabia a la hora de elegir mi próxima presa. —Las gracias del atajacaminos no son inútiles, pero no me dan fuerza, que es lo que más necesito—. También seré inteligente y estratégica. —Si Odiva y cuatro Leurress mayores no pudieron rescatar a Ailesse, tendré que tramar con tanto cuidado como lo han hecho Bastien y sus amigos.

La lechuza mueve su cara en forma de corazón, hacia delante y hacia atrás, de lado a lado.

Mi determinación cala hasta los huesos. Voy a tener que ejercitar la paciencia para tener éxito. Puedo permitirme un poco de tiempo. Ailesse ya debe haberle dicho a Bastien que su alma los une en la vida y en la muerte, y él tiene que creerla o ya la habría matado, sobre todo después de perder la oportunidad de matar a su madre.

—No fallaré.

La lechuza despliega las alas. Mi visión vuelve a cambiar. Esta vez no es violeta, sino plateada, como el anillo que rodea la luna llena. Sea lo que sea lo que estoy viendo, no puede ser de mi gracia del atajacaminos.

Una imagen aparece en mi mente. O tal vez la estoy viendo de verdad. Es translúcida y lucha por tomar forma ante mí.

Jadeo. Es Ailesse. Está sentada en un banco de piedra, atada por las muñecas y los tobillos. Tiene la cabeza inclinada hacia un lado y está apoyada contra la pared. Su pelo rojizo está enmarañado. Está arañada y sucia, y tiene una mirada vacía. Ha perdido su fuego.

—Oh, Ailesse —susurro, me duele el pecho.

En cuanto hablo, levanta la mirada. Nuestros ojos se encuentran. Se me acelera el corazón.

—¿Sabine? —Su voz se quiebra de sorpresa y esperanza.

Sonrío con un alivio desesperado. Creía que seguía viva, pero otra cosa es verla.

—Sé fuerte —le digo—. Voy a ir a buscarte. —Una lágrima recorre su rostro.

Alargo la mano para rozarle el brazo. Está así de cerca. Pero en cuanto intento, la visión se ondula como agua agitada. Ailesse desaparece.

El corazón me late con fuerza.

—¿Qué acaba de pasar?

Solo escucha la lechuza plateada.

Bate las alas. Se levanta del suelo. Y vuela lejos.

20

Bastien

Marcel sisea mientras le saco otro trozo de grava de la herida.

—Ya casi está —le digo. Estamos de vuelta en nuestra cámara, y él está sentado en un carro minero volcado que usamos como mesa. Tiene la manga derecha remangada, lo que deja al descubierto un corte a lo largo del antebrazo. Una roca le golpeó durante la explosión; calculó mal la distancia a la que debía estar del barril de pólvora negra—. Jules estará aquí enseguida con el agua. Lavaremos esto y lo ayudaremos a cicatrizar. A Birdie le parecerá irresistible.

Le guiño un ojo.

Marcel esboza una sonrisa forzada con los dientes apretados.

—¿Tú crees?

—Por supuesto. —Arranco otro trozo de escombro—. Ya sabe que eres brillante. Esto hará que parezcas fuerte también. Estará encantada.

Ailesse suelta un bufido y a mí se me eriza la piel. Pero en cuanto me giro hacia donde está apoyada en la losa de piedra caliza, veo su expresión, y no es burlona. Está sentada, con el cuerpo rígido. Tiene los ojos muy abiertos. Está pálida. Se me revuelve el estómago. ¿Está sufriendo?

Corro hacia ella. Balbucea:

—¡Sabine! —Una lágrima le cae por la mejilla. No me mira a mí. Tiene la mirada clavada en el frente. Vuelve a jadear y parpadea varias veces—. ¿Sabine? —Sacude un poco la cabeza—. ¿Dónde...? —Se fija en lo que la rodea. Luego me mira a mí. Las lágrimas se pegan a sus pestañas—. ¿Bastien? —pregunta, como si mi nombre fuera una pregunta desesperada.

Entonces me doy cuenta de que estoy de rodillas a su lado, con los dedos entrelazados con los suyos. Su agarre es tan fuerte como el mío. Tan fuerte como cuando la saqué del pozo.

—¿Todo bien? —pregunta Jules.

Me sobresalto. Ailesse y yo nos soltamos las manos.

—Solo estoy comprobando las cuerdas —respondo a toda prisa. Doy un tirón obligado al nudo de las muñecas de Ailesse—. Se estaba retorciendo. —Me arde la cara por la mentira—. Está un poco delirante. —Eso es cierto—. Creo que se dio en la cabeza al caer en el pozo.

Ailesse se recuesta contra la pared, como si pensara en mis palabras. Tiene un moratón muy feo en un lado de la frente.

Jules no dice nada. No puedo mirarla a los ojos cuando vuelvo a ponerme en pie. La cámara se queda en un silencio inquietante mientras me acerco a donde está ella, junto a la puerta. Agarro el cubo de agua que acaba de traer y ella se aleja un paso de mí.

—Lo que tú digas —dice con la voz entrecortada. Se encoge de hombros para acercarse a su hermano.

Suspiro. Odio esta tensión entre nosotros. Jules no estaba nada contenta cuando saqué a Ailesse del pozo, pero ¿qué otra opción tenía que no fuera salvarla? Me paso las manos por el pelo y me acerco a la pila de libros de Marcel. Agarro uno al azar y me acurruco en un taburete, intentando ser útil. Aunque ya ni siquiera sé cuál es mi objetivo final.

—¿Y ahora qué? —pregunta Jules, como siempre en sintonía con mis pensamientos, incluso cuando estamos en desacuerdo. Moja un pañuelo en un cuenco de agua sedimentada y frota la herida de Marcel con cuidado—. La reina no se dejará engañar la próxima vez, y las catacumbas no redujeron su poder tanto como pensábamos.

Marcel asiente y observa a Jules trabajar.

—He estado pensando que debe llevar un poco de tiempo, quizás unos días, que la fuerza de una Hechicera de Huesos se debilite lo bastante aquí abajo. Por ejemplo, Ailesse no perdió su fuerza de golpe.

—Tiene sentido —respondo, y miro de reojo a Ailesse. Si está escuchando, no da señales de ello. Se limita a mirarse las manos inertes.

—Al menos la reina sabe que no está tratando con unos bobos —dice Jules—. Somos tan peligrosos como ella.

Yo no estoy tan seguro, pero dejaré que Jules nos dé su voto de confianza. No pudo cortar la cuerda de la polea antes de que la reina saliera del pozo. Tuvo suerte de que la reina no tuviera tiempo de encontrar su escondite. Cuando otra sección del túnel se rompió, la reina huyó con las otras Hechiceras de Huesos.

—¿Cuándo creéis que volverá? —Jules moja el pañuelo otra vez.

—No va a volver —murmura Ailesse. Todos la miramos. Le tiembla la barbilla.

La mirada de Jules se vuelve más dura.

—¿Las Hechiceras de Huesos también leéis la mente o qué?

—No soy lo que mi madre vino a buscar —responde Ailesse con un débil murmullo. Ni siquiera su tono es combativo.

Jules se burla.

—Entonces, ¿para qué vino?

A Ailesse le brillan los ojos. Gira la cabeza.

—¿Vas a contestarme?

—Déjala en paz —murmuro.

La mirada que me lanza Jules es la misma que dirige a los chicos de Dovré cuando la miran con desprecio. Una fracción de segundo después, están en el suelo con la nariz rota.

—¿Por qué la defiendes?

—No estoy defendiendo a nadie. Solo quiero un rato de paz mientras averiguo cómo sacarnos a los tres de este embrollo. —Toco una página del libro con un dedo para darle énfasis, aunque no he encontrado nada útil. Leer no es mi mejor talento.

—Este es tu problema, Bastien —espeta Jules—, no el nuestro.

—¿De qué hablas?

—No somos nosotros los que estamos atrapados en un hechizo mágico con una sirena. Podríamos dejar que te ocupes de ello tú solito en cualquier momento.

La miro, incrédulo, sorprendido. Desde el primer momento en que conocí a Jules y Marcel, hemos estado juntos en esto, sin importar las complicaciones. ¿No siguen queriendo vengarse de su padre?

—Pues adelante. —Me tiembla la voz por el dolor que intento hacer pasar por rabia. Hago un ademán hacia la puerta—. Nunca dije que tuvierais que hacer nada por mí. —Solo confiaba en que lo harían, como yo lo haría por ellos.

Marcel levanta un dedo.

—Si se me permite, me gustaría decir dos cosas: uno, mi hermana no habla por mí; y, dos, por el bien de la decencia común, Julienne, ¿podrías ir con cuidado con mi brazo? Tengo un sistema nervioso.

Hace una mueca de dolor y deja de limpiarle a golpes. Deja caer el pañuelo en el cuenco y suspira.

—No vamos a dejarte, Bastien. No es eso lo que quiero decir. Es solo que... —Se muerde el labio—. Nunca pensamos que fueras el alma gemela. Eso lo ha desequilibrado todo. Quiero decir, ¿de verdad sois almas gemelas? Nunca quedó demostrado.

—Tiene razón —añade Marcel—. Basamos esa conclusión en el hecho de que nadie más apareció en el puente. La verdadera alma gemela de Ailesse podría estar demasiado enferma para venir, o tal vez estaba más lejos y aún no había llegado.

Me quedo boquiabierto, sorprendido de que estemos discutiendo algo así.

—¿Qué sugieres, que probemos esa teoría matando a Ailesse para ver si yo también muero?

Marcel baja la mirada. Jules vuelve a morderse el labio inferior.

—Bastien es mi *amouré* —dice Ailesse en voz baja—. Si pudierais sentir lo que siente él, no tendríais ninguna duda.

Frunzo el ceño.

—No puedes saber lo que siento.

—No, pero puedo verlo. —Por fin levanta sus ojos pardos hacia mí y trago saliva. Me imagino esos mismos ojos mirándome desde el pozo. Parecía aterrorizada y sola, igual que me sentí yo después de perder a mi padre.

Cierro el libro de golpe. Ailesse no es la víctima aquí.

—No siento nada por…

—Lo que sientas no tiene nada que ver. —Su voz no revela emoción alguna. Es apática, casi indiferente—. Tú fuiste diseñado para mí, y yo fui diseñada para ti. Lo sabes tan bien como yo, Bastien.

El calor me sube a las mejillas.

Jules niega con la cabeza, incrédula.

—Es insufrible.

Ailesse se encoge de hombros y se da la vuelta.

Me paso la mano por la cara.

—¿Podemos volver al tema, por favor?

—¿Y de qué tema estamos hablando? —Marcel se echa hacia atrás.

—De qué hacemos ahora. Tenemos que darle una vuelta a nuestra estrategia. —No menciono otro complot para atrapar a la reina. Estoy de acuerdo con Ailesse en que su madre no volverá—. Seguiremos aquí abajo, eso es un hecho, y haremos salidas para buscar comida y provisiones. En cuanto a romper el vínculo de las almas, ya tenemos a mano los libros de Marcel. Revisaremos cada pasaje cien veces hasta encontrar la respuesta. Aunque nos lleve semanas.

—¿Y entonces la matamos? —Jules se cruza de brazos.

Me tiembla el pulso. Quiero mirar a Ailesse, pero no lo hago. En lugar de eso, miro a Jules. Llevamos años empeñados en vengarnos, pero la Jules que conozco no es tan sanguinaria. Solo es cruel cuando le duele por dentro. Tengo que demostrar que no olvidaré el pacto que selló nuestra amistad.

—Sí —respondo, aunque se me revuelve el estómago—. Entonces la matamos.

21
Ailesse

Sabine está tumbada de espaldas a mi lado. Estamos en un prado cerca de Château Creux, contemplando el cielo nocturno. Las estrellas brillan, las constelaciones de la Cazadora y el Chacal nos iluminan con una claridad total.

—Es luna nueva —me dice Sabine con un brazo detrás de la cabeza—. Esta debería haber sido tu primera noche de travesía.

—Sí. —Un dolor profundo me sube desde el fondo de la garganta—. Pero nadie ahora puede guiar a los muertos, y no hay nada que pueda hacer al respecto.

—¿Estás segura? No te rindas, Ailesse. Siempre se puede hacer algo.

—Pero la flauta de hueso está rota. —Me vuelvo hacia ella, pero mi mejor amiga ya no está.

Estoy mirando a los ojos de la lechuza plateada.

—Ailesse.

Alguien me da un codazo en el brazo. Abro los ojos. Jules se inclina sobre mí.

—Voy a salir a buscar más provisiones. ¿Quieres que te lleve a hacer tus necesidades antes?

No es el pensamiento de ese apestoso rincón de las catacumbas lo que me sobresalta; es el tono de la voz de Jules. Tranquilo y directo. Sin carácter. Me recuerda que ella y yo nos hemos ido aceptando poco a poco en los últimos días. Me recuerda que he estado prisionera aquí abajo durante más de dos largas semanas. Y que mi madre nunca volvió a por mí.

—No, estoy bien. —Me levanto despacio hasta sentarme en la losa de piedra caliza mientras Jules me observa, poco convencida. Incluso ese simple movimiento me supone un gran esfuerzo muscular. Mis captores me han dado comida y agua, pero estoy casi hambrienta de la Luz de Elara—. ¿Marcel? —lo llamo. Mi voz débil apenas logra captar su atención. Levanta la vista del montón de libros que Bastien y él están examinando con lupa sobre el carro volcado que hace de mesa—. ¿Cuándo es luna nueva? ¿Llevas la cuenta?

—Sí, la verdad es que sí. —Esboza una sonrisa de placer mientras rebusca entre los libros y saca una hoja de pergamino marcada con garabatos—. He estado apuntando los días por horas aquí abajo. Cada vez que uno de nosotros regresa de sus viajes a Dovré, comparo la hora que es fuera con mi calendario, y hasta ahora ha sido exacto. —Da dos golpecitos en el pergamino—. La luna nueva es esta noche.

Bastien pasea la mirada de Marcel a mí.

—¿Es importante? —Me recorre el rostro con la mirada e intento disipar cualquier rastro de ansiedad—. ¿Qué pasa en luna nueva?

Niego con la cabeza.

—Nada… solo… —Aparto la mirada de él. Su preocupación me confunde porque sé que planea matarme—. He tenido una pesadilla, nada más. —Ya no puedo mantenerme erguida, así que retrocedo hasta la pared de la esquina de la losa y me apoyo en ella.

Ahora Jules también me mira preocupada, lo cual es aún más desconcertante.

—¿Cuánta fuerza te queda? —pregunta, y baja la voz—. ¿Se agota con la luna nueva?

No tengo ni idea.

—Estoy bien —respondo, aunque sé que en realidad es por Bastien por quien Jules está preocupada. ¿Quién sabe cuánto tiempo más podré seguir con vida una vez que mi última chispa de la Luz de Elara haya desaparecido?

Desplaza el peso sobre la pierna izquierda. Por fin se le ha curado la rodilla.

—Deberías descansar mientras no estoy, ¿de acuerdo?

Asiento con la cabeza. De todas formas, es lo único que hago.

Agarra la bolsa vacía y se dirige a la puerta, deteniéndose al llegar junto a Marcel.

—Se nos acaba el tiempo —le murmura—. Tienes que averiguar cómo romper el vínculo de las almas ahora.

—¿Qué crees que he estado intentando hacer todos los días? —Hace un gesto hacia los montones de notas y libros que tiene por toda la mesa.

—Bueno, pues inténtalo más —espeta. Él frunce el ceño y ella baja la cabeza con un suspiro—. Lo siento, por favor... inténtalo más. —Le da un beso en la mejilla y dirige una mirada de dolor a Bastien antes de salir de la habitación.

«Inténtalo más». Sus palabras me recuerdan a lo que dijo Sabine, o lo que dijo la lechuza plateada en mi sueño: «No te rindas, Ailesse. Siempre se puede hacer algo».

¿Qué significa todo esto? ¿Estoy teniendo visiones? Descarté la imagen que parpadeaba de Sabine que vi hace dos semanas como una alucinación provocada por la lesión que sufrí en la cabeza. No he vuelto a ver otra desde entonces. Pero ahora me pregunto... ¿ha encontrado una forma de comunicarse conmigo? La esperanza brota en mi interior.

Bastien se acerca con un vaso de agua sedimentada. Camina con cautela, desvía la mirada y no dice nada. Así es como suele llevar estar tan cerca de mí. Me pasa el vaso y nuestros dedos se rozan. Mi piel se eriza de calor y suelto un suspiro tembloroso. Estar tan cerca de él tampoco es tarea fácil para mí. Equilibro el vaso entre las manos, una tarea complicada porque aún las tengo atadas, y bebo hasta que se acaba el agua.

—Gracias.

Nuestros ojos se encuentran. Parece sorprendido, dudoso. Nunca le he dado las gracias por nada, no directamente.

Le devuelvo el vaso y, esta vez, cuando nuestras manos se tocan, es Bastien quien se estremece.

—¿Quieres más? —pregunta. Antes de que pueda responder, añade—: Puedo traerte más. —Se acerca al cubo de agua y mira dentro—. Oh. También está vacío. —Me lanza una mirada nerviosa—. No pasa nada. —Mueve el pulgar hacia la puerta y camina hacia atrás—. No tardo. —Reprimo una sonrisa mientras sale a trompicones de la habitación. Nunca es tan torpe.

Es casi adorable... para alguien que me quiere muerta.

Marcel levanta otro trozo de pergamino de la mesa y murmura algo sobre lunas, tierra y agua.

Inclino la cabeza hacia él.

—Es curioso... No creía que nadie supiera nada de las Leurress hasta que os conocí a vosotros tres.

Se da la vuelta y parpadea dos veces, aún medio perdido en sus pensamientos.

—Algunas personas lo saben. Hay leyendas, supersticiones, alguna que otra canción popular… pero en realidad no hay mucho en lo que basarse.

—Sin embargo, tú sabes mucho.

Se encoge de hombros, con modestia.

—En realidad, es un pasatiempo. No puedo estar quieto a menos que mi mente tenga algo en lo que pensar.

Marcel, ¿inquieto? Me tiemblan los hombros de risa contenida. Él sonríe, sin saber por qué me divierte. No puedo evitar que me caiga bien. A diferencia de Bastien y Jules, Marcel no parece tener un prejuicio natural contra mí.

—¿Y si te dijera que no sabes lo suficiente?

—Admito que no es ninguna sorpresa. ¿Acaso puede alguien saber lo suficiente sobre algo?

Me muerdo el labio.

—¿Y si también te dijera que estoy dispuesta a ampliar tus conocimientos?

Arruga las cejas y dirige una mirada a la puerta.

—¿Es un truco?

—Es una oferta. Lo creas o no, no quiero morir. Y como ahora mismo no puedo matar a mi *amouré*, quiero ayudarte a romper el vínculo de mi alma con la de él. —Ignoro la voz arraigada en mí que me dice que es una tarea imposible. En su lugar, escucho la voz de Sabine: «No te rindas, Ailesse».

Marcel se mete una mano en el bolsillo. Una señal de que se está sintiendo más cómodo.

—Está bien. —Se acerca, estudiando su hoja de pergamino—. ¿Puedes decirme qué significa una luna creciente al revés?

—¿Qué tiene que ver eso con el vínculo de almas?

—No lo sé. Ese es el problema, pero tal vez también sea la respuesta. A menudo encuentro que resolver un misterio desbloquea el siguiente.

Eso tiene sentido, y supongo que tenemos que empezar por algún sitio.

—Una media luna boca abajo es una luna poniéndose. Pero también puede representar un puente.

—Un puente… —Marcel se rasca la mandíbula—. No había pensado en eso. ¿Y si toca otro símbolo? —Me enseña la hoja de pergamino y enarco las cejas. Es un dibujo de la flauta de hueso. No me había dado cuenta de que Marcel había podido estudiarlo antes de que Jules lo rompiera—. ¿Ves esto? —Señala un triángulo invertido que está en equilibrio sobre una media luna al revés, justo en el lugar donde estaba grabado en el instrumento real—. Ese triángulo significa agua, ¿verdad?

Asiento con la cabeza.

—Cuando los símbolos se colocan juntos de esa manera significa el puente del alma.

—¿Puente del alma?

—El puente que los muertos deben cruzar para entrar en el Más Allá.

—Ah, donde las Hechiceras de Huesos guiáis a los muertos.

—Sí. —Bastien tiene que haberle dicho a Marcel lo que le conté.

—No en Castelpont, claro. No hay agua en ese cauce. —Se sienta a mi lado y da golpecitos en el triángulo invertido de su dibujo.

—El puente del alma está bajo el Mar Nivous.

—¿Bajo el mar?

Mi madre me repudiaría si me oyera ahora mismo, revelando los misterios de las Leurress. Pero entonces recuerdo que ya me abandonó. Lo he intentado, Ailesse. Este es el único camino. Siento una punzada en el pecho y trago saliva contra la tensión que siento en la garganta.

—El puente del alma es un puente de tierra. —Hago una pausa, concentrándome en el esfuerzo que me cuesta deslizar las piernas fuera de la losa para hacerle más sitio a Marcel. Él se acerca—. Solo emerge del mar durante las mareas más bajas.

—¿Así que durante la luna llena y la luna nueva? —pregunta, una vez más impresionándome con lo que ha almacenado en su mente.

—Sí, pero las Leurress solo pueden guiar a los muertos en luna nueva.

—¿Esta noche?

Asiento con la cabeza.

—Es entonces cuando los muertos se ven atraídos al puente del alma. La flauta de hueso… se usaba para algo más que atraer a los *amourés* a los puentes. También atraía a los muertos a cruzar el puente del alma. —Suspiro. Mi madre debe de estar muy preocupada. Si esta noche no se llama a los muertos, se levantarán solos de sus tumbas y se alimentarán de la Luz de los vivos. Matarán almas. Para siempre.

—Un puente del alma que es un puente de tierra… —Marcel sacude la cabeza—. Fascinante. ¿Crees que significa eso? —Se mete la mano en el bolsillo y el corazón casi se me sale del pecho.

Sostiene la flauta de hueso.

Está entera. Intacta.

Le da la vuelta para mostrarme un símbolo, pero mi vista se tambalea por el mareo.

—¿Cómo has…? —La adrenalina se apodera de mí—. Estaba rota. Vi cómo Jules la rompía.

Marcel se ríe.

—Oh, me habló de eso. —Hace un gesto con la mano para restarle importancia—. Solo quería ponerte nerviosa.

Lo que viste que rompió fue un hueso cualquiera de las catacumbas. La flauta ha estado en mi bolsa todo el tiempo.

—¿Qué? —La cabeza me da vueltas cuando pienso en mi primer día horrible aquí abajo. Nunca llegué a ver lo que Jules llevaba en la mano, ni siquiera el más mínimo detalle. Dijo que era la flauta, y yo la creí, pero a la tenue luz de su lámpara de aceite, solo distinguí que sostenía un hueso delgado.

«He sido una estúpida».

—¿Así que esto también es un símbolo del puente del alma? —Marcel señala el lado de la flauta sin los agujeros. Por fin tengo la mente lo bastante despejada como para darme cuenta. Este símbolo tiene una línea horizontal tallada en el centro del triángulo invertido: el símbolo de la tierra, no del agua.

—Eh... sí —murmuro, solo para decir algo. Nunca he pensado mucho en la pequeña diferencia entre los símbolos, y sigue sin parecer importante. Lo único que puedo imaginar es la cara de asombro y agradecimiento de mi madre cuando le ponga la flauta en las manos. Me dará la bienvenida. Sonreirá con una de esas escasas sonrisas. Me tocará la mejilla y dirá: «Bien hecho».

Una ráfaga de claridad me atraviesa. Tengo que escapar. Esta noche. A medianoche, las Leurress tienen que llevar a los muertos, y mi madre necesitará la flauta de hueso.

—No tenía ni idea de que hubiera un puente de tierra por aquí —dice Marcel, que sigue absorto en ese hecho.

Desvío la mirada hacia su capa, pero no se ha abierto lo suficiente para que pueda ver si hay algún cuchillo en su interior.

—Mi *famille* es la única que lo sabe. Está en una costa de difícil acceso. —Estoy hablando todo lo que puedo para mantenerlo cautivado—. Es imposible descender los acantilados sobre el puente de tierra a menos que sepas dónde está la escalera oculta. —Me giro para mirarle directamente a la cara.

—¿Oh? —Él refleja mis movimientos y la capa se abre más. Se me acelera el pulso. Veo un cuchillo en el cinturón. Es pequeño, pero eso no importa.

—Y ese lugar no puede usarse como puerto; el agua está plagada de escollos y rocas dentadas. —Voy a tener que ser rápida. Agarrar el cuchillo, lo que será difícil con las muñecas atadas; amenazar a Marcel para que guarde silencio; cortarme las ataduras; hacerme con la flauta, y luego con mis huesos de gracia. Bastien los escondió en una jarra astillada cuando se pensó que estaba durmiendo—. Lo más sagrado del puente de tierra es lo que hay al final —digo, y lanzo mi último señuelo—. Quizá no debería decírtelo. Saber esto es sagrado.

Marcel se acerca.

—Puedes confiar en mí, Ailesse.

—¿Sí? —El cuerpo me vibra con una energía nerviosa, casi frenética. Le agarro de la capa y tiro de él, como si quisiera mirarle a los ojos. Traga saliva, pero no le suelto. La empuñadura de su cuchillo está a un palmo de distancia de mi mano—. Tienes que jurar que nunca compartirás lo que voy a contarte —le pido, aunque este secreto no es más importante que lo que ya he revelado.

—De acuerdo. Lo-lo juro.

Le acerco la boca a la oreja. Enrosco los dedos en la tela de su capa.

—Un par de Puertas dividen el reino mortal del eterno. —Cierro la mano en torno a la empuñadura del cuchillo—. No son de madera, tierra o hierro. —Retiro con cuidado el arma—. La Puerta de Tyrus está hecha de agua, y la Puerta de Elara está hecha de… —La verdad es que no lo sé, solo sé que es sobrenatural y casi invisible.

—¿Qué cuchicheáis vosotros dos?

El corazón me da un vuelco.

Bastien ha vuelto.

Está de pie justo dentro de la cámara, junto a la puerta, con una mirada desconfiada. El cubo de agua que tiene en las manos gotea en el suelo.

Me alejo de Marcel. Me deslizo su cuchillo bajo el muslo. La tela enredada de su capa oculta el movimiento.

Marcel sonríe a Bastien con aire despreocupado.

—Ailesse me estaba hablando de los símbolos de la flauta de hueso —responde, fiel a su promesa de no mencionar las Puertas.

Bastien frunce el ceño.

—¿Por qué haría eso?

Marcel levanta las manos, desconcertado.

—Para ayudarnos a descubrir cómo romper el vínculo de las almas.

Miro fijamente a Bastien y añado:

—No eres el único que quiere poner fin a esta relación.

Su mueca dura un instante y luego baja la mirada. Reprimo una punzada de culpabilidad.

—¿Relación? —murmura, y deja el cubo—. Eso implica que yo elegí entrar en ella. —Se acerca a las estanterías y echa un vistazo a unos cuantos botes y tarros al azar—. La próxima vez que tengas algo importante que decir, dímelo a mí también.

—Vale. —Se me contrae el pecho. Noto la hoja del cuchillo de Marcel fría bajo la pierna. Podría lanzárselo a Bastien ahora mismo. Quizá no necesite un arma ritual para matarlo y acabar con el vínculo de nuestras almas.

Me devuelve la mirada y se cruza de brazos.

—¿Y bien?

Me encojo de hombros.

—Se me han acabado las cosas importantes que decir por hoy. Ahora quiero descansar.

Marcel suspira, un poco decepcionado.

—Bueno, todo esto ha sido muy útil, Ailesse. Gracias. —Se baja de la losa, y mi estómago se tensa cuando se vuelve a guardar la flauta de hueso.

Me muevo, poco a poco, esforzándome por mantener el cuchillo oculto mientras me tumbo. Cierro los ojos, consciente de que la mirada escéptica de Bastien sigue sobre mí.

Finjo dormir durante el resto del día. Al anochecer, Jules regresa y mis tres captores discuten todo lo que le conté a Marcel. Al final, se quedan dormidos, uno tras otro. Incluso Bastien se queda dormido, aunque le tocaba vigilar. Ya tiene que confiar un poco en mí.

Reprimo el sentimiento de culpabilidad que me invade. Me deshago de las cuerdas y me acerco de puntillas a Marcel. Le saco la flauta del bolsillo y me escabullo hasta las estanterías. Cuando bajo la jarra desportillada, se me acelera el pulso. Mis huesos están dentro.

Agarro una pequeña bolsa de cuero que Jules utiliza para las monedas y reemplazo las monedas por mis huesos. La energía me hace cosquillas al tocar cada uno. El colgante de un íbice alpino. El hueso del ala de un halcón peregrino. El diente de un tiburón tigre. Cuando tiro del cordón del collar sobre mi cabeza y la bolsa se acomoda contra mi pecho, inspiro profundamente y cierro los ojos. Siento cómo el poder se asienta en mi interior.

Vuelvo a estar completa. Equilibrada.

Soy Ailesse.

Mis gracias están más débiles que antes. He estado en la oscuridad demasiado tiempo, pero puedo ponerle remedio.

Agarro una lámpara de aceite y empujo sin hacer ruido la pequeña puerta de nuestra cámara. Aprieto la empuñadura del cuchillo de Marcel y miro a Bastien. El pelo oscuro le cae sobre los ojos cerrados y se mueve con su respiración agitada.

Un torrente de sensaciones se apodera de mí. La frescura del agua que me dio. La fuerte presión de su mano cuando me sacó del pozo. El eco de sus palabras: «Sube. Agárrate a mi mano».

Me encuentro sonriéndole con suavidad.

Me meto el cuchillo en el fajín del vestido. No mataré a Bastien. Por ahora. Volveré con mi madre, le daré la flauta y llevaré a los muertos a su lado. Y antes de que acabe el año, buscaré a Bastien y haré lo que tenga que hacer.

Me escabullo de la cámara y echo un vistazo a la pared de calaveras que me desgarra, luego me enfrento al túnel que se avecina.

«Elara, ayúdame a encontrar una salida de esta prisión».

22
Sabine

El carcaj me rebota en la espalda mientras corro por los acantilados que hay sobre el Mar Nivous. No he disparado ni una flecha desde que maté al gavilán. No sé qué estoy cazando, pero el corazón me late con una profunda sensación de urgencia. Tengo que decidirme y matar a mi último animal.

Ailesse lleva quince días bajo tierra. No puedo esperar más a que vuelva la lechuza plateada y me dé una señal de que he elegido bien el hueso de la gracia. Hasta ahora he perseguido un jabalí, un caballo salvaje e incluso un raro lobo negro, pero he dudado cuando he tenido la oportunidad de capturarlos. ¿Me daría ese animal la habilidad suficiente para rescatar a Ailesse? ¿Por qué no me lo dice la lechuza plateada? No la he visto desde que me mostró la visión de mi amiga.

El olor a sal y salmuera me inunda los pulmones mientras corro más deprisa, escudriñando las llanuras que se extienden frente a mí. Cada brizna de hierba silvestre que se mece me parece nítida. Sigo asombrada por la gracia de mi gavilán para ver bien en la oscuridad. Fuera hay tanta luz como en luna llena. Pero esta es luna nueva. Noche de travesía. Ninguna de las Leurress pudo cazar un chacal dorado a tiempo, así que, como último recurso, Odiva talló una nueva flauta a partir del hueso de un ciervo ritual, haciéndole las mismas marcas que a la flauta original. Está por ver si tiene o no el mismo poder. Mi *famille* lleva días con los nervios a flor de piel.

Cuando corro unos ochocientos metros más, el camino se inclina por una colina ondulada. Me acerco a la cima, y un grupo de mujeres con bastones en la mano se acerca por el otro lado. Son Ferriers, lideradas por Odiva. Alzo las cejas. Ya han salido de Château Creux. ¿Tan cerca está la medianoche? Pienso en correr hacia el otro lado, no debería salir esta noche, pero es demasiado tarde. Ya me han visto.

Llegamos a la cima de la colina a la vez. Me detengo y me encuentro cara a cara con mi *matrone*. Lleva sus cinco huesos de la gracia en sus hombreras, hileras de collares y una corona llamativa, pero no lleva debajo su habitual vestido azul zafiro. Esta noche lleva un vestido blanco, como las demás Ferriers, aunque en Odiva el color parece de otro mundo, no sagrado.

—Sabine. —Me mira de arriba abajo y unas líneas finas se le dibujan en la frente—. ¿Qué haces aquí? Te necesitan en casa. —En la noche de travesía, se supone que debo quedarme con las chicas más jóvenes y con las que son demasiado mayores para hacer travesías, mientras la mayoría de las Leurress cumplen con su deber en el puente de las almas.

—Voy de camino, *Matrone*. —No sé por qué miento; Odiva quiere que me gane mi tercer hueso de gracia tanto como yo. Puede que apruebe por qué estoy aquí fuera—. Perdí la noción del tiempo. —Una desventaja que tiene la visión nocturna es que no puedo juzgar la luz del cielo muy bien para determinar la hora, a pesar de que llevo con esta gracia dos semanas. Espero ir adaptándome.

—Date prisa. Tu nuevo hueso de la gracia debería ayudarte con la velocidad.

—Sí, *Matrone*.

Pasa a mi lado y las otras Ferriers la siguen. Sé sin contar que son treinta y cuatro, incluida Odiva. Mientras caminan, hacen gala de una fuerte elegancia, con sus bastones en la mano y una postura perfecta. Cada una de ellas mantiene un riguroso programa de entrenamiento para prepararse para las noches de travesía mensuales. Ahora no parecen estar preparadas. Mueven los labios en silencio y sus ojos suplicantes miran a los Cielos de la Noche, e incluso más abajo, al Inframundo. Ofrecen plegarias desesperadas, más preocupadas que nunca por la nueva flauta de hueso.

Cuando Odiva llega al pie de la colina, se vuelve para considerarme de nuevo.

—Pensándolo mejor, Sabine, me gustaría que vinieras con nosotras.

—¿Qué vaya a guiar a los muertos? —Mi voz sube de tono.

—No, a observar.

La respiración se me entrecorta en el pecho. No puedo responder. A las novicias no se les permite acercarse al puente del alma. Es demasiado peligroso estar cerca de los Encadenados.

Odiva me hace una seña con un sutil gesto de la mano. Voy hacia ella a regañadientes, mi mirada pasa de sus ojos negros al bulto de su collar oculto bajo el vestido: la calavera de pájaro con un rubí en el pico. Me muerdo el interior del labio. ¿Qué más nos oculta la *matrone* a toda nuestra *famille* y a mí?

—Gracias a esto, ahora podrás ver a los muertos. —Levanta el hueso de pata de halcón que llevo en el collar que va sujeto al hombro de Ailesse.

—Sí, pero… No tengo mi tercer hueso de gracia. ¿Y mi rito de iniciación? —Una oleada de náuseas me revuelve el estómago—. No estoy preparada.

No me atrevo a moverme. Odiva aún no me ha soltado la pata. Traza la garra con su uña puntiaguda y el pulso me palpita en la garganta.

—Algunas mujeres de nuestra *famille* me han confesado que están preocupadas por ti —dice, y mueve la cabeza con falsa tristeza—. Dicen que no estás segura de querer convertirte en una Ferrier.

—Solo tengo dieciséis años. —Se me quiebra la voz—. Todavía tengo tiempo para decidir.

—No, Sabine. Me temo que tiempo es lo último que tienes. —Me suelta el collar y me levanta la barbilla. Su toque es suave, pero sus manos parecen de hielo—. El tiempo se acaba. —Frunzo el ceño. ¿Qué querrá decir? Sus ojos brillan con ilusión, pero es febril y forzada—. Vamos, no debemos retrasarnos. —Sigue caminando, confiada en que la seguiré—. Observarás desde una distancia segura en la orilla. Tal vez, si eres testigo de la travesía, comprenderás la importancia de tu deber.

Me planteo escabullirme y enfrentarme al castigo más tarde, pero entonces pienso en Ailesse. Esta noche habría sido su primera vez en el puente de las almas. Cada cacería larga que soportó, cada gracia que se ganó, lo hizo para alcanzar su sueño de convertirse en una Ferrier excelente.

Tomo aire, cierro las manos húmedas en puños y me uno a las hermanas de mi *famille*.

Iré a honrar a Ailesse.

No tardamos en llegar a otro conjunto de acantilados altos que caen en una ensenada protegida del Mar Nivous. Las Leurress me guían a través de un hueco estrecho entre dos rocas, y el espacio interior se ensancha lo suficiente para que podamos caminar en fila india. Una escalera empinada y tallada cae a nuestros pies. Apoyo las manos en las paredes de piedra caliza y camino con cuidado, deseando tener el equilibrio de la gracia del íbice de Ailesse.

Cuento 167 pasos antes de pisar la fina arena de la orilla. Estoy en una cueva. Una luz grisácea brilla más allá de la entrada. Avanzo hacia ella con las Ferriers y salimos a una playa iluminada por las estrellas. El agua chapotea con suavidad y una lluvia de asombro me recorre los hombros. Un ligero rastro de rocas marca un sendero cada vez más visible en el mar.

La marea está bajando. El puente de tierra empieza a emerger.

23

Bastien

«Ailesse no se ha ido. No puede haberse ido». Pero no importa cuánto intente convencerme a mí mismo, no puedo despegar la mirada aturdida de las evidencias. La losa de piedra caliza. Está vacía. Excepto por un montón de cuerda.

El corazón me palpita como un dolor físico en el pecho. Esto es imposible.

No. Me detengo. No, esto era muy posible. Siempre supe que Ailesse era capaz de burlarme, incluso atada, incluso débil, incluso sin sus huesos de la gracia.

«Sus huesos de la gracia».

Me pongo en pie de un salto y corro, tropezándome con Marcel y Jules, que están dormidos en el suelo.

—¡Auch! —Jules gruñe. Marcel ronca.

Me abalanzo hacia las estanterías. La jarra astillada no está allí. Me doy la vuelta y la veo sobre la mesa. Algunas monedas de la bolsa de Jules están esparcidas alrededor. Me acerco corriendo y miro dentro de la jarra.

Está vacía.

—¡*Merde!* —Jules se levanta como un rayo. Se le ha soltado medio pelo de la trenza.

—Bastien, ¿qué...? —La mirada de Jules se posa en la losa y se queda boquiabierta. Agarra a su hermano por el hombro y lo sacude. Él abre los ojos. Le señala la losa.

Él se apoya en los codos. Parpadea despacio al mirar el lugar dónde debería estar Ailesse.

—Oh.

—¿Oh? —Camino e intento no arrancarle la cabeza de un mordisco. Sé exactamente cómo sucedió esto—. Enséñame ese pequeño cuchillo que llevas.

Mete la mano bajo la capa y palidece.

—No está. La flauta de hueso tampoco.

Pateo un fragmento de la jarra.

Jules mira incrédula a su hermano.

—¿Cómo dejaste que Ailesse se acercara tanto?

Él vuelve a tumbarse y sacude la cabeza.

—Fui yo quien se acercó a ella. Ailesse me habló de los símbolos de la flauta y... dijo que intentaba ayudar. —Se lleva las palmas de las manos a los ojos—. Esta noche también es luna nueva. —Se lamenta—. Su noche de travesía. Prácticamente me lo deletreó. Soy un idiota.

Suspiro. Marcel no tiene toda la culpa. Lo vi sentado justo a su lado. No le pedí que se alejara.

—Todos hemos sido unos idiotas.

Jules parece ofendida.

—¿Cómo dices? Yo no estaba aquí. No me culpes por...

Frunce el ceño.

—¿Qué estás haciendo?

Me ciño la correa del arnés enfundado a la espalda. El cuchillo de mi padre me hace presión en la columna. Le prometo que lo arreglaré.

Agarro una lámpara de aceite. Abro la puerta de una patada. Me agacho y salgo a la oscuridad de las catacumbas.

Ailesse sigue aquí. Tiene que seguir aquí. No puedo haber dormido más de media hora, y este sitio es un laberinto.

Jules sale de la cámara.

—¡Espera! —Sus ojos color avellana brillan a la luz de la lámpara que acaba de tomar—. Tienes que pensar. Ahora Ailesse tiene todos sus huesos. Necesitamos un plan en condiciones. No estamos preparados para...

—No la dejaré escapar. —Se me hace un nudo en la garganta. La salvé del foso. ¿Eso no significó nada para ella?

«También volviste a atarla, Bastien».

—¡Yo también voy! —Marcel corre a unirse a nosotros.

Me tenso cuando veo el arco y el carcaj colgados de su hombro.

—Nadie mata a Ailesse, ¿está claro?

Jules entrecierra los ojos.

—¿Te preocupa tu vida o la de ella?

—¿Qué diferencia hay? —le respondo. Se estremece y da un paso atrás. Me siento mal cuando veo que se le humedecen los ojos. Solo he visto llorar a Jules en dos ocasiones: hace seis años, cuando la sorprendí llorando ante la tumba de su padre, y hace poco más de dos meses, cuando le dije que teníamos que ser solo amigos. Alargo la mano y le toco el brazo—. Sabes lo que quiero decir, Jules.

Ensancha la nariz y me aparta la mano.

—Está claro como el agua. Puede que tengamos que proteger la vida de tu preciosa alma gemela, pero... eso no significa que no pueda hacerla sufrir. —Saca el cuchillo del cinturón—. Por mi parte, no he olvidado cuál es mi misión. —Me adelanta para tomar la delantera, secándose los ojos con rabia.

Resoplo con fuerza y la sigo.

Marcel se me acerca cuando Jules nos ha adelantado varios metros. Nos apresuramos a seguirla.

—A veces creo que podría matar a Ailesse de verdad —murmura.

—Vamos, Marcel. No haría eso. —Agachamos la cabeza para esquivar una sección de techo bajo.

—¿Y tú? —Su voz adquiere un tono nervioso—. Me refiero a ahora que conoces a Ailesse. En el supuesto de que el vínculo de las almas no fuera un elemento, por supuesto.

Me masajeo una molestia en el costado. Ailesse podría haberme matado esta noche, pero no lo hizo aunque tenía el cuchillo de Marcel y sus huesos de la gracia.

—¿Y tú? —le suelto la misma pregunta que él me ha hecho y frunce el ceño. Es una estupidez. Marcel nunca se entrenó para ser útil en nuestra venganza. Jules y yo nunca quisimos que se manchara las manos de sangre.

Un chapoteo sordo se oye más adelante, donde el túnel está inundado. Jules ha saltado al agua.

Le doy una palmada en la espalda a Marcel.

—Tenemos que darnos prisa. Al paso que va Jules, cruzará media Galle antes de que salgamos de estos túneles.

Avanzamos a duras penas, moviéndonos tan rápido como podemos. Nos deslizamos por las grietas de los caminos ocultos y peinamos al menos una docena de rutas que podría haber tomado Ailesse.

No está en ninguna parte.

Un pensamiento horrible se apodera de mí.

«Sus huesos de la gracia la están ayudando a escapar».

No sé qué animales le dan a Ailesse su poder, pero sí sé que la mayoría tienen un asombroso sentido de la orientación: pájaros, perros, gatos. Tenía los ojos vendados cuando llegamos aquí, pero tiene que recordar el camino que seguimos hasta nuestra cámara. Sus huesos de la gracia podrían haberla ayudado a recordar.

Me detengo de golpe.

—¡Jules! —grito. Marcel se choca conmigo por la espalda.

El tenue anillo de luz de su lámpara se detiene delante, luego se inclina despacio hacia mí. Ha vuelto a envainar el cuchillo. ¿Es una buena señal?

—Ailesse no está aquí —digo.

Jules arquea una ceja.

—¿Cómo puedes estar seguro?

Dudo. Odiará mi respuesta. Se la doy de todos modos.

—Lo siento. —Quizá sea el vínculo de nuestras almas. Tal vez es solo un instinto. Sea lo que sea, lo siento urgente y palpitante.

Jules aprieta los labios. Asiente con una aceptación amarga que roza el ridículo.

—Entonces, ¿ahora qué hacemos? —Se echa el pelo trenzado por detrás del hombro—. Ailesse podría estar en cualquier parte.

—No lo creo. Su familia está guiando a las almas esta noche en ese puente de tierra del que le habló a Marcel. Tiene que haber regresado para ayudarlas.

Jules pone los ojos en blanco.

—La magia de huesos y las almas eternas son una cosa, ¿pero fantasmas? —Niega con la cabeza—. Me lo creeré cuando lo vea.

No se lo discuto.

—Tenemos que ir a la salida del barranco.

—Eh, para el carro. —Me agarra del brazo cuando paso a toda prisa junto a ella—. ¿Cómo vamos a encontrar este misterioso puente de tierra exactamente? El Mar Nivous tiene más de ciento sesenta kilómetros de costa.

—No tengo ni idea, pero si no encontramos a Ailesse esta noche, la perderemos para siempre. —Noto un sudor frío en el cuello.

—Querrás decir que perderemos nuestra oportunidad de vengarnos. —Jules me observa.

Me alejo.

—Lo mismo es.

—En realidad, podría no ser tan difícil encontrar el puente de tierra. —Marcel se aparta el pelo de la cara—. Ailesse mencionó escollos marinos y rocas grandes que impiden que los barcos naveguen cerca. Eso reduce la ubicación a treinta y siete kilómetros a lo largo de la costa oeste, donde está el área rocosa. Allí es también donde estarán los acantilados más escarpados: Ailesse dijo que hay que ir por una escalera oculta para bajar a la orilla.

—¿Treinta y siete kilómetros? —Me giro para mirarlo—. Pero para llegar desde el barranco hasta la costa oeste hay casi diez kilómetros. Eso es demasiado terreno para que lo registremos en una noche.

—No si lo piensas un poco más.

—Piensa por mí, Marcel.

—Bueno, lo lógico es que las Hechiceras de Huesos guíen a los muertos en algún lugar apartado, por ejemplo, una pequeña bahía o una laguna. Luego hay que tener en cuenta las complejidades del propio puente de tierra, que no emerge con una marea baja normal, sino dos veces al mes con una marea bajísima, en las llamadas mareas vivas, aunque ese término no tiene nada que ver con la vida. Es probable que se deba a la forma de la bahía. Así que lo más probable es que sea una ensenada estrecha con forma de brazo, y yo solo he visto una de esas ensenadas en los mapas de la costa occidental.

Estoy un poco mareado por intentar seguirle.

—Entonces, ¿puedes guiarnos hasta allí? —Intento tener fe en la brillantez de Marcel a toda costa. Para encontrar el lugar que acaba de describir habría tenido que memorizar un rastro de tinta lleno de garabatos diminutos.

Me dedica una sonrisa torcida.

—Sé que puedo hacerlo.

24
Sabine

Mientras el puente de tierra sigue emergiendo tengo que obligarme a respirar. Contemplo la belleza serena que se abre ante mí, el mar plateado que abraza los acantilados de piedra caliza, las siluetas de los rompeolas y las rocas que guardan la boca de la ensenada. Al alba del tiempo, aquí nació la primera Leurress. Elara la dio a luz en medio de un rayo de luz de luna plateada, pero cuando Tyrus intentó atrapar la caída de su hija, no pudo alcanzar los Cielos de la Noche desde su reino del Inframundo. Para salvarla, formó un puente entre mundos a partir de la tierra que más tarde se convertiría en Galle del Sur. La niña vivió y creció, y los dioses le enseñaron a abrir las puertas de sus reinos y a guiar a los muertos.

«A los muertos». Un escalofrío me recorre la columna vertebral. Estoy a punto de ver sus almas por primera vez. Miro a la izquierda, a la derecha y detrás de mí, más allá de las Ferriers que me aprisionan. No soy lo suficientemente hábil para esto. Ni siquiera tengo un bastón para dirigir a las almas hacia el puente. Si me atacan, el arco y las flechas me servirán de bien poco.

Odiva habla con Élodie y la Leurress rubia me guía lejos de las demás hasta un lugar situado a unos nueve metros del puente de tierra. Me retuerzo y me rodeo a mí misma con los brazos. Se me ve desde la playa.

—¿Puedo mirar desde la cueva?

—No te preocupes —me dice Élodie—. Aquí no te molestará ni un alma. El canto de sirena atraerá a los muertos al puente; no podrán resistirse. Si se resisten, lo harán allí.

—¿Y si no se ven atraídos? —Se me eriza el vello de la nuca—. ¿De verdad crees que la nueva flauta funcionará?

—Ten fe, Sabine. —Élodie me da un apretón en la mano, pero sus dedos temblorosos revelan que no está tan segura como le gustaría hacerme creer.

Se une al resto de las Ferrier y se meten en el agua hasta los tobillos mientras la marea se retira poco a poco de las rocas del puente de tierra.

Mis hermanas Leurress están preciosas, todas vestidas de blanco ceremonial. La mayoría lleva los vestidos de sus ritos de iniciación. He remendado agujeros y costuras rotas después de sus noches de transbordo. También he visto a las nuevas Ferriers secarse las lágrimas. Son los mismos vestidos que llevaban cuando guiaban a sus *amourés* después de matarlos. Me siento sacrílega y muy diferente con mi vestido de caza de hilo basto, y con dos huesos de la gracia en lugar de tres. Rezo para que las almas de los muertos no lo noten.

Vuelvo la vista hacia el mar y se me escapa un suspiro de asombro. El puente de tierra ha emergido casi por completo. Apenas se ven algunas telarañas de agua entre las rocas. Desde donde estoy, el camino parece una calzada empedrada en un día lluvioso que corta la corriente. Odiva es la primera en poner un pie en él, y las demás le siguen sin rechistar.

Las Ferrier se distribuyen a lo largo del puente a distancias iguales y preparan los bastones. Las mayores eligen los lugares más peligrosos, donde las rocas son más irregulares o donde la anchura del sendero, de unos tres metros y medio, se reduce a menos de dos metros. Odiva asume su puesto al final del puente, al menos a casi cuarenta metros de distancia, la mitad de lo que abarca la ensenada. Gracias a mi gracia de atajacaminos, que no solo me permite ver mejor en la oscuridad, sino también ver de lejos, puedo verla con todo detalle.

La *matrone* se pasa el pelo negro por detrás del hombro y se lleva la flauta de hueso a la boca. Una canción inquietante, pero encantadora se eleva por encima del sonido del chapoteo del agua. Nunca había oído esta melodía. Es distinta de la que aprendió Ailesse para su rito de iniciación. Supongo que nadie practica la canción para el puente del alma, ya que Odiva es la única que puede tocarla.

Me preparo para no caer en la tentación —cada Ferrier nueva ha tenido que esforzarse para resistirse—, pero la tentación no es más que un picor muy débil. Sin embargo, la canción es suficiente para atraer a los muertos.

Jadeo cuando aparece la primera alma en el umbral de la cueva de la que salí. Es un niño pequeño. Su cuerpo transparente es del nuevo color del que me han hablado, ni cálido ni frío. Las Leurress lo llaman *chazoure*.

Llega a la orilla vestido con la ropa de dormir con la que lo habrán enterrado. Tiene los ojos redondos, como si le hubieran despertado de un sueño profundo. Avanza hacia el puente, aunque parece asustado.

Vivienne es la primera en recibirle. La melena castaña se agita en abanico alrededor de los hombros de ella mientras se agacha a la altura de sus ojos.

—No pasa nada. —Le dedica una sonrisa amable—. Te ayudaremos.

El chico le agarra la mano con timidez y Vivienne le guía hasta Maurille, la siguiente Ferrier de la fila.

Exhalo. No ha estado tan mal. Espero que la mayoría de los muertos sean como este chico, serios y dulces.

Lo he pensado demasiado pronto.

Me estremezco cuando veo la siguiente alma, un hombre adulto. Desciende por un acantilado de cabeza como si fuera una araña. El *chazoure* brilla en los eslabones forjados que le rodean el cuello y el torso. Está encadenado, marcado para el castigo eterno en el Inframundo de Tyrus. Ha cometido un pecado imperdonable.

La sonrisa de Vivienne se desvanece. Se toca la mandíbula de gato salvaje y sostiene el bastón con ambas manos en posición defensiva. El hombre se acerca al puente, pero se detiene al principio. Vivienne frunce el ceño, igual que yo. Élodie me dijo que al menos todas las almas ascenderían por el puente.

El hombre camina de un lado a otro, murmura en voz baja y tira de las cadenas. Al final del puente, el canto de sirena gorjea con una nota desafinada. Vivienne mira a Maurille, que se encoge de hombros, tan desconcertado como ella. Vivienne sale con cautela del puente de las almas y se acerca al Encadenado. Cuando le agarra del brazo, él la empuja hacia atrás. Me han explicado cómo las almas se hacen tangibles, pero aún me sorprende ver a alguien transparente entrar en contacto físico con una persona viva.

A Vivienne le brillan los ojos y flexiona la empuñadura de su bastón. Es una Ferrier. Está preparada.

Casi más rápido de lo que alcanzo a ver, hace una finta con su bastón y extiende la pierna. El hombre cae de espaldas.

Antes de que pueda reaccionar, lo levanta y lo lanza contra el puente. Las botas resbalan sobre las piedras. No tiene el equilibrio de Vivienne. Al final, escapa de su agarre, pero Maurille está preparada. De un salto de seis metros, aterriza frente a él y le da con el bastón en la mandíbula. Él retrocede tambaleándose, pero ella le agarra de las cadenas y le arrastra por el puente. No veo lo que ocurre a continuación. Un rayo de color *chazoure* atrae mi mirada hacia el mar.

El alma de una joven está en el agua. Nada hacia el centro del puente. No puedo ver el resto de su cuerpo para saber si está encadenada.

—Disculpe, mademoiselle.

Grito y me doy la vuelta. Un hombre de color *chazoure* que aún no he visto está a un metro de distancia. Desencadenado, gracias a los dioses.

Se quita el sombrero y se lo lleva al pecho.

—¿Puedes hablarme de ese camino que atraviesa el agua? Me pregunto si debería cruzarlo, pero, bueno, no sé si lleva a alguna parte. —Mueve la barbilla bajo la barba—. Verá, al final no hay nada.

¿De qué está hablando? Miro al puente y me fijo en donde Odiva vigila las Puertas del Más Allá. Salvo que no hay puertas. El puente termina con nada más que el mar.

Me quedo con la boca abierta. No lo entiendo. Creía que las puertas aparecían cuando las invocaba el canto de sirena. No me sorprende no poder ver la Puerta al Paraíso de Elara, se dice que es casi invisible, pero debería ser capaz de ver la Puerta al Inframundo de Tyrus. Según las Ferrier, está hecha de agua y solo depende del aire. Algunas la describen como una cascada; otras dicen que es más como un velo que fluye. Pero el hombre que hay a mi lado tiene razón, no está ahí. Lo que significa que la Puerta de Elara tampoco está. El canto de la flauta de hueso tallada de un ciervo no era lo bastante poderosa para hacer alzar las Puertas.

Se me acelera el pulso.

—Debería intentar cruzar —le digo al hombre, aunque mi tono está lejos de ser tranquilizador.

«Las Ferrier sabrán qué hacer», me digo, pero me muerdo el labio, preocupada, mientras observo a Odiva. Frunce el ceño y mira de un lado a otro a las almas que se acercan y el espacio donde deberían estar las Puertas. Saca la calavera de pájaro y el collar del rubí, lo agarra con fuerza y repite: «Por favor, por favor, por favor». Si nuestras Puertas no se abren esta noche, ninguna otra Puerta de travesía del mundo lo hará. Se supone que la flauta de hueso las abre todas.

El hombre se vuelve a poner el sombrero y pega una sonrisa que brilla *chazoure*.

—*Merci*. —Camina hacia el puente con cautela.

Siete almas más salen de la cueva. Cinco descienden de los acantilados de los alrededores. Jadeo y retrocedo por la arena. Los muertos ya no vienen en cuentagotas, sino a borbotones. ¿Cuántas personas han muerto en Galle del Sur este último mes?

Con recelo, las almas se reúnen en torno al puente de tierra. Me sorprende el número de encadenados: son más de la mitad de las almas reunidas. Muchos de ellos llevan uniformes de soldados. Recuerdo que Odiva dijo que había estallado una guerra al norte de Dovré.

Los bastones de las Ferrier dan vueltas, golpean y embisten. Ahora todas están luchando. Cuando los Encadenados no pisan el puente, algunas Ferriers corren hacia la orilla y se enfrentan a ellos. Dolssa lucha contra dos a la vez. Roxane se lanza al agua para perseguir a un hombre que nada mar adentro.

El corazón me late con fuerza contra la caja torácica. Élodie me dijo que los muertos no pueden resistirse a que los atraigan al puente, pero los que están en él intentan bajarse. No tienen destino. Se están volviendo locos. Incluso los desencadenados están empezando a pelear. Lo que estoy viendo es una versión retorcida de todas las historias que me han contado sobre la noche de travesía. Imaginé un sistema ordenado, con los ataques necesarios rápidos y elegantes a los Encadenados. Rara el alma que pueda ser letal.

Como la que mató a mi madre.

La única forma de derrotar de verdad a los Encadenados es enviarlos a través de las Puertas. Lo que ahora es imposible. Las Ferriers pueden luchar contra los muertos, pero a los muertos no se les puede volver a matar.

Uno de los Encadenados sorprende a Maurille y la arroja del puente al agua poco profunda. Retrocedo otros cinco pasos en la arena. Esto es un caos. Tengo que irme. No soy lo bastante hábil para ayudar a nadie ni para defenderme. Me aferro al collar atado al hombro de Ailesse. Solo tengo dos huesos de la gracia y...

Me falta el aire. A Maurille le sangra la cabeza. Tiene que haberse golpeado con una roca. Se pone de pie en el agua, tose y se aparta las trenzas de la cara. Intenta caminar, pero se tambalea.

El Encadenado que la ha atacado salta del puente y se lanza a por ella en el agua. Maurille es una Ferrier experimentada, pero sus gracias no le servirán de nada si ni siquiera puede mantenerse erguida.

El Encadenado le lanza un puñetazo. Le da en la mandíbula.

—¡Maurille! —grito cuando ella vuelve a caer.

Corro. Más rápido de lo que nunca he retado a ir a mi gracia. Maurille era la mejor amiga de mi madre. No puedo dejar que también muera en la travesía.

El Encadenado agarra a Maurille por el cuello y le sujeta la cabeza bajo el agua.

—¡Para! —Me quito el arco de la espalda a toda prisa y agarro una flecha del carcaj. Disparo y le doy en el brazo al Encadenado. Se queja con un gruñido, pero no sangra como Maurille. Y no la suelta.

Veo el *chazoure* brillar por el rabillo del ojo. Más almas acuden a la playa. Ahora se atacan entre ellas y también a las Ferrier.

Una pareja de pendencieros se estrella delante de mí y me bloquea el paso. No dejo de correr. Salto. He visto a otras Leurress hacerlo mejor, pero nunca he saltado tanto. Otra gracia de mi gavilán.

Aterrizo sin caerme y no me detengo. Corro hacia Maurille.

Está a seis metros de la orilla. Tiene las piernas metidas en el agua. Las burbujas brotan por encima de su cabeza y luego se ralentizan. Expulsa su último aliento. El Encadenado no suelta su agarre despiadado.

Doy patadas en el agua. No me muevo lo suficientemente rápido. La adrenalina no me da la fuerza que necesito. Debería haber matado al jabalí, al caballo, al lobo.

A tres metros de Maurille, me desenvaino el cuchillo ritual de Ailesse del cinturón. No matará al Encadenado. Rezo para que al menos lo mantenga alejado.

Avanzo el metro y medio que me queda.

Con un grito agudo por el esfuerzo, apunto al pecho.

25

Ailesse

Han excavado el túnel estrecho por el que me retorcí cuando entré en las catacumbas, es probable que lo hicieran las Leurress cuando intentaron rescatarme. Ahora el camino es ancho y es fácil escalarlo.

Mis gracias me han guiado de vuelta, como si una cuerda invisible tirase de ellas.

Un faro plateado brilla al final del túnel. Me estremezco con una punzada de añoranza salvaje.

Los Cielos de la Noche.

La Luz de Elara.

Me agacho y echo a correr, me lanzo por él, arremeto contra él. Soy un tiburón tigre, agitándome en el agua. Un halcón peregrino, surcando el cielo. Estoy desesperada por respirar aire puro y sentir la energía de Elara.

El túnel se abre y salgo al exterior. Las estrellas de Elara rompen la oscuridad. Jadeo cuando la fuerza se apodera de mis miembros y me eleva sobre la punta de los dedos de los pies como si fueran alas. Me río y echo la cabeza hacia atrás. Cómo he echado de menos esta vitalidad. Me cala los huesos y fluye como la sangre por mis venas.

Subo el barranco con facilidad y corro entre los árboles. Estoy radiante, me río con más ganas, corro cada vez más rápido. Noto el suelo mullido bajo los pies. El aire que entra en mis pulmones es fresco y limpio. He salido de las tumbas de Dovré y de la oscuridad cegadora de las catacumbas. Estoy viva. Vuelvo a ser yo.

Una roca elevada se cierne sobre mí. De un brinco, salto sobre ella y aterrizo con un equilibrio perfecto de íbice. Giro y observo lo que me rodea. Mi gracia de halcón amplía mi visión tres kilómetros en todas direcciones. Mi sexto sentido de tiburón tigre me ayuda a intuir aún más lejos. No tardo en orientarme en el bosque vasto que hay a las afueras de Dovré.

Miro las constelaciones y trazo una línea imaginaria desde la estrella Polar situada en la frente de la Cazadora hasta las dos estrellas de la garra del Chacal. Después de ajustar el día del mes y la posición general de la estrella Polar, fijo la hora. Ya es medianoche.

Se me acelera el pulso. Tengo que darme prisa.

Salto del peñasco y me lanzo hacia la costa oeste, con la esperanza de encontrar el puente de tierra lo antes posible.

Los árboles pasan a mi lado a toda velocidad. Salto arroyos y ríos y apenas utilizo un puente. Los pinos dan paso a una meseta cubierta de hierba y respiro aire salado. En el horizonte aparecen los acantilados del Mar Nivous. Corro hasta el borde de uno de ellos y miro hacia abajo. Las olas chocan contra la orilla, pero no veo a las Ferriers. No esperaba hacerlo en el primer intento. La ubicación del puente del alma es un secreto que las Leurress solo conocen después de completar el rito de iniciación.

Sigo las curvas de los acantilados hacia el sur. ¿Por qué no he encontrado aún el puente? Debería estar a una distancia razonable de Château Creux. Regreso al punto de partida y me dirijo hacia el norte, para buscar en la otra dirección.

Lo único que veo con mi visión de gran alcance son las olas que rompen. Lo único que siento con mi sexto sentido son las vibraciones del zumbido de las criaturas marinas.

Entonces, una pizca de energía se eleva por encima de ellas. Se intensifica hasta convertirse en un sonido sordo, luego en un latido y, por último, en un sonido claro y contundente.

Se me para el corazón al oír un ruido nuevo, como el de una cascada. Cuando escucho más de cerca, me doy cuenta de que es un coro de gritos y voces de batalla.

Las Leurress han comenzado a guiar a los muertos. De alguna manera, sin la flauta de hueso.

Corro hasta el borde de un acantilado, donde el ruido es más fuerte. Miro por encima de la empinada caída y tomo una gran bocanada de aire.

El puente del alma.

Una ráfaga de vestidos blancos baila dentro de una tormenta color *chazoure*.

Nunca había visto ese color, pero debe de ser este. Los muertos lo llevan. Están hechos de él.

Es más impresionante de lo que creía posible.

Se me saltan las lágrimas. Estoy aquí de verdad. Desde que tengo uso de razón, unirme a las Ferrier ha sido mi sueño: estar junto a la élite de mi *famille,* luchar contra los Encadenados y guiar con dulzura a los Desencadenados.

Pero entonces parpadeo. Y veo. Se me forma un nudo en el estómago. Nada de lo que ocurre ahí abajo es agradable. Las almas están librando una guerra contra las Ferriers, y las Ferriers están contraatacando con fuerza.

Veo la cara de mi madre. La fuerza tranquila que siempre desprende ha desaparecido. Está desesperada y angustiada, lucha contra cinco almas encadenadas al final del puente. Miro más allá de ella y abro los ojos de par en par. Las Puertas no han aparecido. A eso se debe toda esta locura. Odiva no puede enviar almas al Más Allá.

El sudor me recorre la piel. Tengo que ayudarla.

Corro a lo largo del acantilado en busca de las escurridizas escaleras ocultas, pero no veo ni rastro de ellas. No puedo saltar desde aquí. La playa tiene que estar al menos a treinta metros más abajo. Tengo que encontrar otra manera de bajar. Mi madre necesita tocar la flauta mientras está en el puente de tierra. Eso me lo enseñó ella.

Me aferro a la bolsa de huesos de la gracia que tengo alrededor del cuello, acordándome de mi colgante en forma de media luna. La gracia del íbice puede ayudarme a bajar por los acantilados.

Me subo la falda y corro hacia los acantilados más escarpados del otro lado. Cuando paso la curva interior de la ensenada, noto un hormigueo en el lado derecho del cuerpo. A un kilómetro y medio de la meseta, en esa dirección, veo a tres personas. Veo a Bastien y se me acelera el corazón. Aprieto los dientes y me doy la vuelta. Ahora que tengo mis gracias, no es una amenaza para mí.

Sigo corriendo, pero entonces miro hacia el mar y se me bloquean las rodillas. Tropiezo y me detengo. El puente de tierra ha empezado a sumergirse. Ahora las Ferrier están a dos centímetros y medio de la superficie. Los Encadenados tiran de ellas, intentan arrastrarlas a las profundidades. No me da tiempo a descender por los acantilados. Tengo que actuar ahora.

Saco la flauta de hueso del fajín. Tengo grabado en la mente el singular canto de sirena que abre las Puertas. Mi madre solía tocarlo con una flauta de madera en un prado aislado cerca de Château Creux. Yo me escondía entre la hierba y la observaba. Tenía una profunda mirada de anhelo en los ojos.

Soplo en el orificio para la boca. El canto suena torpe al principio, pero luego estabilizo los dedos temblorosos. Al salir del hueso de un chacal dorado, el canto de sirena suena mucho más profundo y desgarrador.

¿Me oirá alguien? El caos que hay abajo es cacofónico.

Maurille levanta la vista de la playa. Se lleva una mano a la cabeza que le sangra. Enseguida, Giselle, Maïa, Rosalinde y Dolssa se giran y levantan la vista. Están en la orilla, más cerca de mí, y tienen el oído más agudo. Un segundo después, otra Leurress las sigue con la mirada.

Sabine.

El pecho se me hincha de felicidad, a pesar del horror. Su cara refleja mi sorpresa y mi alegría. Los quince días que he pasado sin ella han sido como mil.

Sostiene un cuchillo de hueso, mi cuchillo ritual, en posición defensiva. No lo entiendo. ¿Sabine es una Ferrier? Se me forma un nudo en la garganta. Nunca hemos cazado huesos de la gracia sin la otra.

El *chazoure* se desliza por el puente de tierra que se hunde. El color inunda el agua y se arremolina en la orilla. Los muertos se acercan a mí.

Las Leurress no son las únicas que han oído mi canción.

Retrocedo un paso. No puedo pensar en Sabine ahora. No he conseguido abrir las Puertas. Ahora los muertos acuden en masa a mí, como si fuera una Puerta viviente, una puerta que algunos quieren abrazar y otros destruir.

Maldigo en nombre de los dioses.

Les rezo desesperada.

«Tyrus, Elara, ¿qué hago? ¿Qué hago?».

Tras la avalancha *chazoure* que se aproxima, me encuentro con los ojos oscuros y decididos de mi madre. No me mira a mí directamente. Tiene la mirada clavada en la flauta de hueso que tengo entre las manos. Sostiene otra flauta, pero su color no es añejo. Y está claro que no ha abierto las Puertas.

A mi madre se le ensanchan las fosas nasales. Camina a grandes zancadas hacia mí a través del agua que sube por encima del puente, otro centímetro más adentro. Debe de pensar que mentí sobre la flauta. Pero no mentí. Creía que ya no existía.

Un Encadenado se retira del puente. Es más lento que los demás y se interpone en el camino de Odiva. Sus labios se curvan y se lanza a por él. Le asesta una potente patada en la espalda. Cae de bruces en el agua. Lo arrastra hacia arriba, gira para tomar impulso y lo arroja al mar. Se estrella contra una roca saliente. Ella se vuelve hacia mí con los ojos entrecerrados.

Cierro las manos en puños. Bastien y los otros están a ochocientos metros de mí y se acercan. Pero aún no puedo preocuparme por ellos. Varios Encadenados están escalando los acantilados. Me alcanzarán en cualquier momento.

Tomo aire y aprieto la mandíbula. Meto la flauta en mi fajín. Me concentro en mis gracias.

Soy la hija de mi madre, y acaba de retarme a que se lo demuestre.

26
Sabine

Jadeo cuando los muertos rodean a Ailesse. Las Ferriers están tan en shock como me siento yo. Odiva no se detiene. Avanza por el agua del puente de tierra que se hunde y ataca a todos los Encadenados que se cruzan en su camino. Tiene una mirada lívida y desesperada. Creía que Ailesse estaba muerta. O mintió, al decir que lo estaba. De cualquier manera, tiene que estar desesperada por recuperar la flauta de hueso. Es la única manera de deshacerse de los muertos, si no es demasiado tarde para abrir las Puertas.

—¡Tenemos que detener a los Encadenados! —les digo al resto de Ferriers—. ¡Ailesse no puede luchar con todos a la vez!

Élodie cuadra los hombros. Roxane levanta la barbilla. Persiguen a las almas con sus bastones en alto. Las otras Ferrier lanzan un grito de guerra y las siguen.

Maurille está sentada en la piedra en la que la apoyé después de salvarla del Encadenado. La sangre le cae por la frente, pero ahora parece más espabilada.

—Llévate mi bastón —dice.

Miro hacia donde flota en el agua, cerca de la orilla. Me he entrenado para luchar con un bastón como toda novicia

Leurress, pero a medias. Nunca quise hacer daño a mis compañeras de combate. Y nunca quise ser una Ferrier.

—¿Estarás bien?

Asiente con la cabeza y me da un apretón en la mano.

—Vete. Ailesse te necesita.

Respiro y corro hacia el bastón. Siento que vuelvo a sumergirme en la laguna, pero esta vez es una horda de Encadenados a los que no puedo matar, y no un tiburón tigre, lo que se cierne sobre mi mejor amiga.

Atravieso las aguas poco profundas, agarro el bastón y vuelvo corriendo a la playa, agradecida por mi velocidad. Una Ferrier ataca a casi todos los Encadenados que hay en la orilla. Otra llamarada de *chazoure* atrae mi atención hacia un Encadenado. Está trepando la pared del acantilado para llegar a Ailesse. Está demasiado alto para que lo alcance, así que saco una flecha del carcaj. Disparo y fallo. Me cuesta un segundo intento darle. Se tambalea, pero no cae, sigue trepando.

Me deshago del arco y el carcaj y salgo disparada hacia él, rezando para que mi gracia de gavilán me ayude a abrirme paso. Clavo el extremo del bastón en la arena y salto tan alto como puedo. Vuelo incluso más alto que el Encadenado y le doy una patada al caer.

Se cae de la pared. Antes de caer más lejos, me empujo desde la pared y doy una voltereta hacia atrás. No aterrizo con elegancia, pero la arena amortigua la mayor parte del impacto cuando caigo al suelo. Enseguida vuelvo a estar de pie. El Encadenado se está levantando. Su cara *chazoure* se ensombrece y gruñe de rabia. Levanto el bastón, asombrada por lo que acabo de hacer. Ailesse se reirá orgullosa cuando se lo cuente.

Ailesse.

Se me acelera el pulso. No puede acabar con todos esos Encadenados ella sola. Miro hacia arriba. Algunas almas ya han trepado por el acantilado, y dos más se acercan a la cima. No puedo saltar tan alto.

El Encadenado al que ataqué arremete contra mí. Hago girar el bastón y le doy en la cabeza. El golpe hace un ruido asqueroso, pero no hay herida ni sangre. Grita de dolor y cae de rodillas. Dejo a un lado el carcaj y el arco, el bastón es mucho mejor arma, y corro hacia la entrada de la cueva y la base de las escaleras ocultas. Así llegaré hasta Ailesse.

La cueva está vacía. Tres de los muertos también corren hacia las escaleras del fondo. Dolssa está aquí, lucha para ahuyentarlos. Mueve el bastón de una dirección a otra y ataca desde todos los ángulos. Salto para ayudarla.

Le doy por detrás a uno de los Encadenados. Sale volando por los aires. Dolssa lo ensarta. Trago saliva por la brutalidad y me giro para enfrentarme a la siguiente alma. Un hombre. Desencadenado. El del sombrero que me preguntó por qué el puente de tierra no conducía a nada. Intenta escabullirse junto a mí hacia las escaleras, pero se lo impido.

—No debería subir.

Le tiembla el labio inferior.

—Pero la canción… me llama para ir a casa. Mi mujer ya está allí.

Se me cae al alma a los pies.

—Ese no es el camino a casa. Tiene que quedarse cerca del puente hasta que vuelva a escuchar la canción. —Puede que Odiva recupere la flauta de hueso esta noche, pero no puede hacer bajar las mareas. Eso no volverá a ocurrir hasta dentro de un mes. «¿Qué harán las Ferriers con los muertos hasta entonces?».

—¡Ya he esperado bastante! —dice, y me empuja hacia atrás con una fuerza sorprendente.

Justo cuando caigo al suelo, Dolssa agarra el bastón. La cabeza del hombre se sacude hacia un lado y se desploma. Parpadeo y la miro, asombrada.

—¡Era un Desencadenado!

Está seria, implacable.

—Ahora todos los muertos son peligrosos.

En la cueva, entra otra alma Desencadenada. Dolssa corre para detenerla. Más Encadenados se lanzan desde la playa hacia la escalera que hay oculta en la cueva. Van tras Ailesse.

Me pongo en pie y empiezo a subir.

Si hace falta, lucharé contra cada alma que haya en los 167 peldaños.

Yo llegaré primero a Ailesse.

27
Ailesse

En el puente de tierra, mi madre está hundida hasta las pantorrillas sobre el agua. Nos miramos un segundo cuando ella avanza, lucha contra tres almas a la vez. Sigue intentando llegar hasta mí, hasta la flauta, pero solo ha llegado hasta la mitad del puente inundado.

A mi izquierda, una llamarada de *chazoure* se eleva sobre el acantilado: un hombre con la cabeza rapada y un cuello ancho envuelto en cadenas. Me abalanzo sobre él de un salto y le doy en la cabeza con el talón. Pierde el agarre sobre la piedra caliza y cae en picado por el acantilado. Ojalá tuviera alas para volar a su lado. Tengo que bajar a la orilla y darle la flauta a mi madre para que pueda controlar esta crisis. Pero entre nosotras se alzan muchas almas más que siguen avanzando hacia mí.

A mi izquierda, otra persona sube por el acantilado. Se levanta sobre la hierba y se pone de pie. Me preparo para atacar, pero no veo ninguna cadena.

—¡Ayúdame! —Se agarra la bata holgada por el vientre y corre hacia mí—. No me dejan ver a mi bebé. —Le caen lágrimas translúcidas por la mejilla—. Tengo que volver. Ni siquiera he podido sostenerlo entre mis brazos.

Se me parte el corazón. Tiene que haber muerto en el parto.

—Lo siento, no puedo devolverte a la vida.

—Por favor. —Se pone de rodillas.

Un hombre de hombros anchos corre hacia mí por detrás. No tengo ni idea de dónde ha salido. Lleva un uniforme cubierto de cadenas. Es un soldado, entrenado para luchar.

—¡Maté en nombre de mi rey! —grita—. ¡No puedes arrastrarme al infierno!

—Si los dioses te marcaron con esas cadenas, habrás matado con ansia.

Se abalanza sobre mí con un gruñido salvaje. Me alejo de la mujer, pero me agarra la falda. Pierdo el equilibrio y el hombre me da un puñetazo en la mandíbula. Lanzo un grito ahogado por el dolor. Me agarra por los brazos y me lanza por el suelo. Ruedo hasta el borde del acantilado.

—¡Ailesse!

El corazón me late con fuerza. Bastien. Parece preocupado. No quiero que lo esté.

Vuelvo a saltar y esquivo otro puñetazo del Encadenado. Le doy en el pecho y lo empujo al borde del acantilado. Clava los pies en la tierra blanquecina. Los guijarros se deslizan por el borde. Me agarra por los hombros y me empuja. Es fuerte, pero no tanto como mi tiburón tigre. Puedo empujarlo por el borde. Pero si lo hago, podría arrastrarme con él.

Aparto de un tirón un brazo. Saco el cuchillo de Marcel de mi fajín. Con un grito por el esfuerzo, apuñalo al soldado en el pecho. Abre mucho los ojos de dolor. Si estuviera vivo, sería un golpe mortal.

Así es como habría matado a Bastien en el puente ritual.

Me trago la bilis que me hierve la garganta. Esto no es un asesinato.

«Como sí lo habría sido mi rito de iniciación».

Se me escapa otro grito, pero esta vez es de rabia. Vuelvo a apuñalar al Encadenado, pero solo me agarra con más fuerza. Sigo apuñalándolo, sigo gritando. Lucho por controlar mis pensamientos traicioneros: la imagen de Bastien si le hubiera hecho esto.

El Encadenado no derrama sangre, aunque mi cuchillo se hunde en lo más hondo. Le hago daño, pero no lo dejo fuera de combate.

—¡Déjala! —grita la Desencadenada, y se abalanza sobre él—. La necesito para…

Jadeo cuando el soldado la arroja por el borde, pero no puedo pararme a sentir lástima. Mientras está distraído, me aparto de un salto y me zafo de su agarre. Levanto la pierna y me abalanzo sobre él. Mi patada impacta como un martillo y él se despeña por el acantilado.

Apenas me he dado la vuelta cuando la siguiente persona se enfrenta a mí. No brilla con *chazoure*. Está viva.

Corto el aire entre nosotras con mi cuchillo, una advertencia. Soy demasiado consciente de que puede sangrar.

—No interfieras, Jules.

—¿En qué? —exige, pero mira con ojos abiertos de par en par a nuestro alrededor—. ¿Qué son esas voces? ¿Contra qué lucháis?

Lo sabe —se lo dije a todos mis captores en las catacumbas—, pero sigue siendo una incrédula.

—Son los muertos.

Traga saliva y mira por encima del acantilado, manteniéndose lo más alejada posible del borde. Jules no tiene la visión para percibir el *chazoure* de las almas, pero puede oír los gritos de rabia y ver a treinta y cuatro mujeres abajo que luchan contra un ejército invisible.

Miro a su lado mientras está aturdida. Un resplandor débil y mortífero brilla a cuarenta y cinco metros de distancia, baña dos peñascos. ¿Es la entrada a la escalera oculta? En cualquier momento, más muertos saldrán de allí y se unirán a los que están trepando por los acantilados. Quiero que mis antiguos captores se aparten de mi camino. Tengo que llegar hasta mi madre.

Me giro hacia mi otro lado, y noto que Bastien se acerca. Bajo la luz de las estrellas, su belleza es cruda y salvaje, como un canto de sirena. Me invade una oleada de calor, pero lo miro de arriba abajo.

—No deberías haber venido aquí. —Va a conseguir que le maten.

—No deberías haberte ido. —Mira a nuestro alrededor—. Estabas más segura en las catacumbas.

¿Me está tomando el pelo? Me dejó sin Luz. Me despojó de mis huesos de la gracia. Bien podría haberme arrancado un órgano vital.

—¿Para eso has vuelto, para mantenerme a salvo? —Echo otro vistazo a las rocas. Si corro hacia las escaleras, quizás allí tenga menos Encadenados con los que luchar—. ¿Vas a protegerme o a matarme? —Le dirijo una mirada acusadora al cuchillo tosco que empuña con los nudillos blancos.

—Una pregunta excelente. —Jules aparta la mirada del clamor creciente de los muertos un segundo.

El músculo de la mandíbula de Bastien se tensa.

—¿Acaso tú no me matarías si pudieras?

—Con mucho gusto —digo, pero mi convicción muere ante la verdad que arde entre nosotros. El corazón me da un vuelco. Sabe que esta noche le he perdonado la vida al huir. Y él me la perdonó cuando caí en el pozo. Aun así, ¿eso cómo cambia nuestros destinos?—. Me he entrenado toda la vida para esto. No me hace falta tu protección.

No parece tan seguro.

—¿Por qué ahora los gritos son cada vez más fuertes? El puente de tierra ya no está.

Siento una fuerte presión en el pecho. Me doy la vuelta. El puente del alma se ha sumergido tanto que ya no hay nadie de pie sobre él. Mi madre está en el agua poco profunda que hay cerca de la playa, luchando con dos Encadenados. Igual puedo lanzarle la flauta. Quizá no sea demasiado tarde. Si no puede alzar las Puertas esta noche, tendremos que esperar otro mes hasta la próxima luna nueva.

Una mano incandescente se asoma al borde del acantilado. La mano de una mujer, cerca de Bastien. La muñeca *chazoure* lleva cadenas.

—¡Apártate! —Voy a por él. Jules se lanza sobre mí. Me giro para esquivarla, pero no a tiempo. Me quita la flauta de hueso del fajín.

Jadeo.

—¡Devuélvemela!

La Encadenada se arrastra hacia arriba. Le brillan joyas en el pelo. No tengo tiempo para esto.

—Por favor, Jules, no sabes lo que es en realidad.

—Atrajo a Bastien hacia ti, y ahora ha convocado a los muertos. Es maligno y hay que destruirlo. —Arquea el brazo hacia atrás para arrojarla al mar.

—¡No! Mi madre la necesita —Me doy prisa en explicárselo—. Cuando se toca una canción diferente en la flauta, se abren las Puertas del Más Allá, la otra vida, el Cielo, el Infierno, como quieras llamarlo.

—¿Es una llave? —Marcel corre hacia nosotras—. Entonces puede que ayude a romper el vínculo de las almas.

Ahora mismo, esa es la última de mis preocupaciones.

—Si los muertos no pueden cruzar el puente del alma, no pueden irse de este mundo.

—Yo *nunca* me iré de este mundo. —La Encadenada se acerca y se quita una cinta de terciopelo del cuello—. Mis riquezas son mías.

A Jules se le va el color de la cara. Mira a Bastien.

—¿Has oído eso? —ronca.

Asiente con la cabeza, serio.

—No la tires.

La Encadenada ni se inmuta. Tensa la cinta entre sus manos. Jules se mete la flauta en el bolsillo.

—Vale. Entonces vamos a por lo que hemos venido. —Hace girar el cuchillo—. Vamos, Bastien.

Se le pone serio, pero noto que le tiembla la mano del cuchillo. Jules y él se acercan a mí. No lo saben, pero están rodeando a la Encadenada.

Retrocedo para tener más espacio para luchar. Puedo con cuatro personas. Marcel retrocede en una dirección distinta.

—Ailesse tiene mi cuchillo —señala.

Jules le dirige una mirada preocupada.

—Quédate cerca, ¿me oyes? No sabemos qué... —Se aleja a toda prisa—. ¡Marcel, espera!

Tres personas, pues. Aún mejor.

Jules me mira con los dientes apretados. Es la primera en atacar. No me sorprende. Cuando me ataca con su cuchillo, salto por el aire y doy una voltereta sobre su cabeza. El movimiento es tan rápido que no tiene tiempo de reaccionar antes de que aterrice y le haga un corte en el brazo. Sisea y se gira hacia mí. Intenta apuñalarme tres veces, en lugares que no me matarán, pero es fácil bloquear sus golpes. Lucha con un estilo idéntico al de Bastien en Castelpont.

Está cerca de nuestra pelea, con el ceño fruncido. ¿Está dudando o busca la forma de intervenir?

Llamaradas de *chazoure* estallan sobre el acantilado como si fueran rayos de sol gemelos. Dos Encadenados más trepan por la cima. No son sigilosos como la mujer de las joyas. Una vez en pie, corren hacia mí, pero Jules se pone en medio.

—¡Cuidado!

No lo tiene. Uno de los Encadenados —un hombre— la agarra por la cintura y la tira a un lado. Grita y vuela varios metros antes de caer al suelo. A continuación, el Encadenado viene hacia mí. Me preparo para atacar, pero me atrapan por la espalda. No puedo respirar. La Encadenada me rodea el cuello con la cinta de terciopelo. Me ahogo y forcejeo, y el Encadenado me da un puñetazo en el estómago. Aprieto los ojos contra una descarga de dolor abrasador. Noto que el tercer Encadenado me ronda como si fuese un buitre.

Al abrir los ojos, la vista me falla. Veo a Bastien en destellos. Intenta llegar hasta mí, dando navajazos sin rumbo en el aire. No puede secuestrarme si estoy muerta.

No puede vivir si estoy muerta.

Y no puedo llevarle la flauta a mi madre si estoy muerta.

«Piensa, Ailesse». Tengo la mente borrosa, hambrienta de aire.

Me apoyo en la mujer para sostenerme. Cuando el segundo Encadenado vuelve a abalanzarse sobre mí, levanto las piernas y le propino una fuerte patada. Sale despedido hacia atrás y patina por el suelo.

Recuerdo el cuchillo. Por algún milagro, no lo he soltado. Planto los pies y paso la mano por encima del hombro. Le hago un corte a la mujer en la muñeca izquierda y luego en la derecha. Con un grito de rabia, me suelta. Tomo una bocanada de aire ardiente y la empujo contra el tercer Encadenado, robándole la oportunidad de arremeter contra mí. Antes de que las dos almas recuperen el equilibrio, salto en el aire, hago girar el cuchillo hacia abajo y les doy a ambos. Les hago una herida profunda y me alejo hacia la entrada de las escaleras.

No llego muy lejos. Tres nuevos Encadenados salen de entre las dos rocas. Un segundo después, les siguen otros dos. Me detengo y avanzo en la otra dirección.

Bastien se pone a mi lado. No hace ademán de atacarme cuando me quedo inmóvil y más almas se agolpan en el acantilado. Adopta una postura defensiva, colocándose con la espalda pegada a la mía.

—¿Dónde están? —pregunta, con el cuchillo desenvainado.

Sacudo la cabeza.

—Por todas partes.

Cinco Encadenados más se ponen en pie cuando terminan de trepar. Ya he luchado contra dos de ellos: el soldado y el hombre con la cabeza rapada. Me miran con ojos brillantes. No van a por Jules y la flauta, sino a por mí. Yo toqué el canto de la sirena.

Aquí hay magia que no entiendo. Pero si una canción de la flauta me unió a Bastien, ¿qué habrá significado eso para mí y los muertos?

Los Encadenados se acercan a nosotros, cada vez más rápido.

—¡Madre! —Mi grito desesperado retumba en el aire. No se puede matar a los Encadenados, solo guiarlos. Toda esta lucha es en vano. Si no puedo llevarle la flauta a Odiva rápido, tendrá que venir ella y quitársela a Jules. La busco con la mirada, pero no la encuentro entre el grupo que se acerca.

—Estamos rodeados, Bastien. ¡Hay demasiados!

Los músculos de su espalda se tensan contra los míos.

—¿Cómo los atravesamos?

Recorro con la mirada el círculo cada vez más estrecho.

—No creo que podamos. Quédate cerca de mí.

—No voy a dejarte.

—Te diré cuándo tienes que atacar.

—Estaré preparado.

El Encadenado de la cabeza rapada es el primero en cargar contra mí. La mujer con la cinta de terciopelo salta hacia Bastien.

—¡A tu izquierda! —grito, y dirijo mi cuchillo hacia el hombre. Bastien apuñala a ciegas a la mujer con su cuchillo, y la voz gutural de Jules corta el aire.

—¡Alejaos de ellos! Me queréis a mí. —Ahora veo a Jules, está subida en una roca a unos metros. Unos mechones de su cabello dorado se han soltado de la trenza. Sostiene la flauta de hueso en la mano derecha—. ¡Yo soy la que tiene la flauta y con ella puedo mandaros a todos al infierno!

Un farol, pero el Encadenado y la Encadenada dejan de atacar. El *chazoure* parpadea mientras las otras almas le lanzan miradas interrogantes a Jules. Bastien frunce el ceño.

—Jules, ¿qué estás…?

—¡Corred! —grita, y salta de la roca. Esprinta a través la meseta y se aleja del acantilado.

La mitad de los Encadenados la siguen.

Bastien suelta un fuerte suspiro.

—*Merde.* —Sale corriendo tras ella.

Yo corro a su lado. El corazón me late a toda pastilla.

—¡Vuelve! —le grito a Jules. Acaba de salvarnos, pero no puede llevarse la flauta de aquí. Es lo único que puede detener a los Encadenados.

Si Jules me oye, no da ninguna señal de que así sea. Solo corre más rápido, mantiene la distancia con los Encadenados. Marcel trota un poco por delante de ella. La brisa le agita el pelo alborotado. Al final ambos se cansarán, pero los Encadenados no.

Las almas que no siguen a Jules nos persiguen a mí y a Bastien.

—¡Cuidado! —advierto, cuando uno se acerca a él. Le agarro de la mano y tiro de él. Mantenemos los dedos entrelazados mientras seguimos corriendo. Se tambalea cuando tiro de él—. ¡A tu derecha! —le aviso. Saca el cuchillo y le da a otro Encadenado en el pecho.

—¿Está muerto? —Bastien mira a nuestra espalda mientras corremos más rápido.

—Ya estaba muerto.

—Cierto. —Me agarra la mano con más fuerza.

Dos Encadenados vienen hacia nosotros desde ambos lados.

—¡Agáchate! —grito.

Bastien se tira al suelo y esquiva un puñetazo brutal. Ruedo sobre su espalda y apuñalo a uno de los Encadenados en el costado. Me giro para luchar contra el segundo, pero Bastien ya le ha cortado las piernas. Lo derriba de una patada y vuelve a levantarse de un salto.

Nuestras manos vuelven a entrelazarse y seguimos corriendo. Miro hacia atrás y escudriño el acantilado, ya muy lejos, para ver si veo a mi madre. O a Sabine. O a cualquier Ferrier. Pero solo veo la meseta cubierta de hierba que brilla con el *chazoure* de los muertos.

Tengo que detenerlos antes de que lleguen a Jules y Marcel, y luego a todo Galle del Sur.

Tengo que recuperar la flauta.

28
Sabine

Las piernas me arden cuando me acerco al final del largo tramo de escaleras. Ya he luchado con dos Encadenados y los he esquivado, pero me esperan al menos cinco más. Por fin, estoy lo suficientemente cerca de uno como para atacar.

Levanto el bastón para darle con él, pero alguien me agarra el vestido por detrás. Giro el bastón, pero la escalera es demasiado estrecha. Mi bastón golpea la pared de piedra caliza con un fuerte crujido. Por instinto, doy una patada y empujo al Encadenado para quitármelo de encima. Pero entonces veo que no lleva cadenas. No es más que una niña, como mucho tendrá doce años, con unos tirabuzones brillantes color *chazoure*.

Abre mucho los ojos y cae de espaldas por las empinadas escaleras. Noto un nudo en el pecho.

—¡Lo siento! —Bajo corriendo tres escalones tras ella, pero luego me obligo a parar. La he herido, pero no morirá. Ailesse quizá sí.

Me doy la vuelta, pero los otros Encadenados ya se han ido. Subo a toda prisa los últimos escalones y me cuelo por el estrecho hueco entre las rocas. Una vez dentro, me quedo con la boca abierta. El acantilado está iluminado por la luz del *chazoure*. Aquí arriba hay veinte muertos o más. La mayoría Encadenados. Algunos luchan entre ellos, y también unos pocos Desencadenados. El resto se aleja del acantilado.

Tengo esperanza hasta que veo a Ailesse a lo lejos. Su pelo rojizo ondea mientras corre alejándose de mí, a través de la meseta. Las almas no la dejan: la mitad la siguen y ella persigue al resto.

Empiezo a llamarla, pero me quedo muda. Mi aguda visión se enfoca. Las cadenas que la rodean se abren lo suficiente para que vea que está con alguien: Bastien. Y están agarrados de la mano.

Tropiezo con los pies. Una oleada de vértigo se apodera de mí. No lo comprendo. Ailesse escapó de Bastien para venir aquí y traer la flauta de hueso.

¿No?

Corre con él, no la lleva a rastras. Casi parece que ella le está guiando.

Claro que lo está haciendo. Ella es la única que puede ver a los muertos. Y si los muertos matan a Bastien, ella también morirá. Huye con él porque es la mejor oportunidad que tiene de sobrevivir a los Encadenados. Aunque eso no explica por qué está persiguiendo a algunos de ellos.

Da igual. Todavía necesita ayuda.

Todavía me necesita.

Corro tras ella y chillo cuando otra alma me da un latigazo en el brazo. Está usando la cadena que lleva colgada como látigo. El golpe me arranca el bastón. Me agarro el brazo y retrocedo, tambaleándome. El hombre vuelve a atacarme. Agita las cadenas por encima de su cabeza. No tengo armas para bloquearle.

Las cadenas caen hacia abajo. Me dejo caer y me cubro la cabeza con las manos para protegerme. No me da nada. Levanto la vista y jadeo. Odiva está aquí. La falda de su vestido está empapada por el agua del mar. Su pelo negro ondea como si fuera fuego negro. Las cadenas del hombre se enredan en el extremo de su bastón. Con una fuerza increíble, lo arroja por el acantilado.

Me quedo pasmada cuando me levanta.

—¿Estás bien? —me pregunta.

Asiento con la cabeza, aturdida, y suelto un suspiro tembloroso.

—Pero Ailesse... Bastien la tiene otra vez.

Odiva hace una mueca, apenas una pequeña señal con la nariz, y mira al otro lado de la meseta. En el momento en que los ve, se tensa y junta las manos. La mirada asesina que tiene me hiela la sangre.

Pernelle corre hacia nosotras.

—¿La has visto, *Matrone*? ¡Ailesse está viva!

Al final, me alegro de no haber dudado nunca.

Odiva aparta la mirada.

—Sí, tuvo que sobrevivir a la caída del foso.

—Su *amouré* también sobrevivió. —Pernelle da un paso más—. Creía que habías dicho que murió con ella.

Odiva arquea una ceja negra.

—Estoy tan sorprendida como tú.

Pernelle le lanza otra mirada rápida a Ailesse.

—Tenemos que ir tras ella de inmediato, o el chico podría llevársela otra vez a las catacumbas.

—O antes de que los Encadenados lleguen a ella primero —digo, encogiéndome al ver pasar otra oleada de almas.

La boca de Odiva forma una línea de determinación.

—Llama a las demás, Pernelle. Algunas son lo bastante rápidas como para correr más que los muertos. Diles que dejen de luchar y que corran tras mi hija. Ahora nuestra prioridad es recuperar la flauta de hueso.

—Y salvar a Ailesse —añado.

Odiva respira de forma tensa y me mira fugazmente.

—Por supuesto.

—¿Y el chico? —pregunta Pernelle.

—Capturadlo, pero no lo matéis. Ailesse es la que tiene que matarlo.

Mis dedos rodean la empuñadura del cuchillo ritual de Ailesse que llevo en mi cinturón.

Pernelle se inclina ante Odiva y corre a cumplir sus órdenes.

Me dispongo a perseguir a Ailesse, pero Odiva me agarra del brazo. Su mano está muy rígida.

—Espera.

—Pero se escapa. —Lucho contra su agarre.

—Te ordeno que te quedes atrás, Sabine.

Me arden las mejillas.

—¿Por qué? —¿Por qué no corre tras Ailesse de inmediato? Odiva es más rápida y más fuerte que cualquiera de nosotras.

Cuando la *matrone* no responde, la encaro. Tiene la mirada fija en algo al norte. En el lejano horizonte, en el último tramo de mi visión agraciada, veo la silueta de un animal. Tal vez sea un lobo.

—Es una señal, Sabine —dice Odiva en un silencio de gran reverencia.

¿De qué está hablando? ¿Por qué nos demoramos cuando Ailesse nos necesita?

—¿Una señal de quién?

—De un dios. —Odiva se aferra a su cráneo de pájaro y a su collar de rubí, y se me eriza el vello de los brazos—. Ha aceptado mis sacrificios —murmura, como si hubiera olvidado que estoy aquí con ella—. Me está dando una oportunidad más para traer de vuelta... —La emoción hace que su voz salga ronca, y niega con la cabeza—. Pero tengo que hacerlo a su manera.

—¿Hacer el qué? —le pregunto. Se me revuelve el estómago cuando el rostro de mi *matrone* se transforma en una máscara de determinación fría. La última vez que vi esa misma expresión fue cuando afirmó que Ailesse había muerto.

Frunzo el ceño y miro más de cerca al animal del horizonte. Tiene la cola y las patas un poco más cortas que un lobo común. También tiene el torso más largo y el hocico más estrecho y en punta.

—¿Eso es...?

—Un regalo de Tyrus para nosotras. —Una lenta sonrisa se dibuja en el rostro solemne y hermoso de Odiva—. Es su chacal dorado.

29

Bastien

La mano cálida de Ailesse aprieta la mía mientras nos adentramos en el bosque, más allá del borde de la meseta.

—¿Cuántos muertos siguen detrás de nosotros? —pregunto. Oigo el ruido de sus pisadas, gruñidos y gritos despiadados acercándose.

—Al menos veinte. Todos Encadenados. No sé qué ha pasado con los demás.

—¿Encadenados? —Jadeo mientras seguimos corriendo. Ailesse no parece cansada.

Niega con la cabeza.

—Te lo explicaré después. —Sorteamos un gran árbol.

—¡Psst! —Marcel nos hace señas con los brazos. Está detrás de un montículo de roca que hay a nuestra derecha.

Miro a Ailesse. Echa otro vistazo rápido a nuestro alrededor y asiente con la cabeza.

—Deprisa, antes de que nos vean.

Salimos disparados hacia la colina. Al otro lado hay un saliente con una especie de madriguera poco profunda debajo. Marcel se mete dentro y nosotros entramos a continuación.

Jules también está aquí. Acabo atrapado entre Ailesse y ella.

La horda de muertos se vuelve más ruidosa. Ailesse se lleva un dedo a los labios. Esperamos en un silencio tenso mientras pasan corriendo a nuestro lado. Las voces femeninas no tardan en seguirles, gritan mientras les persiguen. Pasa otro buen rato y Ailesse asiente con la cabeza para tranquilizarnos.

Marcel suelta un suspiro.

—Bueno, eso ha sido muy emocionante.

—Demasiado emocionante —dice Jules.

—Nos has salvado —le digo a Jules, dándole un empujoncito con el hombro—. No me malinterpretes; no me gustó nada. Prométeme que nunca volverás a hacer algo así. Pensé que esos muertos iban a acabar con vosotros dos. Pero había que tener agallas. Fue algo muy Jules.

Hay poca luz en la madriguera, pero veo cómo se le levanta la comisura de los labios.

—Tú harías lo mismo por mí… ¿verdad? —Su voz vacila, insegura.

Resoplo.

—¿Acaso hace falta que me lo preguntes?

Tarda un segundo en responder.

—Ya puedes soltarle la mano a Ailesse.

Ailesse y yo nos miramos. Nuestras manos se separan al mismo tiempo. De repente, la mía está fría.

—¿Dónde está la flauta, Jules? —pregunta Ailesse.

—Está… a salvo —responde.

Se me revuelven las tripas. Algo va mal. Lo veo en la mirada desesperada, pero decidida de Jules.

—¿Qué haces?

Traga saliva.

—Lo que tú no eres capaz de hacer, Bastien.

—Jules… —La voz de Ailesse tiembla de una forma peligrosa.

—Esa flauta es la única arma real que tiene mi madre contra los muertos. Dá-me-la.

—Lo haré. —Jules toma aire—. Cuando me des todos tus huesos de la gracia.

—¿Qué? —La pierna de Ailesse se tensa al lado de la mía—. No puedes hablar en serio. Lo siguiente que harán los muertos será atacar Dovré si no se los para. Dame la flauta. Ahora.

—No.

En un abrir y cerrar de ojos, Ailesse se agacha y arremete contra Jules.

Jules la ve venir y salta fuera del hueco. Ailesse salta tras ella. Marcel y yo nos miramos con los ojos muy abiertos y nos disponemos a intervenir.

Ailesse ya está encima de Jules, sujetándola.

—¿Dónde la escondiste? —La sacude, pero Jules aprieta sus labios como una terca. Ailesse mira a Marcel, furiosa—. ¡Dime dónde está!

Se queda helado, a medio camino del hueco.

—Yo… prometí no hacerlo.

Ailesse frunce los labios. Se separa de Jules y se abalanza sobre Marcel. Me pongo entre ellos de un salto y Ailesse se choca contra mí. Los dos caemos al suelo. Ella se pone de rodillas y yo la agarro por los hombros.

—¡Espera! —Soy muy consciente de que tiene la fuerza para liberarse cuando ella quiera—. Podemos hablarlo.

—¡No tenemos tiempo!

—Entonces dame tus huesos. —Jules se sienta, con maleza del bosque en la trenza.

Ailesse entrecierra los ojos.

—Pedirme eso es como pedirme que me arranque el corazón.

—Lo entiendo. —Jules me lanza una mirada dolorida—. Pero es la única manera de proteger a Bastien de ti.

Miro a mi amiga, incrédulo.

—Ailesse podría haberme dejado en medio de esos monstruos invisibles de ahí atrás. ¡Acaba de rescatarme!

—Para matarte a su manera, en un puente, con un cuchillo especial o con el ritual que sea.

—Necesita un cuchillo especial —añade Marcel, quitándose la suciedad de la ropa.

Ailesse se estremece y mira hacia el oeste.

—Se acerca un muerto. —Se mueve de forma protectora y se pone delante de mí.

No veo ni oigo nada raro, pero la creo.

—Jules, devuélvele la maldita flauta.

—Y entonces, ¿qué? —sisea Jules—. ¿De verdad crees que Ailesse se rendirá por voluntad propia?

—¡No lo sé! —susurro—. Ahora todo es distinto. No podemos seguir un nuevo plan a la ligera.

—Nuestro plan siempre ha sido la venganza.

Un grito de rabia desgarra el aire a unos cuarenta y cinco metros de distancia. Ailesse se queda paralizada.

—Nos ha visto.

Merde.

Ailesse corre hacia Jules.

—Por favor. Me llevaré la flauta y huiré lejos de aquí. El alma me seguirá y Bastien estará a salvo. —Frunce el ceño—. Todos lo estaréis.

—Al menos de momento. —Jules tiende una mano abierta—. La flauta por tus huesos —le dice a Ailesse—. Te los devolveré cuando averigüemos cómo romper el vínculo de las almas.

Ailesse la ignora. Vuelve a la madriguera y busca en el hueco que hay bajo ella.

El muerto vuelve a gritar. Ahora está a veintisiete metros. Saco el cuchillo.

—¡Tenemos que irnos! Volveremos a por la flauta después.

—¡No! —Ailesse sigue buscándola. Escarba en la hierba junto a la loma.

Dos gritos más. Esta vez desde el este. Se me acelera el pulso.

—¡Nos están rodeando!

—¡No puedo dejarla!

Los muertos rugen más cerca. Jules se mueve hacia Marcel en actitud defensiva.

Ailesse patea la hierba y lanza un grito de frustración.

Jules señala un punto entre Ailesse y ella, a tres metros y medio de distancia.

—Lanza tus huesos ahí, en el suelo, entonces iré a buscar tu flauta.

Ailesse frunce los labios. Mira al este y al oeste. Los muertos llegarán en cualquier momento.

—Nadie toca mis huesos hasta que tenga la flauta en las manos. ¿De acuerdo? —Casi puedo verla pensar: «los recuperaré». Puede que tenga una oportunidad. Sigue siendo rápida sin las gracias.

—De acuerdo. —dice Jules rápido—. ¡Ahora, tíralos!

Ailesse cierra los ojos con fuerza. Susurra algo sobre Elara. Se quita la bolsita del cuello y la tira al suelo. En seguida, está notablemente más débil. Hombros caídos. Ceño fruncido. Pero sigue con la mandíbula apretada.

—La flauta. ¡Rápido!

Jules se la saca de la bota. Abro mucho los ojos. Ailesse suelta un suspiro, enfurecida. Jules la ha tenido encima todo el tiempo.

Un grito desgarrador me estalla en los oídos. El muerto. Está justo aquí. Salto delante de Ailesse y doy un tajo con mi cuchillo. No le doy a nada. Golpea con fuerza el aire con los puños. Conectan con una fuerza invisible, pero no detienen al hombre muerto que no veo. Arroja a Ailesse al suelo como si fuera una muñeca de trapo.

Corro hacia ella. Está boca arriba. Parpadea, tiene una mirada aturdida.

—Ya no puedo verlos.

—¿A los muertos?

Asiente con la cabeza.

Necesita los huesos y la flauta. Me lanzo a por la bolsa, pero ya no está. Jules se la pasa por el cuello. Le tiembla la barbilla.

—Hago esto por ti, Bastien.

—¿El qué? —Frunzo el ceño.

Ailesse grita. Se revuelve en el suelo. Tiene al muerto encima. Se me forma un nudo en el pecho. Corro hacia allí y agarro al hombre a ciegas. Consigo apartarlo de un empujón, pero un segundo después me da un puñetazo en la barriga. Me doy la vuelta y toso.

Jules retrocede, con la mano en el brazo de su hermano.

—Marcel y yo descubriremos cómo romper el vínculo de las almas. —Se muerde el labio y mira la flauta que tiene en la mano—. Lo siento, pero dijo que podríamos necesitar esto.

La miro boquiabierto.

—Jules…

—Esta es la única forma de salvarte. Estás demasiado colado por ella, Bastien. —Frunce el ceño—. Te encontraremos cuando se haya acabado.

Le lanzo una mirada desesperada a Marcel, pero él solo baja la mirada.

Los dos salen corriendo.

Me pongo en pie a duras penas.

—¡Esperad!

Alguien se me echa encima desde la otra dirección. Invisible. Otro de los muertos. Me abalanzo sobre él —él, ella, no lo sé—, y le corto los brazos con el cuchillo. Grita y me suelta.

—¡Dejadlos en pan! —les grita Jules a nuestros atacantes. A varios metros de distancia, agita la flauta mientras sale corriendo con Marcel—. ¡Es a mí a quién queréis! —Unos pasos la persiguen. Una descarga de adrenalina me recorre las venas. Otra vez no. Grita por encima del hombro—: ¡Vamos, Bastien! Llévatela y corre hacia las catacumbas.

Ailesse deja de moverse. Los párpados se le mueven y se cierran. Yace en el suelo, inerte.

Merde.

Me arrodillo y la agarro en brazos. Apoya la cabeza en mi cuello y su aliento me acaricia la piel. Dejo salir un suspiro tembloroso. Está viva, pero tiene un gran chichón en la nuca. El muerto debe de haberla golpeado contra el suelo.

Me pongo en pie y la levanto conmigo. Acunándola cerca de mí, corro lo más deprisa que puedo, dolorosamente despacio, pero al menos ya no se oyen gritos espeluznantes en el bosque. Por ahora, los muertos han desaparecido.

Corro tras Jules y Marcel, pero no tardo en perder su rastro. No me detengo. Y no corro hacia la entrada de las catacumbas del barranco. Mis amigos no van a estar allí, y no voy a llevar a Ailesse a donde Jules pueda encontrarla. Si Jules encuentra una manera de romper el vínculo de las almas, irá a por Ailesse.

Levanto la barbilla, tomo aire y sigo el camino que se bifurca hacia Dovré.

«¿Qué estás haciendo, Bastien? Esta es la chica que querías matar».

Ya no sé lo que quiero, pero no quiero hacerle daño a Ailesse, de ninguna forma.

La ciudad sigue a oscuras cuando tropiezo con las murallas. Me arden los músculos, pero avanzo con una energía casi maníaca. Ailesse sigue sin fuerzas entre mis brazos, pero empieza a recuperar la consciencia. Murmura:

—*Chazoure*... no puedo verlo. —La palabra tiene algo que ver con los fantasmas con los que hemos luchado esta noche. Todavía no he procesado todos los acontecimientos surrealistas.

Corro callejón tras callejón. Me sobresalta cada ruido y cada susurro. Me pongo tenso por si me ataca un enemigo invisible. Tengo que esconder bien a Ailesse.

En uno de los distritos más pobres, las agujas en ruinas de la Chapelle du Pauvre intentan alcanzar el cielo. La iglesia de los pobres está casi en ruinas y ya casi no se utiliza. Coloco bien a Ailesse entre mis brazos y me doy prisa en entrar. En uno de los nichos tras el altar, quito una alfombra carcomida del suelo. Debajo hay una trampilla. La abro sobre sus bisagras. Coloco a Ailesse de pie, con la mano en la cintura para sostenerla, y la guío por una escalera destartalada.

—¿Qué pasa? —Se tambalea. Es como si su cuerpo no hubiera notado el desgaste de toda la batalla de esta noche hasta que perdió las gracias—. ¿Jules está aquí abajo? Necesito la flauta. Mi madre... —Se agarra la cabeza y se tambalea para mantenerse en pie.

Llegamos al sótano y la ayudo a sentarse en un cajón.

—Jules huyó con la flauta y tus huesos —respondo, y me tiembla el músculo de la mandíbula—. Marcel está con ella.

Ailesse jadea.

—Pero los muertos...

—Ya pensaremos qué hacer con ellos más tarde.

—No puedo esconderme aquí abajo mientras hay gente inocente en peligro. —Intenta subir la escalera. La agarro y tiro de ella hacia atrás. Intenta resistirse, pero no le quedan fuerzas. La vuelvo a guiar a la caja.

—Estás herida, Ailesse, y ya no tienes tus gracias. Por esta noche, descansamos. Prometo buscar a Jules mañana. Mientras tanto, estoy seguro de que el resto de Hechiceras de Huesos están haciendo algo con los muertos. No todo depende de ti. ¿No pueden meter a los muertos en alguna parte?

Vuelve a sentarse.

—No lo sé. Tal vez. —Esconde la cabeza entre las manos—. Esto no había ocurrido nunca. Al menos, no desde que estoy viva.

Intento pensar en algo reconfortante que decirle, pero tengo la mente en blanco. A mí tampoco me había pasado nunca nada parecido.

Tanteo en la oscuridad en busca del yesquero que he escondido aquí abajo. Por fin lo encuentro al fondo de un estante lleno de polvo y enciendo una lámpara. La vela que hay dentro ya se ha derretido casi del todo. Tendré que ir a por más pronto, además de a por otras provisiones. No recuerdo cuánto he almacenado en mi escondite. Pasé mucho tiempo aquí cuando era niño, antes de conocer a Jules y Marcel. Este es el único lugar del que nunca les hablé, y aquí estoy, a punto de enseñárselo a una chica que solo conozco desde hace un par de semanas. Una chica a la que estoy desesperado por mantener con vida.

Abro una puerta que da al sótano. Ailesse se pone nerviosa cuando me acerco a ella. Sus pupilas brillan y reflejan la llama de la vela.

—¿Eso lleva a las catacumbas? —pregunta.

Asiento con la cabeza. Esta entrada bajo Chapelle du Pauvre se construyó hace mucho tiempo para las familias que no podían permitirse enterrar a sus seres queridos en las tumbas de arriba. Aquí podían bajar a sus seres queridos y depositarlos en tumbas sin nombre.

—¿Se te ocurre algún lugar en el que estemos más a salvo de los muertos?

Despacio, niega con la cabeza.

—Los muertos no quieren creer que están muertos. Las catacumbas son un recordatorio.

Me apoyo en el marco de la puerta.

—No dejarán de perseguirte y lo sabes. Para ellos eres como un faro.

Se retuerce las manos sobre el regazo y me mira tanto tiempo que las orejas se me ponen rojas.

—No voy a entrar ahí como tu prisionera —dice, fría como el hierro.

Podría obligarla. Ha perdido su fuerza. Sería fácil volver a atarla.

—Y yo no te enseñaré el lugar que hay escondido ahí dentro si intentas matarme —contraataco.

—He demostrado que no voy a matarte.

Suspiro.

—No voy a volver a hacerte prisionera, Ailesse. Tendremos que confiar el uno en el otro.

Se mueve sobre la caja. Aún tiene el vestido y las puntas del pelo cubiertos de barro gris. Yo también estoy cubierto con una buena capa. Nos hemos traído las viejas catacumbas con nosotros.

—¿Por qué me ayudas? —pregunta.

Me encojo de hombros y aparto la mirada.

—Si tú mueres, yo muero, ¿no? Así que me imagino que tendremos que estar juntos.

—¿Y prometes buscar a Jules?

—Lo prometo. Conozco todos los lugares donde pensaría en esconderse.

Ailesse exhala.

—Todo lo que has visto esta noche, el caos y el peligro, ha ocurrido porque mi madre ha tocado el canto de sirena con la flauta que no era. Tengo que devolverle la correcta antes de la próxima luna nueva, o si no...

—Lo sé. —Yo también quiero que los fantasmas de los muertos emprendan la travesía.

Ailesse se muerde el labio inferior. Lo tiene agrietado y seco. ¿Le di suficiente agua para beber en nuestra antigua cámara? Le miro las muñecas, las tiene en carne viva y magulladas por las cuerdas con las que la até.

Tiene motivos para odiarme.

—Vale —dice—. Iré contigo.

Una oleada refrescante me inunda el pecho. ¿Es alivio? No me entiendo ni yo.

—¿Ya puedes andar?

—Creo que sí.

Flexiono la mano y busco la suya. Cuando nuestras palmas se tocan, el corazón me late con fuerza. La miro a los ojos durante un segundo. Muestran inquietud, pero también son amables.

También son increíblemente preciosos.

Me trago un nudo que se me hace en la garganta y la guío más allá de la puerta, luego por el túnel hacia mi escondite secreto en las catacumbas.

30
Sabine

«Ailesse, ¿dónde estás?». He recuperado el arco y el carcaj de la orilla y tengo una flecha preparada mientras finjo cazar al chacal dorado. Sigo las huellas de Ailesse y Bastien hasta una madriguera en el bosque, donde se encuentran con otras huellas, no me cabe duda de que son de sus otros captores, pero luego las huellas se bifurcan y las de Ailesse se pierden.

—Quédate donde pueda verte, Sabine —dice Milicent, habla con firmeza, aunque no poco amable—. Puede que tenga visión de buitre, pero no puedo ver a través de un bosque de árboles tan tupido.

Salgo del bosque, donde no he encontrado ni rastro de Ailesse, y disimulo una mirada resentida. Odiva envió a Milicent a acompañarme, y a las demás Ferriers les permitió partir por su cuenta, para ganar más terreno en la búsqueda del chacal. La *matrone* me está vigilando. Quiere asegurarse de que no pongo en peligro mi vida intentando rescatar a su hija. ¿A Odiva no le preocupa que la vida de Ailesse corra peligro?

—Ya casi es de día. —Milicent suspira y mira el cielo—. Tenemos que volver. Esperemos que las demás hayan tenido más suerte.

Sí. Una esperanza vana me llena el pecho. Tal vez una de ellas encontró a Ailesse.

Volvemos con las manos vacías al punto de encuentro que Odiva designó: los acantilados situados sobre el puente de tierra sumergido. Ya hay varias Ferriers aquí. Pero Ailesse no. Se me forma un nudo doloroso en la garganta. Después de tantos días separadas, estaba tan cerca. ¿Cómo dejé que se la llevaran otra vez?

Milicent y yo nos acercamos a las otras Ferriers, y sus susurros me llegan a los oídos.

—¿Adónde han ido los muertos?

—A la ciudad, claro está, donde hay más gente.

—Quieren Luz.

—¿Qué vamos a hacer con ellos?

—Sí, Ailesse está viva.

—¿Por qué la *matrone* no nos ha enviado a buscarla?

«Porque la *matrone* tiene secretos». No sé cuáles son, pero tienen que ser el motivo por el que no deja de fallarle a su hija una y otra vez.

El sol sale, proyecta una brizna de luz a través de la meseta, y por fin Odiva se reúne con nosotras. Sin el chacal dorado. Unas marcas de garras arañan la parte derecha de su cara y cuello.

—*Matrone*. —Giselle jadea—. ¿Estás bien?

Odiva alza la cabeza y esboza una sonrisa tranquilizadora.

—Estuve así de cerca del chacal —nos dice a todas, señalándose las heridas como si fueran pruebas de honor—. Tyrus está casi listo para entregármelo.

Frunzo el ceño y examino los arañazos más de cerca. Las líneas están agrupadas en tres rayas de ancho, no en cuatro como las garras delanteras de un canino. Además, hay una pluma blanca con el borde ámbar atrapada entre las plumas de águila de las hombreras de Odiva. Sé a qué animal pertenece: al mismo animal cuyas garras coinciden con las marcas de Odiva.

La lechuza plateada.

—Iremos a Château Creux y ofreceremos plegarias a Tyrus —dice Odiva—. Mañana, volveremos a cazar.

—¿Y Ailesse? —suelto.

Pernelle me mira como si se preguntara lo mismo. Juguetea con su colgante de vértebra de zorro y se acerca a Odiva.

—Puedo liderar otro grupo de búsqueda, *Matrone*. Puede que esta vez tengamos más suerte.

Odiva tarda un rato en responder. Tiene la mirada clavada en Pernelle, pero parece que la calavera de murciélago nóctulo de su corona me mira a mí.

—Nadie está más preocupada por mi hija que yo —dice con cautela—. Pero debemos confiar en los dioses. Si Tyrus nos ha mostrado la señal de su chacal sagrado, podemos estar tranquilas de que protegerá a Ailesse hasta que la bestia sea nuestra.

Se me ponen los pelos de punta. Puede que no tenga mucha fe, pero no confío en que el dios del Inframundo proteja a mi amiga. Odiva le ha estado rezando en secreto, murmurando acerca de los sacrificios que le ha ofrecido y de algo que quiere que le devuelva a cambio. Sea lo que sea, para ella significa más que Ailesse.

Le hace un gesto cortante a Pernelle.

—Primero cazamos al chacal. Somos Ferriers sagradas, y así es como Tyrus ha elegido ayudarnos a cuidar de los muertos. Debemos honrar sus deseos. A veces nuestra lealtad tiene que volver a ponerse a prueba, incluso después de nuestros ritos de iniciación.

—Sí, *Matrone.* —Pernelle inclina la cabeza, pero yo no puedo. Tengo el cuello tieso y no puedo inclinar la cabeza. No puedo evitar pensar en el rito de iniciación fallido de Ailesse. Odiva me prometió que los dioses protegerían a su hija. Ahora me pregunto si me eligió como testigo de Ailesse porque sabía que los dioses no lo harían, o que al menos Tyrus no lo haría, y que yo no sería lo bastante fuerte como para intervenir.

La señal de Tyrus puede ser el chacal dorado, pero empiezo a sospechar que la lechuza plateada es la de Elara. Si la diosa envió a su lechuza a atacar a Odiva, entonces no quiere que Odiva le quite la vida al chacal.

—Nuestro plan sigue siendo el mismo —le dice Odiva a las Ferriers—. Si alguna de vosotras encuentra al chacal antes que yo, capturadlo, pero no lo matéis. Como *Matrone*, debo ser yo quien haga el sacrificio.

Maurille mira a Odiva con su ojo bueno. El otro se le ha hinchado por el golpe que se ha dado esta noche.

—Discúlpame, *Matrone*, pero Ailesse ya tiene una flauta de hueso que funciona. —Exacto. Nada de esto es necesario—. Tal vez unas pocas deberíamos buscarla, como sugirió Pernelle, mientras las otras persiguen al chacal dorado. Seguro que Tyrus entendería nuestro deseo de aprovechar todas las opciones.

Odiva permanece completamente inmóvil, salvo por una sonrisa tenue, mientras entrecierra los ojos en dirección a Maurille.

—Entonces no entiendes en absoluto a Tyrus. Por suerte para nuestra *famille*, yo sí lo entiendo. El dios del Inframundo es un dios celoso y exigente. Si no le demostramos toda nuestra lealtad, ¿de verdad crees que nos llevará hasta su chacal?

Maurille niega despacio con la cabeza y me lanza una mirada de disculpa.

Odiva mira a las demás.

—¿Alguien más quiere decir algo en contra, o podemos aceptar seguir el camino que Tyrus nos ha indicado?

Más cabezas bajan en señal de obediencia. Yo solo bajo la mirada.

Odiva exhala.

—Bien. Vayamos a casa, pues, y recuperemos fuerzas para mañana.

¿Ir a casa? ¿Cuando sabemos que Ailesse está viva y desaparecida? ¿Cuando los muertos están desatados y se disponen a atacar a Dovré?

Odiva nunca supo ser madre, y ahora ha olvidado sus prioridades como nuestra *matrone*.

Camina a mi lado mientras nos dirigimos a Château Creux. El corazón no deja de latirme. Me siento como en una jaula, incapaz de huir de su presencia. A estas alturas, Ailesse podría estar en cualquier lugar del sur de Galle. Estoy desesperada por devolverle su cuchillo ritual. Cuanto más desesperada estoy por salvarla, más fácil me resulta soportar la idea de que mate a Bastien.

—Puedo sentir tu decepción —dice Odiva. Se me eriza la piel al ver sus penetrantes ojos negros—. Tenía tantas esperanzas puestas en tu primera experiencia en el puente del alma. Debería haberte traído alegría, no dolor.

No sé qué responder. «Alegría» es la última palabra que habría utilizado para describir la travesía.

—Me gustaría pensar que incluso Ailesse se habría alegrado por ti cuando… —Un leve rubor recorre su piel pálida. Por un momento, radiante, cálida y llena de sentimientos.

—¿Cuando qué? —pregunto.

Sus cejas azabaches se arquean hacia dentro y me mira a los ojos. Abre la boca, intentando formar palabras, y luego vuelve a cerrarla con fuerza. Respira y sigue caminando sin mirarme. Su traje ceremonial se desliza por la hierba salvaje.

—Cuando hubieras visto las grandes Puertas del Más Allá —responde por fin, con una ligereza forzada en la voz.

Otra mentira. Otro disfraz para ocultar secretos. Me arde la garganta, pero estoy harta de tragarme la amargura. Estoy harta de encogerme ante mi *matrone* y aceptar cada excusa que sale de sus labios.

—¿Ese collar que llevas te ayuda a guiar a los muertos cuando se abren las Puertas? —pregunto, con el pulso acelerado por mi atrevimiento.

Odiva se toca las tres filas de su collar de huesos de la gracia y frunce el ceño.

—¿A qué huesos te refieres, a los del oso o a los de la raya? Ambos me ayudan en la travesía.

—Me refiero a tu otro hueso de la gracia, ese cráneo de ave que mantienes oculto bajo el escote del vestido.

Odiva se queda paralizada. Cualquier color que quedaba en sus mejillas se desvanece.

—Adelantaos —les dice a las Ferriers que nos siguen. Su voz es tensa, aunque ella muestra una sonrisa tranquila—. Nos encontraremos en casa en breve.

Cuando pasan, Odiva se aparta del camino y se abraza a sí misma. Pernelle me lanza una mirada inquisitiva. Maurille me da un apretón en la mano. Me encojo de hombros como si no supiera por qué Odiva quiere hablar conmigo en privado. Como si no acabara de acusarla del delito de poseer otro hueso de la gracia. Ya tiene cinco. Un sexto es una ofensa a los dioses y a la santidad de la vida de un animal. Aun así, me tiemblan los miembros cuando Odiva vuelve a mi lado después de que las Ferriers se hayan ido. Su expresión es extrañamente tranquila y resuelta.

—Esto no es un hueso de gracia. —Odiva saca el collar oculto, y el rubí de la boca del cráneo de pájaro brilla a la luz del sol—. Fue un regalo de mi amado.

Mis labios se separan. Miro más de cerca el cráneo. El pico es negro y un poco más pequeño que el de un cuervo, pero más robusto que el de un grajo.

—¿Por qué te regalaría tu *amouré* un cráneo de cuervo?

Me sonríe, y el cuero cabelludo se me eriza por la inquietud.

—Veo que no se te escapa nada, Sabine. —Sus hombreras de plumas crujen cuando levanta un hombro—. Supongo que mi amado sabía que tenía cierta afinidad por los huesos.

—¿No se los ocultaste? —Se supone que una Leurress tiene que guardar sus huesos de la gracia cuando pasa un año con su *amouré*.

—Él era excepcional. Me aceptó tal y como era. Me amaba sin miedo.

Vuelvo a mirar el rubí. También era rico y sin duda muy poderoso si podía ser ese tipo de compañero de Odiva.

—¿Entonces por qué mantiene su regalo en secreto? Ailesse querría saber que su padre...

—Ya basta de hablar de Ailesse —suelta Odiva. Retrocedo un paso ante su estallido de frustración. Vuelve a meterse la calavera de cuervo bajo el escote del vestido—. No todo debe saberse, Sabine. El amor es sagrado. Privado.

La miro, incrédula. Hace un momento, ha sido ella la primera en mencionar a Ailesse. Pero ahora toda la calidez de Odiva ha desaparecido. De repente recuerdo lo que me confesó después de que matara al gavilán. Estaba demasiado angustiada como para darle importancia a sus palabras, pero ahora me desgarran la mente: «Eso no significa que lo amara». Hablaba de su *amouré*.

Pero entonces, ¿quién le dio el collar?

Un pequeño movimiento atrae mi mirada aguda hacia donde el bosque se encuentra con la llanura. Allí, posada en una rama baja de un fresno, casi como si hubiera oído mis pensamientos, está la lechuza plateada.

Un hálito de esperanza me llena el pecho. La lechuza me recuerda a Ailesse. Puede que Odiva le haya dado la espalda a su hija, pero Elara no la ha olvidado.

«La lechuza me llevará hasta ella, igual que me llevó a las catacumbas».

Odiva se vuelve para seguir mi mirada. Cuando ve la lechuza, ahoga un grito.

Me alejo a toda prisa hacia el bosque.

—Sabine. —Odiva me llama a mi espalda—. ¿Adónde vas? Les he dicho a todas las Ferriers que vuelvan a Château Creux.

—Yo no soy una Ferrier —le respondo a gritos—. Pero si quieres que lo sea, me dejarás cazar.

—Necesitas descansar.

—Necesito un tercer hueso de la gracia. Volveré cuando lo tenga. —«Y cuando haya salvado a Ailesse».

Le lanzo una mirada fugaz por encima del hombro, pero mi *matrone* no corre detrás de mí. Permanece inmóvil en el sendero, con una mano pálida sobre las marcas de las garras que le dejó la lechuza.

Cuando llego a la arboleda, la lechuza se aleja revoloteando. La persigo por el bosque. Al igual que antes, aterriza en mi campo de visión y, una vez que la alcanzo, vuelve a salir volando. Sonrío y corro más deprisa.

Jugamos a este juego, kilómetro tras kilómetro. Presto poca atención a lo que me rodea; me centro en no perder de vista las plumas doradas de la lechuza. Pero cuando cruzo una calle en dirección a Dovré y veo un puente a seis metros de distancia, me detengo de sopetón. Este puente es de piedra y tiene un arco alto y el lecho de un río seco debajo. El puente queda a la vista del Beau Palais, que domina el puente desde la colina más alta de Dovré.

Estoy en Castelpont.

Y la lechuza plateada se ha ido.

Mi aliento se dispersa en un remolino de bruma de la mañana. ¿Por qué me ha traído aquí la lechuza? ¿De verdad llevaría Bastien a Ailesse al lugar donde intentó matarle?

Me acerco al puente con cuidado. Quizá la lechuza sepa algo que yo ignoro. Tal vez haya otra entrada a las catacumbas por aquí cerca. Pero un presentimiento oscuro me dice que hay algo más peligroso en juego.

Me descuelgo el arco del hombro. Saco una flecha del carcaj. Se me tensan los músculos cuando piso el puente. Miro a mi izquierda, a mi derecha y al lecho del río. No veo nada.

Doy otro paso y me quedo quieta. Mi olfato agraciado capta un olor rancio y penetrante, como a hojas húmedas y pelo mojado. Casi he localizado a quién pertenece, cuando una criatura salta hacia mí. Colmillos desnudos. El pelo erizado. Es increíblemente rápida.

El tiempo ralentiza mi pulso palpitante hasta convertirlo en un latido perezoso cuando me encuentro con los ojos dorados del chacal. La lechuza plateada se abalanza tras él. Chilla y le incita a avanzar con sus garras.

«Ella me lo trajo».

El chacal está a medio camino del puente. Un pensamiento fugaz me pasa por la cabeza. Se supone que debo herir al chacal. Capturarlo, no matarlo. Ordenes de Odiva.

El chacal se abalanza sobre mí. Salta en el aire. Abre sus fauces.

La lechuza no quería que Odiva lo matara. La lechuza quiere que las gracias del chacal sean mías.

Apunto una flecha.

Suelto un suspiro tembloroso.

Y disparo en dirección al corazón del chacal dorado.

31

Bastien

Ailesse me agarra la mano con más fuerza a medida que caminamos junto a los huesos y cráneos dispuestos a lo largo de las paredes del túnel.

—Pronto los habremos pasado —le digo. Tras unos cuantos pasillos que se bifurcan, las catacumbas se abren a una de las antiguas canteras de piedra caliza que hay bajo Dovré. Mi farol solo alumbra un poco el ancho pozo que tenemos ante nosotros.

—Por favor, dime que eso tiene fondo —dice Ailesse.

—Es una caída de doce metros hasta el suelo —respondo. Es suficiente para matar a una persona si se cae, pero las líneas de preocupación se suavizan en la frente de Ailesse.

Bajamos por un andamio en el lado que está más cerca del foso. Todavía está débil. Le tiemblan las piernas y tiene una expresión forzada, como si apenas pudiera mantenerse en pie. Quiero volver a llevarla en brazos, pero en este momento es imposible. Cuando estamos a seis metros de profundidad, bajamos del andamio y entramos en una sala de cantera, es la mitad que la cámara anterior y está abierta al foso por un lado.

Coloco el farol en el centro del suelo. Apenas arroja luz suficiente para iluminar el espacio. Ailesse echa un vistazo a lo que será su hogar durante quién sabe cuántos días, y el calor me sube por las mejillas. Aparto unas cuantas cajas y sacudo el polvo de una manta carcomida por las polillas.

—Haremos que este sitio sea acogedor, lo prometo.

—¿Quién hizo esto? —pregunta Ailesse con reverencia.

—¿El qué? —Me doy la vuelta y la encuentro mirando la pared más alejada de la estancia. Es un relieve de Château Creux. Siento una punzada de dolor en el pecho. Solo he visto las ruinas del castillo de lejos. La antigua fortaleza no se parece en nada a la de aquí: majestuosa, con torres altas. A un lado están el dios del sol y la diosa de la tierra, Belin y Gaëlle, y al otro Elara y Tyrus, la diosa de los Cielos de la Noche y el dios del Inframundo. Me cruzo de brazos y los abro—. Lo talló mi padre.

—¿Tu padre? —Ailesse se vuelve hacia mí. Por un segundo, dejo de respirar. No puedo apartar la mirada de sus ojos grandes y hermosos, su pelo ondulado, la anchura de su labio superior… Si tuviera el talento de mi padre, tallaría una estatua de ella.

Al final, asiento con la cabeza y me meto las manos en los bolsillos.

—Era escultor, uno de los que luchaban. —Inclino la barbilla hacia once figuritas que rescaté tras su muerte—. Las vendía en el mercado para llegar a fin de mes. No podía permitirse bloques de piedra caliza, así que se escabullía hasta aquí y los extraía por su cuenta.

La mirada de Ailesse recorre las estatuillas que he colocado en la repisa de la pared derecha. Ocho son esculturas de dioses, dos son tallas en miniatura del Beau Palais y cinco son animales del bosque y criaturas marinas.

Una pequeña sonrisa levanta las comisuras de los labios de Ailesse.

—Tu padre era un artista, Bastien.

Una sensación de calor me llena el pecho. Entonces recuerdo que una Hechicera de Huesos, alguien como Ailesse, mató a mi padre y una oleada de frialdad lo ahuyenta. El ansia de venganza que he albergado durante tanto tiempo no ha dejado de carcomerme las entrañas, pero ya no sé qué hacer al respecto. Me siento y me apoyo en la pared, frente a ella, poniendo tanta distancia como puedo entre nosotros.

—Mi padre se llamaba Lucien Colbert —digo, de repente tengo la voz ronca—. ¿Alguien de tu *famille* lo mencionó alguna vez?

Las cejas castañas de Ailesse se fruncen. Sacude la cabeza despacio y se echa en el suelo para sentarse frente a mí.

—Lo siento. En mi *famille* no todo el mundo habla de sus *amourés*. Algunas nunca aprovechan la oportunidad de conocerlos antes de que... —Baja la mirada.

Me encojo de hombros como si no importara, cuando claro que importa.

—Si los dioses de verdad eligieron a mi padre para morir, entonces nadie debería adorarlos. —El filo de mi voz ha vuelto. Bien.

Ailesse hace una mueca.

—No puedes hablar así.

Le lanzo una mirada furiosa.

—¿Estás bromeando?

Aprieta los labios y se frota el bulto que tiene en la nuca. Seguro que ahora está más grande.

—Quizá haya otra forma de completar un rito de iniciación... No lo sé. —Las palabras le salen entrecortadas y con gran esfuerzo. Retira la mano y la coloca sobre su regazo—. Tal vez nadie rezó lo suficiente como para averiguarlo.

Frunzo el ceño. La miro fijamente. ¿Acaba de admitir que un acontecimiento fundamental de su vida podría estar mal?

—Si rezas lo suficiente, ¿crees que puedes romper nuestro vínculo?

Esboza una pequeña sonrisa.

—¿Así que, después de todo, crees que hay que adorar a los dioses?

—Depende. —Reprimo una sonrisa.

Le tiemblan los hombros de risa silenciosa, pero luego pierde la sonrisa.

—Nuestro vínculo ya está en marcha, Bastien. Rezar no puede romper el inevitable resultado.

—¿De verdad es inevitable? —Me acerco un poco más—. Si nos protegemos el uno al otro y prometemos no matarnos, ambos saldremos de esta vivitos y coleando, con almas unidas o sin ellas.

Tira de un hilo de su vestido destrozado.

—En realidad, el resultado es más complicado que eso.

—¿Cómo?

—Una vez que se reclama a un *amouré*, su vida está perdida.

—¿Reclamado… como reclamar su muerte?

—No, se le reclama desde el momento en que el canto de sirena le llama al puente.

Se me cierra la garganta con una risa forzada.

—Bueno, sigo vivo, ¿no?

Traga saliva.

—De momento.

—¿Qué quieres decir?

Ailesse echa la cabeza hacia atrás, como si mirara a un cielo que no alcanzo a ver.

—Tienes un año, Bastien. —Hunde el pecho—. Si no completo el ritual antes de esa fecha, morirás de todas formas. Los dioses siempre encuentran una manera.

Me quedo callado un rato, pensando en cómo murió el padre de Jules y Marcel.

—¿Y cómo te castigan a ti si fracasas?

Suelta un suspiro largo y me aguanta la mirada.

—Los dioses encuentran la forma de matarme a mí también.

Me cuesta respirar.

—¿Qué clase de castigo es ese?

Ailesse se mira las manos.

—No es peor que el destino de Tyrus y Elara, supongo.

—¿Cuál? ¿Gloria eterna? —Me mofo.

—Ellos también han sufrido. Se casaron en secreto cuando se formó el mundo. Belin y Gaëlle prohibieron que sus reinos se unieran, pero Tyrus y Elara querían estar juntos. Cuando Belin se enteró, arrojó el Cielo al cielo de la noche, y Gaëlle abrió la tierra para tragarse el Infierno. Desde entonces, Tyrus y Elara nunca han podido estar juntos.

—A ver si lo entiendo. ¿Quieren que sientas su dolor?

—O quieren que aprendamos a sobrellevarlo. Quizá les enseñe cómo hacerlo.

Me paso una mano por la cara y me pongo en pie. Tengo que salir de aquí. No puedo escuchar historias de dioses que castigan a los mortales porque no pueden resolver sus propios problemas.

—Quédate aquí y descansa, ¿vale? Voy a buscar a Jules y a Marcel y a traerte los huesos.

—¿Y la flauta?

Asiento con la cabeza.

—Nos vemos luego.

Aprieta las manos en puños.

—No puedo quedarme aquí abajo mucho tiempo, Bastien. No me quedaré. Soy una Leurress. Mi trabajo es proteger a la gente de los muertos.

—Lo sé.

Pero yo también tengo un trabajo. Y ahora mismo es protegerla. Podrá defenderse mejor si recupera sus gracias.

—Quédate, Ailesse. No tardaré.

32
Ailesse

Camino hasta el borde del foso. Imagino que todavía tengo mi visión de tiburón tigre para ver en la oscuridad y la vista de mi halcón peregrino para percibir lo que hay delante de mí y está muy lejos. Tal vez entonces la débil luz del farol baste para iluminar la cantera de piedra caliza situada en el extremo abierto de esta estancia que comparto con Bastien. Pero si tuviera mis gracias, no estaría escondida aquí abajo, esperándole con los nervios a flor de piel. No sé cuánto tiempo lleva fuera, no sé cuánto he dormido, pero llevo despierta al menos diez horas.

¿Y si uno de los Encadenados atacó a Bastien y por eso no ha vuelto? Se me revuelve el estómago. No puedo quedarme más tiempo aquí.

Agarro el farol y subo deprisa por los andamios. Mientras subo, las piernas se me tambalean como si fuesen hojas de otoño frágiles. Si anoche hubiera habido luna llena, me habría cargado con una fuente más grande de la Luz de Elara, pero la fuerza que tenía bajo las estrellas ha desaparecido, así como la fuerza de mis huesos de la gracia. No importa. Si maté al tiburón tigre después de casi ahogarme en la laguna, encontraré la resistencia para luchar contra los muertos.

Aquí abajo solo hay unos pocos túneles que se bifurcan, nada que ver con el laberinto de catacumbas que salía del barranco. Contengo la respiración cuando paso por una sección llena de huesos. Enseguida encuentro la puerta del sótano de la capilla. Subo la escalera, abro la escotilla y empujo la alfombra hecha jirones a un lado.

Una vez he salido, me apoyo un rato en el altar. Ya estoy sin aliento. No es buena señal. Echo un vistazo al interior de la capilla, y me fijo en varias ventanas de arco tapiadas. La luz tenue del cielo se cuela en el interior a través de las tablillas. Es de noche. El corazón me late con fuerza. Necesito esa energía.

Me alejo del altar y corro hacia las puertas altas y dobles de la entrada de la capilla. Me palpita el hematoma de la nuca y veo todo como si me diera vueltas, como anoche.

Llego a las puertas y forcejeo con los pestillos. Están rígidos y no se mueven. Embisto con el hombro contra la madera astillada. Una, dos veces. El sudor me moja la frente, pero el esfuerzo merece la pena. La puerta se abre.

Salgo tambaleándome a la calle justo cuando el aire vibra con el estallido de un trueno. Unas gotas de lluvia me caen en la cara. Suelto un suspiro y maldigo mi mala suerte. Las densas nubes de tormenta diluyen aún más la luz de las estrellas de Elara, y apenas me quedan fuerzas.

Doy una vuelta completa e intento decidir en qué dirección ir. Abro los ojos de par en par al ver las imponentes estructuras que me rodean. Nada es verde ni frondoso. Todo tiene aristas duras y apesta a basura. Esta zona no es prístina como los edificios que se elevan sobre la muralla cerca del Beau Palais. Es decrépita y está sucia. Me da pena por Bastien. Pasó su vida en estas calles.

Por capricho, corro hacia la izquierda. Hay más ventanas iluminadas en esta dirección. Así es más fácil ver por dónde voy. No me haría falta la ayuda si tuviera la visión del tiburón tigre. El cielo relampaguea y la lluvia cae sobre los adoquines. Las pocas personas que quedan fuera corren a refugiarse.

—¡Ahí está! —sisea una voz de mujer desde un callejón a mi derecha.

—Por fin —refunfuña un hombre detrás de mí.

Me doy la vuelta y me quito el pelo mojado de la cara, pero no veo a ninguno de los dos.

—Hemos estado buscándote. —Otra voz. Hombre y sin cuerpo y justo delante de mí.

Me sobresalto y saco el cuchillito que le robé a Marcel. No sé si estas almas son de Encadenados o Desencadenados, pero está claro que no deberían estar aquí.

—Tenéis que volver a la cala donde está el puente de tierra —les digo.

—¿Para qué? —Me sobresalto al oír otra voz. Fuerte y femenina y se acerca por mi izquierda—. ¿Para que así las mujeres de blanco podáis pastorearnos como si fuéramos ovejas estúpidas? —Un dedo frío se desliza por mi mejilla. Jadeo y doy un salto hacia atrás—. El puente de tierra ha desaparecido.

—Nos gusta estar aquí. —Un aliento helado me atraviesa la oreja derecha—. Hay tanto con lo que deleitarse.

Se me hinchan las fosas nasales. Saco el cuchillo. El alma grita cuando la atravieso. Me abalanzo a la izquierda con rapidez y luego doy un tajo al frente y detrás de mí, anticipándome a un ataque en grupo. Pero mi cuchillo solo roza a uno de ellos. Otros dos se abalanzan sobre mí y me tiran al suelo. Me duele la nuca. Me he vuelto a dar un golpe.

Pataleo y me revuelvo, lucho a ciegas con mi cuchillo, pero hay demasiadas almas reunidas sobre mí. Vienen más.

Sus rugidos cada vez más fuertes se elevan por encima del cielo lleno de truenos.

—¡Ailesse!

Bastien.

Una descarga de adrenalina me recorre. No estoy sola.

Levanto el brazo derecho y clavo el cuchillo en lo que parecen ser las costillas. Con un grito agudo, una de las almas se desploma sobre mí. La lluvia me cae en la cara. Balbuceo y jadeo, pero sigo atacando a los demás. Por el rabillo del ojo, veo que Bastien se apodera de un carro abandonado y lo empuja hacia mí como un ariete.

—¡Dejadla! —grita.

La mayoría de las almas me dejan pasar. Salgo rodando del camino justo cuando el carro avanza a toda velocidad por encima del resto.

Bastien aparece enseguida a mi lado. Me levanta y me da la mano. Corremos calle abajo y nos alejamos de la capilla.

Unas manos invisibles nos arañan. Bastien se desvía hacia una bandera con el símbolo del sol de Dovré. El asta sale de un soporte en un edificio. La arranca y la balancea a nuestras espaldas, usa la punta de hierro como una lanza. Les da a unos cuantos adversarios invisibles.

—Te dije que eras como un faro para ellos —me dice.

Agarro un adoquín suelto y lo lanzo por los aires. Se detiene a medio camino de su trayectoria y golpea a una de las almas.

—¿Has encontrado a Jules? —pregunto. No tiene sentido perder más aire diciéndole a Bastien que tenía razón.

—No. —La lluvia resbala por los músculos flexionados de su mandíbula. Vuelve a balancear el asta—. Mañana volveré a intentarlo.

Se me revuelve el estómago.

—¿Qué hacemos ahora? —Los muertos nos rodean y nos acorralan contra la pared del edificio.

Bastien evalúa con rapidez nuestro entorno.

—Sígueme. —Corre hacia una rendija entre edificios, un callejón tan estrecho que no me había dado cuenta de que estaba ahí.

Le sigo, me tiemblan las rodillas mientras la debilidad amenaza con acabar conmigo. Los hombros me chocan contra las paredes del callejón. Los muertos se arremolinan a mi espalda, pero al menos aquí solo pueden perseguirnos en fila india.

La lluvia cae a cántaros cuando salimos a un patio y nos lanzamos a través de él hacia un establo. Bastien abre la puerta de una patada, rompe el candado, y me pasa el asta de la bandera. Me giro y apuñalo el aire. Le doy a un alma. La lluvia torrencial rebota en el contorno de un cuerpo invisible.

Un segundo después, Bastien sale del establo montado en un caballo gris grande y se acerca a mí. La ansiedad y la expectación me recorren las venas. Nunca he montado a caballo. Le doy con el asta a otra alma que se aproxima y me agarro a la mano de Bastien.

Bastien me sube detrás de él en la silla y sale del patio a galope hacia un camino más ancho.

—¡Vuelve, ladrón! —grita alguien desde una ventana abierta.

Me río. No puedo evitarlo. A pesar del cansancio y los gritos furiosos de los muertos, la emoción de montar a un animal de verdad y sentir su fuerza golpear debajo de mí es estimulante.

Mientras la tormenta arrecia, Dovré pasa por mi lado a toda velocidad entre los relámpagos. Bastien avanza sin rumbo por una calle tras otra, intenta huir de los muertos. Vislumbro fachadas arqueadas y torres abovedadas y viviendas más humildes con tejados de paja. La insensatez de estar en esta ciudad prohibida me hace sentir otro escalofrío eufórico. Ni siquiera me importa lo furiosa que esto pondría a mi madre. Rodeo el pecho de Bastien con más fuerza.

Dirige el caballo hacia otro callejón y reduce la velocidad del semental antes de escabullirse sigilosamente por otra esquina. Las desvencijadas agujas de la capilla de la que partimos se elevan sobre el grupo de tejados que tenemos delante. Bastien desmonta del caballo rápido y me baja con él.

—A partir de aquí iremos a pie —dice—. Sin hacer ruido. —Se quita la capa empapada, me la pone sobre los hombros y me sube la capucha—. Haz todo lo posible por pasar desapercibida.

Miro fijamente sus ojos azul mar y las gotas de lluvia que se acumulan en sus pestañas. Tal vez sea por la cabeza dolorida, pero me tiemblan un poco las rodillas.

—¿Adónde vamos?

—A mi escondite bajo Chapelle du Pauvre.

—¿A las catacumbas? ¿Otra vez? —Toda la euforia se desvanece y se me desploman los hombros.

—Lo siento, Ailesse. —Frunce el ceño—. No conozco otro sitio en el que estés a salvo.

Dejo de mirarle y paso la mano por el cuello del semental, despacio. Podría subirme a este fuerte caballo y cabalgar lejos de aquí, de vuelta a Château Creux. Pero la horda de muertos me seguiría y pondría en peligro a mi *famille*. Las Leurress no puede intentar llevárselos hasta dentro de un mes, no pueden hacerlo hasta la próxima luna nueva. ¿Podré aguantar tanto tiempo en la oscuridad?

—No vamos a rendirnos, ¿de acuerdo? —Bastien me toca el hombro con cuidado—. Seguiré buscando a Jules. Marcel y ella están ahí fuera, en algún sitio, trabajando para romper el vínculo de nuestras almas. Tú y yo podemos hacer lo mismo. Apuesto a que tendremos hasta más suerte. Marcel puede ser un genio, pero yo te tengo a ti. —Parpadea, dándose cuenta de lo que acaba de decir. Baja la mirada y se muerde la comisura del labio—. Tú también me tienes a mí, Ailesse.

Los latidos de mi corazón se calman. Un torrente de calor aplaca la tensión que tengo en el cuerpo. Quizá pueda soportar la oscuridad. Agarro la mano de Bastien y le doy un apretón. Me mira a los ojos y su boca se curva hacia arriba un poco.

Vamos hacia la capilla.

33
Sabine

Me meto en un agujero embarrado de poco más de un metro y recojo otro puñado de tierra mojada. Me quito un rizo de la frente con las manos sucias. La lluvia es implacable. Debería haber enterrado al chacal dorado nada más matarlo, pero cuando lo arrastré hasta esta hondonada, no podía soportar mirarlo, y mucho menos tocar su cuerpo inerte. Lo cubrí con ramas de abeto e hice lo posible por no llorar mientras emprendía otra búsqueda de Ailesse en vano.

Eso fue ayer. Para hoy por la noche, el cuerpo del chacal ha empezado a apestar. Alguien sin un sentido del olfato con gracia podría no notarlo, pero yo sí, y eso significa que las otras personas de mi *famille* también lo harán. Seguirán su rastro hasta aquí. Deben estar buscándolo otra vez, y he ido directamente contra los deseos de la *matrone* matando al chacal yo sola.

Vierto un último puñado de barro. Por ahora, la lluvia torrencial enmascara el olor a podrido, así que tengo que darme prisa y acabar con esto. Salgo del agujero y corro hacia donde guardé el cuerpo del chacal. Le quito las ramas de abeto y me trago la bilis que tengo en la garganta. El chacal está tieso y una sustancia lechosa le cubre los ojos.

—Perdóname —susurro, arrodillándome a su lado. Saco el cuchillo de hueso del cinturón de mi ropa de caza y empiezo a cortarle la pata trasera.

Cierro los ojos todo lo que puedo. Agradezco que la lluvia torrencial cubra la mayor parte del ruido. Los tendones están duros y me obligan a retorcer y tirar del hueso. «Elara, dame fuerza».

Al final, el hueso se parte. He cortado toda la pata del chacal, desde el fémur hasta la pata. Tengo que enterrar lo que no puedo usar, y solo necesito el fémur. Con él tallaré un colgante para mi collar. Arrugo la nariz y me pongo a cortar otra vez. Gimoteo. Esto es una tortura.

Cuando termino, me tiemblan las manos. Dejo caer el cuchillo y me presiono los ojos con las palmas de las manos. Gracias a los dioses, este es mi último hueso de la gracia.

Nada más pensarlo, el estómago se me retuerce de culpabilidad. ¿Debería reclamar este hueso para mí? Aún podría dárselo a Odiva para que talle una flauta nueva.

El cielo crepita bajo los truenos. Un grito estridente se eleva por encima de él. Al principio creo que es un zorro rojo, pero entonces la lluvia que cae al borde del barranco resplandece con el *chazoure*.

Un escalofrío helado se apodera de mí. Me agacho, rezando para que el alma pase de largo y no me vea, pero entonces habla con una voz que retumba, como otro trueno.

—No te molestes en esconderte. Siento la Luz que hay en ti.

Se me eriza el vello de los brazos. Tiene que ser un Encadenado. Y no tengo tiempo de volver a cubrir al chacal.

Miro hacia arriba y el Encadenado salta hacia la hondonada. Suelto el fémur. Agarro el cuchillo. Me pongo en pie justo a tiempo para apuñalarle en el pecho. Gruñe y me empuja hacia abajo. Caigo hacia atrás una vez, luego me levanto, pero no vuelvo a atacar. No puedo matarle. Tengo que huir de él.

—¿Quieres mi Luz? Primero tendrás que atraparme.

Salgo corriendo de la hondonada, más agradecida que nunca por la gracia de mi atajacaminos. Mis piernas son ligeras y tengo una velocidad poderosa.

El muerto sale disparado tras de mí y se mantiene cerca, con una rapidez sorprendente. Es alto, delgado y fornido, y tiene el pecho envuelto en cinco filas de cadenas. La mayoría de los Encadenados que vi en el puente de tierra tenían la mitad. Voy a tener que ser inteligente además de rápida.

Zigzagueo entre los árboles y cambio de dirección a menudo, intento perderlo, pero avanzo con paso firme hacia el río Mirvois, el río más importante de Galle del Sur.

La lluvia no cesa. Apenas mantengo el equilibrio en la pendiente cuesta abajo de una colina cubierta de hierba. El Encadenado no tiene tanta suerte. Resbala y da tumbos por la hierba mojada. Por un segundo, eso le coloca por delante de mí, y le esquivo por los pelos mientras avanzo a la carrera.

Otra colina se cierne sobre nosotros. En su cima está el acantilado situado encima del río. Conozco bien este lugar. Aquí perseguí a un ciervo mientras deliberaba sobre mi segundo hueso de la gracia. La corriente del río corre salvaje con agua brava. Si no fuera por la lluvia torrencial, oiría el sonido de su furia.

Clavo los pies mientras subo a la carrera la colina embarrada. El Encadenado se abalanza sobre mi pierna y me roza el tobillo. Me lo quito de encima. Me arden los músculos, incluso con mis gracias. Necesito la fuerza del chacal.

«Ya casi estás, Sabine. Sigue adelante».

Jadeo al llegar a la cima de la colina. El precipicio queda oculto por una hilera de árboles, el torrente de lluvia y la oscuridad de la noche.

Rezo para que mis gracias sean suficientes. Necesito la agilidad en el suelo resbaladizo de mi salamandra de fuego, la potencia para saltar por los aires de mi atajacaminos.

Corro hacia la arboleda y me fijo en una rama fuerte que sobresale seis metros del risco.

Reduzco la velocidad lo suficiente como para estar justo fuera del alcance del Encadenado.

Cuatro metros y medio hasta la arboleda.

Tres.

Metro y medio.

Unos centímetros.

Me lanzo por el acantilado. Los brazos del Encadenado me alcanzan. Sus dedos arañan la falda de mi vestido, pero luego resbalan por la tela húmeda. Se despeña por el acantilado con un grito gutural.

Vuelo por los aires, levanto las piernas para frenar el aterrizaje. Mis pies patinan sobre la rama gruesa. Mantengo el equilibrio, pero la rama es demasiado corta. Voy a caerme.

Me agacho y me agarro a la rama con los brazos. Está demasiado húmeda para que pueda adherirme. Aprieto con más fuerza y grito por el esfuerzo. Las piernas se me desploman. Caigo boca abajo y me agarro a la rama, desesperada. A medida que me acerco al extremo, la rama se vuelve más fina y endeble. Intento agarrarme a una rama que se bifurca. Me agarro a ella y el hombro me da un fuerte tirón cuando por fin me detengo.

Me desplomo, aliviada, aferrándome al extremo curvado de la rama y miro hacia abajo.

El Encadenado ha caído al río. Los rápidos lo arrastran río abajo a un ritmo impotente.

Se me escapa de los pulmones un suspiro que había estado conteniendo. «Gracias, Elara».

Me tomo un segundo para recuperar fuerzas y me arrastro desde la rama hasta el bendito suelo firme. No pierdo el tiempo. Corro hacia el agujero, empapada y temblando, pero decidida.

Tengo que darle el hueso del chacal a Odiva. Los muertos aún no pueden emprender la travesía, pero tal vez pueda atraerlos con la canción y llevarlos a una cueva. Podemos sellarla con rocas grandes. Las Leurress pueden custodiarlos allí hasta la próxima luna nueva.

Cuando llego a la hondonada me arden los pulmones. No me paro a descansar. Saco el cuchillo de huesos y quito la piel del fémur del chacal. Voy a presentar un hueso limpio y listo a mi *matrone*. Podría hacer que me perdonara por matar a la bestia.

La mano se me resbala y la hoja del cuchillo me araña la palma.

Algo emite un chillido estridente a unos dos metros de mí. Respiro con fuerza, pensando que veré a otro Encadenado. Pero no brilla con *chazoure*. Tampoco tiene forma humana.

Es la lechuza plateada. Justo aquí. Con las plumas empapadas por la lluvia.

Me tenso. Tiro del hueso hacia mi regazo con la mano que no tengo herida.

—Necesitamos una flauta de hueso —digo a la defensiva, dando por hecho que por eso ha venido la lechuza. Después de todo, me ayudó a matar al chacal cuando impidió que lo hiciera Odiva.

Se acerca de un salto y ladea la cabeza hacia mí. Parpadea con sus hermosos ojos. De alguna manera sé lo que está intentando decirme. Que debo confiar en ella. Que es consciente de que los muertos pululan por el sur de Galle. Y Ailesse ya tiene una flauta de hueso, la verdadera flauta.

La tocó en el acantilado que hay encima del puente de tierra.

«Reclama esta gracia y utilízala para salvar a tu amiga, Sabine».

El pensamiento llega como otra voz a mi cabeza. Me baña de una comprensión serena.

Miro a la lechuza. La lluvia no amaina, pero no tiemblo.

—¿Me ayudarás a encontrarla?

La lechuza inclina la cabeza y el corazón me late con más fuerza.

Tomo aire y abro la palma de la mano. La lluvia se lleva la mayor parte de la sangre del corte, pero sigue sangrándome a un ritmo constante. Será suficiente.

Aprieto los dientes y presiono el hueso de chacal sobre mi sangre.

34
Ailesse

Me acurruco junto al relieve de Château Creux en el escondite de Bastien, trazo con el dedo, distraída, las torres que allí ya no existen. Mi *famille* no siempre ha vivido bajo el castillo; solíamos vivir en valles apartados del bosque y en cuevas frente a la costa, pero no recuerdo esos sitios. Yo era un bebé cuando el rey Godart murió víctima de una muerte que no fue por causas naturales. Ese fue el mismo año en que una fuerte tormenta barrió la tierra y azotó Château Creux, lo que aumentó los rumores de que el castillo estaba maldito. Pero Odiva le tenía cariño a aquel sitio. Trasladó allí a nuestra *famille* cuando lo abandonaron.

Miro a mi alrededor, a la estancia de la cantera donde he vivido los últimos diez días. Aquí he estado cómoda, todo lo cómoda que se puede estar con las fuerzas que me quedan y el deseo de ayudar a mi *famille* comiéndome por dentro.

Los andamios en el borde del pozo de la cantera chirrían y las extremidades me cosquillean de calor. Bastien ha vuelto.

Baja del andamio y entra en la estancia con una bolsa colgada del hombro y algo metido bajo el brazo. La luz del farol capta los ángulos de su mandíbula fuerte y el brillo fresco de su pelo. Tuvo tiempo de afeitarse la barba incipiente y bañarse mientras estaba arriba. Una señal de que no hay novedades en la búsqueda de Jules y Marcel. Otra vez.

—¿Ha habido suerte? —pregunto, aferrándome a una esperanza inútil. Quizá mis huesos de la gracia y la flauta de hueso estén en la mochila de Bastien, y se haya aseado para celebrarlo.

—Jules no estaba en el desván de la cervecería —me dice, y se me hunden los hombros. Ya ha comprobado todos los sitios en los que él y sus amigos se refugiaron alguna vez, y ahora está peinando lugares aleatorios de Dovré. Todo empieza a resultarme inútil—. No te preocupes, la encontraré.

Estudio la sonrisa forzada de Bastien y las arrugas que se dibujan bajo sus ojos cansados. Nunca renunciará a seguir buscando, cuando se propone algo es tan testarudo como yo, pero eso no significa que su esperanza no esté desapareciendo también.

—¿Y los muertos? —pregunto—. ¿Qué pasa con ellos?

Suspira y se acerca a mí.

—Más de lo mismo. Rumores de gente que oye voces incorpóreas. Algunas suplican o se disculpan. Algunas lanzan amenazas. Pero ninguno es tan violento como lo eran contigo y con las otras Hechiceras de Huesos. —Deja la bolsa en el suelo, así como un paquete envuelto en tela—. Parece que los muertos tienen más cuidado con la gente corriente.

—Pero no son menos peligrosos por ello.

Asiente, sentándose para quitarse una de las botas.

—He oído a un par de hombres en la taberna mencionar a unos amigos que han caído enfermos. —Se quita el polvo y los guijarros—. Pero esos amigos no tienen fiebres ni sarpullidos ni ningún síntoma evidente.

—Los muertos están apagando su Luz. —Se me eriza la piel al recordar lo que me enseñó mi madre antes de que intentase llevar a cabo mi rito de iniciación. Si no se transporta a los Encadenados, buscarán energía en los vivos. Y si le roban suficiente Luz a una persona, la matarán en cuerpo y alma—. Desearía poder estar ahí afuera contigo, ayudándote a buscar la flauta.

—Primero necesitas tus huesos de la gracia —responde Bastien con una voz tranquilizadora—. Yo puedo arreglármelas para evitar a los muertos, pero tú... —Se frota la nuca.

Asiento con desgana y miro hacia el espacio en negro donde está la cantera. No es justo que pueda esconderme para protegerme cuando gente inocente no puede hacer lo mismo.

—¿Qué has traído esta vez? —pregunto, esforzándome por suavizar el tono. Estoy cansada de darle vueltas a una conversación que no va a ninguna parte.

Se sienta con las piernas cruzadas y empuja la bolsa hacia mí. Me aparto del relieve de Château Creux, ruborizada por el esfuerzo que me supone incluso ese pequeño gesto, y echo un vistazo al interior. No puedo evitar sonreír mientras saco otro farol y varias velas. Miro a Bastien y veo que me observa con atención.

—No son los Cielos de la Noche —dice—, pero dos faroles son mejor que uno.

Una sensación de calidez se apodera de mi pecho. Está haciendo todo lo posible para que este lugar sea acogedor.

—Gracias.

Me sostiene la mirada un buen rato y el calor se extiende hasta las puntas de los dedos de las manos y de los pies.

—También hay algo de comida ahí. —Señala la bolsa.

Comida, ya me lo esperaba. Tengo más curiosidad por el bulto envuelto en tela.

—¿Y eso?

Levanta las cejas cuando ve hacia dónde miro.

—Ah… eso es, eh… bueno… —Se aclara la garganta. Se rasca el brazo. Se golpea un nudillo—. De verdad, ¿cuánto tiempo más puedes ir por ahí llevando esa cosa andrajosa —hace un gesto con la mano hacia mi cuerpo—, antes de que se te caiga del todo? —Hace una mueca—. Antes de que se haga pedazos, quiero decir. —¿Se está sonrojando? No puedo estar segura con la luz de nuestro único farol incandescente.

—¿Me has comprado un vestido? —Se me encienden las mejillas.

Traga saliva y asiente con la cabeza.

Nos quedamos callados un momento.

—¿Puedo verlo?

—Eh, claro. —Me pasa el paquete despacio.

Un torbellino de mariposas baila en mi interior cuando desenvuelvo la tela y veo el tejido del vestido que hay dentro, fino, de lana y verde helecho. Mis dedos recorren su tejido suave y sonrío con dulzura.

—Es el color favorito de Sabine.

—¿Tu amiga del puente? —pregunta Bastien. Levanto la mirada, sorprendida—. A veces la llamas mientras duermes —me explica.

—¿Lo hago? —Se me forma un nudo en la garganta. Ojalá recordara esos sueños. No he vuelto a tener una visión de Sabine desde antes de verla en el puente de tierra. Eso hace que su ausencia sea aún más dura—. Es una de mis hermanas Leurress —digo—. No es mi hermana de verdad; cada Leurress solo tiene tiempo suficiente para concebir una hija antes de… —«Antes de que el padre de la niña tenga que morir». Me muerdo el labio y vuelvo a mirar a Bastien. No parece enfadado, ni resignado, ni siquiera dispuesto a aceptarlo. Quizá aún esté tratando de procesar el hecho de que un año después de conocerme morirá, tenga o no mi cuchillo clavado en el corazón—. Sabine es mi mejor amiga.

—Tienes que echarla de menos —murmura.

El profundo dolor que siento en el pecho crece. Parece que ha pasado toda una vida desde que Sabine y yo caminamos por el sendero del bosque hacia Castelpont, con los brazos entrelazados mientras me pedía que soñara con quien deseaba que fuera mi *amouré*. Nunca imaginé a alguien como Bastien, no del todo, pero ahora no puedo imaginarme a nadie más.

—Tú tienes que echar de menos a Jules y a Marcel —contesto.

Mira hacia abajo y se frota una rascada en la bota. Me rasco las uñas, observándole. ¿Cuánto echa de menos a Jules? Es como de la familia para él, eso lo sé, pero, ¿sus sentimientos por ella son más profundos? Tensa los músculos de la espalda y los hombros y se levanta.

—¿Quieres bañarte?

Enarco las cejas.

—Sola, quiero decir. —Pone una cara como si estuviese avergonzado y yo reprimo una sonrisa.

—Si quieres te acompaño al estanque. Puedes ponerte tu vestido nuevo después.

—De acuerdo.

Enciende el segundo farol y yo agarro el otro. Me muevo despacio, con cuidado de agotar las pocas fuerzas que me quedan. Me guía por el andamio hasta el suelo de la cantera. Uno de sus túneles conduce a un estanque de agua subterránea limpia. Ya me he bañado aquí dos veces, pero cuando después tengo que ponerme mi andrajoso vestido del rito de iniciación, vuelvo a sentirme sucia.

—¿Necesitas ayuda para volver? —pregunta Bastien—. Puedo esperar aquí fuera.

Me abrazo al vestido verde helecho.

—Estaré bien.

Bastien asiente con la cabeza. Dos veces. Se pasa los dedos por el pelo e intenta poner una expresión indiferente, la misma que tenía dominada en nuestra antigua cámara de las catacumbas. Ahora no parece tan experto en ella. Sigue respirando hondo y evita mi mirada.

—Luego nos vemos —dice al final, y se aleja a grandes zancadas. Reprimo una carcajada.

El agua está caliente y es divina. Me froto el pelo y el cuerpo con languidez hasta que desaparece toda mota de polvo calcáreo y luego me peino con los dedos mientras me siento en el borde de la charca. Cuando ya no me quedan mechones enredados, me pongo el vestido verde helecho y dejo atrás mi vestido arruinado del rito de iniciación. Una calma profunda se apodera de mí mientras me dirijo a la estancia de Bastien. Me noto más relajada que hace unos días. No me pica la piel, por fin puedo respirar. Nunca volveré a dar por sentada la ropa limpia.

Me tiemblan los músculos de las piernas y los brazos al subir al andamio. De momento, no me importa el esfuerzo. Bastien está de espaldas cuando entro en la estancia. Está encendiendo una vela que ha colocado en la repisa de una estantería. Separo los labios y miro a mi alrededor. Hay al menos diez velas más encendidas y colocadas en distintos lugares del suelo y las paredes. El resplandor ámbar de la piedra caliza es precioso. Podría acostumbrarme a este lugar si siempre tuviera este aspecto.

—Creía que habías racionado esas velas para los faroles —le regaño con amabilidad.

Gira un poco la cabeza y sonríe.

—Por una noche podemos permitirnos más luz.

Me doy cuenta de que es otro regalo para mí, y me encuentro mirándole con dulzura. Un pequeño temblor le recorre la mano mientras cierra la tapa del yesquero. Sigue nervioso, lo cual es adorable porque no se parece en nada a la seguridad que suele tener en sí mismo.

—Hay comida si quieres. —Se da la vuelta, pero solo lo suficiente para inclinar la barbilla hacia la comida que nos ha preparado sobre una manta. No me ha mirado directamente desde que volví del baño.

—Gracias. —Me demoro un poco más hasta que noto una salpicadura de agua que me cae en los pies. El pelo mojado me gotea y forma un charco a mi alrededor. Me acerco al borde del pozo y me inclino para escurrirme el pelo. Es entonces cuando veo que Bastien por fin me mira. Me quedo paralizada y contengo la respiración. Sus ojos, tímidos, casi temerosos, se posan en mi vestido y suben poco a poco hasta mi cara. Mi pecho se agita y me enderezo, aliso los pliegues de la falda—. El vestido me queda perfecto —le digo.

Traga saliva.

—Me he dado cuenta. —El yesquero suena en su mano cuando lo coloca en la repisa. Exhala con calma y se sienta en la manta. Agarra una fruta roja y pequeña de un cuenco de barro.

—¿Fresas silvestres? —Sonrío y me siento frente a él. Hasta ahora hemos subsistido a base de pan, queso y tiras de carne seca salada.

—Las encontré junto al camino. Pensé que te gustarían.

Agarro unas cuantas del cuenco y le doy un mordisco a una. Un gemido de placer se me escapa ante la explosión de sabor después de una comida tan sosa.

—Puede que esto sea lo mejor que he comido nunca.

Una sonrisa se dibuja en la comisura de los labios de Bastien.

Mastico y me trago dos fresas más.

—He estado pensando en los grabados de la flauta de hueso. Podrían ayudarnos a romper el vínculo.

—¿Cómo? —Se sienta más erguido. Hemos hecho todo lo posible por encontrar una manera, pero no tenemos los libros de Marcel ni su brillantez, y nada de lo que he contado sobre mi *famille* ha hecho que nos acerquemos.

Me acomodo un mechón de pelo mojado detrás de la oreja.

—Bueno, cada lado de la flauta tiene símbolos un poco diferentes. Mira. —Agarro una barra de carbón que hay en una pequeña lata pegada a la pared y me pongo al lado de Bastien. Retiro una esquina de la manta de lana. En el suelo de piedra caliza que hay debajo, dibujo un arco que parece una media luna al revés y, encima, un triángulo invertido.

»Eso representa el agua. —Señalo el triángulo—. En conjunto, es el símbolo del puente del alma, el puente de tierra que surge del mar. Se lo dije a Marcel, pero no se fijó en el símbolo de la luna nueva: un círculo sólido. Está encima de los agujeros de los tonos, no debajo. —Dibujo el círculo y separo los símbolos—. Creo que la luna nueva está grabada en la flauta para indicar a qué hora se puede utilizar el puente del alma, lo cual tiene sentido, porque es cuando las Leurress pueden hacer la travesía.

Bastien se muerde el labio.

—¿Y eso está relacionado con el vínculo de nuestras almas?

—No exactamente. Pero los símbolos de la parte de atrás de la flauta podrían estarlo. —Vuelvo a dibujar el símbolo del puente del alma, salvo que este tiene una línea horizontal que atraviesa el centro del triángulo invertido. Encima, dibujo un círculo que no está sombreado y pongo el dedo encima—. Es el símbolo de la luna llena.

Asiente con la cabeza.

—Es cuando una Hechicera de Huesos puede invocar a su alma gemela con la flauta, ¿verdad?

—Sí, pero lo extraño es que este triángulo con segmentos significa tierra. —Lo señalo—. ¿Cuántos puentes se te ocurren que tengan tierra debajo y no agua?

Bastien frunce el ceño.

—Solo Castelpont.

—Exacto. Y de todos los puentes de Galle del Sur, yo elegí ese puente para mi rito de iniciación. No sabía que tuviera un significado especial, pero debe tenerlo si está grabado en la flauta de hueso.

Bastien se rasca la cabeza.

—Aún no estoy seguro de cómo todo esto se relaciona con el vínculo de nuestras almas.

—¿Por qué? Castelpont es donde se formó el vínculo de nuestras almas.

—Pero, ¿significa eso que el puente es lo que lo formó? —Estudia mi expresión confusa—. Para empezar, pensemos en el puente de tierra. Por lo que me has contado, los muertos se ven atraídos hasta allí porque es donde suena el canto de sirena. También dijiste que la razón por la que los muertos se sienten atraídos hacia ti es porque eras tú quien tocaba la canción, al menos con la flauta de hueso más poderosa.

Asiento con la cabeza, preguntándome qué tiene que ver todo esto con lo que he estado diciendo.

—¿Has considerado que lo que en realidad forjó nuestro vínculo fue también la canción y no el puente? —Abre las manos—. Quizá el puente no era esencial para la magia.

Me siento y dejo caer el carboncillo.

—No lo sé. Los puentes están muy arraigados a todo lo que significa ser una Leurress. Simbolizan la conexión entre el mundo de los vivos y el de los muertos, y las Ferriers forman parte de ese vínculo. Son tan importantes como el propio puente a la hora de llevar a las almas al Más Allá. Los puentes representan incluso nuestros cuerpos durante los ritos de iniciación. Por eso una Leurress tiene que enterrar sus huesos de la gracia en los cimientos de un puente para que los dioses puedan canalizar su energía y emparejarla con su *amouré*, y por eso su *amouré* acude a ese mismo puente a buscarla.

—Pero sigue sin ser el puente el que al final forja el vínculo, ¿no? —Bastien señala mis dibujos—. Dices que la flauta de hueso tiene unos símbolos que indican en qué ocasiones puede utilizarse, ya sea para transportar almas o para llamar a un alma gemela. Pero si una Leurress puede utilizar cualquier puente para su rito de iniciación, ¿por qué la flauta representaría un puente sobre la tierra? Eso significaría que no podría usar la flauta en ningún otro lugar, salvo en Castelpont. Pero las Leurress usan la flauta en otros puentes, puentes sobre el agua. Al menos el puente en el que estaba mi padre estaba sobre el agua cuando lo vi... —A Bastien se le quiebra la voz y lo disimula tosiendo.

Empiezo a acercarme a él, pero luego retrocedo. Quiero ofrecerle consuelo, pero ¿cómo voy a hacerlo? Fue una Leurress, igual que yo, la que mató a su padre. Cierro la mano en un puño. Por primera vez, estoy muy enfadada con quienquiera que fuese de mi *famille* que le hizo tanto daño a Bastien.

Se pasa los dedos por los labios y se toma otro momento para recomponerse.

—Lo que quiero decir es que Castelpont no puede ser importante para todas las Leurress.

—¿Pero podría ser importante para nosotros? —Me inclino más cerca, con el pulso acelerado por la esperanza—. Quizá si tú y yo volvemos allí en la próxima luna llena, podamos romper nuestro vínculo.

—¿Cómo?

Sacudo la cabeza, intento buscar un motivo.

—Canciones diferentes hacen que ocurran cosas diferentes. La canción que toqué cerca del puente del alma no es la misma que toqué para atraerte a Castelpont. Quizá haya otra canción que pueda ayudarnos.

—¿Conoces alguna canción distinta?

Suspiro.

—No.

La llama de una vela que está cerca oscila mientras nos callamos. Hay que cortar la mecha. En el suelo, entre nosotros, los dedos de Bastien se curvan y se estiran con sutileza. Respira de forma entrecortada y desliza su mano sobre la mía. Me la aprieta con suavidad.

—Lo resolveremos, Ailesse.

Siento escalofríos. No debería permitir que su tacto me afectara así. No cuando nuestros destinos son tan oscuros. Pero no puedo evitarlo. Giro la mano con vacilación. Nuestras palmas se encuentran, nuestras miradas se cruzan y entrelazo mis dedos con los suyos. El corazón me late con fuerza, recordándome que debo respirar.

—Bastien —susurro. Hay tantas cosas que quiero decir, pero no encuentro las palabras para expresar lo mucho que me está empezando a importar—. Yo… no quiero que mueras.

No aparta la mirada de mí. Cualquier rastro de su timidez anterior ha desaparecido.

—Yo tampoco quiero que mueras. —Las velas brillan en sus ojos y me roza los dedos con el pulgar—. Hay una frase en gallés antiguo que mi padre solía decir cada vez que tenía que marcharse un tiempo. Me agarraba la mano así y me susurraba: *Tu ne me manque pas. Je ne te manque pas.* Significa: «No me faltes. Yo no te faltaré».

Sonrío con suavidad y memorizo esas palabras.

—Me gusta.

—No me voy a ninguna parte, Ailesse. —La mirada de Bastien es seria, tierna y está llena de afecto. Es como si la luz de Elara me iluminara—. Vamos a estar juntos, ¿de acuerdo? No va a morir nadie.

Asiento con la cabeza, esforzándome por creerlo. Apoyo la cabeza en su hombro.

«No va a morir nadie».

35
Sabine

Salgo corriendo del túnel de las catacumbas y apago con brusquedad la antorcha en la hierba. Con un grito de rabia, lanzo la antorcha por el suelo del barranco y me hundo los dedos en el pelo. Aún no he encontrado a Ailesse.

He perdido la cuenta de las veces que me he arriesgado a entrar aquí, atreviéndome por fin a adentrarme en las catacumbas con la ayuda de mis tres huesos de la gracia. Ahora estoy resentida con ellos. Si me dolieran los músculos o me faltara el aire o sintiera una fatiga insoportable, podría sentir que estoy esforzándome lo suficiente para salvar a mi mejor amiga. En lugar de eso, estoy tan alterada y enfadada que quiero arañar todo lo que tengo a la vista. No sé si es un efecto de mi nueva gracia de chacal dorado o mi propia frustración conmigo misma.

Han pasado once días desde la noche de travesía, veintiséis desde el rito de iniciación fallido de Ailesse. Seguro que piensa que ni siquiera he intentado ayudarla. No volveré a casa hasta que lo haga, aunque de todos modos estoy evitando volver a casa. Nadie sabe que maté al chacal.

Me sacudo el barro del vestido de caza y oigo el vuelo en picado de la lechuza plateada antes de que aterrice en el suelo del barranco. Observo su cara en forma de corazón y sus preciosos ojos, que brillan a la luz del sol de la tarde. Ladea la cabeza, lanza un chillido ronco y vuela hacia lo alto del barranco, a la espera de que la siga. Me pongo una mano en la cadera.

—¿Vas a llevarme hasta Ailesse esta vez?

Se aleja y yo aprieto la mandíbula y corro tras ella. Tengo cuidado de correr con agilidad y de mantenerme bajo la protección de los árboles, pero los kilómetros pasan sin que los muertos griten. Últimamente, he visto a las Ferriers intentando llevarlos a una prisión abandonada cerca de Château Creux, pero tienen que vigilarlos sin descanso. Algunas almas han escapado de los barrotes de hierro sin explicación y, la última vez que lo comprobé, solo quedaban unas doce o así, lejos del número de almas que llegaron al puente de tierra.

Persigo a la lechuza plateada otro kilómetro y medio hasta que estoy al pie de Castelpont. Otra vez. Un gruñido grave me retumba en el pecho. Los últimos días han sido una carrera en círculos desesperantes, entrando y saliendo de las catacumbas y yendo y viniendo a Castelpont. Y no tengo nada.

La lechuza plateada parpadea desde su posición en el centro del parapeto del puente. Bien podría quedarse aquí a dormir con la frecuencia con la que me trae a este lugar.

—Si te ha enviado Elara, va a tener que enseñarte a hablar —digo tajante, aunque Ailesse diría que eso es una blasfemia.

La lechuza plateada rasca con sus garras las piedras de mortero, recalcando nuestra ubicación.

—Eso no me ayuda.

Extiende las alas, vuela en un círculo y aterriza en el parapeto opuesto.

Levanto los brazos.

—¿Qué quieres? Ya he matado al chacal dorado, que no es el depredador más feroz, por cierto. —Las mejores gracias que me dio son más fuerza, mayor resistencia y un oído excelente. Bueno, pero no extraordinario. Un lobo común tiene más. Vaya con mi último hueso de la gracia.

La lechuza chilla y salta a lo largo del parapeto.

Niego con la cabeza.

—No vuelvas a buscarme si no quieres hacerme perder el tiempo.

Echo un vistazo a las murallas de Dovré mientras dejo atrás la lechuza plateada. El resplandor del *chazoure* se cierne sobre la ciudad como una niebla espeluznante. Las almas siguen concentrándose aquí. Desde la noche de la travesía, no he oído a ningún viajero en el camino mencionar ataques obvios de los muertos, pero quizá extraer Luz de los vivos sea un trabajo sigiloso. Rezo para que también sea un trabajo largo y nadie muera antes de que encuentre a Ailesse y la flauta de hueso. El constante sentimiento de culpa que me roe por dentro se agudiza hasta convertirse en un mordisco.

Me apresuro a volver a la hondonada donde enterré al chacal dorado y me esfuerzo aún más por pasar desapercibida. Hasta ahora nadie de mi *famille* me ha rastreado hasta aquí, y quiero que siga siendo así. Me refugio en este lugar cuando me veo obligada a descansar y comer.

Me arrodillo junto a un arroyo que fluye. El agua serpentea por el musgo y las rocas y forma una pequeña cascada. Compruebo mi trampa y me recibe el destello plateado de unas escamas. Tengo mucha hambre. Desde que reclamé las gracias del chacal, he desarrollado un intenso antojo por la carne, que intento saciar con pescado. La antigua Sabine se estremecería, pero ahora se me hace la boca agua.

Me siento y saco un cuchillo para destripar el pescado, pero no el que pretendía. Lo envaino enseguida. El cuchillo de hueso de Ailesse tenía un único propósito: matar a su *amouré*. Lo usé por egoísmo cuando maté al gavilán y apuñalé al Encadenado, pero no volveré a hacerlo.

Saco otro cuchillo. Justo cuando hago un corte en el vientre del pez, oigo:

—Hola, Sabine.

Dejo caer el pescado. Saco el cuchillo. Apunto hacia el otro lado del arroyo. Me recorren descargas de adrenalina. Odiva está ahí de pie. Mis oídos agraciados ni siquiera la oyeron acercarse.

—Te has cortado. —Sus ojos negros bajan hasta mi mano.

Por fin noto el escozor. Tengo un corte rojizo en la palma de la mano que está sangrando.

—Te ayudaré a lavar la herida —dice Odiva con una calma de la que no me fío. Mi corazón retumba mientras ella avanza despacio por una parte poco profunda del arroyo, y el dobladillo de su vestido azul zafiro se arrastra contra las rocas que hay en el agua.

Se une a mí en el suelo lleno de guijarros. Dejo el cuchillo con dedos temblorosos. Rezo para que no se dé cuenta del nuevo complemento del collar que llevo sobre el hombro, entre conchas, cuentas y dientes de tiburón sin gracia. Pero a Odiva no se le escapa nada.

—¿Qué es ese colgante que llevas? —Usa un tono indiferente, pero un ápice de sospecha lo atraviesa.

—Mi nuevo hueso de la gracia —confieso. Seguro que se da cuenta.

—Se parece al colgante de Ailesse —musita, humedeciéndose los labios rojos como la sangre mientras traza la media luna que he tallado a partir del fémur de chacal dorado.

—Quería que hiciera juego con el de ella. —«Y lo tallé en un colgante para que el hueso fuera irreconocible».

—Supongo que no será también de un íbice alpino. —Odiva arquea una ceja con humor, pero sus ojos se clavan en mí como los ojos de los Encadenado.

Me obligo a sonreír. ¿Por qué ha venido? ¿Por qué no está echándome la bronca por haberme escapado?

—No, no he podido hacer un viaje de ida y vuelta a las montañas del norte en los últimos días.

—Claro que no. —Me agarra la mano y la sumerge en el agua. Su tacto es suave, pero sus afiladas uñas me arañan la muñeca—. En vez de eso, has estado vagando por las catacumbas.

Levanto la vista para mirarla. Un sudor frío me recorre la piel.

—Tienes el vestido cubierto de cieno. —Responde a la pregunta que no he formulado.

Se me tensan los músculos por las ganas que tengo de huir, pero es inútil negar dónde he estado.

—Tenía que hacerlo. No soporto pensar en Ailesse ahí abajo. He mirado por tantos túneles y he pasado junto a tantos huesos… huesos humanos. —Trago saliva y sacudo la cabeza—. Quizá no esté allí abajo. Bastien podría haberla llevado a Dovré o haber zarpado en un barco con ella y haber abandonado Galle por completo.

Odiva sostiene mi mano bajo el agua. La sangre se arremolina en mi herida.

—Tres huesos de la gracia no te hacen invencible, Sabine. Tienes que tener cuidado.

Mis defensas se activan. ¿Ha oído algo de lo que he dicho? Ailesse es de quien debería preocuparse.

—Has demostrado ser una buena cazadora en las últimas semanas. Las otras Leurress deberían tomar nota. El chacal dorado aún nos evade.

—¿Nadie lo ha encontrado? —Se me quiebra la voz, pero hago lo posible por parecer sorprendida.

—Ni siquiera su sombra. —Los ojos de Odiva se desvían hacia la cascada que burbujea—. Estaba tan segura de que Tyrus estaba listo para que lo recuperase.

¿Recuperarlo? Abro la boca para preguntarle a que se refiere, pero entonces vuelve a mirarme y observa mi mirada. ¿Puede ver a través de mí mi corazón mentiroso? ¿Puede oler el cadáver del chacal donde lo enterré en esta misma hondonada?

—Esperemos encontrarlo antes de la luna nueva. Te he dicho lo que harán los Encadenados si están sueltos por ahí demasiado tiempo.

Me estremezco bajo su intensa mirada. La luna llena es dentro de tres días, lo que significa que faltan poco más de dos semanas para la luna nueva. Tengo ese tiempo para decidir si ignoro las advertencias de la lechuza plateada y desentierro al chacal para llevarme otro hueso del fémur. A Odiva aún le daría tiempo a tallar una flauta nueva.

Se saca del hombro una fina bolsa de caza y extrae una tira de tela que lleva enrollada, un objeto que toda buena cazadora lleva consigo en caso de sufrir heridas.

—Te he seguido hasta aquí con un propósito solemne, Sabine.

El recelo se apodera de mí.

—¿Ah, sí?

Vuelve a agarrarme la mano, la sumerge de nuevo en el agua y empieza a vendármela.

—Se trata de Ailesse.

Todos mis nervios se ponen a flor de piel.

—¿La has encontrado?

Los ojos de Odiva se llenan de tristeza, demasiado tarde para que me lo crea.

—Tienes que prepararte. Sé cuánto te importa mi hija.

«Pero, ¿a ti cuánto te importa?».

Suspira y baja la mirada.

—Ailesse ha muerto. Esta vez estoy segura.

Mi mano se tensa, pero ella no la suelta.

—Tyrus me dio una señal.

«¿El dios que no te dirá dónde está su chacal?».

—Confío en él. El vínculo entre una madre y una hija tiene una gracia propia. He buscado en mi interior, y mi vínculo con Ailesse ha desaparecido.

«Para empezar, ¿alguna vez hubo uno?».

Odiva termina de vendarme la mano.

—Siento haber tenido que ser yo quien te lo dijera. Sé lo espantoso que es.

—Sí. —Mi voz se queda en un susurro. Ailesse no está muerta. Lo sé igual que la primera vez que Odiva hiló esta mentira. Si parezco conmocionada, es porque su crueldad no tiene fin. ¿Por qué está tan decidida a abandonar a su hija y la flauta de hueso?

—He sufrido más de lo que crees por Ailesse. Cada Leurress de nuestra familia lo ha hecho. Pero no podemos caer en la desesperación. Los dioses esperan que cumplamos con nuestro deber, sin importar las dificultades. Por eso han intervenido.

¿De qué habla? El sudor me resbala por la nuca mientras su agarre se estrecha con sutileza.

Inspira hondo y levanta la barbilla.

—Tyrus también me ha dado otra señal. Te ha elegido para que seas mi heredera.

La miro incrédula.

—¿Qué? —Retiro la mano y retrocedo—. No. Ailesse es tu heredera. Está viva, *Matrone.* De verdad no creerás…

—Tienes que dejar de vivir en la negación. Tienes que abrazar tu destino.

—¿Mi destino? —Se me escapa una risa sin gracia—. Nunca quise ser una Ferrier. Ni siquiera quería esto. —Me tiro de los huesos de la gracia.

—Eres modesta hasta la médula, Sabine. Veo lo que puedes llegar a ser. —Su voz se llena de urgencia—. Tú también tienes que verlo. Una vez que completes tu rito de iniciación…

—No. —Me pongo de pie y me tapo los oídos. No puede decirme cosas así. No es solo una traición a Ailesse; es absurdo—. Las herederas siempre son hijas.

—A menos que no la haya. —Se levanta con rapidez.

Me tropiezo con ella.

—Nadie de nuestra *famille* me aceptará.

—Les diré lo que te he dicho a ti: que Tyrus me ha enviado una señal.

—¡Entonces se equivoca! —Lucho por respirar—. No estoy preparada. Todas las Leurress tienen más talento. Todas tienen gracias mejores. —Tenía razón, Odiva quería que Ailesse fracasara en su rito de iniciación. Sabía que sería imprudente, y esperaba que muriera sin tener que matarla ella misma. No entiendo por qué. ¿Por qué me quiere a mí en su lugar?

—Tienes el hueso de un lobo negro, Sabine. No hay nada de qué avergonzarse. Y cuando te conviertas en *matrone*, podrás reclamar otros dos huesos de la gracia.

Se me sale el corazón del pecho. No puedo escuchar esto. Tengo que alejarme de ella. Pero está bloqueándome el camino para salir de la hondonada. Me doy la vuelta y corro hacia el otro camino. Mis pies chapotean en el arroyo. Me agarra del brazo cuando estoy a medio camino. Tiro contra ella.

—¡Suéltame!

—No te asustes. —Se acerca más con aire seguro—. Es un gran honor. ¿Por qué te resistes tanto?

—¡Porque no puedo ser Ailesse! —grito. Las lágrimas de rabia me escaldan la cara—. ¡Porque tienes una hija a la que no quieres!

—Te equivocas. —Sube el tono, tan furioso y apasionado como el mío—. Sí que quiero a Ailesse.

—¿Entonces por qué haces esto?

—Te lo he dicho. —Se le quiebra la voz—. Tyrus dice que tiene que ser así.

—Tyrus puede pudrirse en el pozo más oscuro de su infierno.

—Sabine. —Odiva tira de mí, pero mantengo la cabeza vuelta—. Mírame. —Me agarra la barbilla, pero cierro los ojos como una niña testaruda—. ¿No crees que yo también te quiero?

—No deberías. Deberías querer más a Ailesse.

—Sabine… —La furia desaparece de su voz—. Tú también eres mi hija.

Mi asombro es tan profundo que todo el aliento me abandona los pulmones. Abro los ojos y la miro fijamente. Están llenos de lágrimas.

—Tú eres mi hija —vuelve a decirme, esta vez con un susurro sagrado. Levanta la mano hasta mi mejilla y la acuna—. Hace tanto tiempo que quiero decírtelo. —Frunce el ceño—. Me prometí que nunca lo haría.

El arroyo se desliza sobre mis pies y me salpica los tobillos. No siento el frío.

—¿De qué estás hablando? —Mi voz apenas se eleva más allá de la garganta.

—Tu padre… no era mi *amouré*. Tampoco era el padre de Ailesse.

Cada palabra que pronuncia cae como un martillo.

—Pero… —Sacudo la cabeza—. Ailesse y yo tenemos casi la misma edad. —Tengo que concentrarme en los hechos, en la lógica. Demostrarán que Odiva está equivocada—. No puedes ser madre de las dos.

—Apenas tienes dieciséis años. Ailesse tiene casi dieciocho. Hubo tiempo.

Me entra vértigo. Lo que dice es un escándalo. Sacrilegio. No quiero formar parte de ello.

—¡Traicionaste a tu *amouré*! —Exclamo. Los dioses le dieron una pareja perfecta para pasar la eternidad, y ella lo despreció—. ¿Nunca lo amaste?

—Amé a tu padre, Sabine. —Odiva parece más joven, reducida de la estimada gobernante de nuestra *famille* a una muchacha con sueños distintos.

Mis piernas amenazan con ceder bajo mis pies. Me zafo de su abrazo y me siento en la orilla del arroyo.

Se acerca y se arrodilla ante mí. La falda de su vestido se expande en el agua.

—Te pareces tanto a él. La misma tez aceitunada. Los mismos hermosos ojos con ese anillo de oro en el iris. —Vuelve a tocarme la cara y yo me encojo.

—Tengo una madre —le digo—. Ella es mi madre. —Lo que digo no tiene sentido, pero lo que dice Odiva tampoco.

Suspira con fuerza.

—Ciana no era tu madre, pero era devota y ambiciosa. Le dije que los dioses me habían bendecido con dos *amourés*, y que mi don era tan sagrado que el resto de nuestra *famille* no podía saberlo. Le dije que los dioses confiaban en Ciana para guardar mi secreto, y a cambio le prometí que le concederían mayor gloria en el Paraíso. Aceptó de buen grado mi plan. Tras su rito de iniciación, abandonó Château Creux para vivir con su propio *amouré*. Yo también me fui para ocultar mi embarazo y le dije a nuestra *famille* que me embarcaba en una gran cacería. Mientras estaba fuera, te di a luz y te entregué a Ciana para que te trajera como su hija.

La cabeza me cae entre las manos que me tiemblan. Las palabras de Odiva me desgarran el corazón. Lloro más que nunca la pérdida de la madre que me quiso, que se preocupó por mí, aunque no compartiera mi sangre. Aunque también me sienta traicionada por ella.

—Hace dos años, cuando Ciana murió guiando a los muertos, me sentí más responsable de ti —explica Odiva—. Y cuanto más madurabas, más me recordabas a tu padre. Sentí una conexión aún más profunda con él a través de ti, y me di cuenta más que nunca de cuánto le echaba de menos. —Se saca el collar de la calavera de cuervo y acaricia el rubí con ternura—. Era un gran hombre, Sabine.

—¿Qué le pasó a… a él? —Se me cierra la garganta en las palabras «mi padre». Si lo digo, si incluso lo pienso, podría aceptar lo que Odiva me está diciendo. Todo esto son mentiras, la advertencia de la lechuza plateada.

Su expresión se ensombrece.

—Nunca toqué el canto de sirena para tu padre. Él nunca debió ser mi sacrificio. Pero los dioses le quitaron la vida igualmente… poco después de quedarme embarazada de ti. Me castigaron por amarlo envolviéndolo en cadenas. —Su mirada se ensombrece hacia un negro más profundo—. Cuando su espíritu se encontró conmigo en el puente de tierra, intenté llevarlo a Elara, pero las olas rompieron y llegaron los vientos, y en su lugar cayó por la Puerta de Tyrus.

Se le saltan las lágrimas. Todo esto está mal. Un hombre inocente no debería haber pagado el precio del pecado de Odiva. Yo tampoco debería pagarlo. No quiero ser su hija.

«Pero lo soy».

El pensamiento es una astilla que se me clava bajo la piel. No puedo sacarla, porque empiezo a verla. Odiva podría haberme seguido hasta aquí porque también comparte un vínculo madre-hija conmigo.

Se acerca más.

—¿No ves lo especial que eres? Los dioses te dejaron vivir.

Se me aflojan los músculos. Estoy tan cansada. No pensé que fuera posible con mi gracia de chacal.

—No pueden querer que sea tu heredera. —La respiración se me entrecorta en un sollozo.

—Lo quieren, Sabine. *Yo* lo quiero.

Miro a la mujer que está de rodillas ante mí. Tiene el vestido empapado. Su orgullo ha desaparecido. Ni siquiera sus majestuosos huesos de la gracia pueden desviar la atención de la miseria contenida que se dibuja en su rostro.

—Te necesito —me dice—. Me he dado cuenta de que Tyrus no me llevará al chacal dorado si no tengo una heredera.

¿Por qué siento tanta presión para decir que sí? El chacal dorado ya está muerto. Si Tyrus de verdad le dio a Odiva una señal acerca de mí, es porque soy la única persona que sabe dónde está el chacal.

—¿Cómo va a funcionar esto? —pregunto—. ¿Le dirás a nuestra *famille* que eres mi madre? —Pensarán que es tan ridículo como yo.

—No puedo hacer eso. Tienes que entenderlo, Sabine. Lo que se les pide a las Ferriers exige una gran fe. Destruiría esa fe si supieran lo que he hecho.

—¿Así que también me estás pidiendo que guarde esto en secreto?

—Sí. Tienes que hacerlo. Las Leurress no cuestionarán mi decisión. ¿Cómo podrían cuando les diga que Tyrus honra a Ailesse eligiendo a su amiga más querida para gobernar después de mí?

Ailesse.

El calor vuelve a mis miembros y se abre camino hacia mi corazón. Todas las Leurress se llaman hermanas, pero ahora Ailesse es mi hermana de verdad. Esa es la única verdad que puedo aceptar sin temblar. Es la única parte de esta revelación que me parece bien.

Odiva me toma ambas manos. Su firme agarre hace que la palma de mi mano herida palpite con más fuerza.

—La pura verdad es que eres, por derecho, mi próxima sucesora, Sabine, eres sangre de mi sangre. Debes aceptar tu destino.

Estoy temblando de pies a cabeza. ¿Cómo puede pedirme esto? Ailesse está viva. Odiva tiene que sentirlo igual que yo. Está repudiando a su primogénita al hacer esto. Esto no puede ser solo porque quería más a mi padre. Todavía oculta algo. Tengo que averiguar qué es.

—Muy bien. —Puedo retractarme una vez que rescate a Ailesse y la lleve de vuelta a nuestra *famille*. Entonces el juego habrá terminado. La legítima heredera estará en casa—. Lo acepto.

Odiva sonríe y presiona sus fríos labios contra mi mejilla.

—Ahora ven pronto a casa. Ya has conseguido todos tus huesos de la gracia. Aquí ya no tienes nada más que hacer.

Le dirijo una inclinación de cabeza firme, se levanta y abandona la hondonada.

Unos segundos después de que se haya ido, capto un destello silencioso de unas alas por el rabillo del ojo. La lechuza plateada desciende sobre el suelo a unos metros de distancia, y mis ojos se abren de par en par.

Está posada en el lugar donde enterré al chacal dorado.

Me apresuro a acercarme.

—¡Quita! —Siseo y miro por encima del hombro. Por suerte, Odiva no ha vuelto.

La lechuza plateada picotea el suelo y me mira fijamente.

Se me revuelve el estómago.

—No voy a desenterrar al chacal.

Suelta un chillido rasposo y silencioso. También es consciente del oído agraciado de la *matrone*.

Esto es ridículo. La única razón para desenterrar al chacal sería...

—Espera, ¿ahora quieres que me lleve un hueso para una flauta nueva?

Mueve la cabeza.

Frunzo el ceño al ver sus ojos rasgados. ¿Por qué ha cambiado de opinión?

«Porque ahora eres la heredera de la *matrone*, Sabine. Y las herederas pueden abrir las Puertas del Más Allá».

Tengo los nervios a flor de piel.

—¿Quieres que yo haga una flauta?

La lechuza se acerca dando saltitos y me pasa el pico por el pelo. Estoy tan sorprendida de que me esté tocando, de que me lo esté pidiendo, que todos mis músculos se quedan paralizados. Incluso se me paraliza el corazón. No sé cuántas revelaciones más podré soportar hoy.

En el momento en que la sangre vuelve a fluir por mis miembros, busco a la lechuza.

—¿Cómo puedo...?

Se lanza al aire. Me da en la cara con las alas.

Jadeo.

—¡Espera!

Ella sale volando de la hondonada, y mi mirada aturdida baja de nuevo a la tierra encima del cuerpo del chacal.

«Elara, espero que sepas lo que estás haciendo».

Inspiro hondo.

Y empiezo a cavar.

36

Bastien

Me meto en la perfumería de La Chaste Dame y enseguida me duele la cabeza. Demasiadas fragancias se disputan el espacio en el aire. ¿Cómo lo soporta Birdine?

Atisbo la parte de atrás de su cabeza detrás de uno de los mostradores. El sol de la tarde entra por una ventana y capta las motas de polvo que hay sobre su pelo pelirrojo encrespado. Tararea una canción de amor conocida mientras organiza una hilera de botellas oscuras arrodillada junto a una estantería.

Me acerco con sigilo y apoyo los brazos cruzados en el mostrador.

—¿Cómo va el negocio?

Birdine grita y se da la vuelta. Se lleva la mano al pecho, y exhala con fuerza.

—*Merde*, Bastien. Casi me da algo. —Se levanta y se alisa el delantal—. El negocio es el negocio. Y no, no he visto a Marcel. —Entrecierra sus ojos verdes—. Así que deja de molestarme.

Todavía no he terminado.

—¿Eso es tinta? —Señalo con la cabeza una mancha que tiene en la mano izquierda.

Se la lleva rápidamente a la espalda.

—No. Me he manchado de aceite de almizcle.

—¿Y ese callo que tienes en el dedo corazón?

Le echa un vistazo a la otra mano.

—¿Qué pasa?

—Es nuevo. Y qué curioso, Marcel tiene uno igual.

Birdine se ruboriza.

—Tengo derecho a practicar como escriba por mi cuenta, muchas gracias. No tiene nada de sospechoso.

Le dirijo una mirada severa.

—Deja de jugar, Birdie. —Utilizo a propósito el apodo de Marcel para referirme a ella—. Sabes dónde está. Marcel no habría pasado tanto tiempo sin encontrar la forma de verte.

Levanta la barbilla. Un soplo de agua de rosas me da de lleno en la cara.

—¿Qué vas a hacer, torturarme para que te diga la verdad? No voy a delatar a Marcel.

Doy unos golpecitos con el pie, intentando averiguar cómo hacer que hable. He seguido a Birdine tres veces después de que la perfumería haya cerrado por el día, y lo único que hace es irse corriendo a su casa, a una habitación que alquila encima de una taberna cerca. Marcel nunca está allí.

—Mira, sé que intentas protegerle, pero estás poniendo a Marcel en más peligro al no decirme dónde está. Estás poniendo a todo Dovré en peligro. —Me inclino más sobre el mostrador—. ¿Alguna vez has oído un susurro escalofriante cuando vuelves a casa por la noche? ¿Alguna vez te ha hecho pensar que te estás volviendo loca?

Birdine retrocede y se muerde el labio inferior.

—¿Y tus clientes o tus amigos de la taberna? ¿Notas que alguno de ellos se ha puesto enfermo y está débil sin explicación?

Se cruza de brazos.

—Marcel dice que hay humos tóxicos en el aire.

—Marcel miente para que puedas dormir por las noches.

Reprime un escalofrío.

Suspiro. No quiero asustar a Birdine. Solo quiero que me ayude.

—¿Al menos podrías decirle algo por mí? Dile que la gente va a morir si Jules y él no devuelven lo que robaron. —Ailesse también podría morir si tiene que permanecer bajo tierra más tiempo. No puedo permitirlo.

—¿Qué robaron? —pregunta.

—Dejaré que Marcel te explique esa parte. Dile que Jules y él pueden encontrarme cerca del lugar al que corrimos cuando nos metimos en este lío. —No le explico el sitio, por si alguno de los muertos está escuchando, pero Marcel debería saber que me refiero a nuestra antigua cámara en las catacumbas. Si Ailesse está lo bastante bien, la llevaré hasta allí esta noche.

Me alejo del mostrador y me ajusto la bolsa al hombro.

—¿Lo harás por mí? —Ignoro mis dudas sobre Jules. Tengo que confiar en que no le hará daño a Ailesse cuando volvamos a estar todos juntos. No debería mientras el vínculo de nuestras almas siga ahí. Está claro que Jules y Marcel aún no han encontrado la forma de romperlo, o ya habrían salido de su escondite—. Le harías un favor a Marcel. Y también a todo Dovré.

Birdine mira hacia abajo y se frota el callo del dedo. Asiente despacio con la cabeza.

—¿Me harás un favor a mí también cuando vuelvas a ver a Jules?

—Dime.

Se coloca un rizo encrespado detrás de la oreja.

—Pídele que me dé una oportunidad con su hermano. —Las cejas de Birdine se levantan con timidez antes de bajarlas en una línea firme—. No soy otra chica caprichosa del distrito de los burdeles de Dovré. Amo a Marcel. Haría cualquier cosa por él.

La seriedad de su voz hace que reflexione. Birdine solo tiene dieciséis años, pero conoce su corazón. Más que eso, está dispuesta a luchar por la oportunidad de ser feliz.

No puedo evitar pensar en Ailesse. Odio estar lejos de ella cuando busco a mis amigos todos los días, y cuando vuelvo a estar con ella, necesito toda mi fuerza de voluntad para resistirme a tocarla… y a todo lo demás que me gustaría hacer cuando me quedo mirándole los labios. Me contengo porque… no sé por qué. Supongo que es egoísta. Nuestros destinos están en nuestra contra. También hay una parte de mí que se pregunta qué pensaría mi padre.

Pero tal vez… tal vez mi padre querría que fuera feliz.

Al menos mientras pueda serlo.

—Marcel tiene suerte de tener una chica como tú —le digo a Birdine—. Prometo decírselo a Jules.

Se le ilumina la cara.

—Gracias, Bastien.

Me despido de ella con un gesto con la cabeza y me marcho. Me dirijo al barrio del castillo caminando rápido. Voy a peinar una vez más las bodegas, los cobertizos y los establos en busca de mis amigos, por si Birdine no tiene ocasión de hablar con Marcel hoy. Luego volveré rápido a Ailesse. Esta noche hay luna llena. Estar atrapada en la oscuridad será horrible para ella, incluso mortal.

Voy a encontrar una manera de ayudarla, tanto si recupero sus huesos como si no.

37
Sabine

La lechuza plateada me mira desde el parapeto de piedra de Castelpont, pero me niego a poner un pie en el puente. Ahora entiendo lo que no entendía la primera vez que la lechuza me pidió que desenterrara al chacal dorado. Y esta noche va a ser posible.

El sol se está poniendo, y la luna llena sobre mí se vuelve más nítida y brillante. Tengo los tres huesos de la gracia listos. Incluso tengo el cuchillo ritual de Ailesse y una flauta de hueso nueva. He pasado la mayor parte de los últimos tres días vaciándola y tallando los agujeros para tocar las notas. He dejado el instrumento sencillo, sin adornos grabados como la flauta original. Debería bastar con que la flauta esté hecha con un hueso de chacal dorado auténtico.

Todo encaja para mi rito de iniciación.

Todo salvo mi valor.

—No puedo —le digo a la lechuza plateada. No puedo matar a un ser humano, aunque los Encadenados estén de juerga en Dovré. Aunque las Leurress necesiten todas las Ferriers que puedan conseguir, y las gracias salvajes del chacal disminuyan mis reservas para derramar sangre.

La lechuza arrastra las garras por las piedras y chilla.

—¿Por qué yo? —pregunto, aunque parte de la respuesta es obvia. Como heredera de la *matrone*, como sangre de su sangre, puedo abrir las Puertas del Inframundo y del Paraíso. Pero para abrir las Puertas, tengo que estar en el puente de tierra. Y para estar en el puente de tierra y sobrevivir a los muertos y a la atracción del Más Allá, tengo que ser una Ferrier consagrada. Tengo que completar mi rito de iniciación.

La lechuza no se mueve cuando los pensamientos me persiguen. Es como si pudiera leerme la mente y estuviera a la espera de su turno para hablar. Se alza sobre el parapeto y abre las alas. Una imagen translúcida y plateada brilla ante mí. Se me acelera el pulso.

Ailesse.

Está tumbada de lado sobre piedra caliza, lo que significa que está bajo tierra. Eso es lo único que puedo distinguir de su entorno. Está limpia y lleva un vestido verde nuevo, pero la expresión de su rostro dice que está sufriendo mucho.

Se me hace un nudo en la garganta.

—Ailesse.

No levanta la vista, ni se inmuta. No lo entiendo. La última vez que tuve una visión de ella, me vio, pero ahora tiene la mirada clavada en el suelo. Tal vez está demasiado hambrienta de Luz para sentirme. Nunca la había visto tan sumamente débil.

Sostiene un trozo de tiza con la mano temblorosa y esboza un círculo sombreado.

—Luna nueva… —murmura con voz ronca—. Flauta de hueso… puente sobre el agua… puente de tierra… noche de travesía. —Dibuja otro círculo, pero no lo sombrea—. Luna llena… puente sobre la tierra… Castelpont… rito de iniciación…

Poco a poco, me quedo con la boca abierta. Ailesse no puede saber que esta noche me planteo mi propio rito de iniciación. A menos que la lechuza también se haya estado comunicando con ella.

—¿Noche de travesía? —susurra, y vuelve a trazar el segundo círculo. Suelta la tiza y cambia de estar de costado a estar de espaldas con mucho esfuerzo. Se le forman líneas entre las cejas al mirar un techo que no puedo ver.

Entonces la imagen comienza a oscilar y a desvanecerse.

Se me corta la respiración.

—¡No, espera! —No he tenido la oportunidad de llamar su atención. Ni siquiera le he asegurado que estoy haciendo todo lo posible para salvarla—. ¡Ailesse!

La imagen parpadea. La lechuza plateada cierra las alas.

Me tambaleo hacia atrás y me tapo la nariz y la boca con los dedos.

La lechuza me ruge, pero niego con la cabeza. Ailesse sabe que no estoy preparada para hacer lo que hay que hacer para convertirme en una Ferrier. No me pediría que completara el rito de iniciación. Sabría que nunca lo haría a menos que no tuviera otra opción.

El cuerpo me tiembla con una rabia gutural. Me vuelvo contra la lechuza.

—Sé lo que intentas decirme, pero no quiero oírlo. Ailesse no va a morir. —Puede que sea la hija de Odiva, pero en realidad no puedo ser su heredera a menos que mi hermana esté muerta. Unas lágrimas furiosas me escuecen en los ojos y me empañan la vista. Todas estas semanas no pueden haber conducido a la muerte de Ailesse y a mi ascensión. Nunca acepté ser parte de eso.

La lechuza salta del parapeto y me chilla.

—¡No! —grito. No voy a seguir con este juego. No voy a completar mi rito de iniciación ni a guiar almas, ni siquiera abrir las Puertas del Más Allá. Voy a centrarme en salvar a Ailesse antes de que sea demasiado tarde. Tiene que haber otra manera de salvar Dovré de los Encadenados.

Y de repente sé cual es.

Le daré a Odiva la flauta de hueso, la que me he pasado tallando los últimos tres días.

Salgo corriendo de Castelpont. Corro a toda velocidad hacia Château Creux.

No me importa lo que la lechuza plateada o incluso Ailesse quieran que haga.

No voy a renunciar a mi hermana.

38

Bastien

Me bajo en silencio del andamio y entro en la estancia que hay junto a la cantera, con cuidado de no despertar a Ailesse. Necesita dormir. Cada día que pasa lo necesita más.

Se tumba de lado, dándome la espalda. Dejo la bolsa y me acerco a ella. Mi cuerpo tiembla por el calor que siento. El pelo rojizo de Ailesse se extiende en remolinos como si fuesen llamas oscuras y agua brillante. Así la habría descrito mi padre. La habría estudiado desde todos los ángulos antes de intentar capturarla con su cincel y un martillo. Ahorraría para poder esculpirla en mármol en lugar de en piedra caliza.

—Tu padre talló esto para ti, ¿no? —pregunta Ailesse con una respiración débil.

Me pongo tenso. Porque está despierta. Y también está pensando en mi padre. Tiene la mano sobre mi posesión más preciada. La veo en el suelo, sobre la línea curva de su cintura. Mi escultura del delfín. No estoy seguro de cómo me siento cuando la toca. Es la única escultura que mi padre nunca intentó vender. Fue un regalo para mí. A menudo me llevaba a la costa a ver delfines, mis animales favoritos. Los veíamos saltar del agua en parejas.

—¿Qué te hace pensar eso?

—Que es la mejor. —Sus delgados dedos se deslizan por la cola—. Es la prueba de lo mucho que te quería.

Paso el peso de una pierna a la otra. No sé qué responder. He aprendido a vivir con el dolor de perder a mi padre, pero nunca compartí la pena. En cambio, Jules y yo compartimos la ira.

Jules. Suspiro. Marcel y ella no estaban en ningún lugar del distrito del castillo. Esperemos que Birdine tenga más suerte para encontrarlos esta noche.

Dejo el farol y la bolsa. Está llena de más comida y provisiones. Ailesse nunca pregunta si robo lo que le llevo. ¿Acaso entiende el concepto de dinero, lo que es necesitarlo y nunca tenerlo?

No importa. Si tuviera mil francos, los daría por cualquier cosa que pudiera hacerla sonreír.

—¿Cómo estás? —Me acerco, desearía poder verle la cara.

Salvo por sus dedos trazando el lomo del delfín, se mantiene totalmente quieta.

—¿Sabías que una vez cacé a una hembra de un tiburón tigre? La maté con un cuchillo, y ni siquiera tenía la fuerza de la gracia, no hasta que ella me la dio.

—No me cuesta creer que hayas abatido a un tiburón.

Se da la vuelta y por fin me mira. Se me acelera el pulso. Está pálida y sus ojos pardos están cansados, pero sigue siendo impresionante. Ella no lo sabe, pero todos los días, cuando me voy, solo pienso en ella.

—Sé que eres fuerte, Ailesse.

—No lo suficiente. —Se desploma. Echa un vistazo a los faroles y a las velas de la habitación. Son velas buenas, que no echan humo ni chisporrotean. Nunca las racioné como dije que haría. Sigo trayéndole más.

—No hay suficiente luz —confiesa.

Ya no soporto más verla sufrir. Tengo que sacarla de aquí.

—¿Estás bien para caminar? —Le ofrezco una mano. Conozco un lugar que podría ser seguro. Aún no me he arriesgado a llevarla allí, pero ahora estoy desesperado—. Quiero enseñarte algo.

Tras un segundo de tensión, esfuerzo y nerviosismo, levanta la mano y la pone sobre la mía. El calor de su piel me tranquiliza al instante. La pongo en pie y su olor a tierra y flores me llena los pulmones, es mejor que cualquier perfume.

La ayudo a bajar del andamio hasta el suelo de la cantera y la conduzco a un túnel por el que nunca ha pasado. Mi farol ilumina el camino: un túnel minero, sin calaveras ni huesos. No quiero que nada la altere.

Pasamos por encima de los escombros y nos agachamos donde las vigas de madera sostienen el techo de piedra caliza que se está agrietando. Nos deslizamos por espacios estrechos y gateamos sobre montones de ladrillos. Cada vez que nuestras manos se separan, mis dedos ansían volver a tocarla. En cuanto puedo, vuelvo a tomar su mano y ella entrelaza sus dedos con los míos.

—Antes había una casa muy grande en Dovré —le explico cuando nos acercamos a nuestro destino—. El barón que vivía allí convirtió el patio en una pajarera y la cubrió con una cúpula de cristal con plomo. Ahora la casa está abandonada; la mitad se derrumbó en una cantera. La cúpula también cayó, pero el cristal no se hizo añicos. Era tan resistente que la mayoría de los cristales quedaron intactos.

Salimos del túnel y Ailesse jadea. Dejo el farol. Ya no lo necesitamos. Le suelto la mano para dejarla un momento a solas. Camina bajo el haz de luz de la luna y echa la cabeza hacia atrás. Las enredaderas cuelgan de las secciones rotas de la cúpula sobre nosotros, y la hiedra se arrastra a su alrededor. A pesar de ello, la luz se abre paso. Un resplandor plateado brilla en un pozo cubierto de polvo.

Ailesse cierra los ojos. Inspira hondo. Sonrío, observando su sonrisa. Vuelve a ser ella misma.

—Hay luna llena —susurra—. Ojalá pudieras sentirlo.

—Descríbemelo.

Mantiene los ojos cerrados y disfruta de la luz.

—Imagina que es el día más caluroso y estás muerto de sed. Por fin encuentras un manantial de agua y das un buen trago. ¿Sabes esa sensación de frescor que te recorre el pecho? Pues esto es así.

Me acerco. Me atrae sin flauta ni canción.

Si mi padre conociera a Ailesse, ¿le gustaría?

—O imagina una noche en la que hace un frío terrible —continúa—, y se te han congelado los huesos. Por fin encuentras refugio y te arrimas a un fuego que crepita. Es entonces cuando empiezas a sentir el calor.

¿Mi padre puede ver ahora a Ailesse? ¿Hay una ventana por la que me ve desde donde está él?

¿Me perdonaría por querer verla feliz?

—¿Ailesse? —susurro.

Abre los ojos.

¿Me perdonaría mi padre por sentir paz y no odio cuando estoy con ella?

—¿Recuerdas cómo bailaste conmigo en Castelpont?

Asiente con la cabeza. Su pelo brilla a la luz de la luna y le cae por los hombros hasta la mitad de la espalda. ¿Mi padre me perdonaría por querer abrazarla?

—¿Bailarías conmigo como lo hiciste aquel día?

Toma aire, pero no dice nada. Tal vez ese baile es sagrado para las Leurress, y no debería haberle pedido...

Trago saliva; se está acercando. La luz le recorre la cara. Cuando está a punto de tocarme, se pone de puntillas, extiende la pierna y gira en un círculo lento. Los brazos le flotan por encima de la cabeza, viento, agua, tierra y fuego, mientras se desliza a mi alrededor. Se lleva la mano a la cara y recorre con el dorso de los dedos la mejilla, la garganta, el pecho, la cintura y la cadera. Apenas respiro. La expresión de su rostro es de entrega, no de vanidad. A continuación, me enseña el pelo, un reflejo rojizo que se desliza por la palma de su mano.

Me agarra las manos y tira de ellas para apoyarlas en su cintura. Mis pulgares rozan la parte inferior de su caja torácica. Acercándose, me toca la cara... el hueso de la mandíbula, la curva de la nariz. Hay un ritmo en sus gestos, como si cada movimiento estuviera sincronizado con una música que solo ella oye.

Los dedos le tiemblan cuando pasan por encima de mis labios y me recorren el cuello. Descienden aún más, hasta mi pecho. Respira de forma entrecortada cuando extiende los dedos sobre mi corazón. Siento que late más deprisa. No recuerdo esta parte del baile.

Cierra los ojos. Apoya la frente en mí y gira la mejilla para apoyarla en mi hombro. La abrazo con más fuerza, quiero mantenerla allí, pero el baile no ha terminado.

Me agarra de la mano y gira alejándose de mí, lenta y elegante, y luego vuelve a girar hasta que su espalda queda pegada a mi pecho. Levanta los brazos y me rodea la nuca. Levanto las manos y las deslizo alrededor de su cintura. Esto es paz. Esto es lo correcto. Estaba destinado a estar aquí con ella.

Permanece en mis brazos mucho más tiempo que en Castelpont. Cuando se separa poco a poco y se da la vuelta, me mira, me busca con la mirada.

—No puedo seguir más —susurra—. Nos acercamos al momento en el que... —«Iba a matarme. Yo quise matarla».

—Entonces este puede ser el nuevo final. —Enredo los dedos en su pelo.

Toma aire y lo deja ir.

—¿Y si tú y yo no nos hubiéramos conocido en un puente? ¿Y si yo fuera una chica normal que no llevara huesos ni viera a los muertos? ¿Sentirías algo por mí si nunca te hubiera atraído con una canción?

Curvo los labios.

—¿Sentirías algo por mí si no fuera tu alma gemela?

Niega con la cabeza, cosa que, por un momento, me preocupa, pero luego responde:

—No puedo imaginarme a nadie más para mí que a ti.

Le retiro un mechón de pelo de la cara y le rozo la mejilla con el pulgar.

—Nunca te hizo falta tocar una canción para mí, Ailesse.

Nuestras cabezas se acercan, la mía baja, la suya sube.

La adrenalina me recorre las venas. Casi puedo saborear sus labios. Llevo días deseando besarla, y esos días se me han hecho eternos.

Jadea y se echa hacia atrás. Mira por toda la estancia como una loca.

—¿Qué pasa? —pregunto, un poco desconcertado.

—Hay un Encadenado aquí.

—¿Un Encadenado?

—Un muerto, uno malo.

—¿Puedes verlo sin tus huesos de la gracia? Pensaba que...

Ella niega con la cabeza, tiene la respiración acelerada.

—Lo siento. Una vez que se coló dentro, la energía de la luna se atenuó.

Se me tensan los músculos. Me maldigo a mí mismo, dándome cuenta de mi terrible error. No debería haberme arriesgado a traerla aquí, donde los muertos pueden encontrarla.

—Tenemos que irnos.

La voz sin cuerpo del Encadenado gruñe:

—¿Creéis que podéis escondeos de nosotros? —Se me eriza el vello del brazo. Apenas suena humano.

Y está justo a nuestro lado.

En un instante, Ailesse saca el cuchillo de mi padre de mi cinturón.

—¡Espera! —Me acerco a ella.

Se aparta de un salto y golpea el aire, blandiendo el cuchillo con un grito de esfuerzo. El Encadenado sisea. La cabeza de Ailesse se desvía hacia un lado. Sale despedida hacia atrás varios metros y su cuerpo se estrella contra una pared de la cantera. Se desploma en el suelo.

Grito su nombre y corro hasta ella. Caigo de rodillas y la atraigo hacia mí. Toma una gran bocanada de aire. Se ha quedado sin aliento.

—Es demasiado poderoso —jadea—. Robó Luz antes de venir aquí.

Los pasos se acercan tras nosotros. Me giro y cierro la mano en un puño de rabia. Doy un fuerte puñetazo y mis nudillos chocan con algo, con suerte la cara del bastardo.

Gruñe, pero ya no lo siento. Me levanto de un salto y vuelvo a golpearle. Ha desaparecido. Recuerdo lo rápido que volvió a atacar a Ailesse y agarro el cuchillo que se le ha caído. Ataco a ciegas al aire.

Sigo sin encontrarlo, pero no me rindo. Sigo dando cuchilladas, apuñalo, golpeo. Nunca me he sentido más homicida. Si vuelve a tocarla...

Se pone en pie, tambaleándose.

—Devuélveme el cuchillo.

—No.

—Bastien, me he entrenado para ser una Ferrier. Yo...

Un grito frenético divide el aire.

No es el Encadenado.

Ailesse y yo intercambiamos una mirada rápida y corremos hacia el sonido. Ella va delante.

El otro extremo de la cantera está en su mayor parte hundido, aplastado por los ladrillos de la gran casa que había encima. Trepamos rodeando el primer trozo de piedra caliza rota.

Se me para el corazón.

Jules.

Se agarra la garganta y se balancea como si colgara de una soga invisible.

—¡Bastien, el cuchillo! —grita Ailesse—. ¡Está ahorcándola!

Se lo paso. Lo lanza.

Tiene una puntería increíble, porque el cuchillo de repente se detiene en el aire, a un palmo de la cara de Jules.

Jules cae de rodillas y jadea.

Salto de la piedra caliza y corro hacia ella.

El cuchillo clavado en el aire retrocede. Baja. Se da la vuelta y apunta a Jules.

—¡No! —Me dirijo hacia el Encadenado. Pero estoy demasiado lejos.

El cuchillo se arquea hacia abajo y atraviesa el brazo de Jules. Ella echa la cabeza hacia atrás y grita.

Lo mataré. No me importa si ya está muerto. Lo mataré aún más.

Agarro por debajo de la empuñadura del cuchillo y encuentro su muñeca. Le retuerzo el brazo. Aúlla de dolor y el cuchillo cae.

Ailesse corre a mi lado y lo recoge del suelo. La sostiene con ambas manos, levanta los brazos y clava la hoja hacia abajo. Otro aullido. Ailesse salta a la derecha, anticipándose a un contraataque.

Mi puño sale disparado y golpea al Encadenado. Pero cuando vuelvo a golpear, fallo.

El hombro de Ailesse se mueve hacia atrás. Luego su pierna. La empuja hacia atrás. Golpea con el cuchillo, pero no lo encuentra.

Levanto una piedra.

—¿Cómo lo derrotamos?

Corta el aire y no golpea nada.

—No podemos. —El otro hombre se le mueve hacia atrás, esta vez con más fuerza. El Encadenado la está arrinconando. —Solo tenemos que aturdirlo el tiempo suficiente para escapar.

Corro hacia el espacio vacío contra el que está luchando.

—¿Cómo se supone que vamos a hacer eso?

—No tengo ni idea.

Lanzo la piedra. Choca contra algo sólido y rebota. El cuchillo de Ailesse no deja de moverse. No he hecho nada para frenar al Encadenado. *Merde.* No quiero que muramos aquí abajo.

—¡Ailesse! —grita Jules. Se quita algo de alrededor del cuello, el monedero con los huesos de la gracia de Ailesse—. ¡Toma! —Se lo lanza.

Los ojos de Ailesse siguen la bolsa que vuela. Salta y agarra las cuerdas de cuero. Enseguida deja caer el cuchillo de mi padre y lo lanza por el suelo hacia mí. Cuando lo recojo, ya tiene la bolsa alrededor del cuello. Aprieta los músculos de la mandíbula, cuadra los hombros y dirige la mirada hacia su izquierda.

Ve al Encadenado.

Con una velocidad increíble, se da la vuelta y carga directamente hacia la esquina de la cantera hacia la que el Encadenado la ha estado empujando. Salta desde una de las paredes de la esquina y se impulsa desde la siguiente. Sube en zigzag, agarrándose a asideros y puntos de apoyo. Cuando llega al techo, salta de la pared y se lanza hacia el otro lado. Su cuerpo gira para orientarse hacia su objetivo. Hacia el espacio donde debe estar el Encadenado.

Lanza un puñetazo despiadado con todas sus fuerzas. El encadenado debe de salir despedido hacia atrás por el golpe.

Ailesse cae de pie y se lanza hacia un objetivo que está varios metros por delante de ella. Salta y se abalanza sobre algo en el aire. Sus piernas lo agarran como una prensa. Rodea con el codo lo que debe ser el cuello del Encadenado. Aprieta tan fuerte que le tiembla el cuerpo.

Me lanzo hacia ella.

—¿Se desmayará?

—No. —Gruñe—. Pero puede sentir el dolor.

—Bien. —Le clavo el cuchillo en su pecho invisible y retuerzo la hoja. Siento cómo sufre un espasmo y cae al suelo. Ailesse cae con él, y su agarre se rompe. Saca el cuchillo y lo arroja a unos metros de distancia. Me empuja al suelo. Ruedo un par de metros hacia atrás.

—¡No dejes que se vaya! —Ailesse intenta ponerse en pie.

—¿Dónde está? —Me doy la vuelta.

—Está justo… —Ailesse señala. Frunce el ceño. Se gira en todas direcciones. Un mechón de pelo se le engancha en el borde de la boca. Escala el trozo de piedra caliza y se coloca encima para ver mejor. Mira a su alrededor en busca de las cadenas o lo que sea que vea.

Alguien me toca el hombro. Me sobresalto y me giro, pero solo es Jules.

—Bastien… —dice en un suspiro débil.

Su rostro está alarmantemente pálido. Tiene la manga empapada de sangre.

Me tiembla el pulso. Me acerco a ella.

La cabeza le cae hacia delante y se dobla.

«No, no, no».

39
Ailesse

Salto de la piedra caliza y me apresuro a acercarme a Bastien y Jules.

—Tenemos que irnos. Estaremos más seguros cuando estemos más en el interior de las catacumbas.

Bastien tiene la cabeza de Jules en su regazo. La sacude. No abre los ojos, pero al menos respira.

—Bastien, por favor. —Le agarro del brazo.

Capta mi expresión pensativa.

—¿Sigue aquí el Encadenado?

—Ha desaparecido. —Me estremezco—. Tenemos que irnos antes de que vuelva.

Traga saliva y asiente.

—De acuerdo.

Empieza a levantar a Jules.

Intento ayudarle, pero se aparta.

—La tengo —dice, y se pone a la cabeza al salir corriendo de la cantera. No toma el túnel hacia su escondite bajo Chapelle du Pauvre.

—¿Adónde vamos? —pregunto, acercándole el farol para que pueda ver en la oscuridad.

—A nuestra antigua cámara de las catacumbas. —Se sube sobre algunos escombros caídos—. Apuesto a que ahí es donde está Marcel.

Nuestro viaje se alarga por los túneles ramificados, y Bastien empieza a jadear.

—Puedo llevar a Jules —vuelvo a ofrecerme—. He recuperado mis gracias.

—No. —Baja las cejas—. Por favor, Ailesse, déjame hacer esto. Es culpa mía… —Sacude la cabeza, y sus ojos se llenan de dolor al mirarla.

Por fin llegamos a nuestra antigua cámara. Bastien abre de una patada la puerta junto a la pared de calaveras.

Marcel está sentado en la mesa volcada del carro con una pila de libros abiertos. Levanta la vista y su rostro se ilumina.

—¡Bastien! ¡Ailesse! —Entonces ve a su hermana y palidece—. ¿Qué ha pasado?

—La atacó un Encadenado. —Bastien irrumpe en el interior—. Le hizo un corte en el brazo y casi la asfixia hasta matarla.

Agarro una manta y la extiendo en el suelo. Bastien pone a Jules sobre ella y le presiona el brazo ensangrentado.

Marcel nos mira, atónito.

—¿La asfixió con las cadenas?

—No. Era un muerto —dice Bastien. Me mira y yo explico rápido cómo los dioses marcan a las almas malvadas.

—¿Jules va a ponerse bien? —pregunta Marcel.

—Sí. —La voz de Bastien es tan mordaz que desafía a cualquiera de los dos a llevarle la contraria—. Tráeme agua.

Me pongo de pie enseguida. Me acerco al cubo de las estanterías, pero Marcel está más cerca. Me aparto de su camino mientras se lo lleva a Bastien. Los dos chicos se ciernen sobre Jules. Bastien le echa un poco de agua en la cara.

—Vamos, Jules. —Le da dos palmadas en las mejillas y yo hago una mueca de dolor—. ¡Vamos! —Se le quiebra la voz—. Eres más fuerte que esto. No puedes morirte.

Mis ojos se empañan con lágrimas que amenazan con salir mientras él intenta despertarla con desesperación. Esto es lo que sentiría si perdiera a Sabine.

El pecho de Jules sube y baja más despacio. Luego se detiene.

Marcel se tapa la boca. Los hombros de Bastien se encogen. Le entierra la cabeza en el estómago. Me acerco, me duele la garganta. Quiero rodearle con mis brazos.

En el momento en que alargo la mano para tocarle, los ojos de Jules se abren de golpe. Respira con dificultad.

Me echo hacia atrás. Bastien se levanta de un salto. La cabeza de Marcel se inclina hacia delante, tiene cara de alivio.

—¿Qué estáis mirando todos? —pregunta Jules, con voz débil. Bastien estalla en una cálida carcajada. Le da tres besos en la frente.

Sonrío, aunque una punzada de dolor se me forma en el pecho. Su profundo afecto me hace echar aún más de menos a Sabine. Apoyo una mano en el hombro de Bastien.

—Encontraré algo con lo que vendarle el brazo.

Me dedica una sonrisa agradecida.

Me acerco a la pared de estanterías y busco entre las provisiones. Hay un rollo de tela limpia escondido detrás de un pequeño bote de hierbas trituradas.

—Siento haberte dejado —le murmura Jules a Bastien.

Huelo las hierbas. Milenrama. Buena para las heridas.

—*Tu ne me manque pas. Je ne te manque pas.*

Me quedo helada.

El corazón me late despacio mientras me doy la vuelta.

Sostiene la mano de Jules de la misma forma que sostuvo la mía cuando me dijo esas mismas palabras. Las palabras que su padre le dijo. Pensé que eran sagradas, un regalo que Bastien solo compartió conmigo.

Se lleva los nudillos de Jules a los labios y los besa.

—Nunca me has faltado, Jules.

Me tiemblan las rodillas por la debilidad. Tengo que sentarme.

Tropiezo con una esquina de la habitación. Entonces me doy cuenta de que es la esquina con la losa de piedra caliza. Se me oprime el pecho y me siento en la mesa. Dejo la tela y la milenrama y respiro con calma.

Bastien y Jules se enzarzan en una conversación. Él se ríe de algo que dice ella y le aparta el pelo de la cara. Me atraviesa un dolor profundo.

«Te has estado engañando a ti misma, Ailesse. Nunca podría quererte tanto como la quiere a ella».

Debería estar acostumbrada a sentirme la segunda opción; mi madre siempre prefirió a Sabine.

Marcel se acerca y se sienta frente a mí con una sonrisa perezosa.

—¿Te puedes creer que volvamos a estar todos juntos? —pregunta, como si yo formara parte de su familia y los tres nunca me hubieran secuestrado—. Lástima que Jules y yo aún no hayamos encontrado la forma de romper el vínculo de las almas, pero hemos vivido una auténtica aventura todos estos días sin vosotros.

—¿Ah, sí? —Ojeo distraída uno de sus libros, intentando no mirar a Bastien. Ahora Jules se ríe con él.

—Encontramos todo tipo de escondites nuevos e interesantes en Dovré. Bastien estuvo a punto de encontrarnos una vez, así que Jules y yo decidimos volver aquí abajo.

Hemos estado en esta cámara durante toda esta última semana.

—Inteligente —respondo. Bastien me dijo que una vez miró aquí, y cuando lo encontró vacío y sin sus pertenencias, nunca volvió.

Marcel asiente, con su entusiasmo distraído.

—Tenemos todo abastecido con comida y pólvora negra otra vez. Algunas de las salidas las he hecho yo.

Echo un vistazo a unos cuantos bidones de pólvora que hay apilados contra la pared.

—¿Ansioso por volver a arrojar a mi madre a un pozo? —¿O a mí?

Resopla.

—Algo así.

Me obligo a sonreír y le paso la tela enrollada y la milenrama.

—¿Podrías darle esto a Bastien?

—Claro. —Se levanta y se acerca a su amigo. Bastien cubre a Jules con otra manta, con cuidado de colocarla bien alrededor de ella.

Me escuecen los ojos. Vuelvo a mirar el libro de Marcel. Una esquina de una hoja de pergamino sobresale por debajo. Mi mirada se posa en un pequeño dibujo garabateado que lleva por título «puente».

Frunzo el ceño y aparto el libro para ver la hoja de pergamino entera. Está cubierta por un laberinto de garabatos.

—¿Qué es esto? —le pregunto a Marcel cuando vuelve.

Se sienta de nuevo.

—Oh, actualicé mi mapa de las catacumbas.

—¿Hay un puente aquí?

Asiente con la cabeza.

—¿Recuerdas el túnel que exploté? El puente está cerca, debajo de las minas. Resulta que hay una amplia red de cuevas ahí abajo. —Se echa hacia atrás y se lleva las manos a la nuca—. Descubrí un pozo que lleva al puente. Era un camino un poco complicado, sobre todo al volver a subir. Pensé que sería más fácil ir por otro camino, pero era imposible abrir la trampilla de arriba, ni siquiera con mi cuchillo.

Frunzo el ceño mientras intento seguirle.

—¡*Merde!* —dice Bastien. Se levanta y agarra la funda vacía de su cinturón.

Tardo un segundo en comprender qué le ha disgustado. Jadeo.

—El cuchillo de tu padre. —Lo dejamos en la cantera. El Encadenado lo arrojó lejos de su alcance justo antes de que Jules cayera inconsciente—. Volveré a por él, Bastien.

Suelta un suspiro tenso y se pasa las manos por el pelo.

—No, no puedes volver a exponerte bajo la cúpula.

—Tengo mi gracia de halcón. —Me levanto de la mesa—. Seré rápida.

—¿Y si te atacan?

—Tengo mi gracia de tiburón tigre.

—Eso no va a servirte de nada si una horda va a por ti.

Marcel levanta una la mano torpe.

—Iré yo.

La mirada de Bastien le dice que esa es la peor ocurrencia que ha tenido.

—Voy a ir yo —dice con firmeza.

Se me revuelve el estómago.

—Pero, ¿y si el Encadenado vuelve allí?

—Estaré bien. Hasta esta noche, los muertos me han dejado en paz. Es por ti por quien se sienten atraídos, Ailesse

—dice, y luego mira a Jules—. ¿Estarás bien mientras yo no esté?

Pone los ojos en blanco y sonríe. Pero en cuanto Bastien se da la vuelta, una pequeña convulsión la recorre.

—Marcel y yo cuidaremos de ella. —Cruzo hasta donde está ahora apoyada contra la pared. Se queda mirando el monedero que llevo al cuello y sus ojos se entrecierran y se vuelven fríos.

Bastien asiente con la cabeza y agarra su farol, luego se muerde el labio y se acerca a mí.

—Hablamos luego, ¿vale? —Sus dedos rozan los míos y me ruborizo. Sus ojos son de disculpa, tal vez incluso de arrepentimiento. Sé cuál es la conversación que quiere tener cuando vuelva. Va a explicarme lo que siente por Jules.

Esbozo una sonrisa. No quiero que piense que estoy enfadada. Para empezar, él y yo no éramos nada.

—Vale —susurro.

Me busca con la mirada y yo la bajo para que no revele nada.

—Me daré tanta prisa como pueda —dice.

Aparta su mano de la mía y mis dedos se curvan. Se agacha bajo la puerta baja.

Y desaparece.

Un dolor intenso me sube por la garganta.

Jules me lanza una mirada cargada de desprecio.

—Eres cruel al tentarlo cuando lo único que quieres es matarlo. —Su cuerpo se convulsiona con otro temblor—. Os vi en la cantera. Estabais a punto de besaros.

La miro fijamente, sorprendida por su repentino cambio de humor y su expresión severa. Intento ver más allá, a la Jules que Bastien siempre ha conocido, a la Jules que podría haber sido si su padre hubiera vivido.

—Da igual lo mucho que me odies, Jules, tienes que creer que nunca mataré a Bastien. Te lo prometo. —Me gustaría poder salvarlo de su destino, pero él y yo hemos estado engañándonos a nosotros mismos. No hay forma de romper el vínculo de nuestras almas. Lo supe desde el principio.

Se burla.

—Tus promesas no significan nada.

Respiro para calmarme. Sé lo que tengo que hacer ahora, y es lo mejor.

—¿Y si prometo desaparecer de vuestras vidas para siempre? ¿Me creeríais entonces?

Algo de crueldad abandona el rostro de Jules.

—¿Dejarías a Bastien? ¿Por qué?

«Porque tú eres la indicada para él».

—¿Tú no abandonarías a la persona que te mantuvo cautiva?

Se estremece con otro temblor. Su cuerpo está en estado de shock, y yo solo la estoy alterando más.

Miro a Marcel.

—¿Puedo hablar contigo un momento fuera?

Levanta las cejas.

—Vale.

Me sigue fuera de la cámara y yo me alejo de la imponente pared de calaveras.

—Siempre has sido amable conmigo —le digo, en voz baja—. Por eso espero que me ayudes. Ya tengo mis huesos de gracia, pero aún necesito la flauta de hueso.

Se le escapa una risa temblorosa.

—Tendrás que pedírsela a Jules. Si te la doy sin que ella lo sepa, me asesinará mientras duermo.

—¿Pero no estás enfadado porque casi la asesinan? Así es como puedes vengarte del Encadenado que le hizo daño.

—¿Dándote la flauta?

—No se puede matar a los muertos, solo se puede guiarles en la travesía. —Me acerco—. Tú sabes dónde la tiene escondida Jules.

La sonrisa le tiembla mientras se frota el lóbulo de la oreja.

—¿Podemos hablar de esto cuando vuelva Bastien? No creo que me haya perdonado por dejar que me robaras el cuchillo.

—Bastien se alegrará de que tenga la flauta. —Se me llenan los ojos de lágrimas en cuanto digo su nombre. Parpadeo—. Tal vez pueda romper el vínculo de nuestras almas si toco una canción diferente con ella.

Marcel se queda paralizado.

—¿Podría ser así de sencillo?

—Eso espero. —No pierdo ni un segundo en explicar mi teoría o el hecho de que no conozco ninguna canción que rompa almas—. Por favor, Marcel. Esta noche hay luna llena y faltan poco más de tres horas para medianoche. Es entonces cuando tengo que empezar a guiar a los muertos. No tengo más tiempo que perder.

—¿Luna llena? —repite con el ceño fruncido—. Dijiste que las Leurress guían a las almas en luna nueva.

—Sí, pero la flauta de hueso tiene ambos símbolos: la luna nueva y la luna llena. Al principio pensé que la luna llena solo estaba ahí para indicar cuándo una Leurress podía realizar su rito de iniciación, pero durante todo el día he estado pensando... ¿y si la luna llena en la flauta significa algo más que eso? ¿Y si también se puede guiar a los muertos en luna llena?

Marcel se da golpecitos con los dedos en los labios.

—Las mareas más bajas ocurren tanto en luna llena como en luna nueva —admite.

—Tengo que intentarlo —digo—. Por fin la flauta de hueso vuelve a estar a mi alcance. —Aprieto la mandíbula y calmo los nervios, agradecida de tener una tarea monumental para distraerme esta noche. Solo rezo para que mi madre esté dispuesta a intentar la travesía conmigo. Al menos, estará aliviada por volver a tener la flauta de hueso en su poder.

—¿Tendrás tiempo suficiente para encontrar a las otras Ferrier y llegar al puente de tierra antes de medianoche? —pregunta Marcel.

—Tal vez, si corro lo bastante rápido. —Eso significará salir de estas catacumbas y llegar primero a Château Creux. Mis huesos de la gracia deberían ser de ayuda—. Por eso necesito que te des prisa. —Le toco el brazo—. Por favor, Marcel. ¿Sabes lo que les pasa de verdad a los enfermos de Dovré?

—Los muertos les están acosando.

—Es más que eso. Los muertos se hacen más fuertes robándoles su Luz, la vitalidad que alimenta sus almas. Morirá gente inocente si no actuamos rápido.

Frunce el ceño.

—¿Crees que Jules está así de enferma? Ya la habían herido así antes, pero ahora está empezando a actuar de forma extraña.

—Puede ser. —Aunque la verdad es que no sé cómo hace un Encadenado para robar Luz—. Si ese hombre muerto vuelve a por ella, hay muchas posibilidades de que la mate. Y cuando lo haga, también matará su alma.

Marcel abre los ojos. Ahora lo entiende.

—Necesito esa flauta.

Traga saliva.

—De acuerdo. Me daré prisa.

Se sacude las manos, nervioso, y vuelve a entrar en la cámara con su habitual despreocupación. Le observo y me alejo de la puerta abierta para mantenerme alejada de Jules.

Se dirige hacia la pared de estanterías.

—¿Qué haces? —gruñe Jules.

—Buscar algo de comida, a menos que necesite tu permiso. —Marcel baja un saco de tela áspera. De espaldas a su hermana, rebusca en ella mientras pasa por delante de las estanterías. De repente se detiene, presa de un ataque de tos. Apoya el hombro en la pared y sus dedos se arrastran hacia un ladrillo de piedra caliza que sobresale. Tiene que estar un poco hueco en la parte superior, porque cuando mete la mano dentro, le cae algo delgado y blanco en el saco. Se endereza y se da con el puño en el pecho—. ¿Tienes hambre? —Saca un trozo de pan del saco.

—No tengo tanta hambre como para comerme esa roca llena de moho. —La voz de Jules tiembla como si volviera a convulsionar, aunque hace calor y está envuelta en mantas.

—Está bien. —Marcel deja caer el pan de nuevo en el saco y sale de la cámara con él.

Nos alejamos a toda prisa varios metros de la puerta. Saca la flauta de hueso y se me acelera la sangre. Alargo la mano para agarrarla, pero él se la acerca al pecho.

—Tienes que cumplir tu promesa y no volver nunca a por Bastien —susurra Marcel—. Es el mejor amigo de Jules y también el mío. No queremos que le hagas daño. —«O que lo asesines», podría añadir por la mirada grave que tiene.

—La cumpliré. —respondo. Entonces se me revuelve el estómago—. ¿Le dirás que sé que quiere a Jules y que... —se me quiebra la voz— le deseo lo mejor?

Marcel me mira sin comprender.

—¿Eh?

—Los has visto esta noche.

—Bueno, sí... A ver, Bastien siempre se ha preocupado por Jules, pero tú eres su alma gemela.

Me tiembla la barbilla.

—Eso no quiere decir que nunca haya tenido un apego más profundo desde el principio.

—Pero...

—Bastien estará más seguro con Jules, Marcel. Lo sabes. Prométeme que seguirás trabajando para romper el vínculo de las almas.

Deja caer los hombros.

—Por supuesto. —Me da un apretón afectuoso en el brazo—. Yo también te deseo lo mejor, Ailesse. —Con un gran suspiro, baja la vista hacia la flauta. Sé que echará de menos sus misterios—. Ah. —Se le ilumina la cara—. Olvidé decírtelo. ¿Recuerdas el puente del que te hablé? ¿El que hay en las cuevas bajo las minas?

Asiento con la cabeza, curiosa.

Le da la vuelta a la flauta de hueso y señala el símbolo de un puente sobre la tierra.

—Estaba grabado.

40
Sabine

La luna llena brilla en el patio bajo Château Creux. Unas diez mujeres siguen despiertas y conversan en los rincones de la caverna abierta. Susurran sobre los Encadenados que roban Luz y se hacen más fuertes. Debaten sobre lo que se puede hacer antes de la próxima luna nueva.

Maurille sonríe cuando me acerco corriendo a su lado.

—Buenas noches, Sabine. —Otras mujeres también se dan cuenta de mi presencia. He vuelto a casa dos veces para satisfacer a Odiva después de que hablara conmigo en la hondonada. La mayoría de las Leurress inclinan la cabeza, reconociéndome como la heredera de la *matrone*. Algunas fruncen el ceño y se cruzan de brazos. Isla, rival de Ailesse desde la infancia, me lanza una mirada que podría congelar todo el Mar Nivous.

La miro con frialdad. Quiero decirle que si se cree que quiero esto. Si Isla está celosa, debería haberse esforzado más por ser amable. Me eligieron porque soy la mejor amiga de Ailesse, el vínculo más estrecho que existe con ella. Al menos eso es lo que Odiva le dijo a todo el mundo.

Me apresuro a entrar en el túnel que conduce a las ruinas de la torre oeste del castillo. La alcoba de Odiva es la única habitación que hay allí. Subo corriendo las escaleras de caracol, saco la flauta de hueso del bolsillo y ensayo lo que voy a decir.

«Lo siento, *Matrone*. Pensé que te alegraría que hiciera la flauta. Quería que fuera un regalo especial para ti. Eres mi madre».

Espero que mis palabras calmen su ira. Se suponía que Odiva era quien debía matar al chacal dorado, y yo le mentí directamente sobre mi nuevo hueso de la gracia. No tardará en darse cuenta de que nunca fue de un lobo negro.

Reduzco la velocidad de mis pasos al acercarme a su habitación, en lo alto de la torre derruida. Los murmullos se elevan en el aire y resuenan desde dentro, como si Odiva estuviera rezando. No debería molestarla. Estoy siendo atrevida incluso viniendo a su habitación. Apenas conozco a mi madre. Se aleja de nuestra *famille* y no participa en nuestras labores diarias. Solo nos habla cuando es necesario. A decir verdad, no estoy segura de cuánto quiero conocerla. Toda mi vida es una mentira, gracias a las decisiones que ella ha tomado. A pesar de eso, no puedo evitar acercarme a hurtadillas a la puerta. ¿Cómo es Odiva cuando está sola? Tal vez la versión más desprevenida de sí misma es la que puedo aprender a amar.

La puerta no está cerrada del todo. Puedo ver un espacio de unos treinta centímetros de ancho del centro de la habitación, y un poco más a izquierda y derecha si me inclino.

La *matrone* está arrodillada en medio del suelo. Parece tan pequeña y vulnerable: se ha quitado todos sus huesos de la gracia.

Están colocados a su alrededor en círculo: el colgante en forma de garra de un oso albino, así como el colgante en forma de garra de un búho real; la banda con los dientes de una raya cola de látigo; las vértebras de una víbora áspid; y el cráneo de un murciélago nóctulo gigante. Dijo la verdad cuando expresó que su cráneo de cuervo no era un hueso de la gracia, porque no está colocado con los demás; aún le cuelga del cuello.

Odiva tiene los ojos cerrados, los brazos extendidos y las palmas de las manos hacia abajo, la extraña forma en que la vi rezar la noche del rito de iniciación fallido de Ailesse.

Estudio su pelo liso y sedoso negro azabache, su piel blanca como la tiza y sus labios rojo intenso. No me parezco en nada a ella. ¿Cómo puede ser mi madre?

Pero entonces, con mi aguda visión, me fijo más. La inclinación entre el cuello y los hombros tiene la misma curva que los míos. Sus ojos son negros, no marrones, pero la forma es similar. Y, lo que es más increíble, sus manos tersas son mis manos, esos dedos largos son mis dedos. Incluso la forma en que el dedo más pequeño está separado de los demás es un espejo del mío.

Abre los ojos. Me sobresalto y me alejo de la puerta. Cuando el corazón deja de latirme con fuerza, me pongo de puntillas y vuelvo a mirar dentro. Ahora hay un cuenco dentro del círculo. Y un cuchillo de hueso. Esto no es una oración. Es un ritual. Y las armas de hueso solo se usan para sacrificios.

¿Qué significa sacrificar para Odiva?

Agarra el cuchillo y me estremezco al ver cómo se hace una línea en la palma de la mano. No debería estremecerme. Es una parte habitual de los rituales de sacrificio. Yo también tuve que cortarme con los huesos de los animales que maté. Si Ailesse hubiera completado su rito de iniciación, se habría cortado la palma de la mano con su cuchillo de hueso, mojada con la sangre de Bastien.

Odiva mete la mano en el cuenco. No saca un hueso de animal ni sangre, sino un mechón de pelo castaño atado con un cordel blanco. Me tapo la boca para contener un grito ahogado. Ailesse es la única Leurress de nuestra familia con el pelo de ese color.

Odiva dejar caer gotas de su sangre sobre el pelo de Ailesse.

Una oleada de terror me inunda el estómago. ¿Qué hace? Esto podría ser una ceremonia para honrar la vida de mi hermana, tal vez Odiva se arrepiente de no haberla salvado, pero eso no tiene ningún sentido. Los huesos de la gracia de Odiva están colocados a su alrededor, igual que los de Ailesse se colocaron en los cimientos de Castelpont para que el puente representara su cuerpo.

Empiezo a sudar frío. Lo que temo no puede estar ocurriendo.

Mi madre no puede ser capaz de asesinar a su propia hija.

Me tiemblan las piernas. He perdido la sensibilidad en los brazos. No puedo levantar la mano para empujar la puerta. Pero tengo que hacerlo. Tengo que parar esto. No puedo dejar...

—Este es mi pelo, Tyrus. Esta es la sangre que comparto con mi madre.

Me estremezco un poco. Así no es como empieza una oración de sacrificio. Así no empieza ninguna oración.

—Escucha mi voz, Tyrus, el canto de sirena de mi alma. Soy Ailesse, hija de Odiva.

Los latidos de mi corazón se ralentizan. Odiva no está tratando de matar a Ailesse. Está tratando de representarla ante el dios del Inframundo. No importa que no haya elevado el timbre de su voz para sonar como Ailesse. La sangre y el cabello deben ser suficientes para tranquilizar a Tyrus.

—Revoco mi derecho de nacimiento, mi derecho como heredera de mi madre.

Abro los ojos de par en par.

—Mi palabra es mi vínculo. Que así sea. —Suelta un pesado suspiro y su postura se debilita. Las lágrimas le corren por la cara y pasa los dedos por el mechón de pelo de Ailesse—. Ya está, Tyrus. El ritual está hecho. —Vuelve a colocar el pelo en el cuenco y se lleva la mano sangrante al pecho—. Que esto te satisfaga. Hablo ahora como tu sierva Odiva. Acepta mis muchos sacrificios de estos dos últimos años. Que compensen los dos años que compartí con mi amor.

El calor me quema la cara. Odio ser el fruto de su traición a los dioses.

Abre los ojos, pero mantiene la cabeza inclinada.

—Te he dado la Luz de miles de almas Desencadenadas, Tyrus, en lugar de llevarlas a Elara.

Una oleada de vértigo se abalanza sobre mí. «¿Qué acaba de decir?».

—Ahora te pido que cumplas tu parte del trato. —Traga saliva—. Libera a mi amor del Inframundo. Deja que escuche mi canto de sirena y se convierta en mi verdadero *amouré*.

Parpadeo, intentando dispersar los puntos negros que hay en mi visión. ¿De verdad la estoy entendiendo? ¿De verdad mi madre hizo sufrir injustamente a miles de almas, por toda la eternidad, para resucitar a mi padre y unir sus vidas?

Vuelve a acariciar el cabello de Ailesse con dedos temblorosos.

—En cuanto a la hija del hombre que Elara y tú elegisteis para mí, casi he acabado con ella. —Se estremece—. Te lo ruego, Tyrus…, por favor, modifica el requisito que me exigiste la primera vez. No me hagas matar a mi primogénita.

Me pitan los oídos. La bilis se me sube a la garganta. Justo cuando pensaba que Ailesse podría estar a salvo de nuestra madre, justo cuando tenía la más mínima pizca de alivio, al saber que, aunque había perdido su derecho de nacimiento, no había perdido el poder de sus gracias, por fin comprendo la profundidad de lo que Odiva ha hecho, por qué ha cometido crímenes tan terribles contra los Desencadenados.

Le dio a Tyrus todo lo que podía imaginar, si eso significaba que Ailesse podría vivir, todo excepto retractarse de su acuerdo. Y ese es el peor crimen de todos. Porque creo que al final mataría a mi hermana si fuera la única forma de traer a mi padre de vuelta.

—Concédeme una señal para que pueda perdonarle la vida a Ailesse. —Odiva extiende los brazos y junta las manos hacia el Inframundo una vez más—. Concédeme a tu chacal dorado.

«Pero yo ya he matado al chacal dorado».

Lo que significa que Odiva nunca recibirá la señal que necesita. Se desesperará y recurrirá a la última tarea necesaria para satisfacer a Tyrus, lo que él le pidió la primera vez que hizo este trato.

Matar a Ailesse.

Tropiezo con la puerta. No puedo respirar. El mareo vuelve a apoderarse de mí. Apoyo la mano en la pared de piedra para no caerme. No debería haber venido aquí. No estoy aprendiendo a querer a mi madre; estoy empezando a odiarla. Nunca le daré la flauta de hueso. Si la usa para resucitar a mi padre, Tyrus podría reclamar la vida de Ailesse. La lechuza plateada me mostró que mi amiga ya está a punto de morir.

«La lechuza plateada».

Noto una tensión en el vientre. Si me lleva a Castelpont otra vez, voy a… Voy a…

La respuesta me atraviesa como un rayo.

Cierro las manos en puños. Los músculos se me tensan.

Voy a convertirme en la representante de Ailesse.

Odiva me ha enseñado cómo, aunque yo tengo en mente un ritual diferente.

Tomo aire y aprieto la mandíbula, como haría Ailesse. Dejo a mi madre con sus súplicas en vano y bajo por las escaleras de caracol hasta llegar a las cuevas. Corro por los túneles que se ramifican hasta la habitación que compartíamos Ailesse y yo. Su cepillo de pelo de carey descansa sobre una mesita con sus pertenencias. Solo quedan algunos pelos rojizos entre las cerdas. Odiva debió de llevarse el resto.

Meto el cepillo en mi bolsa de caza, junto con mi sencilla flauta de hueso. El cuchillo ritual de Ailesse ya está enfundado en mi cinturón. Me pongo una capa, me calo la capucha y parto hacia Castelpont. Por fin sé cómo salvarle la vida a mi hermana.

41

Bastien

Me apresuro a volver a las catacumbas tan rápido como puedo. El cuchillo de mi padre se balancea en mi cadera, otra vez seguro en su funda, pero sigo hecho un manojo de nervios. Odio separarme de mis amigos, sobre todo después de que atacaran a Jules bajo la cúpula de la cantera. Y odio estar lejos de Ailesse, sobre todo después de que casi la besara.

Se suponía que no debía enamorarme de ella, pero lo hice. Con fuerza. Hasta las trancas. No sé cómo se lo explicaré a Jules.

Cuando llego al muro de calaveras, un grito gutural me hace detenerme. Ha sido Marcel. Que nunca grita.

Irrumpo en la habitación con el cuchillo desenvainado.

—El Encadenado, ¿dónde está?

Jules aprieta la espalda contra la pared. Marcel sostiene una vasija de barro a la defensiva.

—¿Qué pasa? ¿Dónde está Ailesse?

Marcel lanza la vasija contra Jules. Ella se agacha y la vasija se rompe sobre su cabeza.

—¿Qué estás haciendo? —exclamo.

—¡Está dentro de ella! —Señala Marcel y agarra otro recipiente de los estantes.

—¿Quién está dentro de ella?

—¡El muerto! Se ha apoderado de su cuerpo.

Miro a Jules. Mira a su hermano con una mirada de puro odio. Sostiene un cuchillo en cada mano, el suyo y el de Marcel.

—¡Jules, espera!

Se abalanza sobre él. Marcel lanza el plato. Esta vez le da, pero se desvía por el hombro. Corro hacia ella mientras se lanza hacia él. La hago retroceder justo a tiempo. Suelta uno de los cuchillos y grita, pero es un grito gutural y anormalmente bajo. Le he agarrado el brazo herido por accidente.

—No la sueltes —dice Marcel, pero yo lo hago por instinto.

—Le estoy haciendo daño. —Tengo la mano mojada con su sangre.

—Tenemos que hacerle daño para detenerla. Intenta no matarla.

«¿Que lo intente?».

Jules intenta agarrar el cuchillo que se le ha caído. Le doy una patada y retrocedo, inseguro de cómo luchar contra ella.

—¿Cuándo ocurrió esto? —le pregunto a Marcel.

—En la cantera, creo. —Tantea los estantes superiores en busca de otra arma improvisada, pero están vacíos—. Ha estado actuando de una forma rara desde que volvió. Al principio, eran señales insignificantes: convulsiones, cada vez más irritable. Le eché la culpa a su herida, pero cuando nos quedamos solos, empeoró, como si luchara por suprimirlo. Ella se debilitó y él se hizo más fuerte y… —a Marcel se le quiebra la voz y tiene que hacer una pausa—. ¿Y si ya ni siquiera está en sí misma? ¿Y si le ha matado el alma?

Se me revuelve el estómago.

—Sigue ahí dentro. Tiene que estar. —Doy media vuelta alrededor de Jules, preparándome para su próximo ataque.

Ella gruñe.

—Vuestra Jules es débil y está delirante. Sigue luchando contra mí, pero sus intentos son patéticos.

Me rechinan los dientes. Necesito sacar al Encadenado de ella. Ya.

—Veremos lo fuerte que es de verdad, si te atreves a ponerla a prueba.

Jules imita mi paso. Su postura no le corresponde, con los hombros encorvados y la cabeza inclinada hacia delante.

—¿Qué clase de prueba?

—Jules es la mejor luchadora con el cuchillo que conozco, pero no querría que me mataras. —Le robo una mirada a Marcel. Se acerca sigilosamente por detrás—. Lánzame ese cuchillo, y si fallas tu objetivo, sabré que sigues siendo el más débil.

Los ojos de Jules se entrecierran.

—¿Y si soy el más fuerte?

Me encojo de hombros.

—Entonces estoy muerto. —Por el rabillo del ojo, la mirada de Marcel se ensancha. Espero que se esté dando cuenta.

La boca de Jules se curva en una mueca despiadada.

—Me gusta este juego.

—Bien. —Disimuladamente deslizo mi cuchillo por la manga, planto los pies y abro los brazos—. Estoy listo.

Escupe en el suelo. Levanta el cuchillo. Dobla las rodillas y apunta.

El corazón me late, errático.

Echa el brazo hacia atrás.

El cuchillo se desliza hasta mi mano.

Lanza con fuerza, y yo balanceo el cuchillo con una velocidad practicada. Su hoja golpea la mía. El metal choca contra el metal cuando tiro el cuchillo.

—Tú eres más fuerte —admito—. Pero el lanzamiento de Jules es más mortal. Nunca podría haberlo bloqueado.

Gruñe y se abalanza sobre mí. Marcel salta sobre su espalda y le rodea el cuello con el brazo. Ella se agita con violencia. Él forcejea para aferrarse. Me apresuro a sujetarle. Jules se sacude y se agita con los dos encima, como si hubiera pateado un avispero.

—¡Aprieta más fuerte! —grito. Marcel tiembla por el esfuerzo.

Jules nos estampa contra la pared más cercana. Un dolor intenso me recorre la espalda. Casi todo el aire sale de mis pulmones. Consigo balbucear:

—¡No la sueltes!

Gira para embestirnos contra la otra pared. Pero justo cuando se acerca a ella, se detiene tambaleándose y de repente se queda sin fuerzas. Marcel se suelta de inmediato. Agarro a Jules para que no caiga al suelo. Juntos, la tumbamos boca arriba con cuidado.

Tiene los ojos cerrados y la cara enrojecida. Marcel hace una mueca de dolor.

—Por favor, dime que no acabo de matar a mi hermana.

—Respira —respondo—. ¿Tienes alguna cuerda? —Me encuentra un poco y arrastro a Jules hasta la losa de piedra caliza. La atamos y anclamos el extremo de la cuerda bajo la piedra grande, como hicimos con Ailesse cuando...—. Ailesse. —Se me acelera el pulso—. ¿Dónde está? ¿La atacó otro Encadenado?

—No. —Marcel hace sonar tres nudillos y se aleja un paso de mí—. Pero podría haber aprovechado para marcharse mientras tú no estabas.

Durante un segundo, no puedo moverme. Vuelvo a ser un niño, abandonado en el carro de mi padre.

—¿De…? —Intento tragar saliva, pero tengo la garganta demasiado seca—. ¿De verdad pensó que volvería a atarla?

—Creía que habíamos aprendido a confiar el uno en el otro.

Marcel suelta un suspiro con fuerza y me hace un gesto para que me aleje unos metros de Jules.

—Mira —dice en voz baja, a pesar de que ella sigue inconsciente—, no soy un experto en romance, bueno, estoy locamente enamorado de Birdie, pero no logro entender la lógica, pero Ailesse mostraba algunos síntomas clásicos del amor no correspondido: ojos llorosos, suspiros angustiados, despedidas dramáticas.

«¿Amor no correspondido?». No estoy seguro de estar siguiéndole.

—¿Qué dijo?

—Que te desea lo mejor y sabe que sientes un vínculo más fuerte por Jules y que básicamente no quiere interponerse entre vosotros. —Agita una mano en el aire como si todo esto fuera obvio.

—¿Qué? —exclamo—. ¿No le dijiste que no estoy enamorado de Jules?

Parpadea.

—Bueno, no exactamente. Le dije que siempre te habías preocupado por ella.

Me paso las manos por la cara.

—Estoy seguro de que Ailesse malinterpretó todo eso.

Marcel me dedica una sonrisa dolida.

—Tal vez, tampoco es que sea un experto en chicas.

Se me escapa una risa miserable. Si Marcel no fuera como un hermano para mí, lo estrangularía.

—Espera. —Se queda paralizado—. ¿Eso significa que estás enamorado de Ailesse? O sea, amor, amor, no es solo un «es atractiva de una forma que te desarma porque es mi alma gemela», ¿no?

Le miro fijamente y cambio el peso del cuerpo de un pie a otro. He olvidado cómo formar palabras.

—Yo... ella es... —Trago saliva y me alejo. Me rodeo la nuca con las manos. Ailesse es increíble. Es feroz y apasionada y nunca se echa atrás ante un desafío. No hay nadie como ella. Es imposible describir lo que me hace sentir—. Ni siquiera sé cómo encontrarla, Marcel.

—Creo que yo sí.

Me doy la vuelta de inmediato.

—Me pidió la flauta de hueso —explica—. Verás, esta noche hay luna llena, las mareas más bajas y todo eso. Ailesse estaba decidida a intentar guiar a los muertos. Dijo que los muertos se estaban descontrolando y que, si uno de ellos volvía a atacar a Jules, podría morir.

Echo otro vistazo a Jules. Se retuerce y hace muecas mientras duerme. El Encadenado sigue dentro de ella, alimentándose de su Luz. ¿Cuánto falta para que toda su luz desaparezca? Me apresuro a agarrar mi bolsa.

—¿Así que Ailesse fue al puente de tierra? —«¿En qué está pensando? Los muertos la perseguirán una vez que esté afuera».

—No, ha ido al puente bajo las minas.

Me detengo. Y me giro. Y le miro.

—¿Hay un puente bajo las minas?

Sonríe y se balancea sobre los talones.

—Recientemente descubierto por un servidor y trazado en un mapa fiable.

—¿Y por qué iría allí a guiar a los muertos?

—Bueno, un símbolo del puente coincide con uno en la flauta de hueso.

Entrecierro los ojos.

—¿El puente sobre la tierra? —pregunto, recordando el símbolo que me dibujó Ailesse—. Es un puente del alma como el puente de tierra, ¿no?

—Ella cree que sí. Es una posibilidad fascinante.

Me acerco despacio a Marcel, y su sonrisa vacila.

—¿Así que le diste a Ailesse la flauta de hueso sabiendo que bajaría allí sola? —La sangre me palpita en la cabeza—. ¿Recuerdas la escena del puente de tierra, Marcel? Si todas esas Ferriers no pudieron controlar a los muertos, ¿cómo crees que lo hará Ailesse?

Traga saliva.

—Puede que ni siquiera funcione —dice, optimista.

Cada músculo de mi cuerpo se tensa. Cada nervio se estira y se crispa. Ailesse no intentaría algo tan imprudente a menos que hubiera perdido la esperanza de que pudiéramos romper el vínculo de nuestras almas.

Agarro mi bolsa, la descargo y me apresuro hacia la pared donde Jules y Marcel han estado almacenando pólvora negra. Meto dos pequeños bidones dentro. No será suficiente. Agarro la bolsa de Jules y meto dos más.

Marcel me observa, inquieto.

—¿Planeas hacer explotar algo?

—¿Con cuántos muertos te gustaría luchar a la vez? —pregunto.

Él frunce el ceño y mira a su hermana.

—Con ninguno.

Agarro el farol y me pongo las bolsas sobre los hombros.

—Mantén el farol lejos de eso —me advierte.

Asiento con la cabeza.

—¿Estarás bien con Jules aquí?

—A menos que aprenda a respirar fuego, lo que es muy improbable.

—De acuerdo. —Me acerco y abro la mano—. Veamos ese mapa que has hecho.

—¿El mapa? —Marcel retrocede—. Ah, eso... bueno... Se lo di a Ailesse.

Aprieto los ojos y suelto un quejido.

—*Marcel*.

—Pensé en él como en un regalo de despedida —dice, avergonzado.

Me paso las manos por el pelo y respiro hondo. No hay tiempo para discutir.

—Dime cómo llegar a ese puente.

42
Sabine

La lechuza plateada está esperándome cuando llego a Castelpont, sus alas iridiscentes brillan a la luz de la luna llena. No interfiere cuando extraigo mis tres huesos de gracia del collar que va atado al hombro de Ailesse y los entierro bajo los cimientos del puente. Es una señal de que lo que hago está bien. Ailesse haría lo mismo si hubiera recuperado sus gracias.

En el centro del puente, me vuelvo a abrochar el collar y me arrodillo, extendiendo la falda. No pensé en ponerme un vestido blanco, pero no veo por qué debería importar. Saco el cepillo para el pelo de Ailesse de mi bolsa de caza y arranco los últimos cabellos. A continuación, saco su cuchillo de hueso de mi funda. Respiro hondo y me paso la hoja por la palma de la mano. Agradezco el dolor. Han pasado veintinueve días desde que secuestraron a mi amiga y por fin voy a hacer algo que la ayude de verdad.

Derramo la sangre sobre sus cabellos rojizos.

—Este es mi pelo, Tyrus. Esta es la sangre que comparto con mi hermana. —Hago una pausa, preguntándome por qué Odiva no le rezó también a Elara. Miro a la lechuza plateada. Está muy quieta posada en el parapeto de piedra, con la cabeza ligeramente inclinada sobre el pecho y sus ojos penetrantes clavados en mí—. Escucha mi voz, Tyrus, el canto de sirena de mi alma —continúo, decidida a rezar solo a Tyrus. No puedo arriesgarme a comprometer el ritual—. Soy Ailesse, hermana de Sabine. Esta noche, termino mi rito de iniciación. —Pero este no es mi rito de iniciación; es el final del de Ailesse.

Esta noche, atraeré a Bastien, en lugar de a mi alma gemela, y lo mataré para salvar a mi hermana.

Me envuelvo la mano ensangrentada con un trozo de tela de mi bolsa de caza y empujo mis pertenencias hacia las sombras del puente. Excepto el cuchillo de hueso. Que guardo bajo la capa. Saco la flauta nueva, esperando que el sencillo instrumento que he tallado sea suficiente para tocar un verdadero canto de sirena. Ya conozco la canción. Ailesse y yo la practicamos juntas con flautas de madera antes de la última luna llena. Nunca tendrá la oportunidad de terminar este ritual por sí misma, pero al menos será una Ferrier. Ese fue siempre su sueño, no lo que costó conseguirlo.

Me acerco la flauta a la boca y toco el patrón de la melodía sobre los agujeros de los tonos antes de soltar el aire.

La canción de amor y pérdida resuena sobre la brisa de la noche. Bastien debería sentir su llamada enseguida. Lucharé contra él uno contra uno, espero que esta vez sin la interferencia de sus amigos.

La lechuza plateada me observa mientras sigo tocando. Podría ser de mármol. No hace ruido ni chilla, ni siquiera agita las alas. Pasa un cuarto de hora y Bastien sigue sin venir.

«No te preocupes, Sabine. Funcionará». La última vez vino tan rápido porque ya nos estaba esperando. Esta noche tiene que salir de donde sea que se haya estado escondiendo con Ailesse, y quién sabe cuán lejos está.

Me tenso mientras toco sin parar, no por falta de aire, sino por la creciente ansiedad. Pasa al menos otra media hora. Llevo aquí demasiado tiempo. No dejo de mirar hacia atrás, hacia el Beau Palais, por encima de los muros de Dovré. Alguien debe de haberme visto ya a través de las ventanas del castillo de piedra blanca.

Ahora la canción va más rápido. Las manos se me mojan por el sudor. Mis dedos resbalan más de una vez de los agujeros. Si el canto de la sirena tiene que tocarse a la perfección, Bastien nunca vendrá esta noche.

Justo cuando estoy a punto de rendirme y arrojar la flauta al lecho seco del río, mi gracia de chacal capta el sonido del roce de unas botas en la carretera. El corazón me late con fuerza. Los pasos proceden del camino que lleva a Dovré. ¿Es allí donde Bastien tiene cautiva a Ailesse?

Sigo tanteando la melodía, esperando a que aparezca por el muro curvo de la ciudad. Ahora que está cerca, se me revuelven las tripas. ¿Y si me equivoco y este ritual solo funciona con las madres y no con las hermanas? Si Tyrus no me permite actuar en lugar de Ailesse, entonces… cuando mate a Bastien, estaré matando también a mi mejor amiga.

Miro a la lechuza plateada. «Me advertirías si esto pudiera matar a Ailesse, ¿verdad?».

Como si hubiera oído mis pensamientos, se eleva del puente, da una vuelta sobre sí misma y se aleja volando hasta un lugar discreto en el extremo más alejado del puente. Ojalá Elara enseñara a hablar a su pájaro.

Los pasos se hacen más fuertes. Una silueta rodea el muro, está a unos veinte metros de distancia. También lleva una capa. La capucha le cubre los ojos. Lo único que puedo ver, incluso con mi visión nocturna y mi vista a largo alcance, son las vagas sombras de su boca y su barbilla.

Se acerca con paso firme. En cuanto pone un pie en el puente, me meto la flauta en el bolsillo, suelto un suspiro tembloroso y saco el cuchillo de hueso de Ailesse. Lo mantengo oculto bajo la capa. No voy a bailar con Bastien; Ailesse ya ha bailado la *danse de l'amant*. Voy a hacerlo rápido. El chacal que hay en mí se estremece. Esta vez no reprimo su sed de sangre. Esta noche la necesitaré.

Bastien ya está a unos diez metros. Aliso los pliegues de mi capa y mantengo la capucha subida.

Tiene la mandíbula bien afeitada. La capa es elegante y las botas están pulidas. ¿Es un nuevo disfraz? Inhalo su olor con mis gracias de salamandra y chacal. No lleva la misma fragancia que antes. Ahora huele a limpio y a menta.

Se detiene a cuatro metros y medio y ladea la cabeza. Acerco el cuchillo a mi cuerpo. ¿Puede ver la forma de la empuñadura?

Su capucha se mueve un poco hacia atrás y las pupilas de sus ojos brillan. Avanza con tiento. El pulso me palpita con cada paso. Mi conciencia empieza a luchar contra el deseo de matar del chacal. Bastien no es un animal, y he llorado por todas esas muertes. ¿Cómo voy a sobrevivir a matar a otro ser humano?

Miro por encima del hombro para asegurarme de que la lechuza plateada no me ha abandonado. Sigue posada en el poste más alejado del puente.

Cálmate, Sabine. Esto es lo que Elara quiere que hagas. Esto es lo que Ailesse necesita que hagas.

Los pasos de Bastien se acercan. No puedo mirarle. ¿Puedo apuñalarle en el corazón sin mirarle a los ojos?

Se detiene a metro y medio.

—¿Eres tú?

Noto que la sangre abandona mi rostro. Su voz está hilada en seda y le falta un trasfondo de amargura.

Este no es Bastien.

Lo miro. Tiene la capucha echada hacia atrás, y se ha echado la capa por detrás de los hombros. Parece de la edad de Bastien, pero no tiene el pelo oscuro y despeinado; es rubio con rizos sueltos. Sus ojos son azules, pero de un azul pétreo, y están abiertos por el asombro, no por la ira.

No puedo respirar.

He atraído a mi propio *amouré*, no al de Ailesse.

Este es mi rito de iniciación.

Doy dos pasos hacia atrás y me agarro el estómago. Este es el chico que los dioses eligieron para mí, y ya lo he matado, solo por tocar una canción.

Me propuse sacrificar a Bastien esta noche, pero ahora, por mi culpa, otro chico morirá. El ritual ya está en marcha.

—¿No me dejarás ver tu rostro? —me pregunta. Su tono es suave, pero está lleno de desesperación. Está atrapado en la red de mi hechizo.

Aflojo el agarre del cuchillo que llevo oculto y me retiro la capucha con la otra mano. Unos cuantos rizos negros brotan alrededor de mis mejillas. Las cejas de mi *amouré* se fruncen. Abre la boca, pero no pronuncia palabra. Me ruborizo. Ailesse me ha dicho que soy hermosa, pero quizá solo lo sea a sus ojos.

Soy consciente de que debo empezar el baile. Se supone que debo demostrar por qué soy perfecta para él y que él es perfecto para mí. Pero lo único que quiero es que la tierra me trague.

Lanzo una mirada mordaz a la lechuza plateada. ¿Todo lo que me ha enseñado a hacer en las últimas semanas ha sido un truco para convertirme en una Ferrier y, después de eso, en la nueva *matrone* de mi *famille*?

—Perdóname. —El chico se peina el pelo con dedos nerviosos—. Me pareció oír una canción familiar.

Frunzo el ceño.

—¿No es la primera vez que la oyes?

Levanta un hombro.

—Supongo que pensé… que tú serías ella.

—¿Y quién es ella?

Su pesada mirada se desvía hacia el otro lado del puente.

—No la conozco. Nunca supe su nombre.

Me tiembla el pulso.

—¿Pero la viste?

—No era más que un espectro vestido de blanco desde el Beau Palais.

«¿Beau Palais?». Evalúo con rapidez su ropa. Lleva uniforme, con medallas prendidas en el pecho. Debe de ser un soldado condecorado.

—Salí del castillo en cuanto la vi —confiesa—, pero cuando llegué, ya se había ido. Alcancé a ver su pelo rojizo mientras corría hacia el bosque con sus amigos.

Le miro fijamente, con una incredulidad cruda y mordaz. Mi ritual de esta noche ha funcionado. Me ha traído al *amouré* de Ailesse. Pero no es Bastien.

—No eran sus amigos —digo, fría.

Abre los ojos de par en par y se acerca.

—¿La conoces?

—Ailesse es mi mejor amiga —respondo, moviendo el cuchillo de mi espalda a mi costado. Lo agarro con fuerza bajo la capa. Y ahora puedo salvarla.

Como Ailesse, atraje a este chico hasta aquí. Y como Ailesse, lo mataré aquí.

—Ailesse —repite con devoción—. Tengo que conocerla. Ahora. —Me agarra del brazo y me tenso. Nunca me ha tocado un chico—. Apenas he dormido este último mes —dice—. La gente de Dovré está enferma y desesperada. Están empezando a pelearse entre ellos. Pero, debo confesar que lo que más me preocupa es esta... —Sacude la cabeza y se pasa una mano por el corazón—. No sé cómo explicarlo, pero es la razón por la que recorro las murallas del Beau Palais por la noche para vigilar este puente. Espero, como un tonto, que vuelva. —Se ríe con timidez—. No entiendo por qué me siento atraído por ella. Debes pensar que soy un idiota.

—No, conozco el poder de ese sentimiento... no se puede ignorar. —Ningún *amouré* se ha resistido, jamás.

Me estudia un segundo y su boca se curva en una sonrisa cálida y agradecida. Incluso se le forma un hoyuelo en la mejilla derecha, lo cual no es justo. No puedo negar que es guapo. Además, es amable y sincero. ¿Está mal sentir celos de Ailesse después de todo lo que ha sufrido?

—Empezaba a temer haber perdido el juicio —dice—. Gracias por comprenderlo.

—Por supuesto. —Aflojo el agarre del cuchillo. Matarlo no liberará a Ailesse de su cautiverio.

Atrapa la comisura de sus labios con los dientes.

—¿Crees que...? ¿Estarías dispuesta a presentarme a tu amiga?

Bajo la mirada.

—Ojalá pudiera. —«¿De verdad?»—. Pero no sé dónde está. Esas personas con las que la viste huir... la secuestraron. No la he visto desde la noche en que la viste —miento—. Yo también he estado buscándola.

La sonrisa del *amouré* de Ailesse se desvanece. Su hoyuelo desaparece y sus ojos azul piedra se endurecen.

—¿La han secuestrado? —dice. Asiento con la cabeza. Se aleja de mí, con los dedos apretados sobre el puente de la nariz—. Debería haberlo sabido. Debería haber hecho algo. —Levanto las cejas ante su sorprendente arrebato de emoción. ¿Son todos los *amourés* tan apasionados? Apoya las manos en el parapeto de piedra con la cabeza gacha—. Si hubiera llegado antes aquella noche, podría haberla salvado.

Me pongo a su lado, con unas ganas extrañas de consolarlo. Al menos hay otra persona tan preocupada por Ailesse como yo.

—Si alguien tiene la culpa, soy yo —murmuro—. Yo también estaba aquella noche y tampoco conseguí salvarla. El ataque... fue ideado a la perfección.

Sus ojos reflejan mi angustia.

—¿Qué podemos hacer? ¿Dónde la has buscado?

—Al principio, estaba en las catacumbas. Tal vez todavía está allí, no lo sé. Esos túneles son un laberinto. Se tardaría siglos en recorrer cada pasadizo.

Da golpecitos con los dedos en las piedras y su anillo con joyas brilla a la luz de la luna.

—¿Y si te ayudo? Tengo un mapa detallado de las catacumbas.

El búho plateado chilla y yo me doy la vuelta. Empuja el poste y se lanza directa hacia nosotros. Jadeo y extiendo los brazos para proteger al *amouré* de Ailesse. La lechuza se acerca y, de repente, gira a la derecha y nos rodea en picado. Vuelve a chillar y regresa a su puesto.

La miro boquiabierta, atónita por lo que acaba de ocurrir. El *amouré* de Ailesse suelta una carcajada divertida.

—Qué criatura más rara.

Me obligo a sonreír. ¿Me está advirtiendo la lechuza plateada que no cace a Ailesse con este chico? ¿O me está animando?

Sus ojos se posan en mi mano y reprime una sonrisa.

—Creo que ahora estamos a salvo. —Me guiña un ojo.

Me doy cuenta de que tengo el cuchillo de hueso a la vista.

—Oh. —Me sonrojo y lo envaino—. Lo siento. Este puente me hace sentir incómoda.

Sigue mirando el cuchillo; puede ver la empuñadura que sobresale.

—Nunca me he encontrado con algo así. —Frunce el ceño—. O con algo como tu collar, por cierto.

—Son reliquias. —La mentira me sale rápido de la lengua, y espero que satisfaga su curiosidad. No tengo ninguna intención de hablar del cuchillo, porque ahora entiendo lo que la lechuza plateada quiere que haga: llevar a este chico ante Ailesse y ofrecérselo, junto con su cuchillo de hueso. Este es su sacrificio, no el mío. Eso significa que la elección es suya.

Miro al chico que tengo delante. Se ha enamorado de una chica solo con ver su vestido y una hermosa canción, y ahora lo único que quiere es conocerla. Odio haber llegado a saber algo sobre él. Su muerte será mucho más difícil de soportar. Pero tengo que soportarla. La lechuza plateada me ha guiado hasta este momento, paso a paso. Me ha dado todo lo que necesito para encontrar a Ailesse y salvarla. No puedo echarme atrás.

—¿Cómo es que tienes un mapa de las catacumbas? —pregunto.

El *amouré* de Ailesse vuelve a sonreír, pero ahora es una mueca misteriosa.

—No sabes quién soy, ¿verdad?

Vuelvo a mirar su uniforme y niego con la cabeza. No consigo atinar el rango.

Se inclina hacia mí y me lo dice.

Noto que se me abren los ojos de par en par.

43
Ailesse

Me apresuro a atravesar las minas bajo las catacumbas. No encuentro el pozo que desciende hasta el nivel del puente. Marcel puede ser brillante, pero sus habilidades artísticas son mediocres. Sus garabatos ya me han llevado por tres caminos equivocados, y he perdido demasiado tiempo volviendo atrás.

Un túnel que se bifurca aparece a la luz de mi lámpara, y compruebo enseguida el mapa de Marcel. No tengo ni idea de dónde estoy. Miro hacia atrás por donde he venido y luego atravieso el nuevo túnel. Odio detenerme. Cada vez que me detengo, me escuecen los ojos y oigo la voz de Bastien. «¿Bailarías conmigo como lo hiciste aquel día? —Siento su mano acariciándome la mejilla mientras susurra—: Nunca te hizo falta tocar una canción para mí, Ailesse».

Ignoro el dolor que siento en el pecho. Corro por el nuevo túnel y dejo de pensar en Bastien. Me concentro en el puente sobre la tierra. ¿Las Leurress hicieron la travesía en él hace mucho tiempo? ¿Por qué dejaron de hacerla? ¿Porque los túneles se convirtieron en una fosa común profanada?

Sigo buscando la escotilla de la que habló Marcel. Si no encuentro la entrada principal que marcó en el mapa, quizá pueda localizar la otra entrada al puente del alma. Pero la escotilla no está en el mapa, y no veo ninguna señal de ella.

El túnel se curva. Paso junto a dos túneles que se bifurcan. ¿Estoy dando vueltas por el mismo abismo al que me precipité cuando mi madre intentó rescatarme? ¿El puente del alma está ahí abajo?

Voy más rápido. Falta menos de una hora para medianoche. Es demasiado tarde para correr a casa y buscar a mi madre. No importa. Ella me alabará por descubrir este lugar. Voy a demostrar que las Leurress también pueden guiar a los muertos en luna llena.

Ahora oigo la voz de Sabine. «Tienes que pensar, Ailesse. No puedes guiar a los muertos tú sola». Su tono de preocupación me resulta familiar. Lo usó cuando me preguntó: «¿De verdad tenías que cazar un tiburón tigre?» y «¿Es prudente celebrar tu rito de iniciación en Castelpont?». Aprieto la mandíbula y expulso su voz como expulsé la de Bastien. Sabine olvida que siempre consigo lo que me propongo, por difícil que sea. Excepto romper el vínculo de mi alma con la de Bastien.

Doblo otra esquina y me detengo de golpe. Mi lámpara de aceite parpadea, casi consumiéndose. Avanzo varios metros y se me acelera el pulso. Una rueda y un eje se levantan sobre un agujero en el suelo cerca del callejón sin salida del túnel. Compruebo el dibujo torpe de Marcel en el mapa. Aquí está, la entrada a las cuevas.

Esbozo una sonrisa triunfal. «Gracias, Elara».

Me doy prisa por llegar al borde del hoyo. En realidad, es un eje circular de un metro y medio de ancho. Encima, enrollada alrededor del eje, hay una cuerda. Saco un cubo del extremo en forma de gancho, dejo a un lado mi lámpara de aceite y giro la rueda, con lo que extiendo toda la cuerda hacia el interior del pozo.

Agarro mi lámpara y rezo para que no se me caiga mientras desciendo. Mi visión de tiburón tigre no puede penetrar en el denso negro de las minas; necesito al menos una pequeña fuente de luz con la que trabajar.

Me acerco al borde del pozo. Unas punzadas de ansiedad me atraviesan la piel. Luego se intensifican y me martillean la columna vertebral. No son los nervios. Es mi sexto sentido. Alguien se acerca.

Me doy la vuelta. Al mismo tiempo, el borde del eje se desmorona.

Me deslizo dentro del pozo y grito. La cuerda se me escurre entre los dedos.

Aseguro el agarre y choco contra la pared del pozo. Mi lámpara de arcilla se hace añicos. Todo se vuelve negro.

Alguien grita, pero el sonido es apagado. ¿Un alma encadenada? Estoy colgada de la cuerda, el pulso me late en los oídos.

Una débil luz brilla sobre mí. Veo la abertura circular del pozo. Estoy a un metro de la cima. La luz aumenta. No es *chazoure*; es dorada.

—¡Ailesse! —Alguien se agacha. Se me corta la respiración. *Bastien*.

Agarro su mano. Me arrastra hasta el borde. Me pongo en pie y me lanzo hacia él. El shock me recorre el cuerpo. Sus brazos me rodean y me abraza con la misma fuerza. No puedo dejar de temblar. Agarro su camisa con los puños y aprieto la nariz en el pliegue de su cuello y su hombro. No pensé que volvería a verle. Me da besos en la coronilla una y otra vez. El pulso me recorre las extremidades hasta llegar a las palmas de las manos y las plantas de los pies.

Cierro los ojos y dejo que su olor almizclado y cálido me llene los pulmones.

Bastien me acaricia el pelo.

—¿Por qué te has ido? —Su voz revela un poco de dolor.

Mis pestañas se abren en abanico contra su cuello mientras recuerdo lo que me molestó.

—Sientes algo por Jules. Más de lo que pensaba.

—Es mi mejor amiga, Ailesse. Claro que siento algo por ella. Pero eso no significa...

—Le dijiste la frase de tu padre, Bastien. —Me alejo de él—. «No me faltas. Yo no te faltaré». —Se me hace un nudo en la garganta—. Creía que eso significaba que llevabas a alguien en el corazón... y supongo, esperaba, que esa chica fuese yo.

Sus ojos se llenan de una profunda ternura.

—Lo siento. —Me aparta un pelo de la frente—. Esa frase es algo que le digo a la familia. Jules y Marcel son familia. Pero tú... —Traga saliva y me toma el rostro entre sus manos—. Significa algo diferente cuando te la digo a ti.

El corazón me late más deprisa.

—¿De verdad?

Sus ojos azul mar reflejan el oro de su linterna parpadeante.

—Tú eres la chica de la que estoy enamorado, Ailesse.

Una oleada de calor me recorre la piel. De repente me siento ingrávida, sin aliento.

—¿Puedes repetirlo? —Acerco la cabeza—. No sé si te he oído bien.

Sonríe.

—Estoy enamorado de ti, Ailesse.

—Un poco más alto.

—ESTOY ENA...

Acerco su boca a la mía. Le beso con toda la fuerza de mis gracias. Se ríe contra mis labios y me gira hacia la pared, besándome con la misma pasión. Tiro de él aún más cerca. He deseado esto desde que luchó a mi lado en el puente de tierra y llenó nuestra habitación de velas y me llevó a la luna bajo la cúpula.

Retrocede un paso cuando me separo de la pared y le beso con más urgencia. Me levanta para que nuestros rostros queden a la misma altura. Mis pies rozan el suelo mientras él me besa con más intensidad. Quiero más. Mi espalda se arquea. Me estiro y le meto los dedos en el pelo. El calor brota de mi vientre y se extiende por mi pecho y mis extremidades. Está tan acalorado y ruborizado como yo.

Nos echamos hacia atrás y jadeamos, con las cabezas juntas.

—Bastien... —digo, esperando a que mi pulso acelerado se ralentice y mi respiración se estabilice. Echo la cabeza hacia atrás para poder mirarle—. Mírame. —Abre los ojos poco a poco, como si despertara de un hechizo. Le paso los pulgares por los pómulos—. Te quiero, Bastien. —Necesito que sepa que siento lo mismo—. Te quiero —vuelvo a decir, en un susurro reverente.

Todavía me tiene entre sus brazos.

—Ailesse —susurra con la sonrisa más dulce. No dice nada más. No hace falta. Me baja con delicadeza hasta el suelo y nuestros labios vuelven a rozarse, tiernos, pacientes y llenos de adoración. Esta es una nueva danza entre ambos, una danza que no conduce a la muerte, sino que se aferra a la frágil esperanza de la vida.

Su boca se desliza a lo largo de mi mandíbula y recorre un suave camino hasta mi clavícula. Cuando sus labios vuelven a subir, rozan un punto sensible de mi cuello. Me río en voz baja y giro la cabeza para controlarme. Entonces mis ojos se posan en dos bolsas que descansan contra la pared. Están abarrotadas, al límite de su capacidad. Sonrío, aunque estoy confusa.

—¿Qué es todo eso?

Me echa un vistazo.

—Oh, eh, una precaución contra los muertos. Resulta que no soy el mejor luchando contra gente invisible. —Hace una mueca, y su expresión se ensombrece—. Fue mucho más fácil luchar contra Jules.

—¿Jules? —Se me cae el alma a los pies—. ¿Qué ha pasado?

Bastien se frota la frente como si estuviera enfadado consigo mismo por haberlo olvidado.

—El Encadenado no se marchó de la cantera. Se metió dentro del cuerpo de Jules.

Me quedo paralizada. No sabía que un Encadenado pudiera hacer eso. Miro hacia el pozo minero y me muerdo el labio. No sé hasta qué profundidad llega, pero el puente del alma debería estar en el fondo.

—Creo que puedo hacer algo para ayudar. Cuando toque el canto de sirena, debería atraerlo para que salga de ella.

Frunce el ceño.

—¿Es la única manera?

—No veo ninguna otra forma. Si el Encadenado se queda atrapado en el interior de Jules, le robará toda su Luz. No se le puede derrotar hasta que se le lleve al Inframundo. —Le doy un apretón en la mano a Bastien—. Tengo que intentarlo.

Su boca se cierra en una línea firme.

—Entonces te ayudaré.

—¡No! —Mis ojos se abren de par en par—. Ni siquiera puedes ver a los muertos.

—Ya hemos pasado por ese problema antes.

—No puedo dejar que... —Se me revuelve el estómago—. ¿Y si mueres por mi culpa?

Se encoge de hombros.

—No sería la primera vez que me encuentro con ese problema.

—Hablo en serio, Bastien. Esto no es una buena idea.

—Ailesse. —Me agarra por los hombros y me besa con cariño—. No voy a dejarte. Merece la pena correr el riesgo por ti, ¿me oyes? Siempre valdrá la pena el riesgo.

Exhalo despacio y me aprieto contra él.

—Además —susurra, presionando sus labios contra mi cuello—, tengo cuatro bidones de pólvora negra.

44
Sabine

Camino sobre las piedras de Castelpont y me retuerzo las manos. Ya he desenterrado mis huesos de la gracia y los he vuelto a atar al collar que llevo sujeto al hombro. El *amouré* de Ailesse debería volver en cualquier momento. Estoy esperando el momento adecuado para tomarlo cautivo. Antes necesito su mapa.

Me froto el colgante del chacal dorado mientras escudriño el cielo y los árboles de los alrededores. La lechuza plateada ha desaparecido. ¿Es importante? Si es así, no sé por qué.

Respiro un olor a menta limpia y oigo pasos a lo lejos. Me vuelvo hacia el camino que lleva a Dovré y Cas aparece por el recodo. Cas. Así me pidió que le llamara. Su nombre completo es Casimir, y le va como anillo al dedo. Todavía no puedo creerme que el *amouré* de Ailesse sea alguien tan importante. En realidad, sí puedo. Es el tipo de persona que siempre imaginé para ella.

—Hola de nuevo. —Cas sonríe con simpatía y se une a mí en el puente.

—Hola —respondo, intentando aplastar las mariposas repentinas que siento en el estómago. No puedo pensar en él con ternura cuando estoy a punto de entregarlo a la muerte.

—Estoy listo. —Toca la empuñadura de una espada elegante en su cinturón. También lleva una daga enfundada en el muslo.

—¿Y el mapa?

—Ah, sí. —Se saca una hoja de pergamino doblada del bolsillo, me la pasa y sostiene un farol para que podamos estudiarla juntos.

Despliego el mapa y examino los dibujos elaborados a pequeña escala de ambas caras. La primera cara muestra una vista de sección de cada nivel de las catacumbas y las minas. La segunda cara es una vista desde arriba de los cuatro niveles principales, cada uno de ellos esbozado en rectángulos separados que se apilan en una columna. Todo está etiquetado en el idioma de la Vieja Galle, que no sé leer. Tardo unos instantes en identificar los caminos que ya he recorrido en el primer y el segundo nivel. No sabía que existieran otros más abajo.

—Algunos lugares parecen ser cámaras o canteras más grandes —dice Cas—. Deberíamos revisarlos primero.

No puedo dejar de mirar el cuarto nivel. A diferencia de los túneles angulosos de arriba, aquí los pasadizos son curvos, y las cámaras de este nivel parecen más manchas de tinta que canteras estructuradas. Quizá el cuarto nivel sea una red de cuevas. Señalo una línea más gruesa sobre una caverna tan profunda que no sé dónde termina.

—¿Qué crees que es eso? —En la vista seccionada del mapa, los lados de la caverna sobresalen del borde inferior del pergamino. Le doy la vuelta al mapa para verlo en vista superior. Aquí, la línea gruesa es una franja oscura que va de un extremo a otro de la caverna.

—¿Una escalera? —sugiere Cas.

—No, las escaleras se parecen a esto. —Pongo el dedo sobre un rectángulo con líneas para los escalones. Escudriño los bordes algo ondulados de la franja oscura—. Podría ser un puente natural.

Cas se inclina más cerca, con los ojos entrecerrados.

—Excepto que lleva a un callejón sin salida.

—Cierto —respondo, y entonces me fijo en unas pequeñas marcas debajo de la franja. Sin mi visión de atajacaminos, no sería capaz de ver sus líneas ultrafinas y los detalles minúsculos. Son símbolos de un puente, tierra y luna llena. Símbolos de Leurress. Doy la vuelta al mapa y encuentro las mismas marcas junto al puente: tiene que ser un puente, entonces—. ¿De dónde viene este mapa?

—No sé dónde se originó, pero hay un cofre en la biblioteca del Beau Palais que está lleno de mapas. Los utilizamos para trazar la estrategia de las pequeñas guerras que estallan en Galle del Sur. Hace un año, más o menos, encontré este escondido dentro de uno de los mapas más antiguos. —Cas se rasca la nuca—. ¿Reconoces algo que pueda ayudarnos?

Me muerdo el labio. Esta noche hay luna llena, igual que el símbolo dibujado junto al puente. Eso no tiene por qué significar que sea allí donde estará Ailesse —Bastien no sabría nada de ese lugar, y ella tampoco—, pero tengo un fuerte presentimiento que no puedo ignorar. Es la misma sensación que tuve cuando Odiva me dijo dos veces que Ailesse estaba muerta, y de algún modo supe que mentía. Ahora el presentimiento me dice que tengo que ir allí.

—Sí —respondo.

Nada más pronunciar la palabra, la lechuza plateada sale del bosque y pasa volando junto a mí. Empiezo a sonreír —me está confirmando que tengo razón—, pero entonces se dirige en una dirección distinta a la entrada del barranco de las catacumbas. ¿Hay un camino mejor para entrar?

—Muéstramelo —dice Cas.

Mi dedo se mueve para señalar el puente, pero no llega a posarse sobre el pergamino. Me distrae un lejano pisotón de botas, muchas botas. Me agarro al brazo de Cas.

—Viene gente.

Frunce el ceño.

—¿Cómo lo sabes?

Sacudo la cabeza, nerviosa. Toda mi vida he tenido prohibido que me vieran personas ajenas a mi *famille*.

—Tenemos que escondernos.

—No, espera. Mira. —Cas observa el camino hacia Dovré, y aparecen nueve hombres uniformados—. Son soldados de mi batallón —explica—. No pasa nada, Sabine. Se puede confiar en ellos.

Echo un vistazo más de cerca a cada uno de ellos. Los hombres tienen faroles, como Cas, y armas. Eso me hace más desconfiada.

—¿Por qué han venido?

—Para rescatar a Ailesse. —Frunce el ceño, confundido por mí—. Tiene tres secuestradores, tal vez más. Puedo ser un excelente espadachín, pero no soy demasiado optimista. Vamos a necesitar toda la ayuda que podamos conseguir.

—No, no pueden venir con nosotros. —Mi voz es más brusca de lo que pretendía—. Nunca estuve de acuerdo con eso. —Lo último que necesito es que un público de hombres armados con espadas presencie cómo Ailesse masacra a su amigo. O peor, que lo impidan.

Cas se cruza de brazos.

—¿Quieres salvar a Ailesse o no?

—Pues claro que quiero, pero tenemos que ser listos. Un aluvión de soldados arruinará nuestra oportunidad de atacar por sorpresa.

—El efecto sorpresa no puede ayudarnos si nos superan ampliamente en número.

Hago una bola con las manos.

—Si hacemos tanto ruido para sepan que venimos, Ailesse estará muerta para cuando la encontremos.

Cas se estremece cuando digo muerta. Sus soldados se acercan al puente. Suspira y se pasa una mano por el pelo.

—¿Dónde está retenida, Sabine? —Mira el mapa—. ¿En ese lugar que pensaste que era un puente?

Aprieto los labios y desvío un poco la mirada.

—No… la última vez que la vi estaba cerca del nivel justo debajo de las catacumbas. ¿Has visto cuántos túneles hay ahí abajo? Tendrías que buscar durante días antes de encontrarla, y para entonces podría haber desaparecido.

Se queda pensativo.

—¿Qué intentas decirme?

—Iré contigo. —Echo los hombros hacia atrás—. Y no te diré adónde vamos hasta que lleguemos. Y si vamos con ellos no te llevaré. —Inclino la barbilla hacia sus soldados.

Cas se mueve sobre sus pies.

—Seguro que podemos llegar a un acuerdo. Al fin y al cabo, tenemos el mismo objetivo.

No quiero, pero es tan terco como yo. Podemos pasar horas que no tenemos discutiendo sobre esto, o podemos llegar a un acuerdo bajo nuestros términos. Incluso con todas mis gracias, no puedo incapacitar a nueve hombres antes de llevármelo cautivo.

Vuelvo a mirar el mapa y veo una escalera zigzagueante cerca del puente. Sube por todos los niveles del túnel hasta llegar a una entrada señalizada en el exterior. Parece que está a casi cinco kilómetros de aquí.

—Pídeles a tus hombres que nos den ventaja cuando lleguemos a las catacumbas. La entrada a la que nos dirigimos no está lejos de nuestro destino final —añado, sin señalarlo en el mapa—. Nos dará un margen de tiempo para ver si de verdad necesitamos la ayuda extra.

Frunce el ceño.

—O nos dará la oportunidad de que nos superen en número y nos maten.

Me encojo de hombros y me mantengo firme.

—Es un riesgo que estoy dispuesta a correr para proteger a Ailesse. ¿Y tú?

Cas se frota un lado de la cara, deliberando.

Los soldados nos alcanzan en el puente en forma de arco, y yo me retuerzo, incómoda por estar rodeada de tantos hombres cuando solo he vivido entre mujeres.

Un joven de pelo corto se adelanta, como si quisiera hablar con Cas, pero entonces su mirada se posa en mí y levanta las cejas.

Cas se ríe, dándole un codazo en el hombro a su compañero.

—Sí, Briand, es guapa. Ya puedes cerrar la boca.

Briand parpadea y se recompone.

—Estamos, eh, listos cuando quiera. —Inclina la cabeza, pero sus ojos se desvían hacia mí con timidez.

Cas respira hondo.

—Muy bien. Acepto tu plan, Sabine. —Su preciosa sonrisa disipa mi frustración con él—. Vamos a rescatar a Ailesse.

45
Bastien

Me coloco en el túnel y hago girar la rueda por encima del pozo hasta que la última cuerda se extiende sobre el eje. Primero bajo a Ailesse hasta el nivel del puente, para que reserve su fuerza para guiar a los muertos.

A mi alrededor, la oscuridad es total. Mi farol está enganchado al extremo de la cuerda. Su luz no tarda en apagarse por completo.

Espero unos segundos y doy un tirón a la cuerda. Sigue tensa por el peso de Ailesse. ¿Por qué no se ha soltado? No la llamo. No me oiría.

Me muevo sobre las piernas. Estoy a punto de darle otra vuelta a la rueda para volver a subirla, cuando la cuerda deja de estar tensa. Se ha soltado.

«O se ha caído».

Me palpita el corazón. No hay forma de saberlo hasta que esté allí abajo.

No pierdo tiempo en agarrar la cuerda y columpiarme en el pozo. Desciendo lo más rápido posible. La cuerda está áspera. A los quince metros se me forman ampollas en las palmas de las manos. A los dieciocho metros, me arden los músculos. Respiro con calma y continúo. Un poco más de veinte metros, veinticuatro metros, veintisiete… La cuerda llega a su fin. Aseguro el agarre y miro hacia abajo.

—¿Ailesse? —grito. El sudor me resbala por la frente—. ¡Ailesse!

—¡Bastien!

El alivio me inunda. El aire es denso y amortigua su voz, pero no puede estar muy lejos. Veo un tenue anillo de luz debajo: el final del pozo.

—Salta cuando llegues al final de la cuerda —me dice.

Bajo un poco más hasta que cuelgo del gancho. Me suelto sin pensármelo dos veces. Confío en ella.

La caída no es larga; no hace falta que caiga rodando por el impacto del aterrizaje. Un segundo después de que mis pies toquen el suelo, la mano de Ailesse se entrelaza con la mía. Le doy un beso antes de echar un vistazo a nuestro alrededor.

—¿Ves el puente? —pregunto. Ya no estamos encerrados por las paredes del túnel; este espacio es más amplio. Levanta el farol. Unos metros más adelante, el borde del suelo cae en un vacío oscuro.

—Creo que sí. —Me guía unos seis metros alrededor del borde curvo del foso. Círculos sólidos que representan la luna llena están grabados en el suelo a lo largo del camino. Ailesse señala el símbolo del puente sobre la tierra al pie de un sendero de piedra que se extiende por el vacío. El puente del alma—. No sé adónde conduce ni hasta dónde llega en la oscuridad.

Estoy a punto de sugerir que lo crucemos juntos cuando veo una antorcha apagada en un candelabro detrás de nosotros. Cruzo hacia ella y froto la parte superior de sus fibras envueltas. Están recubiertas de algo pegajoso como brea, pero la resina huele extrañamente dulce. Sea lo que sea, se ha mantenido estable durante quién sabe cuántos años, décadas o incluso siglos.

Ailesse saca la vela de su farol y me la entrega. Enciendo la antorcha. La llama es fuerte y arde sin humear.

—Mira, hay más. —Señala dos apliques que hay cerca, a lo largo de la pared. Mientras encendemos las antorchas que hay en ellos, nos fijamos en otras y seguimos caminando alrededor del pozo con forma circular, encendiéndolas todas hasta que termina el saliente, más o menos a mitad de camino. Al menos ya podemos ver lo que hay al otro lado: un muro curvo de piedra natural.

Tiene que ser de unos treinta metros de altura, donde se funde con el techo de la caverna. La pared está salpicada de aberturas de túneles tapiados. Cada una marca distintos niveles de las catacumbas y minas que hay sobre nosotros, lugares que debieron excavarse antes de que la gente se diera cuenta de que se precipitarían en esta caverna. Pero lo más extraño es que no se ha excavado ningún túnel a través del pozo de este nivel.

—No lo entiendo. —Escudriño el foso de unos treinta metros de ancho y el puente natural que lo atraviesa—. El puente lleva a un callejón sin salida. —No hay ningún saliente ancho para estar allí, como tenemos en este lado—. ¿Y las Puertas del Más Allá que dijiste que tenías que abrir?

Ailesse mira con reverencia hacia el final del puente.

—No aparecerán hasta que toque el canto de sirena.

Asiento con la cabeza como si eso tuviese todo el sentido del mundo. Supongo que lo tendrá cuando las vea.

Estudio el puente con más detenimiento. Tiene metro y medio de ancho, mucho más estrecho que el puente terrestre que vislumbré durante la luna nueva. También tiene metro y medio de grosor. Debajo del puente solo hay aire. Parece como si el viento o el agua hubieran cortado el resto de la piedra. Excepto que aquí abajo no hay viento ni agua, y la roca es caliza resistente, no arenisca. Pensar en Ailesse sobre un puente tan delgado y frágil hace que se me acelere el pulso.

—¿Crees que ya es medianoche? —le pregunto.

—Casi.

—¿Estás preparada?

—Sí —responde, sin el más mínimo temblor—. Pero tienes que quedarte en el saliente. Los Encadenados podrían pillarte desprevenido y arrojarte al pozo.

Odio el hecho de no poder ver a estos monstruos.

—Ten cuidado con esa pólvora negra, también, o podrías destruir el puente.

Asiento con la cabeza y me quito a regañadientes las dos bolsas de los hombros. Las coloco cuatro metros y medio más atrás, contra la pared más alejada de nuestro saliente. Esperaba que hacer estallar la pólvora ayudara a controlar el número de Encadenados en el puente. Iba a encender cada bidón, de uno en uno, cada vez que Ailesse avisara de que había un Encadenado cerca. Pero este saliente no está lo suficientemente lejos del puente para ser seguro. Si causara una explosión, el puente volaría en pedazos.

—¿Qué pasa si se tiran algunos de los muertos al foso?

Frunce el ceño.

—No estoy segura, pero sobrevivirían a la caída. Volverían a subir, por mucho que cayeran.

Eso es reconfortante.

Volvemos al principio del puente, nos detenemos y nos miramos. Ailesse tiene la cara llena de magulladuras y arañazos por nuestra pelea con el Encadenado. A la luz de las antorchas, sus ojos pardos se han vuelto ámbar y sus labios tienen un tono rosa más oscuro por haberme besado. Nunca ha estado tan guapa.

Le agarro la nuca y acerco su boca a la mía. La beso más de lo que debería. Sé que tenemos poco tiempo, pero me resisto a dejarla marchar. Una sensación inquietante se apodera de mí, como si fuera la última oportunidad que tengo de abrazarla.

Al final, nos apartamos.

—Ten cuidado —susurro, acariciándole la cara. Los ojos se me llenan de lágrimas. Apenas puedo contenerlas.

Me dedica una sonrisa llena de esperanza.

—Tú también. —Y entonces se separa de mis brazos y el calor de su cuerpo desaparece. Es como si la mitad de mí se hubiera ido.

Se sube al puente, lo cruza hasta llegar a la mitad y saca la flauta de hueso del bolsillo de su vestido. Cierra los ojos un segundo, endereza los hombros y se lleva la flauta a la boca.

Me mira por última vez, me guiña un ojo y empieza a tocar.

Es una canción diferente a la que me atrajo hacia ella, aunque igual de inquietante.

Hago un ovillo con las manos y las flexiono mientras miro a nuestro alrededor, esperando alguna señal de los muertos que se acercan.

—Tal vez puedas gritar «Encadenado» o «Desencadenado» cuando venga cada alma, para avisarme —le sugiero.

Sus ojos se elevan hacia mí y asiente sin rechistar. La música se eleva en una nota alta, luego baja al terminar la melodía. Ailesse se guarda la flauta y se queda mirando el callejón sin salida del puente.

—¿Ya está? —le pregunto—. ¿No tienes que seguir tocando hasta que vengan?

Niega con la cabeza.

—Esto no es como un rito de iniciación. Esta canción tiene más poder, y los muertos la sienten con más intensidad. Dondequiera que estén, ya están en camino.

Me muerdo el labio y miro la enorme pared.

—¿Y las Puertas? —Puede que esté a punto de abrirse un túnel secreto en la piedra o que el muro desaparezca. Pero no ocurre ni lo uno ni lo otro.

Antes de que Ailesse pueda responderme, el viento irrumpe desde el foso y me sobresalto hacia atrás. En el aire se acumulan motas de polvo. Se unen y toman la forma de una puerta arqueada en el callejón sin salida del puente.

Ailesse se ríe y me dedica una amplia sonrisa. Me esfuerzo por devolvérsela. El polvo de la puerta es negro, no blanco calcáreo, y no puedo explicarme de dónde viene el viento ni cómo el polvo sigue flotando y arremolinándose en un velo transparente. En este lugar, todo contradice la lógica. Dudo que incluso Marcel pudiera encontrarle sentido.

—¿Qué puerta es esa? —pregunto.

—Es visible, así que tiene que ser la Puerta de Tyrus al Inframundo —responde Ailesse en un arrebato de entusiasmo—. La del puente de tierra se supone que es de agua.

Frunzo el ceño. Sigo atrapado por la palabra «visible».

—¿Entonces la otra es invisible?

—Casi. —Se levanta en puntillas y señala a la derecha de la Puerta de polvo—. ¿Ves ese brillo plateado en el aire?

Me fijo y aparece una ligera neblina, como una mancha en un cristal.

—Un poco.

—Esa es la Puerta de Elara, y el brillo que gira por encima de ella es la escalera de caracol al Paraíso. —Sonríe aún más—. El Paraíso, Bastien —dice de nuevo, como si no la hubiera oído.

—Oh. —Esa es la mejor respuesta que puedo dar en este momento. No consigo asimilar nada de esto.

Miro el techo alto de piedra mientras me esfuerzo por ver la forma de la escalera, pero entonces atisbo algo misterioso que sí puedo ver: una franja de arcilla seca que atraviesa el centro del techo. Es idéntica a la forma y el tamaño del puente del alma que hay justo debajo, pero la arcilla se ha desmoronado en algunos puntos y deja al descubierto hileras estrechas de tablones de madera y raíces que cuelgan en los espacios que hay entre ellos.

Frunzo el ceño. No crecen plantas en las minas de las catacumbas. Lo que significa que justo encima de esta caverna está el mundo exterior: tierra, cielo, aire fresco. Alguien ha tapado una abertura natural en el techo.

Ailesse aprieta la bolsa de los huesos de la gracia que lleva alrededor del cuello y sacude la cabeza.

—No me creo que esté aquí, que esté viendo estas Puertas con mis propios ojos. Son aún más maravillosas que las que imaginé en el puente de tierra.

No sé qué decir. Yo no las llamaría maravillosas. Mi padre tuvo que pasar por una Puerta como esta.

Se queda paralizada y jadea.

—¿Oyes eso?

Saco el cuchillo.

—¿Dónde están?

—No, los muertos no. —Sonríe—. Es otro canto de sirena. Viene de dentro de las Puertas.

Me inclino un poco más hacia el foso.

—Yo no escucho nada.

Parpadea, despacio, con la mirada perdida mientras escucha una música que no llega a mis oídos.

—La melodía más profunda viene del Inframundo, pero el canto se eleva por encima de ella desde el Paraíso. Cada parte es tan diferente, pero se complementan a la perfección, una es oscura y la otra es esperanzadora.

La observo mientras permanece en pie, impasible, como atrapada en una fantasía. Me aclaro la garganta.

—Estoy seguro de que todo esto es increíble, pero tienes que prepararte. Un alma encadenada podría volar hasta aquí en cualquier momento.

—Las almas no vuelan —responde, distraída—. Eso es un mito.

—Aun así...

Me mira y se pone alerta al instante.

—¡Encadenado! —grita—. ¡A tu izquierda!

Mi cuchillo se balancea, pero no golpeo nada.

—Ahora está en el puente. —Se estabiliza—. ¡Atrás!

Empieza a luchar contra el Encadenado con una serie rápida y variada de patadas. Lucho contra un instinto feroz de correr a su lado. Esquiva golpes que no puedo ver. Se agacha y da volteretas a lo largo del puente. Empiezo a relajarme, observando lo concentrada y hábil que es.

Joder, qué guapa está cuando lucha.

—Tu tiempo aquí ha terminado —le dice al Encadenado. Se da la vuelta y golpea con el puño la fuerza de un cuerpo tangible. Mientras sigue atacando, empuja al alma hasta el final del puente. Da una última patada, más fuerte que las demás, y el polvo negro se dispersa y se transforma en una puerta arqueada.

Se vuelve hacia mí, con las cejas arqueadas en señal de asombro.

—Lo he conseguido.

Sonrío.

—Bien hecho.

Se frota el brazo.

—Sería más fácil con un bastón. Así es como se entrena a las Leurress para guiar a los muertos.

—Lo haces muy bien sin uno —le digo. Entonces me doy cuenta de que está jadeando, con gotas de sudor en la frente. No se cansaba así de fácil cuando luchó contra el Encadenado en la cantera. Pero la luz de la luna y las estrellas brillaban sobre ella a través de la cúpula de la pajarera.

—¡Vienen más! —Recorre la caverna con la mirada—. Todos Encadenados. Uno desde el pozo. Dos del túnel.

¿El túnel? Me giro y examino con rapidez la pared que hay detrás de mi saliente. Efectivamente, un túnel sale de una zona sombría junto a la abertura del pozo minero. Corro hacia él con el cuchillo en alto, pero un fuerte puñetazo en el estómago me hace perder el equilibrio.

—¡Bastien! —grita Ailesse. Salgo volando hacia atrás y derrapo varios metros por la cornisa.

—Estoy bien. —Toso y me pongo en pie. Pero no es así. Por la forma en que Ailesse se retuerce de un lado a otro: patadas, golpes, puñetazos; ya está luchando con al menos dos Encadenados más.

Corro hacia el puente. Apenas estoy encima cuando tropiezo con algo.

—¿Qué haces aquí? —gruñe una voz de hombre—. Esta no es tu lucha.

Planto los pies de inmediato. Con la misma rapidez, lanzo el cuchillo hacia delante. La hoja se resiste y apuñalo con fuerza. El hombre sisea y retrocede. Sigo atacando. Paro, arremeto, me agacho y giro. Utilizo todas las habilidades que he practicado, todas las formaciones posibles, y le hago retroceder. Parece que funciona. Estoy a mitad de camino a través del puente, y Ailesse se ha movido para colocarse cerca de las puertas.

Ahora solo está luchando contra un Encadenado. El otro ya debe haberlo llevado al Inframundo. Vuelvo a blandir el cuchillo, pero el aire ante mí está vacío. Me apresuro a avanzar varios pasos, pero sigo sin saber adónde ha ido mi oponente.

Ailesse hace un ruido como de esfuerzo. Está dando vueltas de un lado a otro, luchando delante y detrás de sí misma. *Merde.* El hombre que me abandonó la está atacando. Corro, pero ella grita:

—¡Atrás, Bastien! —Me detengo a unos metros, pero no me atrevo a irme.

»¡Por favor! Puedo manejar a estos dos. —Le cuesta respirar. Tiene la cara roja—. ¡Sal del puente!

Mi sangre late más rápido. Ailesse no puede luchar así mucho más tiempo. Necesita canalizar más energía. Miro hacia mis bolsas.

—¡Volveré pronto! ¡Voy a volar el techo!

Salta por encima de algo invisible y echa un vistazo rápido al techo. Abre los ojos de par en par.

—Deprisa. —Da un codazo detrás de ella.

Me alejo a toda prisa, con el cuchillo balanceándose sin rumbo por si ataca algún Encadenado. Tengo que encender los barriles de pólvora antes de que lleguen más hasta Ailesse.

Agarro las dos bolsas y el farol y corro hacia el túnel. Algunos de los Encadenados entraron por aquí, así que tiene que llevar al exterior. En cualquier caso, no puedo saltar lo suficientemente alto como para agarrar la cuerda del pozo otra vez.

Ladrillos de piedra caliza bordean el túnel y conducen a una escalera. Me arden las piernas al subir cada tramo en zig-zag hasta la cima. Aquí debe de haber el doble de escalones que en los tres pisos de La Chaste Dame.

La escalera termina y veo una escotilla. Los Encadenados ya la han abierto. Miro hacia arriba, a un cielo despejado lleno de estrellas y a la luna perfectamente redonda. Suelto un gran suspiro.

—Gracias —le digo a nadie en particular.

Salgo a un prado rodeado por un bosque frondoso. Estoy de pie en medio de un círculo de piedras que apenas sobresalen de la hierba silvestre. Algunas tienen grabadas las fases de la luna.

Se me acelera el pulso mientras rebusco entre la hierba a toda prisa y busco los tablones de madera que vi en la caverna. Esto está llevándome demasiado tiempo. Es probable que Ailesse esté luchando con más Encadenados.

Por fin, encuentro un par de tablas con arcilla seca apretujada entre ellas. Hay más cerca. Pronto soy capaz de trazar el borde más largo de la tira hecha con parches que coincide con el puente del alma que hay debajo.

Dejo las bolsas y saco los bidones de pólvora negra. Coloco tres de ellos separados de manera uniforme a lo largo de la franja. Descorcho el cuarto bidón y esparzo un rastro de pólvora que une cada bidón entre sí, y desde allí hasta el borde del prado, a varios metros.

Me agacho y saco la vela de mi farol. El temblor de mi mano hace que la llama tiemble. Esto podría ser un desastre. La explosión podría aplastar a Ailesse o romper el puente. Pero tengo que arriesgarme. No va a rendirse ahora. Necesita una oportunidad para luchar y terminar con la travesía.

Respiro con fuerza, giro sobre las puntas de los pies y bajo la vela hasta el rastro de pólvora negra.

Se enciende una llama brillante. Serpentea enseguida hacia el bidón más cercano.

Salgo corriendo hacia el bosque y rezo a los dioses de Ailesse.

46
Ailesse

Me arden los músculos mientras lucho con el último de los tres Encadenados cerca del polvo negro arremolinado. El hombre me sujeta con fuerza por los hombros. Le golpeo en la parte posterior de los codos para aturdirle, y su agarre se debilita. Enseguida, le rodeo el tobillo con el pie e intento barrerle las piernas. No se mueve. Me palpita la cabeza.

Vuelve a agarrarme por los hombros. Me retuerzo antes de que pueda agarrarme y le empujo hacia atrás. Pierde el equilibrio, pero no se cae. Aprieto los dientes y vuelvo a empujarle. Al final, cae por la puerta.

Apoyo las manos en las rodillas y lucho por recuperar el aliento.

El *chazoure* brota del agujero del pozo de la mina. Se me contrae el estómago. Me enderezo, aprieto los puños. El alma cae al suelo. «No, no, no». Él no. Todavía no.

Me mira fijamente.

—Pensé que te encontraría aquí.

Es el hombre con la nariz rota, brazos gruesos y cadenas entrecruzadas sobre el pecho.

Con el que luché en la cantera. El que se metió en el cuerpo de Jules.

Trago con fuerza. Estoy demasiado debilitada. Y él es demasiado vicioso y poderoso. ¿Cuánta luz le ha robado a Jules?

Sus fosas nasales se agitan, pero su ceño se frunce cuando mira más allá de mí hacia la Puerta de polvo. Su poder le ha traído hasta aquí.

—No puedes obligarme a ir al Infierno. No pertenezco a él.

Levanto la barbilla y cuadro los hombros. No dejaré que vea mi debilidad.

—Demuéstralo. Quítate las cadenas.

Gruñe. Sabe muy bien que son inamovibles.

—Primero te mataré.

Se lanza sobre el puente.

Me tenso para saltar sobre él con mi gracia de halcón. Estoy de pie justo en frente de la Puerta de Tyrus. Si soy lo suficientemente rápida, puedo rodar a un lado y él la atravesará.

En unos segundos, lo tengo encima. Pero está dirigiéndose hacia la Puerta de Elara. Me lanzo para bloquearlo, pero incluso con mi reflejo agraciado, soy demasiado lenta. Me agarra una pierna. La brusca frenada le desequilibra. Va a caerse y me arrastrará con él a través de la Puerta. Pataleo y me revuelvo. La adrenalina golpea a través de mí, pero todavía no tengo fuerza para dominarle. No me suelta. Se mantiene firme y me arrastra hasta ponerme de pie. Me agarra de los brazos con sus manos rechonchas.

—Tú eres la que no se merece el Paraíso. —Su aliento huele a rancio. La saliva *chazouré* sale volando de su boca—. ¿Te gustaría conocer tu propio infierno? Mira abajo. —No miro. Sé lo que veré: una tortuosa caída hacia la nada. Se burla—. Yo te enviaré allí.

Se mueve para arrojarme del puente. Lucho por mantenerme en pie con mi gracia de íbice, pero es demasiado fuerte. Intento desenvainar mi cuchillo. Justo antes de que el Encadenado me lance, le apuñalo en el estómago. Ruge de dolor y me suelta. Aterrizo tres metros más atrás en el puente, a punto de caerme por el borde. Mi sexto sentido emite una débil señal de alarma y me pongo en pie. El Encadenado ya corre hacia mí, con el rostro lleno de furia.

—Adiós, Hechicera de Huesos.

Voy a morir.

Un estruendo ensordecedor corta el aire. La fuerza me hace caer de rodillas.

¡Buuum! ¡Buuum!

El techo se hace añicos por el centro. Una tormenta de tierra y madera astillada cae sobre mí. Me cubro la cabeza con las manos. Los escombros me arañan los brazos y la espalda.

El puente cruje bajo mis pies. La piedra caliza se resquebraja. Me arrastro hacia adelante, desesperada, para intentar llegar a la seguridad de la cornisa.

El Encadenado no se ha caído del puente. Se protege los ojos del polvo y los escombros que se van acumulando y se pone en pie. Una profunda fisura serpentea hacia él, pero de repente se paraliza cuando el puente deja de temblar. Todo se queda en silencio, excepto mis oídos. El Encadenado vuelve a cargar contra mí. Retrocedo. Todavía estoy en estado de shock. No sé qué hacer.

Los últimos escombros desaparecen. En ese instante, un torrente de energía me invade. Me irradia desde la coronilla hasta las puntas de los dedos y la planta de los pies. Los pulmones se me ensanchan. Los latidos de mi corazón se calman. La sangre se me llena de fuerza y de Luz. El cielo se ha abierto. El poder de la luna y las estrellas llega hasta mis huesos y enciende la vida de mis gracias.

Me pongo en pie de un salto y corro hacia el Encadenado.

Mi puño choca contra su mandíbula. La cabeza se le va hacia un lado. Alarga las manos para estrangularme, pero le doy un rodillazo en las tripas y le hago retroceder. Es el tiburón tigre de la laguna. Es el puente que se ve desde el Beau Palais. Acepto el desafío.

Por cada golpe que me da, yo le doy tres. Salto sobre él y le doy por detrás. Cuando recibo un golpe, retrocedo más de lo necesario. Es una estratagema. Lo estoy atrayendo cada vez más a la Puerta del Inframundo.

Está tan furioso que no se da cuenta. Yo juego con esa rabia. Me río cuando lo esquivo. Le pincho en vez de golpearle. Cuando estoy a un metro de la Puerta, está furioso. La energía me recorre la espalda, más profunda que mi sexto sentido. La poderosa tentación del reino de Tyrus. Aprieto la mandíbula y vuelvo a centrarme en el Encadenado.

—¡Ailesse! —Se oye un grito desde arriba. Se me paraliza el corazón. Bastien. No puedo dedicarle ni un segundo. El Encadenado se abalanza sobre mí.

Agarro uno de sus brazos. Con todas mis fuerzas, lo balanceo hacia atrás por encima de mi cabeza y lo suelto. El impulso lo lanza a través de la Puerta. El polvo negro lo absorbe.

Una vertiginosa bocanada de alivio me sale del pecho. Esbozo una sonrisa de felicidad. El monstruo ha desaparecido.

—Es precioso, ¿verdad? —susurra alguien. Me sobresalto y giro detrás de mí. Una joven Desencadenada está en el puente. Lleva un vestido de brocado y una diadema de joyas. Se acerca con lágrimas en los ojos. Sus ojos están fijos en el brillo casi invisible de la Puerta de Elara—. Pero no quiero ir —me dice—. Por favor, no me obligues a ir.

Le toco el brazo, que brilla *chazoure*.

—Estarás con los seres queridos que han fallecido antes que tú. Te cantarán y aliviarán tus preocupaciones. Te construirán un castillo de plata y Luz.

La joven desvía su atención de la Puerta hacia mí.

—¿Mi madre estará allí?

—¿Tu madre fue buena?

—Lo sacrificó todo por mí.

—Entonces estará esperándote para abrazarte.

La joven me dedica una sonrisa temblorosa, pero no avanza.

—Escucha más de cerca esa canción tan hermosa —le digo, dirigiéndola al canto de Elara, el único canto de sirena que un Desencadenado puede oír desde el Más Allá—. Está hecha para darte paz. Confía en esa sensación.

Más lágrimas corren por su rostro mientras asiente e inspira hondo. Se aleja de mí en dirección a la Puerta resplandeciente sin más palabras tranquilizadoras.

—Ailesse, ¿puedes oírme? —grita Bastien, pero el sonido se desvanece en mis oídos. Lo eclipsa el creciente aumento del otro canto de sirena: el canto de Tyrus. Las Leurress son las únicas que pueden oír las dos partes de la música.

La melodía oscura y distintiva de Tyrus resuena desde la Puerta de polvo y se traga el canto de la Puerta de Elara. La música tiene casi una voz masculina. Siento que murmura: «Cruza hacia mí, Ailesse. Mira mis maravillas. Nada de tu mundo es comparable con el mío».

El vestido de la mujer Desencadenada se arrastra tras ella al cruzar el umbral de la Puerta de Elara. Su cuerpo *chazoure* se transforma en plata, y entonces no es más que un brillo translúcido que sube la escalera del Paraíso. Es impresionante. Pero mis ojos se desvían hacia el polvo negro y revuelto. No puedo ver nada más allá, ni siquiera veo el muro de piedra.

Me han dicho que en el reino de Tyrus hay un río de aguas tormentosas. Hierve la carne de los pecadores y se tiñe de rojo con su sangre. El río se seca cuando llega a las Arenas Sin Fin, donde aquellos que asesinaron en vida sin la aprobación de los dioses nunca podrán saciar su sed. Pasado el desierto, los que rompen sus promesas y los cobardes se ven arrastrados por sus cadenas hasta el Caldero de la Justicia, donde arden para siempre en un fuego eterno. Se dice que las cenizas y el humo forman la capa enorme que lleva Tyrus sobre los hombros.

La melodía oscura se hace más fuerte y se acelera al ritmo de los latidos de mi corazón.

«Mi reino es tan hermoso como el de Elara —susurra la voz masculina—. Podrías soportar mi río. Te construiría una barcaza de oro. Te bañaría con agua en mi desierto. Las llamas de mi horno no quemarían tu piel. Te bañarían en un calor divino».

Se me revuelven las tripas. ¿De verdad Tyrus me mantendría a salvo? Me protegió cuando el techo se hizo añicos. No me aplastó. Tampoco me caí del puente. Deslizo los pies hacia delante y me acerco al polvo brillante. Pero, ¿y si miente? Extiendo la mano. Un deseo que no puedo frenar me invita a averiguarlo.

—¡Ailesse! ¡Ailesse! —Las palabras no tienen sentido. No cantan el lenguaje de los dioses. Yo tampoco, pero puede que aprenda.

Bato las pestañas despacio mientras contemplo la negrura más allá del polvo. Una brisa cálida me llega desde el interior y me agita las puntas del pelo.

Doy otro paso, atraída por la oscura llamada de Tyrus.

47

Bastien

—¡Ailesse! —vuelvo a gritar. el corazón se me va a salir del pecho. La miro desde la gran grieta que he abierto. Está a más de treinta metros de mí y está peligrosamente cerca de la puerta de polvo arremolinado. Unos pasos más y estará al otro lado—. ¡Échate atrás, por favor! —No me mira. ¿Acaso me oye? La canción en su cabeza tiene que haber subido a un volumen demasiado alto.

Una extraña brisa le acaricia el pelo y el vestido. Da otro paso hacia la entrada del Inframundo. ¿Qué ocurrirá si cruza? ¿Morirá?

No puedo respirar. No sé qué hacer. No tengo tiempo para bajar todas las escaleras y salvarla.

—¡Ailesse, piensa! Si entras ahí, no podrás volver jamás. —Si ninguno de los Encadenados puede, eso tiene que ser verdad—. No volverás a ver a tu *famille,* ni a tu madre, ni a tu amiga Sabine. —Se me quiebra la voz—. Ni a mí.

Se queda quieta. No distingo su expresión, pero gira la cabeza, como si intentara volver a orientarse. Por fin levanta la vista hacia mí. Me arrodillo y me inclino sobre la grieta.

—Quédate conmigo. No vuelvas a mirar la Puerta. Aléjate de ella y deja de escuchar música. Es para los muertos. Tú no eres una de ellos.

Se queda quieta un buen rato. Luego se tapa la boca con la mano. Se aleja con rapidez de la Puerta.

La tensión de mis músculos se disipa.

—¡Quédate ahí! —Salto para correr hacia la escotilla. Pero una vez que estoy de pie, veo a una mujer correr hacia mí.

No tiene una velocidad normal. Creo que es una muerta. Pero no puedo ver a los muertos. Veo su corona de huesos. Odiva. Mis dedos se acoplan a la empuñadura del cuchillo de mi padre. No es demasiado tarde para vengarle.

¿Pero Ailesse podría perdonarme?

—¿Qué está pasando? —Odiva echa un vistazo a la tierra destruida.

—El *chazoure* viene hacia aquí de todas partes.

—¿*Chazoure*? —repito.

—He seguido a los muertos, muchacho insolente —suelta—. Ailesse, ¿dónde está? —Antes de que pueda responder, Odiva me empuja a un lado y se queda mirando la maldita grieta—. Un segundo puente del alma —jadea.

Miro con ella y tomo una gran bocanada de aire. Ailesse da vueltas y patea el aire. *Merde*. Otro Encadenado.

No puedo pensar en la venganza ahora. Salgo disparado hacia la escotilla.

Cuando estoy a dos metros y medio, choco con una fuerza invisible. Una voz de hombre gruñe y me lanza a un lado. Gruño al caer al suelo. Los pasos del hombre se dirigen hacia la grieta.

Los ojos negros de Odiva se entrecierran al mirarme. Una sonrisa astuta se dibuja en su rostro.

¿A qué está jugando? Me pongo en pie de un salto y saco el cuchillo.

—¿No vas a ayudar? —Corro tras el alma, dando cuchilladas ciegas en el aire—. Va a saltar a través de la grieta.

—Van a saltar, querrás decir.

—¡Ailesse no puede guiar a tres Encadenados a la vez!

—Cualquier Ferrier que se precie puede hacerlo.

Sigo atacando y no consigo darle a nada, corro hacia ella por el borde de la grieta. Estoy a punto de pasar cuando su mano se extiende y me agarra de la muñeca. Me arrastra hacia ella. El cuchillo en mi mano tiembla mientras intento apartarme. Me agarra con demasiada fuerza.

—Puedes dejar de retorcerte, Bastien —dice con frialdad—. Ahora todos los Encadenados están con ella.

Miro hacia abajo a través de la grieta. Ailesse se mueve el doble de rápido que antes. La falda de su vestido verde se agita mientras da vueltas, puñetazos y patadas. Nada interrumpe su concentración, ni siquiera la atracción del Inframundo.

Odiva me arrastra unos centímetros más cerca. Su aliento me acaricia la cara.

—¿Quieres a mi hija?

Aprieto la mandíbula. Estoy seguro de mis sentimientos por Ailesse, pero no sé cómo reaccionará Odiva.

—Sí.

—¿Y ella a ti?

Trago saliva.

—Sí. Ya no quiere matarme.

La comisura del labio de Odiva se curva.

—Al final, no tendrá elección.

—Ailesse sí tiene elección. Yo también. La he elegido a ella. Juntos, encontraremos una manera de sobrevivir a la maldición que une nuestras almas. —Hincho el pecho—. Déjame ir. Déjanos este año.

Odiva no responde. Vuelve a mirar hacia la grieta y arquea sus cejas negro azabache.

—Los ha enviado al Más Allá.

Miro para comprobarlo.

Ailesse está quieta en medio del puente, con el cuerpo girado hacia el otro lado de donde está la Puerta de polvo.

Suelto un suspiro, pero el alivio llega demasiado pronto. Ailesse mira por encima del hombro. Y se gira. Mira hacia la Puerta.

«No, no, no».

—¡Ailesse! —grito—. ¡No escuches la canción!

Odiva se queda boquiabierta.

—No, Tyrus —dice, sin aliento—. Así no.

Ailesse comienza a avanzar hacia la Puerta. Lucho con desesperación contra Odiva.

—¡Ailesse, mírame! ¡Por favor! Recuerda lo que te dije, no perteneces a los muertos.

—No te hará caso —dice Odiva—. La llamada del Inframundo es demasiado poderosa. Si hubiera completado su rito de iniciación, habría aprendido a resistirse a lo que desea.

Se me cierra la garganta. No puedo respirar. Tengo que alejarme de Odiva. Puede que aún tenga una oportunidad de alcanzar a Ailesse a tiempo. Yo mismo la apartaré de la Puerta.

—Suéltame, Hechicera de Huesos —digo con desprecio—. Los dos sabemos que no me matarás.

Odiva me dedica una sonrisa afilada.

—Olvidas que tengo las gracias de cinco criaturas mortales. Soy retorcida, además de ingeniosa. —Se me acelera el pulso cuando sus ojos bajan hasta el cuchillo de mi padre y vuelven a mirarme—. La cuestión es cuánto debo valorar tu vida.

48
Ailesse

El torbellino negro me abraza con fuerza. Cada centímetro de mi piel se eriza con calor. Es más maravilloso que cualquier otra cosa que haya sentido, incluso estar envuelta en los brazos de Bastien.

Estoy a seis metros de la Puerta de polvo. Tiemblo mientras me acerco un metro y medio más. Tengo que parar. No debería ir al Inframundo. Significaría mi muerte.

Me recorre otro torrente de calor. Cierro los ojos. No quiero que esta sensación termine nunca. La atracción del Inframundo me eleva sobre los dedos de los pies y los hace avanzar. Cuando vuelvo a mirar, estoy a tres metros. Tan cerca...

Demasiado cerca.

Aprieto los dientes. Planto los pies en el suelo. El canto de sirena de Tyrus me recorre todos los músculos y los huesos.

—No soy tan débil como tú crees —le digo.

Un redoble de tambor se une a la música y tocan cada vez más rápido. Mi pulso baila con la música. Me cosquillean todas las terminaciones nerviosas. La canción retumba, acelera. Quiero que suene más fuerte, más explosiva.

El pecho me tira hacia delante. Tropiezo siete pasos más cerca de la Puerta. Ahora estoy a un metro.

—¡No! —Mantengo los músculos firmes—. No quiero morir.

El encanto se convierte en una feroz corriente y ningún hueso de la gracia puede darme la fuerza para resistirme.

«Ya has hecho bastante, Ailesse —canta Tyrus sin palabras, pero mi alma lo entiende—. Ven al lugar donde tu talento será honrado, donde apreciaré tu Luz».

«Ailesse, ¡te necesito!». El sonido de otra voz me sobresalta. Es hermosa y profunda. De algún modo, la conozco.

Echo un vistazo a la Puerta plateada y transparente de Elara, justo a la derecha de la Puerta de Tyrus, pero cuando la voz vuelve a llamarme, no lo hace desde su reino.

«Siempre has querido ser una Ferrier. ¡No me decepciones!».

Viene de detrás de mí. Empiezo a darme la vuelta para mirar cuando Tyrus pregunta: «¿De verdad es guiar a los muertos lo que has deseado toda tu vida? ¿O solo deseabas ascender por el puente del alma para acercarte a mi reino? Ahora puedes tocarlo tú misma. Puedes vivir aquí, Ailesse».

«¡Date la vuelta!».

«Déjalo y ven conmigo».

Unas lágrimas de esfuerzo me empañan los ojos. Me debato entre quedarme o irme. La fuerza del poder de Tyrus se filtra en cada espacio de mi cuerpo. Él me quiere más. Puede tenerme.

Mi cabeza se inclina hacia atrás en señal de rendición.

Me dejo llevar.

Algo me agarra el brazo. No puedo moverme. El polvo negro casi me envuelve, pero me retiene. Me arde la sangre. Voy a matar quienquiera que sea...

Me doy la vuelta. Miro fijamente a unos grandes ojos *chazoure*. Una chica sin cadenas.

—El chico dice que no perteneces a ese lugar. —Su voz es diferente de las otras en mi cabeza—. Y la dama hermosa dice que no puede luchar contra todos los Encadenados sin ti.

Arrugo la frente. Solo una parte de sus palabras tiene sentido. Miro un poco más allá de ella.

En medio del puente del alma, alguien con un vestido azul noche y que utiliza unos giros y unos puñetazos majestuosos de los huesos de la gracia, lucha contra cuatro Encadenados a la vez. Jadeo.

—¡Madre!

No puede mirarme con todos los muertos que la rodean y los que vienen, pero la línea tensa de sus hombros se suaviza.

—¡Encárgate de este, Ailesse! —dice. Golpea con la palma de la mano al hombre que tiene frente a ella. Se lanza hacia mí. La puntería de mi madre es exacta.

Un instinto feroz se apodera de mí. El canto de sirena de Tyrus se rompe. La Desencadenada me suelta y atraviesa la Puerta de Elara. Me precipito hacia el muerto.

Le doy una patada en las piernas antes de que aterrice. Cae de rodillas. Lo levanto y lo hago retroceder hasta la Puerta con golpes implacables. Incluso le doy en los ojos. No tiene oportunidad de defenderse. «Mi madre está aquí». Sonrío mientras el muerto me maldice. «Ha venido a ayudarme. No permitió que muriera. Se preocupa por mí».

Siento una calidez en el pecho. He soñado toda mi vida con guiar a los muertos a su lado, trabajar juntas en perfecta armonía. Ese momento ha llegado. Una parte de mí quiere que el mundo se detenga para poder disfrutarlo.

Pero la parte más fuerte, la parte de mí que es hija de mi madre, no se deja llevar por sentimentalismos. Lucho contra la muerte con más fuerza que nunca.

Agarro al hombre por la parte de atrás de la túnica *chazoure*. Ahora estoy cerca del remolino de polvo negro. Tengo que ser rápida. El Encadenado se agita como un gato salvaje, pero mi agarre es tan fuerte como las fauces de mi tiburón tigre. No lo suelto hasta que lo lanzo a través de la Puerta. Grita mientras el polvo lo envuelve y lo pierde de vista.

Me quedo cerca, con la mirada clavada en la oscuridad que gira. El canto de sirena de Tyrus vuelve y suena en mi cabeza. «No es demasiado tarde, Ailesse. Ven conmigo. No te castigaré. Compartiré mi tesoro».

Cuadro la mandíbula. No escucho.

Corro hacia el otro lado. Demasiadas almas pululan por la cornisa y el puente. Se arrastran como arañas por la grieta de arriba y caen desde el pozo de la mina. Escudriño rápido la caverna en busca de Bastien, pero no puedo ver nada más allá de rayas de *chazoure*.

Tres metros después, otros dos Encadenados se enfrentan a mí. Sonrío y les hago avanzar. Ataco con más vigor, pero todavía no igualo el talento de mi madre. Ahora lucha contra cinco almas. Ni siquiera tiene un bastón. Mis fosas nasales se hinchan.

Me doy prisa en atraer a los dos Encadenados hacia la Puerta. Uno de ellos se abalanza sobre mí. Le doy en el pecho con el talón. El otro se abalanza sobre mí, lo esquivo y le doy un codazo en la espalda. Mi agilidad de íbice me mantiene en equilibrio sobre el estrecho puente.

Me giro para luchar contra el primer Encadenado, pero me golpea con fuerza en la mandíbula. Tropiezo hacia atrás, y apenas esquivo un golpe del segundo. Aprieto los puños y ataco más rápido, aprovechando toda mi velocidad de halcón. Una vez que tengo ventaja, agarro a ambas almas de las cadenas y las lanzo a través de la Puerta.

—¡Envíame más! —le grito a mi madre.

Me lanza a otra Encadenada. Una mujer robusta que enseguida me lanza un puñetazo directo a la cara. Me agacho y la embisto por el vientre con el hombro. Con un giro brusco, le doy un empujón. Gruñe y se revuelve mientras la hago retroceder hacia la Puerta. Me la quito de encima de una patada y la empujo hacia el polvo negro.

En cuanto la atraviesa, salgo corriendo para luchar contra otro Encadenado que me lanza mi madre. Seguimos así hasta que nuestros movimientos se convierten en un ritmo fluido.

Me arde el pecho por el orgullo. Ahora no puede dudar de mis habilidades. Tiene que ver que seré una *matrone* digna.

Las almas desencadenadas pasan corriendo junto a nosotras y acuden a la llamada del reino de Elara. Algunas se ven amenazadas por las almas encadenadas, pero mi madre y yo las ayudamos a escapar de ellas.

Perdí la cuenta de cuántos muertos he mandado al otro lado. El trabajo de una Ferrier puede durar hasta el amanecer, si es necesario. Durante la época de la peste, cuando la muerte era rampante, mi *famille* necesitaba tanto tiempo como fuera posible. Pero mi madre y yo debemos estar casi terminando. El número de muertos empieza a disminuir.

Lanzo a otro Encadenado a través de la Puerta y miro por encima de mí hacia la grieta que Bastien abrió. Grito su nombre, pero no obtengo respuesta. El pulso me late a destiempo. ¿Dónde estará?

Mi madre me mira mientras lucha contra tres Encadenados. Mi visión de halcón se estrecha al ver su ceño fruncido. ¿Un signo de culpabilidad? ¿Ha encontrado a Bastien antes de que pudiera volver conmigo? Me cuesta respirar.

—¡Bastien! —Vuelvo a gritar.

—¡Estoy aquí!

Se me dispara el pulso. Su voz suena gutural y agotada. Está de pie en la cornisa, justo al otro lado del puente. Lucha a ciegas contra un Encadenado con el cuchillo de su padre mientras otro se arrastra de cabeza por la pared de la caverna, listo para saltar sobre él.

—¡Cuidado! —Corro a intervenir, pero mi madre me lanza otros dos Encadenados. Frunzo el ceño y lucho contra ellos para que vuelvan hacia la Puerta lo más rápido posible—. ¡Arriba, Bastien! —le grito, aunque ya no puedo verle.

Mi prisa me hace ser descuidada, y cuando atravieso a uno de los Encadenados, el segundo me agarra del vestido. Me arrastra hasta acercarme peligrosamente al polvo negro que se arremolina. Aprieto los dientes y me alejo justo a tiempo. El Encadenado se cae por la Puerta. Yo caigo de espaldas sobre el puente por la fuerza con que nos separamos.

«Bien hecho, Ailesse —me canta el reino de Tyrus—. Ahora ven y recibe tu recompensa».

«¿Recompensa?». Me cosquillean los miembros y me pongo en pie.

—¡Aléjate de la Puerta, Ailesse! —grita mi madre—. ¡Estás demasiado cerca!

Oigo de lejos los gruñidos de varios Encadenados rodeándola. Está demasiado enfrascada en la lucha para venir a por mí.

Mi pecho se inclina hacia la Puerta, pero mis pies me anclan al suelo.

—No… no puedo ir —murmuro a la brisa caliente que me llega—. Bastien… Frunzo el ceño y sacudo la cabeza. «¿Qué pasa con Bastien?». No recuerdo qué era tan urgente hace un segundo.

El canto de sirena de Tyrus me recorre el cuerpo, un subidón de euforia que promete más.

«El lugar donde estoy es mejor. Tiene un poder mayor. En mi reino puedes hacer cualquier cosa».

—¡Ailesse! —Es una voz de mujer. Mi madre, otra vez. ¿Qué quiere ahora?—. ¡Miente! ¡Vuelve conmigo! —Sus palabras son insignificantes. Se desvanecen mientras el canto de la sirena suena más fuerte.

—Quiero volar —le digo a Tyrus, con la imaginación desbordada—. Quiero respirar bajo el agua.

«Te daré eso y más».

—Quiero… —Me tiemblan las piernas—. Quiero amor. —El amor tiene dos caras. Un chico de ojos azules. Una chica morena. Pero no soy capaz de recordar sus nombres.

—¡Haz algo, Bastien! —grita mi madre.

Mis pensamientos se atascan. ¿Bastien? Casi sé lo que significa. Eso no impide que mis pies se deslicen hacia delante. El polvo negro se mueve como si fueran unos dedos que hacen señas. ¿Qué se sentiría si me envolviera esa oscuridad que resplandece? Levanto la mano. La extiendo.

—¡Ailesse, no! —Una voz nueva. Masculina. Una que me calienta la sangre.

Los tambores golpean con más fuerza, pero no puedo olvidar esa voz. No viene de la Puerta. Mi sexto sentido me sube por la columna vertebral y por los hombros.

—¡Aléjate de la Puerta, Ailesse, o mataré a Bastien! —grita mi madre.

Bastien. Es el chico al que amo. Ese es su nombre.

El canto de sirena se rompe. El polvo negro se abalanza sobre mí como las fauces de un chacal. Salto hacia atrás y esquivo el mordisco. La sangre me sube a la cabeza mientras doy vueltas. Dos Desencadenados corren hacia mí. Salto a un lado y cruzan a toda velocidad la Puerta translúcida de Elara. Miro al otro lado del puente. Tres Encadenados caen por el lateral en forma de rayas *chazoure*. Mi madre lanza una potente patada giratoria y golpea a la última alma en pie. Grita y cae del puente con los demás.

La miro boquiabierta. Eran los últimos muertos, y ella ni siquiera los ha mandado al Más Allá. Se queda cerca de Bastien con la mano en la espalda. Está demasiado rígido y ya no sostiene el cuchillo de su padre. Mi corazón se detiene. Mi madre lo está usando contra él.

—¿Qué estás haciendo? —Me lanzo hacia ellos.

—Hasta aquí hemos llegado —dice con calma. Me detengo enseguida, a tres metros de distancia, me da miedo lo que pueda hacer si no.

El sudor mancha el pelo de Bastien. Sus ojos brillan como la fiebre. Ha luchado contra los Encadenados tanto como nosotras, pero le ha pasado más factura. ¿Cómo puede recompensarlo así mi madre?

—¡Déjalo ir! Nos estaba ayudando. ¿Por qué...?

—Las Puertas no permanecerán abiertas mucho más tiempo. Los dos años se acaban, y Tyrus aún no le ha entregado a... —Cierra la boca e inspira para tranquilizarse—. Esta es mi última oportunidad, Ailesse.

Se me acelera el corazón. Lo que dice no tiene sentido. ¿Qué tiene que ver todo esto con Bastien?

—¿La última oportunidad para qué?

—Para redimirme. —Sus ojos negros brillan—. Ahora lo entiendo. Este es el último requisito de Tyrus, mi último acto de redención. Tengo que ayudarte a llevarlo a cabo.

Dejo de respirar. Miro la cara pálida de Bastien.

—¿Ayudarme a llevar a cabo qué?

Su mirada autoritaria se clava en mí.

—Tu rito de iniciación.

49
Sabine

Cas y yo nos adentramos en la parte más al oeste del bosque. Los soldados hacen todo lo posible por seguirnos. Hace una hora, oímos una explosión en la misma dirección en la que vamos. Cas dijo que era pólvora negra robada. Desde entonces nos movemos lo más rápido que podemos.

En medio del aire de la noche me llegan débiles sonidos de discusiones. Incluso con mi gracia de chacal, son demasiado distantes para entender lo que dicen con claridad. No sé quiénes son ni qué dicen. ¿Y si una de esas voces es Ailesse? Agarro a Cas del brazo.

—Los soldados no pueden acercarse más.

Escudriña el suelo a nuestro alrededor. No oye lo que yo oigo.

—¿Hemos llegado a la entrada?

Le echo un vistazo al mapa. La entrada sobre el puente del alma está en un claro, y aún estamos en medio de los árboles frondosos. Pero tenemos que estar cerca.

—Falta poco. No podemos estar a más de cuatrocientos metros, si este mapa está dibujado en escala. La caverna debe estar justo debajo de la entrada. —No menciono los tramos largos de escaleras que hay en medio.

—Entonces los soldados vendrán hasta que lleguemos allí —dice Cas.

—No. —Levanto la barbilla—. Aquí los soldados estarán lo bastante cerca.

Se mueve sobre las piernas, inquieto.

La brisa ondea a través de mi vestido de caza mientras nos miramos fijamente. No parpadeo.

—Muy bien. —Suspira y le hace un gesto a Briand para que se una a nosotros. Cas observa el cielo que podemos ver más allá del follaje del bosque y pone una mano en el hombro de su amigo—. ¿Ves ese pino? El más alto. —Lo señala—. Si Sabine y yo no hemos regresado para cuando la luna toque la copa de ese árbol, sigue nuestro rastro y trae a los soldados.

La luna y el pino alto ya están a punto de tocarse. Miro a Cas con el ceño fruncido.

—Eso no le da a Ailesse tiempo suficiente para… —*matarte*— …que la rescatemos.

—Es tiempo de sobra si está tan cerca como dices. Es lo máximo que puedo arriesgarme a ir sin refuerzos.

Cierro los ojos un segundo, odiando cada vez más este plan. Pero no puedo perder esta oportunidad. Por fin, tengo a Ailesse al alcance de la mano.

—Bien. Sígueme.

Cas y yo dejamos a los demás y avanzamos por el bosque. Él es el que me sigue, aunque también es el que lleva el farol. Pero no importa. Mi hueso de gavilán me da visión en la oscuridad que lo compensa.

Nuestro entorno se aclara y los árboles que nos rodean se reducen para revelar un prado iluminado por la luna. El azufre quemado me llega a la nariz antes de que note los bucles de humo que se elevan del suelo.

Cas frunce el ceño.

—Aquí es donde explotó la pólvora negra.

—¿Explotó qué? —No puedo ver lo que hay en medio del prado, la hierba silvestre que lo rodea lo oculta, pero ahí brillan brasas anaranjadas.

Niega con la cabeza.

—Eso es lo que tenemos que averiguar.

Le agarro de la mano y nos adentramos en el prado antes de que me detenga.

—Mira. —Cas señala una escotilla abierta con bisagras oxidadas. Abajo hay una escalera—. Esta tiene que ser la entrada.

Se me acelera el pulso.

—Tenemos que darnos prisa.

—Espera, Sabine. —Me da un apretón en la mano—. Puede que esto sea una trampa.

«Lo es». Se me forma un nudo en la garganta. «Para ti, Cas». Aparto la mirada a toda prisa. No merece morir.

Observo una nebulosa luz anaranjada que atraviesa el prado. Lo que yo creía que eran brasas ardientes es en realidad la luz parpadeante de las antorchas. Viene de una abertura irregular en la tierra.

Suelto la mano de Cas y me acerco. La abertura es muy profunda. Tendría que pararme justo en el borde para ver hasta dónde llega. El puente debe estar más abajo.

—¡No, no lo haré!

Ailesse.

Me paralizo al oír su voz desesperada.

—¡Suéltalo, madre! —grita.

«¿Odiva está con ella?».

—No voy a matar a Bastien.

Me falta el aire.

—¿Qué pasa? —Cas se acerca a mi lado. No puede oír a Ailesse como yo.

Niego con la cabeza. Estoy horrorizada.

—No es el chico correcto.

—¿Qué?

Corro hacia la escotilla abierta.

—¡Espera! —grita Cas, persiguiéndome—. ¡Tenemos que ser precavidos!

—¡No hay tiempo!

Mi madre intenta que mi hermana mate a su *amouré*.

Pero no es Bastien.

50
Ailesse

Las cejas de mi madre se arquean por mi desafío.

—Es luna llena, Ailesse, y estamos en un puente del alma. Cierto, podrías matar a Bastien en cualquier parte, pero esto es más emocionante, ¿no crees? Puedes hacer lo que querías hacer cuando lo viste por primera vez.

—Madre, no puedo… —Se me paraliza el corazón. Estoy desesperada por alejar a Bastien de ella—. Entonces no le conocía. No le quería.

—El amor no siempre es lo que importa —suelta, pero su expresión refleja dolor.

Tengo los nervios a flor de piel.

—¿Cuándo te ha importado a ti el amor?

—¿Crees que no te quiero?

—Sé que no. Ahora entiendo lo que es el amor. —Miro a Bastien a los ojos. Desbordan preocupación por mí, no por él mismo, porque él es así.

La mirada de mi madre se diluye.

—He amado profundamente, hija. Me he sacrificado mucho por ello. ¿Por qué crees…? —Se le quiebra la voz. Traga saliva para serenarse—. Nunca quise que sufrieras como sufrí yo. He hecho todo lo que he podido para protegerte.

«¿Protegerme?». Me abandonó. Tiene el corazón helado. He luchado en vano toda mi vida para descongelarlo.

—Si me quisieras de verdad, no me pedirías que matara a mi *amouré*.

—Nunca deberías haber tenido un *amouré*. Eso es lo que estoy intento arreglar.

Niego con la cabeza, incrédula. ¿Cree que no merezco amor?

—Deja ir a Bastien, madre. Honra mi elección. Una vez te dieron tu oportunidad cuando conociste a mi padre.

Se enfada.

—Tu padre nunca fue el hombre al que amé.

Sus palabras son fragmentos de hielo en mi pecho.

—¿Qué? —Todos mis miembros se quedan paralizados cuando un destello rojo que lleva en el cuello me llama la atención. Un rubí incrustado en el pico del cráneo de un pájaro. Ya había visto ese collar una vez. El recuerdo me desgarra la mente.

Hace dos años... mi madre en el suelo de su habitación junto a un cofre dorado... una carta abierta en su regazo y el collar apretado contra sus labios. Nunca la había visto llorar y me asusté.

Ahora, mientras la miro fijamente, me hierve la sangre de rabia, aunque siento que se me encoge el corazón. Sostiene a Bastien bajo la luz de la luna en el puente. No quiero que se acerque a él... ni a mí.

—¿Traicionaste a mi padre?

Baja las cejas y tira de Bastien para acercárselo. Sisea cuando el cuchillo le araña la piel.

—Mátalo, Ailesse —exige—. No puedes dejar que tu amor por él te destruya a ti también.

Me arden los ojos.

—¿De verdad me pedirías eso después de lo que has hecho?

—¿Qué tiene que ver mi pasado con lo que se te exige?

—¡Todo! Has roto las reglas de lo que consideramos más sagrado, y ahora esperas que las cumpla. Esperas que me sacrifique por ellas, que mate a la persona que amo, cuando ni siquiera amaste a tu propio *amouré*. —Siento repulsión—. Tu rito de iniciación no significó nada. Rompiste tu juramento a los dioses.

Sus fosas nasales se ensanchan.

—He pagado el precio por eso y más. —Vuelve a mirar la Puerta de Tyrus y su voz adquiere un tono desesperado—. ¿No lo entiendes? Tengo que revocar lo que nunca debió ocurrir. Si nunca hubiera conocido a tu padre, no te habrías convertido en mi heredera, ni siquiera habrías intentado convertirte en una Ferrier.

—Si nunca hubieras conocido a mi padre, yo no habría nacido.

—¡Pero estoy intentando salvarte, Ailesse! He intentado salvarte con todas mis fuerzas, durante mucho tiempo.

—No sé de qué va esto en realidad, pero no finjas que es por mí.

Entrecierra los ojos.

—No tengo tiempo para esto. ¡Mátalo! —Hace temblar a Bastien, y el músculo de su mandíbula se tensa.

Mi cuerpo se calienta y luego se enfría. Los tambores del canto de sirena de Tyrus suenan con más fuerza. Tiemblo mientras lucho por acallarlos. Miro el arma del padre de Bastien.

—Ni siquiera es un cuchillo ritual.

—No. —Mi madre saca otro cuchillo de una funda oculta en su vestido—. Pero este sí.

Jadeo. Por un terrible momento temo que vaya a apuñalar a Bastien ella misma. Entonces recuerdo que no puede. No lo haría. Me mataría. Aun así, mi pulso no deja de acelerarse.

Levanta la barbilla.

—Muéstrame tu fuerza, Ailesse. Te has preparado toda tu vida para convertirte en una Ferrier. Siempre supiste que este sería el precio. —Me extiende el cuchillo de hueso mientras mantiene el cuchillo del padre de Bastien rápido contra su espalda. Una gota de sudor rueda por su sien—. He tomado mis decisiones y he sufrido las consecuencias. Todavía tienes una oportunidad para vivir en paz. Confía en mí, niña. Te romperá menos el corazón matarlo ahora que esperar más.

Siento una presión terrible. Las piernas me tiemblan con más fuerza mientras miro los hermosos ojos de Bastien. Amarlo me llevará a la muerte. Siempre lo he sabido. Igual que él sabía que amarme le llevaría a la muerte. Me hace un leve gesto con la cabeza, pidiéndome que me salve.

¿Cómo puedo hacer eso?

La melodía del canto de la sirena resuena ahora con más suavidad, más apacible. Oigo su voz en secreto.

«Tienes otra opción, Ailesse. Puedes venir a mí primero. Bastien te seguirá. Morirá cuando tú lo hagas, y los dos podréis estar juntos en mi reino».

Aprieto los ojos. Eso no silencia la música.

«Podríais ser tan felices».

Mi pecho es un tambor de pólvora negra. Mis nervios son hebras de fuego.

Tengo que hacer que esto termine.

Aprieto la mandíbula. Me imagino en el Mar Nivous. Me muevo en el agua para matar a la hembra de tiburón tigre, incluso después de que Sabine me pidiera que la dejara.

Avanzo y agarro el cuchillo de hueso de la mano de mi madre. Dejo de temblar. Sus ojos brillan con orgullo. He querido su aprobación desde que tengo memoria. Me pica la garganta, pero me trago las lágrimas.

—No lo haré. —Mis palabras son de acero. Mi madre no puede romperlas. Su sonrisa decae cuando me acerco a Bastien y le tomo de la mano.

—Haremos lo que has dicho —le digo—. Encontraremos la forma de romper el vínculo que une nuestras almas. Y si no podemos, estoy dispuesta a morir contigo.

Sus cejas tiemblan, pero sus ojos son un reflejo seguro de los míos. Me da un apretón en la mano y asiente.

Me vuelvo hacia mi madre.

—No tienes poder sobre nosotros. Nunca podrás hacer que lo mate. —Me muevo para dejar caer el cuchillo de hueso por el borde del puente.

Ella no se inmuta.

—Sí, puedo.

En un visto y no visto, me agarra de la muñeca y hace que no pueda soltar el agarre de la empuñadura.

—¿Qué estás haciendo? —Lucho contra ella—. ¡Para!

Con su fuerza agraciada, dirige el cuchillo hacia el pecho de Bastien.

51

Bastien

Los latidos de mi corazón se juntan en mis oídos. Agarro la muñeca de Ailesse. Uso toda mi fuerza para frenar el cuchillo de hueso. Su afilada punta tiembla justo sobre mi corazón. *Merde, merde, merde.*

Lucho por apartarlo. La cabeza me palpita, los músculos me arden. No puedo hacer que se mueva. Odiva es demasiado poderosa.

Mis ojos encuentran a Ailesse. Ya me está mirando. Tiene la cara roja. Tiembla por el esfuerzo.

Se me forma un nudo en la garganta. No quiero que me vea morir.

Un grito desesperado recorre el aire.

—¡Para!

Hay alguien en el saliente. Odiva, Ailesse y yo giramos la cabeza.

Una chica morena. La testigo de Castelpont.

Un chico de mi edad sale corriendo del túnel tras ella. Se detiene en cuanto nos ve, con los ojos como platos.

—¡Sabine! —Ailesse jadea sin dejar de apretar el cuchillo.

Sabine le dedica una sonrisa y luego mira a Odiva.

—Tienes al chico que no es.

Mi mente se bloquea. La miro sin comprender.

El chico me escruta.

—¿Ese no es el secuestrador de Ailesse? —pregunta.

Sabine no responde. Lo acerca, saca otro cuchillo de hueso y se lo lleva al cuello. Su farol cae al suelo. Lucha por liberarse, pero su intento es tan inútil como el mío.

—¿Qué haces? —le pregunta.

—Una palabra más y te mato. —Su voz es fría y firme.

—¿El chico que no es? —Ailesse repite las palabras de Sabine—. ¿De qué estás hablando?

Sabine empuja al chico un paso hacia delante.

—Este es tu *amouré*, Ailesse.

—Pero fuiste mi testigo en Castelpont —responde Ailesse—. Viste a Bastien caminar por el puente.

—Eso no significa necesariamente que sea tu *amouré* —dice Odiva. Ya no intenta hundirme el cuchillo en el pecho, pero lo mantiene ahí, resistiéndose cuando Ailesse y yo luchamos por quitárselo—. Cualquier hombre podría haber pisado el puente.

Ailesse mira a su madre y a Sabine como si se hubieran vuelto locas.

—Pero... Bastien vino cuando toqué la flauta de hueso.

—Quería matarte —dice Sabine.

—Se sintió atraído por mí. Lo vi en sus ojos.

Sabine sacude la cabeza.

—Cualquier hombre se sentiría atraído por ti, Ailesse.

Mi corazón late con más fuerza. Evalúo al hombre en las garras de Sabine. Guapo. Sin duda, rico. ¿Pero el alma gemela de Ailesse? Imposible.

O tal vez no...

Desvío la mirada hacia el cabello caoba de Ailesse, despeinado y alborotado por la lucha. Es impresionante.

—Es verdad —susurro.

Sus ojos se llenan de dolor.

—¿Por qué estás de acuerdo con ellas? Ese hombre no es mi *amouré*. Lo eres tú. No me importa lo que digan.

—¿No es esto lo que queremos? —pregunto. Ojalá pudiéramos tener esta conversación en privado, sin un cuchillo entre nuestras manos—. Si no somos almas gemelas, entonces la muerte no puede acecharnos. Podemos estar juntos en paz.

Ailesse se queda callada, buscándome con la mirada.

—Pero tú eres el único para mí. Nunca amaré a nadie más. ¿Por qué los dioses…? —Lanza una mirada mordaz por encima del hombro a la única Puerta visible.

—Los dioses no tienen nada que ver con nosotros. —Lo único que quiero es abrazarla, besarla y convencerla de que tengo razón—. No tenemos que jugar a su juego. —¿Me está escuchando? No se ha vuelto para mirarme.

—¿Cómo puedes afirmar que este chico es el *amouré* de Ailesse? —le pregunta Odiva a Sabine. Ella ya lo mira con más aprobación que a mí.

Sabine no responde. Se queda mirándonos a Ailesse y a mí, incrédula.

—Sabine —le dice Odiva.

Parpadea dos veces. Se aclara la garganta.

—Cas, él… escuchó la canción de Ailesse durante la última luna llena. La vislumbró mientras se la llevaban, y la ha estado buscando desde entonces. Lo encontré en Castelpont esta noche.

La boca de Cas se entreabre como si quisiera decir algo, pero no lo hace, no con el cuchillo de Sabine en la garganta. Le echo un vistazo. Me resulta vagamente familiar. Pero no importa. Le odio. No me importa que no haya hecho nada malo.

Odiva estudia a Sabine. Entonces, de repente, suelta el cuchillo… el cuchillo. Ailesse y yo tropezamos hacia atrás y caemos sobre el puente. Gimo. Mi cuerpo no puede soportar otra paliza esta noche. Me acerco para ayudarla a ponerse en pie, pero me aparta la mano. Tiene los ojos clavados en la Puerta. Se levanta sola.

Merde. Otra vez no.

—¡Ailesse, espera! —Me pongo de pie mientras ella se aleja hacia la Puerta—. Ahora somos libres. ¡No puedes escuchar…!

Una ráfaga de dolor me atraviesa la espalda. Se me escapa un grito ahogado.

Ailesse por fin se da la vuelta. Sus ojos se iluminan en un gesto de sorpresa.

—¡Bastien!

Me fallan las piernas. Mi cuerpo cae sobre el puente.

Al momento, Ailesse está a mi lado. Cae de rodillas y me palpa la espalda con manos temblorosas.

—No, no, no… Bastien…

Veo su hermoso rostro borroso. Le caen lágrimas por las mejillas. Retira las manos. Están cubiertas de sangre. Mi sangre. Solloza con más fuerza.

—No te vayas, Bastien. Quédate conmigo.

Las náuseas se adueñan de mi estómago. Me retuerzo y me ahogo en busca de aire. No puedo pensar más allá del dolor que me quema.

Ailesse me rodea. Grito cuando algo afilado me desgarra la espalda. Mi visión se nubla. La empuñadura. La hoja difícil de manejar.

El cuchillo de mi padre. Odiva me apuñaló con él.

52
Ailesse

Dejo caer el cuchillo, que repiquetea en el puente. Me quedo boquiabierta mientras Bastien se desangra más rápido. No debería haber sacado la hoja. Me inclino sobre él y le doy besos en la frente una y otra vez. Le aliso el pelo, olvidándome de mis manos ensangrentadas. Las lágrimas me nublan la vista.

—Te pondrás bien —le prometo. Parece que está de todo menos bien. Tiene la piel tan pálida como la piedra caliza. Los temblores recorren su cuerpo.

Lucha por hablar.

—Ailesse… —Sus ojos empiezan a ponerse en blanco.

—¡Bastien! —Le agarro la cara—. ¡Quédate conmigo! Por favor.

Sus músculos se relajan. Cierra los ojos.

—No, no, no. —Esto no puede estar pasando. Le beso en los labios. Él no me devuelve el beso. Mi cabeza cae sobre su pecho y me agarro a él con más fuerza. No puedo respirar. Los sollozos desgarrados no me dejan—. ¿Cómo has podido? —le grito a mi madre.

Se acerca y mira a Bastien con falsa compasión.

—Porque esta vez sabía que no morirías si lo mataba.

Estoy tan horrorizada que no puedo hablar.

—Sabine, tráele a Ailesse su verdadero *amouré*. —Mi madre se pone de pie—. Ailesse tiene un rito de iniciación que completar.

Sabine se queda con la boca abierta. No se mueve. Miro mal a mi madre. ¿Cómo puede siquiera sugerir algo así en este momento? Bastien ha muerto. Pronto veré su alma y tendré que despedirme por su culpa.

Un fuego de rabia se enciende en mis venas. Agarro el cuchillo y me pongo en pie de un salto. Corro hacia ella, con el pulso retumbándome en los oídos.

Mi madre levanta la mano.

—Ailesse, piensa…

—¡Te odio! —Agito el cuchillo. Salta sobre mí—. ¡Nada excusa lo que has hecho!

Esquiva mi siguiente ataque.

—Un día lo entenderás. Era mejor romperte el corazón.

Su crueldad es repugnante.

—¿Porque mi corazón no significa nada para ti? —Le doy otra estocada. Me esquiva—. No seas irracional. Te lo dije, te quiero…

—El amor no es amor si nunca lo demuestras. —Me abalanzo sobre ella. Me golpea en el antebrazo. Mi mano retrocede por la fuerza, pero mantengo el cuchillo. Vuelvo a golpearla.

—¡Para! —Me da una patada en las piernas. Caigo al suelo y me deslizo hasta el borde del puente. Apenas puedo evitar la caída.

—Hice lo que tenía que hacer. —Mi madre se aparta un mechón de pelo de la cara—. Nunca debiste sentir mi ira.

Me burlo.

—¿Estabas tan enfadada porque no era lo bastante buena para ti?

—No, Ailesse. —Usa un tono impaciente—. Estaba enfadada con los dioses. Eras un recordatorio constante de lo que me robaron.

Unas lágrimas de furia me abrasan las mejillas. ¿Por esto se ha mostrado indiferente conmigo durante toda mi vida? ¿Porque amaba a otro hombre en lugar de a mi padre? Me pongo en pie antes de darme cuenta, más rápido que mi madre por una vez. Cuando vuelvo a sacar el cuchillo, le hago un corte profundo en el brazo.

Respira hondo y, por reflejo, me da una bofetada. Con fuerza. Las estrellas estallan ante mis ojos. Me agacho, tambaleándome.

—¡Basta ya! Las dos —grita Sabine. Aturdida, la miro. Sigue en la cornisa y sujeta a Cas a punta de cuchillo—. Ailesse, es nuestra madre.

Parpadeo. «¿Qué ha dicho?». Me mareo. Los oídos me están jugando una mala pasada.

—¡No! —Sabine lanza un grito de advertencia. Un dolor agudo me azota en la cara.

Una debilidad aguda me invade. Me tambaleo. Mi mano vuela hasta mi clavícula.

La bolsa con mis huesos de la gracia ha desaparecido.

—Lo siento. —Mi madre enrolla el cordón de la bolsa con la mano y me roba el cuchillo mientras me quedo boquiabierta: el cuchillo del padre de Bastien—. No sé otra forma de calmarte. No eres tú misma.

Me lanzo para recuperar mis armas, pero las rodillas se me doblan. Me caigo contra el suelo. Mis músculos tiemblan por la tensión de toda la lucha de esta noche.

Mi madre suelta el cuchillo y lo patea hacia atrás. Gira hacia el cuerpo sin vida de Bastien y la sangre que se acumula a su alrededor. Se me forma un nudo en la garganta y contengo otro sollozo. Tengo que llevarlo al Paraíso. Su alma resucitará en cualquier momento.

—Debes entenderlo, Ailesse. —Odiva se arrodilla ante mí—. Estaba obligada por un pacto que hice con Tyrus. He hecho todo lo posible para protegerte, pero él me exigió sacrificios terribles.

Los ojos se me llenan de lágrimas.

—¿Y yo soy uno de ellos?

Aprieta los labios en una línea.

—¿Lo soy? —Mi corazón lucha por latir—. ¿Tyrus te pidió que me mataras?

Le tiembla la barbilla.

—Sí.

—Oh, Ailesse... —La voz de Sabine transmite mi angustia.

Aprieto los ojos contra un dolor muy profundo. Mis miedos sisean en mi mente:

«Nunca has sido suficiente para tu madre. No te necesita».

Aprieto los dientes. *No*. Me niego a seguir escuchando esa voz. No seré el recipiente donde depositar el veneno. Abro los ojos y miro fijamente a mi madre. Su hipocresía es asombrosa. Me ha hecho sufrir porque los dioses le robaron el amor, pero hizo lo mismo al matar a Bastien. No dejaré que me arrebate nada más.

Con mucho esfuerzo, me pongo en pie. Apoyo mis piernas temblorosas. Tengo mi propia fuerza. La usaré sin tratar de impresionar a mi madre. Sin apoyarme en las gracias que me he ganado para que creyera en mí.

Una lechuza plateada entra en picado por la grieta del techo y me rodea. Sus alas desplegadas brillan a la luz de la luna llena.

Oigo a Sabine jadear. La piel pálida de mi madre se vuelve gris ceniza.

La confianza me cala hasta los huesos. No he visto a la lechuza desde que me mostró una visión de Sabine antes de la última noche de travesía. Es un signo de esperanza.

Echo los hombros hacia atrás. «Te vengaré, Bastien».

«Me vengaré».

Me recorre un repentino torrente de adrenalina. Cierro las manos en puños. Me acerco despacio a mi madre.

—Levántate si te atreves a luchar conmigo.

Frunce el ceño.

—No seas absurda. —Se levanta y nos ponemos cara a cara—. No tienes ninguna posibilidad de derrotarme. No te hagas daño intentándolo.

Ahí va otra vez, poniéndome en duda, intentando hacerme sentir inferior. No está preparada cuando la empujo con una fuerza sorprendente.

Se tambalea hacia atrás y mira la bolsa que tiene en la mano con mis huesos de la gracia. Sus ojos se abren de par en par.

—¿Cómo estás haciéndolo?

La verdad es que no lo sé. Tal vez es la lechuza plateada. Tal vez es la Luz de Elara latiendo en mi interior con más fuerza que nunca. Tal vez sean años de rabia contenida y dolor.

—¿Bastien también fue tu sacrificio? —exijo—, ¿o solo fue una muerte innecesaria? —Le clavo la palma de la mano en la clavícula. El collar de garras de oso se clava en su piel. Retrocede un metro, todavía cegada por el shock.

—Tú también quisiste matar a Bastien una vez —me contesta.

—Porque tú me enseñaste que no había otra opción.

Esta vez mi madre está preparada cuando arremeto contra ella. Su pierna se balancea con una patada feroz. La agarro de la pantorrilla antes de que me dé y giro con fuerza. Se da la vuelta y su barriga golpea el puente.

La lechuza plateada chilla sobre mí. Suena a aprobación. Ni siquiera Sabine grita que pare.

Me pongo de pie sobre mi madre. Se aparta, agarrándose la pierna.

—Matarme no te devolverá a Bastien —dice—. Nunca sabrás la tenacidad que eso requiere.

—No voy a matarte —le digo, con voz clara y fuerte.

—Voy a quitarte cada hueso de la gracia que llevas y los arrojaré al abismo. Nunca más tendrás poder para hacer daño a nadie.

Ella traga saliva cuando le agarro la corona de la calavera y las vértebras.

—¡Espera! Esto no es necesario, Ailesse. —Se levanta con rapidez, sin apoyar el peso en la pierna herida. Mira hacia atrás. El polvo negro se disipa. Sus ojos se llenan de pánico—. No ha venido —murmura—. Tyrus aún necesita un sacrificio.

Endurezco la mirada, desafiándola a que intente enviarme a través de su Puerta.

Jadea, de repente mira más allá de mí.

—¡Suelta a Sabine de una vez!

Me late el corazón. Doy media vuelta. Pero Cas no está amenazando a Sabine.

Lo tiene bien agarrado y parece tan confusa como yo.

Un fuerte tirón del bolsillo de mi vestido me hace perder el equilibrio. Me doy la vuelta y mi madre me agarra por los hombros.

—¡No!

Me lanza hacia atrás varios metros, pero más lejos de la Puerta, no más cerca de ella. Mi espalda choca contra el puente. El hombro me palpita mientras levanto la cabeza y me preparo para otro ataque. Pero mi madre no se mueve.

Tiene la flauta de hueso entre las manos.

—Lo siento, Ailesse. —Sus ojos negros brillan de remordimiento, pero su rostro es duro como el hielo. Suelta la bolsa con mis huesos de gracia y sale corriendo, a pesar de su tobillo herido. Pasa junto a Bastien y corre hacia las últimas partículas arremolinadas de la Puerta de Tyrus.

Se me corta la respiración.

—Madre, no. —Me levanto de un salto y corro tras ella, con el corazón en un puño.

La Puerta se cierra, pero el canto de sirena crece. Contraigo todos mis músculos y levanto un muro contra la atracción del Inframundo.

Me da un vuelco el corazón cuando salto por encima del cuerpo postrado de Bastien, pero avanzo a toda velocidad. Mi madre está a mi alcance enseguida.

Le tiendo el brazo.

—Por favor, no lo hagas. —No debería importarme si me deja… si se sacrifica por alguien a quien ama más. Pero me importa. Que Elara me ayude, me importa.

No puedo alcanzarla a tiempo. Se levanta del suelo de un tremendo salto. Su pelo es un río de oscuridad mientras vuela. A través del aire. A través del polvo. A través de la Puerta.

El polvo estalla como si hubiera atravesado un cristal. No se vuelve a unir para formar una puerta arqueada. Cae en el abismo en un torrente de negro resplandeciente.

Caigo de rodillas.

—¡Madre!

53
Sabine

Miro fijamente la pared donde hace un momento se arremolinaba el polvo negro. El brillo de la Puerta de Elara también ha desaparecido. Mi cuchillo tiembla contra el cuello de Casimir. No puedo soltarlo, ni siquiera para secarme las lágrimas. *Madre.* ¿Cómo puedo sentir una tristeza tan terrible? Toda mi vida, Odiva tuvo un fuerte apego hacia mí. Nunca entendí por qué, no hasta hace tres días. No tuve tiempo de odiarla… ni de encontrarle un lugar más profundo en mi corazón. Y ahora se ha ido, su último sacrificio fue en vano.

Ailesse se aparta poco a poco de la pared. Una de sus manos agarra un puñado de pelo de su cuero cabelludo; la otra cuelga sin vida a su lado. Nuestras miradas se cruzan. Veo que su barbilla tiembla. Me entran ganas de cruzar el puente y dejarla llorar sobre mi hombro.

—Déjame ir con ella —suplica Cas, a pesar de todas las cosas inexplicables que ha visto esta noche—. Déjame consolarla.

Antes de que pueda amenazarle para que se calle, Ailesse suspira y cierra los ojos.

—Oh, Sabine… ¿por qué le has traído aquí? —No hay rabia en su voz tranquila, solo una fatiga abrumadora—. Por favor, llévatelo.

Frunzo el ceño. ¿Quiere que me vaya?

—Pero…

Mira a Bastien y se derrumba en el suelo, con un sollozo de dolor nuevo.

—Mi madre le mató cuando descubrió que no era mi… —Entierra la cabeza entre las manos y se niega a decir «amouré».

¿Piensa que la muerte de Bastien es culpa mía? Me arde el pecho con una punzada de traición.

—No sabes cuánto he luchado para… —Cierro la boca y me tomo un momento para contener mi frustración—. Lo único que quería era salvarte, Ailesse. Llevo intentando salvarte desde la noche en que te capturaron. No sabía que habías cambiado de bando.

Levanta la mirada hacia mí. Tiene los ojos rojos.

—Claro que no. Lo siento. No es culpa tuya, Sabine. —Pero lo es, aunque nunca quise hacerle daño—. Sé que intentabas salvarme. De alguna manera yo… te vi —Frunce el ceño—. Fue como un sueño. Me diste esperanza cuando la necesitaba. —Su boca tiembla en forma de sonrisa. Es pequeña y fugaz, pero genuinamente agradecida. Alivia la presión que siento en el pecho.

Cas toma aire como si fuera a decir algo, pero aprieto más la hoja contra su cuello.

Ya no sé qué hacer con él. Si le dejo marchar, Ailesse tendrá que localizarle más tarde.

—Sé que es un momento difícil para ti —digo con cuidado—: pero tenemos que ocuparnos de Cas, Casimir —me corrijo. No quiero que piense que me llevo bien con él—. Este es tu cuchillo ritual —añado.

El pulso en la garganta de Cas se dispara, vibra a lo largo de la hoja de hueso. Se agarra a la empuñadura para apartarla, pero no puede con mi fuerza.

Ailesse ya no escucha. Me mira el brazalete que llevo en el hombro, su collar. De repente, el chacal dorado pesa mucho.

—¿Has completado tu rito de iniciación? —me pregunta. La decepción se dibuja en su rostro. ¿Está celosa? Nunca ha estado celosa de mí—. ¿De verdad mataste a tu *amouré*?

—¡No! —La idea me repugna, aunque estuve a punto de matar a la suya. Ahora desearía haberlo hecho.

Se muerde el labio tembloroso.

—Entonces nunca has conocido a la persona que estás destinada a amar. Aunque no haya sido el elegido para ti. —Se limpia más lágrimas—. Ojalá… —Se le quiebra la voz—. Ojalá pudieras entender mi pérdida. Te necesito, Sabine. No sé cómo soportar esto sola.

Se me nublan los ojos mientras sus lágrimas corren más deprisa.

—No estás sola —le digo con suavidad, y aprieto el brazo de Cas contra su espalda—. Lo entiendo. Me costó creer que no estabas muerta cuando Odiva me dijo que lo estabas.

Ailesse frunce el ceño.

—¿Qué?

Todas las emociones que se agitaron en mi interior durante el mes pasado vuelven con toda su fuerza. Lucho por contenerlas, aunque Ailesse siempre ha sido quien me ha consolado.

Sacude la cabeza.

—Oh, Sabine… Siento mucho que te haya hecho tanto daño. —No menciona lo mucho que le tienen que estar doliendo mis palabras.

—Puede que mi amor por ti no sea el amor del que hablas —digo—, pero eso no significa que tenga menos poder. —Tomo aire—. Somos hermanas, Ailesse.

Se echa hacia atrás. Me mira, seria.

—¿De qué hablas?

Levanto un hombro e intento sonreír.

—Bueno, tenemos padres distintos.

Se le escapa una pequeña carcajada.

—Eso no es posible —dice, pero veo que su dolor se hace más profundo a medida que se asienta la verdad. Me maldigo en silencio. ¿Por qué pensé que esta noticia podría ser reconfortante?

Un sonido bajo proviene del centro del puente. Un ruido de dolor.

Ailesse se tensa, incrédula. Luego su mirada se inunda de esperanza.

—¡Bastien!

Se levanta y corre hacia él sin mirar dónde pisa.

Pequeñas grietas se abren a su paso.

Bastien abre los ojos. Gira la cabeza para mirarla.

La piedra caliza gime. Las grietas se hacen más grandes. Se amplían.

El corazón me sube por la garganta.

—¡Ailesse, apártate de ahí!

Mira hacia abajo. Se oye un trueno profundo. Pero no hay relámpagos.

El lateral del puente se rompe, un trozo de unos treinta centímetros de ancho.

Ailesse cae.

—¡No! —grito.

Suelto a Casimir y corro tan rápido como puedo. Bastien se arrastra hacia Ailesse, gritando su nombre.

Se agarra a un asidero del puente. Dejo caer el cuchillo ritual y agarro la bolsa con sus huesos de la gracia. No dejo de correr. La extraña energía que tenía Ailesse cuando luchó contra nuestra madre ha desaparecido.

Arrastra el torso por el borde del puente y se apoya en los codos. Tiembla, colgada de los brazos cruzados. Tiene la mandíbula apretada. Tiene los ojos clavados en los de Bastien.

¡Crac!

Un trozo de piedra caliza de poco más de medio metro se separa del puente. Choca contra la pierna de Ailesse, que grita. Los brazos se le resbalan por el borde. Por algún milagro, logra agarrarse con las manos. Se agarra con los dedos.

La sangre me sube a la cabeza.

—¡No te sueltes!

Alguien me quita la bolsa de Ailesse de las manos. Me doy la vuelta y me enfrento a Cas. Su espada está desenvainada y peligrosamente cerca de mi pecho.

—¿Vas a robar esto como hizo su madre?

—¡Devuélvemelos! Los huesos la hacen más fuerte.

—¿Huesos?

No hay tiempo para explicaciones.

—¡Por favor, los necesita!

Ailesse lanza un terrible grito por el esfuerzo. Cas y yo nos sacudimos. Tiene el vestido desgarrado a la altura de la pierna izquierda. De su rodilla herida gotean regueros de sangre. Gime y se levanta, volviendo a quedar colgada por los codos.

—Ailesse... —La voz de Bastien es ronca, pero le oigo. Lo que dice queda ahogado por un grito de guerra.

Los nueve soldados de Cas irrumpen por el túnel con las espadas en alto. Un hombre tiene un arco tensado y apunta a Bastien.

—¡No disparéis! —digo—. ¡Cas, diles que se vayan! Ailesse necesita mi ayuda.

Su rostro se vuelve más severo.

—¡Detened a Sabine! —les dice a sus hombres.

Me empuja. Le persigo. Bastien está más cerca de Ailesse y se arrastra hacia ella a duras penas.

Las botas pesan y se acerca al pie del puente.

—¡Alto! —les grito a los soldados—. El puente es demasiado frágil. —La sección central se llena de más fisuras—. ¡Lo romperéis! —Corro hacia ellos para alejarlos.

—¡Ya voy! —le grita Cas a Ailesse.

Los soldados no se detienen. Corro directa hacia sus espadas puntiagudas. Antes de que me ensarten, me lanzo por los aires y salto por encima de ellos con mi gracia de gavilán. Sus ojos se abren de par en par.

Aterrizo, me giro y busco a Ailesse con la mirada. Se ha arrastrado hasta el puente. Se acerca a Bastien con dificultad. Su pierna ensangrentada se abre camino tras ella.

Los soldados cargan contra mí. Corro varios metros por el saliente curvo para alejarlos del puente. Dejo que el hombre más rápido me alcance. Me giro con rapidez y salto por encima de él. Saco fuerza y saña del chacal dorado y golpeo al hombre en la espalda, donde tiene los riñones. Gruñe con fuerza. La espada se le cae de las manos. Me lanzo a por ella, pero otro soldado me la arrebata de una patada.

Retrocedo y vuelvo a mirar a Ailesse. No ha alcanzado a Bastien. Lucha contra Cas, que la levanta en brazos y la sujeta.

Me pongo en pie de un salto cuando se acercan más soldados.

—¡Bastien! —Una chica de pelo rubio pajizo cae de una abertura junto al túnel. Jadeo. Es la misma con la que luché en Castelpont.

Bastien la mira con una palidez alarmante. Alguien más cae por la abertura. El otro amigo de Bastien. Su candil se apaga al caer al suelo.

Un soldado corpulento se abalanza sobre mí. Agarro una antorcha de la pared de la cornisa. La empujo contra el filo de su espada. Sale volando.

Los amigos de Bastien están en el puente y corren hacia él.

Dos soldados se abren en abanico y arremeten contra mí por la izquierda y la derecha.

Mi antorcha da vueltas mientras giro, doy patadas y los golpeo.

Los amigos de Bastien lo levantan en brazos. Sus brazos cuelgan sin fuerza. Se esfuerza por mirar a Ailesse. Ella pronuncia su nombre con desesperación. Sus puñetazos se vuelven más lentos y deja de golpear a Cas. Sus párpados aletean con pereza. La pierna no ha dejado de sangrar. La cabeza le cae sobre el hombro de él y se desmaya.

Me arrancan la antorcha de las manos. Un par de manos ásperas me rodean. Me agito como un animal. Cuatro manos más me sujetan las extremidades y me obligan a quedarme quieta.

Jules y Marcel salen corriendo del puente y se llevan a Bastien al túnel.

Lucho por liberarme, pero ni siquiera mi fuerza agraciada puede con cinco hombres.

La sangre de la rodilla destrozada de Ailesse empapa la manga de Cas. Le alisa el pelo, sale del puente y me mira con ojos fríos.

Tengo el labio curvado. Enseño los dientes. El corazón me late a mil por hora. El chacal que hay en mí quiere matarlo. Me encanta la sed de sangre.

—Quítale también el brazalete —ordena Cas al líder de sus soldados.

Briand me agarra. Forcejeo en vano mientras me desabrocha el brazalete del hombro. Todos mis músculos se convierten en agua.

Mis huesos de la gracia ya no están.

Los otros soldados me sueltan. Briand me levanta y me lleva con él mientras sigue a Cas y a su tropa por el túnel y sube los largos tramos de escaleras.

Todavía estoy aturdida por esta debilidad cuando salimos por la escotilla. Briand me pone de pie, pero me cuesta mantenerme erguida. Está a punto de levantarme de nuevo cuando veo el destello de unas plumas.

La lechuza plateada se abalanza justo delante de nosotros y emite un chirrido estridente.

Suelto un suspiro exasperado. «¿Qué más quieres de mí? Hice todo lo que pude para salvar a Ailesse».

Da media vuelta y vuela hacia mi cara. Briand saca una daga.

—¡No! —le digo.

La lechuza bate las alas y esquiva el golpe. Chilla una vez más y se aleja volando.

De repente, lo veo claro. Entiendo lo que intenta decirme: no me he esforzado al máximo. Y no necesito mis huesos de la gracia para hacerlo. Mi cuerpo solo está conmocionado por haberlos perdido tan de repente. Incluso sin ellos alrededor del cuello, sé lo que es ser ágil como una salamandra, veloz como un atajacaminos y fuerte como un chacal.

Una oleada de esperanza me inunda las venas. Tomo aire y respiro hondo.

Encontraré la forma de escapar. Recuperaré mis huesos de la gracia y vendré a por Ailesse.

La salvaré.

Y esta vez no fallaré.

54
Ailesse

Una punzada de dolor me despierta. Abro los ojos y veo una luz radiante, pero vuelvo a cerrarlos. Cruzo los brazos sobre el profundo dolor que siento en el vientre. Llevo treinta días sin ver el sol, desde el día de mi rito de iniciación, y ahora no quiero hacerlo. Mi madre se ha ido. Bastien se ha ido. Y no sé si ha sobrevivido o no.

Mis manos se cierran en puños. No puedo seguir aquí tumbada. Tengo que encontrarle.

Echo la manta hacia atrás y me incorporo. Una descarga de dolor me atraviesa. Respiro con fuerza y me subo la falda del camisón que llevo puesto. Tengo la rodilla vendada con lino. *Merde.* Me había olvidado de mi pierna herida. Espero que todavía pueda soportar mi peso.

Aprieto los labios y deslizo despacio las piernas fuera del colchón. Busco algo en lo que apoyarme y echo un buen vistazo a mi alrededor.

Estoy en un dormitorio decorado con un gusto impresionante. Ni siquiera la habitación de mi madre en Château Creux puede compararse con esto. La chimenea es una obra maestra de piedra tallada, los muebles brillan en tonos oscuros y lustrosos, y tapices color escarlata cubren las paredes de piedra.

Me arrastro hacia el poste de la cama y me levanto sobre la pierna buena. Me agarro al respaldo de una silla que hay cerca y salto, soltando un chasquido al sacudir la rodilla. Desde allí, me apoyo con las manos en una mesa. Salto despacio hasta el extremo de la mesa y me detengo a mirar una ventana alta que hay a tres metros. Entre la mesa y la ventana solo hay espacio vacío.

Tomo aire y me preparo para un dolor inevitable. Doy el primer paso con la pierna rota.

Cien cuchillos me atraviesan la rodilla. Grito y me desplomo.

La puerta se abre de golpe. Casimir. Mis fosas nasales se hinchan. Aparto la mirada y contengo otro grito de terrible dolor.

Me levanta y me lleva de vuelta a la cama.

—Yo no sugeriría saltar desde esa ventana. Hay una caída de treinta metros hasta el río. —Me tumba en la cama y, con una mueca de dolor, me toca la rodilla con cuidado—. Por favor, ten cuidado. Aún no hemos colocado el hueso.

Acerca un taburete y se sienta a mi lado. Lucho por respirar mientras el dolor disminuye poco a poco.

—¿Qué es este sitio? —pregunto, mirando el dosel de terciopelo que hay sobre mí—. Esta no es la habitación de un soldado.

—Estamos en el Beau Palais.

Arqueo las cejas.

—¿Vives aquí?

Asiente como avergonzado.

—Soy, eh, el *dauphin*.

¿El príncipe? Al principio no le creo, pero luego mis ojos se desvían hacia la ropa elegante que lleva, así como al anillo con joyas engastadas que lleva en el dedo.

—¿Por qué llevabas uniforme anoche?

Se encoge de hombros.

—El sucesor al trono debe dominar el arte de la guerra.

Me he quedado sin palabras. ¿El heredero del reino de Galle del Sur es mi *amouré*? ¿En qué están pensando los dioses?

—¿Estás cómoda? —Las mejillas de Cas se sonrojan—. He pedido a mis criadas que te pongan ese camisón.

La ropa me da igual.

—¿Dónde está Sabine? —Quiero volver a verla, pero me duele en lo más hondo. No es la Leurress que mi madre prefería a mí; es la hija a la que mi madre quería más que a mí. No es culpa de Sabine, pero sigue doliéndome en el corazón.

Casimir se rasca el pelo rubio claro.

—¿Qué es lo último que recuerdas de ella?

Me concentro, pero los recuerdos son difusos.

—Luchaba contra tus soldados.

Asiente y juguetea con sus dedos.

—Escapó.

Exhalo con alivio. Es algo por lo que estar agradecida.

Su expresión se suaviza al mirarme.

—No podía dejar de mirarte en el puente —confiesa—. Luchaste increíble. —Se roza la comisura del labio con los dedos—. Tu poder está conectado a los huesos de esa bolsa que llevabas, ¿no? —Cuando frunzo el ceño, me explica—: Te debilitaste cuando tu madre te los quitó.

—¿Cómo sabes lo que había dentro de la bolsa?

—Oh… La estaba guardando para ti.

—¿Estaba?

Mira sin rumbo por la habitación.

—Me temo que la perdí en el viaje de vuelta al Beau Palais.

Estudio sus ojos azules como la piedra, desconfiando de todo lo que dice.

Se aclara la garganta.

—¿Puedes hablarme de la tormenta de polvo que atravesó tu madre? Nunca he creído en la magia, pero, ¿qué otra explicación puede haber?

Me encojo de hombros.

—Yo tampoco lo entiendo.

Ahora es Casimir el que me observa.

—No soy tu enemigo, Ailesse.

¿De verdad cree que podemos ser amigos después de lo de anoche?

—No puedo quedarme aquí.

—Tu pierna tiene que curarse.

Si tan solo poseyera la gracia de salamandra de Sabine…

—No. Puedo. Quedarme.

El músculo de su mandíbula se tensa.

—¿Por Bastien Colbert? —Reprime una carcajada—. Es un ladrón en busca y captura.

—Me da igual.

Casimir frunce el ceño al oír mi voz afilada. Abre la boca para decir algo, pero niega con la cabeza y se mira las manos.

—¿Sabes que mi padre se está muriendo? —murmura y se frota el anillo engastado con la joya—. Se irá dentro de un mes, dos como mucho. —Levanta los ojos hacia mí. Están llenos de tristeza—. Soy su único heredero. No estoy seguro de estar preparado para ser rey.

Me muevo con una incómoda punzada de lástima.

—¿Me darás una oportunidad, Ailesse? —pregunta—. La misma oportunidad que le diste al chico que te secuestró.

Se me revuelve el estómago.

—No metas a Bastien en esto. —Casimir solo me desea porque no puede olvidar el canto de sirena que escuchó hace un mes. Debería haber perdido su atractivo después de que desenterraran mis huesos de la gracia en Castelpont. Aun así... él es mi *amouré*. Los dioses quieren que le dé una oportunidad.

«Los dioses no tienen nada que ver con nosotros. —Las palabras de Bastien regresan a mí—. No tenemos que jugar a su juego».

Pero ya me he metido en uno de sus juegos. He perdido mi primera batalla de voluntades contra Tyrus. Habría atravesado su Puerta si mi madre no le hubiera clavado el cuchillo en la espalda a Bastien.

Se me forma un nudo en la garganta. Lucho por tragarme el dolor. La imagen de Bastien tendido en el puente y desangrándose sigue grabada en mi cabeza. ¿Habrán encontrado Jules y Marcel la forma de cerrarle la herida? Rezo para que los dioses le perdonen la vida, pero luego paro. No puedo seguir rezando por Bastien. No tentaré a Tyrus y Elara para que lo hagan sufrir como el hombre al que mi madre amó. Él terminó en el Inframundo, y no dejaré que los dioses encadenen a Bastien.

—¿Te quedarás? —Casimir me toma la mano con delicadeza. Me invade la culpa, así que no la retiro. No se da cuenta de que nunca podré darle un heredero. Me niego a intentarlo. No me permito acercarme a él. Está destinado a morir dentro de once meses, pero lo mataré antes, antes de que el vínculo de nuestras almas me mate a mí.

Reprimo mis pensamientos insensibles. Si lo mato, sería lo mismo que si hubiera matado al padre de Bastien. ¿Cómo puedo hacer eso cuando Bastien y yo nos aferramos a la esperanza de poder romper el vínculo de nuestras almas, el vínculo que en realidad comparto con Casimir?

Aprieto los músculos de la mandíbula. No me rendiré hasta descubrirlo. Mi pierna sanará y, cuando lo haga, me marcharé de este lugar.

«No me faltes, Bastien. Yo no te faltaré».

Tomo una bocanada de aire que llena cada espacio de mis pulmones. Tengo que confiar en que está vivo. Encontraré la forma de que volvamos a estar juntos, no bajo tierra, sino en algún lugar donde podamos caminar bajo la luz de la luna y las estrellas, sin más muertos persiguiéndonos, sin más maldiciones cerniéndose sobre nosotros.

Casimiro me roza el dorso de la mano con el pulgar, a la espera de mi respuesta.

Levanto la mirada.

—Sí —susurro.

55

Bastien

Siseo, con la cabeza enterrada en una almohada mientras Birdine vuelve a clavarme una aguja en la espalda.

—¿Cuántos puntos necesito?

—Dos más —responde, práctica—. Tres, si sigues retorciéndote. No soy costurera, sabes. No es que tenga la mano más firme.

Jules resopla y camina cerca de la cama. Estamos en la habitación que Birdine alquila encima de una taberna en el barrio de los burdeles. Las catacumbas no son seguras.

—Deberías haber dejado que te cosiera yo, Bastien.

Aprieto los dientes mientras Birdine hace un nudo con el hilo de sutura.

—Supongo que no me apetecía tener otra fiebre tremenda. —Tengo la voz ronca por la debilidad—. O una cicatriz igual a la que tengo en el muslo.

—¿Qué, no te gusta la boca de pez? —Jules sonríe, burlona.

—Qué graciosa.

El sol de la mañana me da en los ojos desde una ventana pequeña. Entrecierro los ojos y me desplazo a duras penas sobre el colchón lleno de bultos. Quiero volver a la oscuridad. Apuñalaría a Odiva antes de que pusiera un pie en el puente del alma. Mataría al bastardo que se llevó a Ailesse.

Al principio, no le reconocí, no con ese uniforme de soldado que llevaba, pero no tardé en reconocerle. Casimir Trencavel. Reprimo una risa amarga. El *amouré* de Ailesse es el puñetero heredero al trono.

Se escuchan tres golpes en la puerta. Luego uno. Luego dos.

El código de Marcel.

Birdine salta y mis puntos se tensan.

—Cuidado —gimo.

Toma aire con fuerza.

—Lo siento, Bastien.

Jules pone los ojos en blanco y se acerca a la puerta. La abre, y Marcel entra con una bolsa colgada del hombro.

Saluda a Birdine con la cabeza y sus mejillas sonrosadas se sonrojan aún más.

—¿Alguien tiene hambre? —pregunta, alegre.

Jules niega con la cabeza.

—¿Alguna vez estás de mal humor?

Frunce los labios, pensándoselo muy en serio.

Ella suspira.

—Olvídalo.

Deja la bolsa sobre una mesita y empieza a descargar la comida: dos barras de pan de centeno, un trozo de queso duro y cuatro peras.

—No, no he robado esto, por si alguien se lo pregunta. Birdie usó el dinero que tanto le costó ganar para darnos esta comida.

Birdine sonríe y se pasa un mechón de pelo pelirrojo por detrás de la oreja.

—Disfrutad mientras podáis. No puedo alimentar a cuatro bocas durante mucho tiempo.

Jules se acerca y le lanza una mirada mordaz.

—Vamos. —Le hace un gesto con el pulgar a Marcel. Jules está tolerando a Birdine ya que nos está ayudando ahora mismo—. Come algo. Yo puedo terminar aquí.

Merde. Vuelvo a enterrar la cabeza en la almohada.

Birdine y Jules se cambian el sitio, y me preparo para una puñalada dolorosa. Solo noto la picadura de una abeja. Giro la cabeza y levanto las cejas hacia Jules.

—¿Qué? —Me clava la aguja—. Puedo ser cuidadosa cuando quiero.

Siempre hay una primera vez para todo.

—Así que… ¿cómo de grave es?

Respira hondo.

—Bueno, nunca volverás a caminar, y Marcel dice que la pérdida de sangre te ha afectado al cerebro permanentemente. —Curva las comisuras de los labios—. Pero vivirás.

—Menos mal que puedo mover los dedos de los pies, o acabaría creyéndote.

Hace un nudo con el hilo de sutura.

—Te pondrás bien. Solo tienes que ser paciente mientras te curas. No va a pasar de la noche a la mañana.

Me hundo en el colchón.

—Para cuando pueda volver a luchar, Ailesse podría estar… —Mi voz rasposa se quiebra y aprieto los labios para que dejen de temblar—. Está peor que yo, ¿sabes? No puede irse así como así del Beau Palais. —Se rumorea que el rey morirá pronto. Y si Casimir cree que puede hacer a Ailesse su reina… Agarro las sábanas en un puño y aprieto con fuerza.

Jules corta el hilo de sutura con unas tijeras y me pone la mano en el hombro.

—Lo creas o no, yo también quiero rescatar a Ailesse. Se lo debo.

Miro más de cerca a mi amiga. Jules tiene los ojos hundidos y la piel aún más pálida que la mía.

—¿Cuánto tiempo crees que estuvo dentro de ti ese Encadenado? —pregunto, con cuidado. Ailesse dijo que el Encadenado puede devorar el alma de una persona, robarle su Luz—. Tal vez podamos averiguar cuánta...

El rostro de Jules se ensombrece. Se levanta de sopetón y se echa el pelo trenzado por detrás del hombro.

—Ya estás cosido, Bastien. Deberías descansar.

—Pero...

Se cruza de brazos.

—No quiero hablar de eso.

Suspiro y asiento.

—Vale. —Es probable que Jules ni siquiera pueda responder la pregunta más importante: si alguien puede recuperar la Luz que perdió.

Se oyen tres golpes en la puerta.

En la habitación, todos se quedan quietos.

Un golpe más. Después dos.

El código de Marcel. Otra vez.

Jules saca un cuchillo. Birdine se acerca a Marcel. Marcel hace todo lo que puede para parecer valiente. Me levanto de un salto y me duele la espalda.

—¿Quién es? —grita Jules, arrastrándose hacia la puerta.

No responde nadie.

Se vuelve hacia Marcel.

—¿Te han seguido?

—¿Lo sabría si me han seguido?

—Bueno, yo sabría si me han seguido.

La cabeza me da vueltas. «No te desmayes, Bastien». Todavía estoy mareado por la pérdida de sangre.

Toc, toc, toc.

Toc.

Toc, toc.

Jules me lanza una mirada interrogante. Asiento y cierro las manos en puños.

Aprieta con fuerza el cuchillo. Desbloquea la puerta despacio. La abre de golpe.

—¡*Merde!* —Salta hacia atrás cuando una figura encapuchada abre la puerta de una patada.

Antes de que nadie pueda reaccionar, una mano sale de la capa. Agarra el cuchillo de Jules. Lo arroja a través de la habitación.

Pum. La hoja se hunde en la pared justo detrás de mí.

La adrenalina me recorre de arriba abajo.

—No quiero pelear con ninguno de vosotros —dice la visitante con una voz que está claro que es femenina. Una que reconozco.

—Qué lástima. —Jules se lanza hacia ella.

—¡No, para! —digo, aunque la visitante esquiva con facilidad su ataque—. Es una amiga. Es amiga de Ailesse —aclaro. Jules frunce el ceño.

La visitante da tres pasos hacia el interior de la habitación y se quita la capucha. Los rizos negros le rodean la cara. Me mira con sus grandes ojos castaños.

—Hola, Bastien.

Asiento con la cabeza y lucho por mantenerme erguido. Me arde la espalda.

—Sabine.

Levanta la barbilla.

—He venido a decirte que el Príncipe Casimir ha secuestrado a Ailesse.

—Lo vi con mis propios ojos. —Aprieto la mandíbula.

La mano de Sabine se dirige al collar con sus huesos de la gracia. Toma una gran bocanada de aire.

—He venido a pedirte ayuda.

Agradecimientos

Soñar con esta historia y convertirla en un libro bien pulido ha sido una aventura maravillosa y llena de desafíos. Estoy en deuda y muy agradecida con todos los que me han ayudado a que se haga realidad:

A mi agente, Josh Adams, que vio una chispa de grandeza en mi larga y farragosa llamada telefónica sobre folclore francés, amantes enfrentados, magia de huesos y Ferriers de los muertos.

A mi editora, Maria Barbo, que creyó en Ailesse, Sabine y Bastien desde el principio. Sacaste a relucir la angustia, los demonios y deseos de estos personajes con tu propia magia. Confío en ti plenamente.

A Stephanie Guerdan, la brillante asistente de Maria, que, literalmente, se encarga de que estemos en sintonía, aporta ideas editoriales maravillosas y realiza un sinfín de tareas entre bastidores.

A mi otra editora, Katherine Tegen, y el fantástico equipo de KT Books/HarperCollins. Gracias por darme un hogar y seguir apoyándome.

Al increíble equipo de diseño: los directores artísticos Joel Tippie y Amy Ryan; y Charlie Bowater, que hizo la impresionante ilustración de la cubierta. Estoy absolutamente enamorada de todo el trabajo que habéis hecho.

A mi marido, Jason Purdie, por respetar mi creatividad y cultivar un entorno familiar donde pueda darle rienda suelta, y por seguir inspirándome con su talento para el teatro.

A mis hijos: A Isabelle, por su entusiasmo por esta historia; a Aidan, por hacerme reír durante los ajustados plazos de entrega; y a Ivy, por hacer preguntas difíciles que me han mantenido con los pies en la tierra.

A mis amigas francesas, Sylvie, Karine y Agnés, que me ayudaron a encontrarme cuando me sentía perdida y sola en mi adolescencia, y que inspiraron mi gran amor por su país y su cultura.

A mis compañeras de revisión y mejores amigas, Sara B. Larson, Emily R. King e Ilima Todd, gracias por hacer que mi ataque de tiburón diera más miedo, que la construcción de mi mundo fuera más clara y que mis personajes fueran más cercanos.

A Bree Despain, por compartir información de primera mano y detalles sensoriales de sus viajes por las catacumbas de París. ¡Algún día iré a explorarlas contigo!

A mi traductora de francés, Oksana Anthian, por retocar las palabras en francés que me inventaba hasta que sonaran reales y fonéticamente correctas.

A mi madre, Buffie, por asegurarme que acabaría el trabajo y por proporcionarme un lugar tranquilo en su casa siempre que necesité evadirme para poder conseguirlo.

A mi padre escritor, Larry, que ya se ha ido al Más Allá. Todos los días noto tu amor, tu ayuda y tu inspiración, papá.

A mis amigas escritoras, Jodi Meadows, Erin Summerill, Lindsey Leavitt Brown, Robin Hall y Emily Prusso, por sus palabras de ánimo, las lluvias de ideas y las risas.

A las mejores amigas de mi vida: Jenny Porcaro Cole (del instituto), Colby Gorton Fletcher (abandonamos la escuela de estética... no preguntéis), Mandy Barth Kuhn (de la universidad), Amanda Davis (de los años de recién casada), Robin Hall (mi antigua vecina) y Sara B. Larson (de mi vida de escritora). Ya que este libro trata sobre todo de mejores amigas que harían cualquier cosa la una por la otra, tenía que poneros aquí a todas.

A mis nueve hermanos: Gavon, Matthew, Lindsay, Holly, Nate, Rebecca, Collin, Emily y McKay. Con unas personalidades tan diferentes, es increíble que nos queramos y nos llevemos bien. Gracias por enseñarme lo que es una verdadera *famille*.

Y a Dios, mi pilar y mi divinidad perfecta. Los dioses de este libro deberían aprender de ti. Gracias por enseñarme a amar, gracia por gracia.